マニュエル伝

JAMES
BRANCH
CABELL

JAMES BRANCH CABELL

JURGEN

ジャーゲン

ジェイムズ・ブランチ・キャベル

中野善夫訳

国書刊行会

FRANK C. PAPE
Dorothy la Désirée

挿絵　フランク・C・パペ

ジャーゲン　目次

ジャーゲン

正義の喜劇

彼らはジャーゲンのことを語った。
若さを取り戻したジャーゲンとその古女房のことも、
ジャーゲンが手に入れた焔のように輝く羽織りもののことも。
そして、どこで歓びに耽《ふけ》ろうと望みを手に入れることは叶わなかったことを。
どの国でも、どんな境遇においても。

バートン・ラスコーへ

他愛もない嘘をつくたびに、
半可通に脅されてきた。
粗暴な奴らが振り上げる。
おそろしく大きな拳を。

彼らはいう、「我らの神は善である。
だから我らの神は、
荒くれ者どもの過ちを犯す才能を
赦免することはない」

だからこのジャーゲンは、
甘んじて妥協の旅をする。
何も解決されない定めなのに、
それは避けられない……そして溜息を漏らす。

「節度をわきまえて、ジャーゲンの趣味の悪い伝記をポアテムの聖イウルゲニウスに関する信頼できる真実の物語に添えられた伝説として楽しむ者もいるだろうし、象徴的表現の意味の取り違えであると文字通りに理解することもできる。キリスト教徒の詩作の一篇あるいは象徴に真実の歴史を読み取りながら。そして、この象徴的な解釈は、聖人たちの行いを進んで軽視しようとはしない人々によって受け入れられてきたのである」

——フィリップ・ボーズデイル*

「押し付けられた解釈ほどくだらないものはない。もし『ジャーゲンの気高い生涯』の読者がアレゴリーを弄ばなければ、アレゴリーが読者を弄ぶこともない。アレゴリーをまったく気にも留めなければ、何もかもどうにも魅力のないものになってしまうだろう。プッサンの絵はあらかじめアレゴリーについて教えられずには観賞できないと主張するのに似ているだろうか。『ジャーゲン』の理解をアレゴリーが助けてくれるのだから」

——E・ノエル・コドマン*

「あまりにも洗練されていて妄想だと主張できないし、辛辣な皮肉があまりにも見事なので、この『ジャーゲン』という寓話は、世界がそうであるように、読者の本質がその一人一人に示され得ると分かる本である。読者自身の姿を映し出してくれる。そして、一人一人が学びたいと思うことを教えてくれる本である」

——ジョン・フレデリック・ルイスタム*

……苦しいことを穏やかな笑みで和らげよ

第一章　なぜジャーゲンは男らしいことをしたのか

これはポアテムで語られている物語で、こんなふうに始まる。昔、質屋のジャーゲンという男がいたが、妻にはもっとひどい名前で呼ばれることが多かった。その妻は威勢のいい女で沈黙という特別な才能を持ち合わせていなかった。その名をアデーレといったらしいが、ふだんはみんなから、リーサ夫人*と呼ばれていた。

伝えられている話によると、ある日、夜になってショーウィンドウを閉めたジャーゲンが、家路を辿る途中でシトー修道会の修道院のそばを通りかかったときに、道にあった石につまずいた修道士が、悪魔が石をそこに置いたといって悪態をついていた。

「これはしたり。そんなことをいわれたら悪魔も我慢できないでしょうな。実際、そんなことはしていないのだから」とジャーゲンがいった。

「オリゲネス*を支持したことなど一度もないぞ。それに、足の親指がひどく痛いのはそいつのせいだ」

ジャーゲンが答えて、「それでもなお、神を怖れる人間なら、神に任じられた〈暗黒の君《プリンス》〉に無礼ないい方をすべきではないでしょう。修道士のあなたならなおのこと分からないでしょうが、かの魔王が勤勉であることをよく考えるべきですよ。昼も夜も、天が与えた任務にあくせく勤しんでいるのです。信心深い聖体拝領者でさえなかなかできないことでしょうし、修道士ともなるとなおさらあり得ないでしょうが。悪魔の優れた芸術的才能についても考えてみてください。危険で美しいこの世の誘惑がことごとく証明していますよ。それと戦うのがあなた方の仕事でしょう。そして、私の仕事はそれに金を貸すことですがね。悪魔がいなかったらわれわれの職業が成り立たなくなるんです。その博愛的行為を考えてもみてください。もし、あなたも私も、それに同じ教区の誰もが今日も楽園で暮らしていたなら、獣たちとも親しく付き合わねばならないのですよ。どれほどの我慢が必要になるか考えてみてください。毎週日曜日になると教会で楽園を熱望しているような顔をしていますがね。豚とともに目覚め、ハイエナとともに寝るのですよ。何と耐え難いことか！」

悪魔のことを邪険にしない理由を考えながら、ジャーゲンは話し続けた。そのほとんどは、店の仕事が暇になったときに思いつく詩を約《つづ》めたような文句だった。

「くだらないことばかりよく並べ立てるものだ」というのが修道士の評価だった。

「あなたの見解には間違いなく一理ある。でも、私の考えの方が楽しいでしょうね」と質屋がいった。

その後すぐ、ジャーゲンはシトー修道院を通りすぎて、ベルガルドに差しかかった。そこに、黒い紳士がやって来て挨拶の言葉を投げ掛けた。

「かたじけない、ジャーゲン。褒め言葉に礼をいう」

「そういうあなたはいったいどなたで、どうして私に感謝するのですか」

「私の名前などどうでもいい。だが、お前は何と優しい心の持ち主なんだ。苦労のない人生を過ごすように願おう」

「私たちがともに苦悩や苦痛を免れますように。しかし、私はもう結婚してしまったのですよ」

「お前のような賢い詩人が何ということだ」

「詩人だったのはもうずいぶん前のことです」

「ああ、そうだったな！　だが、芸術家気質のお前は、制約の多い家庭生活には馴染まないだろう。お前の奥方は詩について独自の見解を持っているのではないかな」

「まさにそうです。妻の見解をここで再現するのはやめておいた方がいいでしょう。そんな物言いには不慣れな方だとお見受けしますから」

「悲しいことだ。奥方はお前をまったく理解していないのではないだろうか」

ジャーゲンは驚いていった。「人の心の奥底を読める方なのですか」

黒い紳士はずいぶん心を痛めているように見えた。そして、唇をすぼめると、指を使って何かを数えるようなしぐさをした。そのとき、その鋭い爪が焔の先端のように鋭く輝いた。

黒い紳士が話を続けた。「邪悪な者にも心優しい言葉を投げ掛けてくれる人に初めて会えたというのに、しかも何世紀も経ってようやくだというのに、その人にこんな嘆かわしいことが起きているとは。管理不行き届きの一例だ。いや、そんなことはいい。ジャーゲン、朝は宵よりも明るいのだ。どうやって礼をしたらいいものか！」

ジャーゲンはこの地味な老人に丁寧に礼をいった。そして家に着いてみると、妻はどこにも見当たらなかった。辺りをくまなく見て回り、相手構わず訊《き》いて歩いたが、何も分からなかった。リーサ夫人は夕食の準備の途中で跡形もなく消えてしまったのだ。突然、完全に、何の理由もなく。まるで突風が通りすぎて、後に不可解な静寂だけが残されているように思えた。この謎を説明できるものは何もなかった。魔法でも使わない限り。ジャーゲンはそのときふと、あの黒い紳士がしてくれた妙な約束が頭に浮かび、十字を切った。

「感謝の言葉の代わりに罵り言葉をいう人がいるなんて、何とひどい世の中なんだ。自分が如何に賢いか今こそ分かった。この告げ口屋でいっぱいの世界でいつも誰にでも気持ちよく話しかけられるんだからな」

それから、ジャーゲンは自分で食事の用意をして、ベッドに入り、ぐっすり眠った。

「私は盲目的にリーサを信頼している。どんな状況でも自分のことは自分でやれるという能力は特に信頼している」

だから何も問題はない。ところが時が過ぎるにつれて、リーサ夫人がモルヴェン*を歩いていたという噂が立ち始めた。食料雑貨商で、町議会の議員でもあった彼女の義弟が、この噂を確認しに行った。すると、確かにジャーゲンの妻が黄昏の光の中を何かしきりに呟きながら歩いていた。

「おい、義姉《ねえ》さん。既婚女性があまりにみっともない振舞いをするじゃないか。あれこれいわれるぞ」

「ついてきて」リーサ夫人はそういった。町議は夕闇の中、後ろを少し歩いて行ったが、アムネラン荒地を過ぎてもなお進み続けるので、これはついていかない方がいいと思った。

翌朝になって、リーサ夫人の妹がモルヴェンへ行った。この妹は書記と結婚していて、抜け目のない女だった。それゆえ、この晩は皮を剝いだ柳の長い杖を持ってきていたのである。ジャーゲンの妻は黄昏の光の中を何かしきりに呟きながら歩いていた。
「ねえ、姉さん」抜け目のない書記の妻が声をかけた。「このところジャーゲンは自分の繕い物を自分でやっていて、またもや伯爵夫人のドロシー*に色目を使うようになっているって知っているの？」

リーサ夫人は身を震わせたが、こういっただけだった。「ついてきて！」

書記の妻はその後についてアムネラン荒地へ行き、荒地を越えたところにある洞窟に着いた。そこは実に評判の悪い場所だった。痩せこけた犬が出てきて、黄昏の中でだらりと舌を垂らしながら二人を出迎えた。しかし、書記の妻が持っていた杖で犬を二度打ち据えると、犬は黙ってどこかへ行った。リーサ夫人は何もいわずに洞窟の中へ入って行った。妹は踵を返すと、泣いている子供たちの待つ家へと帰っていった。

翌日の晩には、ジャーゲン自身がモルヴェンへとやって来た。妻の家族がことごとく、それこそが男らしい行いだといったからである。ジャーゲンは店を、ユリアン・ヴィルマルシュという有能な店員に任せた。妻の後についてアムネラン荒地を越え、とうとうあの洞窟に着いた。ジャーゲンはどこか他のところならよかったのにと思った。

というのは犬がしゃがみ込んで歯を剝いたような気がしたからだ。そこには他の生き物もいた。黄昏の光の中を低く、梟《ふくろう》のように地面すれすれを飛ぶものである。だが、それは梟よりも大きく嫌な感じの生き物だった。そのうえ、ワルプルギスの夜*の、ちょうど日が沈んだ直後だったのだ。何が起こってもおかしくない時間だ。

そこでジャーゲンはいささか苛だたしげにいった。「なあ、リーサ、もしお前がこの洞窟に入って行ったら私も一緒に入らなくてはならなくなる。それが男らしい振舞いだからだ。でも、私が風邪をひきやすいことは知っているだろう」

リーサ夫人の声は弱く噎《むせ》ぶようで、いつもとは違っていた。「首にかけている十字架を投げ捨ててもらわなくてはいけない」

ジャーゲンはその十字架をただ感傷的な気持ちでかけていたのだった。亡くなった母親のものだったからだ。だが今は、妻を喜ばせようと思って、そのささやかな装身具を首から外してバーベリーの茂みにかけた。そして何か嫌なことが起こりそうだなと思いながら、リーサ夫人の後について洞窟に入って行った。

第二章　栄《は》えある衣を纏うこと

伝えられている話によると、洞窟の中は真っ暗で、ジャーゲンには誰の姿も見えなかった。しかし、洞窟はまっすぐ前に下っていくように伸びて、遥か先の方にある行き止まりに明かりが輝いていた。ジャーゲンがどんどん先へ進んで行くと、ケンタウロスがいた。これにはジャーゲンも少なからず驚いた。ケンタウロスというのは想像上の生き物だということを知っていたからである。

確かに見た目は妙である。体は鹿毛の馬で、そこから若い男の日に焼けた上半身が生えているのだから。その目は厳めしく思えたが、敵意があるわけでもないとジャーゲンは見て取った。ケンタウロスは杉や杜松《ねず》の樹が燃える焚き火のそばに横になっていた。傍らに、その蹄《ひづめ》に塗るための液体を入れた皿があった。その液体をケンタウロスが指で蹄に塗り込むと、蹄は金色に変わるのだった。

「やあ、友よ。もしあなたが神のお創りになったものであるなら友と呼べると思いますから」とジャーゲンがいった。

「そういう条件をつけるのは良きギリシャ人のすることではないな」とケンタウロスがいった。「ヘラス*では制限をつけられたことはなかった。それに、私がどこから来たかよりも、どこへ至るのかということの方があなたにとっては遥かに重要だと思うが」

「なるほど。それで、あなたはどちらへ向かうんですか」

「暁と日の出のあいだにある庭だ」

「そうですか。庭にしてはなかなか立派な名前ですね。そんな庭を見られたら嬉しいものです」

「私の背に乗りたまえ。そうすれば、そこまで連れていってやろう」ケンタウロスはそういって立ち上がった。質屋が躊躇《ためら》っていると、さらにこう続けた。「もう分かっているに違いないが、他に方法がないからだ。その庭というのは、人間たちがおかしくも現実の人生と呼ぶ世界には存在しないし、したこともない。だから当然のことながら、私のような想像上の生き物だけが入って行けるというわけだ」

「それはもっともな話だと思う」とジャーゲンは判断した。「たまたま妻を探していてここに来ただけなのですがね。悪魔に連れていかれたんじゃないかと思っているのですよ」

そういってジャーゲンはそれまでに起きたことを説明し始めた。

ケンタウロスは笑い声をあげた。「私がここにいる理由もそれかも知れない。とにかく、この問題の解決法は一つしかない。すべての悪魔の上に——そしてすべての神々の上に立ち、あらゆる生き物の上に立つ力として、〈不滅のコシチェイ〉*がいる。万物を今あるように創ったのがコシチェイだ」

「コシチェイのことを話すのは慎重になった方がいいのでは？　特にこんな暗いところでは好ましくないのではありませんかね」ジャーゲンが指摘した。

「そうはいっても、正義のために行かなければならないのはコシチェイのところではないかと思うのだが」

「それはやめておいた方がいいような気もします」ジャーゲンはありのままの正直な気持ちをいった。

「同情はするが、コシチェイが関わるところでは好みで選ぶ余地はない。例えば、私が好き好んでこんな地下で縮こまっているとでも思うのかね。それに、たまたまお前の名前を知ったとでも？」

質屋は少し怖くなってきた。「やれやれ、こういう話にはろくなものがないんだ。男らしいことをするっていうのには。じゃあ、どうやってコシチェイのところへ行けばいいんですか」

「回り道をする。他に道はまったくない」とケンタウロス。

「その道は件《くだん》の庭園へ通じる回り道ということですかね」

「そういうことだ。だから、運命と良識の両方を迂回していくことになる」

「それなら致し方ない。いずれにせよ、私はどんな飲み物でも一度は味わってみることにしているのですよ」

「そんな格好で旅するのは寒いだろう。正義の探求には、二人で少々変わった道を行かなくてはならない。夢の墓場を越え、時間の悪意をすり抜けて。この羽織りものを纏うといい」

「これは見事に輝く服ですな。妙な模様が描いてあって。喜んでこの衣装を拝借しますよ。ところで、私はこの親切をどなたに感謝すればいいのでしょうか」

「名はネッソス*という」とケンタウロスがいった。

「では、我が友ネッソス、どうぞよろしくお願いします」

そしてただちにジャーゲンがケンタウロスの背に乗ると、二人は洞窟を出て、アムネラン荒地を渡って行った。それから森の中を通ったが、そこは説明できない陽の光がいつまでも残っているところだった。ケンタウロスは西へ進路を定めた。質屋の肩や胸、細い腕の周りに虹のような光が輝いていたのは、ネッソスの色鮮やかな羽織りもののためだった。

しばらくは、大きな樹木がかなり間隔を空けて生えた森の中を進んだ。ケンタウロスの金色に輝く蹄が、灰色と茶色に広がる枯れ葉の厚い絨毯を踏み、かさかさという音を立てて沈んだ。枯れ葉の絨毯は下草で途切れることもない。やがて、真西に向かって伸びる白い道に出ると、森はそこで終っていた。そのとき、自分の目で見ていなかったら、ジャーゲンには決して信じられないようなことが起きた。ケンタウロスがあまりにも速く走りだんだん太陽へと近づいたので、だんだん西から太陽が昇ってきているように見えたのだ。二人は西に向かってすでに沈んだ太陽の輝きの中を疾走した。西に向かってまっすぐ進むにつれて、陽の光がジャーゲンの顔に降り注いだので、目を瞬《しばたた》き、それから目を瞑《つむ》った。次にまず横を見て、それから反対側を見てみた。周囲は田園地帯だった。すれ違う人々が、瞬時に入れ替わる写真のように、ぱっと一瞬だけ明るく目に見えた。この輝く道の記憶はそのせいで、まとまりのない混乱したものになってしまった。

その道に沿って若い女性がたくさん庭に向かって行く姿が見えて、これは何なのだろうと思った。白い服を着た痩せた娘がいて、茶と黄色の斑の大きな犬が不器用に跳び上がってはまとわりついている。また別の娘が髪を太陽の光で赤銅色に輝かせ、泥水の流れる大きな河に背を向けて、捩《ねじ》れてごつごつした木の枝に腰を下ろしている。また別のところには、背の高い金髪娘が馬に乗っている。誰かを待っているかのようだ。つまり、数知れぬ娘たちが道沿いにいて、その中の一人二人に見覚えがあるような気がしたのである。

And these two sped westward in the glory of a departed sunset

しかし、ケンタウロスがあまりにも速く走り続けたので、ジャーゲンは確信を抱けなかった。

第三章　暁と日の出のあいだの庭

　こうして、ジャーゲンとケンタウロスが暁と日の出のあいだの庭にやって来ると、記すことも憚られるようなやり方でその中へ入った。二人が庭へ通じる橋を渡るとき、その姿を見て悲鳴をあげ逃げ出した三人がいた。この三人が見当はずれな使い方をしていた躰《からだ》を踏みつぶして命を消してやると、ケンタウロスが暁と日の出のあいだの庭に入ることに異を唱える者はもういなかった。

　そこは見事な庭園だった。特に見慣れないようなものがあったわけではない。ただ、ジャーゲンには何もかもが心を打つほど馴染み深く愛おしいものに感じられた。北向きの斜面になっている広々とした芝生へ出てみると、そこには見覚えのある小川があった。おびただしい数の楓の樹や、そこここに点在する針 槐《はりえんじゅ》の樹が、躊躇《ためら》うような西風にゆるゆると弄ばれていて、木々の葉が至るところで揺れ波打っているようにも見え、あたかも緑の水煙のようだった。だが、秋はもうそこまで来ていた。針槐の樹が、黄色の葉のダナエ*の雨を降らせていたのだから。庭を取り囲むように、ジャーゲンにとっては忘れ難い丘が並んでいた。庭は、陽や星々の光が差さない、透き通った薄明の場所だった。微かな発光は影を作ることなく、庭を見渡せるようにしていた。暁と日の出のあいだのわずかの隙間にいなければ、人間の目には見えないのである。

「何と、これはストーリセンド*にあるエメリック伯爵*の庭ではないか。まだ若造だった頃にはここで素敵な時間を過ごしたものです」とジャーゲンがいった。

「この庭を一人で歩いたことはないだろうな」とネッソス。

「ああ、そうでした。いつも一緒にいる人がいました」

「そうだろう。ここの規則のようなものだからな。ここではみんな従っている規則だ」

今も二人に向かって暁の光の中を見目麗しい若い男女が歩いて来た。その若い女は信じ難いほどの美しさだった。それは、庭にいる誰もが、彼女と一緒にいる若い男の夢想を介して彼女を幻視したからだ。

「私はルドルフ*といいます。こちらはアン*です」

「お二人は幸せですかな」ジャーゲンがいった。

「ええ、まずまずの幸せでしょうか。ただ、アンの父君は大金持ちで、私の母は貧乏なのです。そんなわけで、外国へ出て行ってルピー硬貨やペソ銀貨をたくさん持って帰ってくるまでは、本当に幸せにはなれないのです」

「それで、どうやってそんなお金を作るつもりかな」

「それを見つけるのが私の務めですから。でも、私が親から受け継いだ目は物事を見る力が弱いのです」

「幸運を、ルドルフ！　そんな苦境に置かれている者は他にも数多くいるのだから」

ジャーゲンとケンタウロスのところへ、また別の若者が小さな青い目の女性を伴って、一緒にいられるのが嬉しい様子でやって来た。太ってのろのろした感じの若者で、二人は赤マスタード壜*の釉薬《うわぐすり》の中を歩いているのだといった。ジャーゲンにはさっぱり意味が分からなかった。その太った若者は、二人は歳をとらないことに決めたのだともいった。もしそんなことができるのであればだが、実によい考えだとジャーゲンはいった。

「ええ、それはできると思いますね。そうするのも悪くないと思えばいいだけですから」

ジャーゲンは一瞬相手を凝視してから、その手をしっかり握っていった。

「お察ししますよ。あなたもまたとてつもなく賢い人だと分かるから。人生がうまく行きますように」

「しかし、賢さはさほど重要なことではないのではありませんか」

「時が経てば分かるでしょう」ジャーゲンは少し悲しそうにいった。「幸運を。そんな苦境に置かれている者は他にも数多くいるのだから」

ジャーゲンはその庭で大勢の若い男女に会った。そこで目にする顔はことごとく若さと歓びと美しさと、胸を打つほどの自信に満ちていた。数えきれないほどの若者たちがジャーゲンの方へ歩いてきて、そして通り過ぎていった。暁の最初の輝きの中を。彼らは皆、若さという栄光を誇り、人生というものは自分の欲するものを他者からいとも簡単に獲得できるような取るに足りない相手であると分かっていたのだ。そして、誰もが男女二人で歩いていた。「何だか、ノアの箱船から下りてきたところみたいですね」とジャーゲンがいったが、ケンタウロスはノアの箱船よりもずっと古いものに従っているのだといった。

「というのは、この庭には、かつて生きていた男が皆、自分の幻影以外に伴うものもなく、ほんのひととき滞在しに来るだけだからだ。もう一度いっておかなければならないが、この庭では想像上の生き物にしか出会わない。勇ましい人物なら、ここでひとときの休養を取って独りで帰って行く。それは、市会議員だったり、評判の高い貿易商だったり、司祭だったり。あるいは、馬に乗って意気揚々と進む指揮官であったり、大きな玉座に坐る王ということさえある。皆、自分の持ち場に戻ればこの庭のことなどもうまったく考えることはない。だが、ときどき臆病者が来ることもあって、そういう者は一人でこの庭から出て行くのを怖れている。そんなときは、彼らを導いてやる想像上の生き物が必要になってくる。裏通りや脇道を通って連れ出してやるのだ。それは、想像上の生き物は公道ではほとんど食糧を見つけられないから、どうしてもそういう道を避けることになる。だから、この臆病者たちは目立たないようにこっそりと、怯えた案内人と一緒にこそこそ歩かなければならない。人間が馬を得、王座を確立するような人の多いところへはあえて自ら望んで行ったりはしない」

「その怯えた人たちはどうなるんでしょうか」

「紙を無駄にする者もいれば、人生を無駄にする者もいる」

「それなら、運の尽きた者ばかりじゃないか」ジャーゲンは考え深げにいった。

「お前がいちばんよく知っているだろう」とケンタウロスが答えた。

「ああ、たぶんそうだろう。ところで、この庭を独りで歩いているのがいるが、ここの規則に従わないのはどうしてなのだろう」

するとケンタウロスは何もいわずにじっとジャーゲンを見つめた。その目に湛えた深い哀れみを見て取って、ジャーゲンは困惑した。どういうわけかジャーゲンは落ち着かない気分になり、なんて人を不安にさせる見つめ方だと思った。

「確かにそうだ。あの女性は独りで歩いている。彼女が独りでいることをどうにもできないのは、彼女を愛した男がもう死んでしまっているからだ」とケンタウロスがいった。

「ネッソス、それを聞いて残念な思いでいっぱいですよ。あんな悲しそうな顔をしなければならないのはいったいどうしてなのだろう。今までにずっと厖大《ぼうだい》な数の人間が死んできただろうし、意地悪なことをいえば、あの若い女性だけが特別なものを失ったわけではないのではありませんか」

するとケンタウロスはまた「お前がいちばんよく知っているだろう」といった。

第四章　ドロシーには分からなかったこと

とりあえずジャーゲンとケンタウロスは、真っ白の服を纏い、独りで歩いている金髪の女性に近づいていった。背が高く、美しく、優しそうに見えた。その顔の美しさは世間でよいとされている健康的な桃色の肌ではなく、象牙の輝きであった。鼻は大きく高く、しなやかな口は小さいとはいいがたいものだった。それでもジャーゲンにとっては、誰が何といおうと、この女性の姿はあらゆる点で完璧だった。もしかすると、それは彼女のありのままの姿を見ていなかったからそう思えるのかも知れない。というのは、その瞳の色さえまったく分からなかったからである。灰色か、青か、緑か、まったく分からなかった。その色は海のように移ろっていく。だが、常に変わらず美しく親しみやすく、心乱されるものだった。

ジャーゲンは思い出した。これはエメリック伯爵の二番目の妹だ。ドロシー・ラ・デジレーという名前で、ジャーゲンがずいぶん前に（リーサに会って質屋の仕事を始める何年も前のこと）、数えきれないほどの詩を書いて我が〈心の望み〉だと讃美したのだった。

「あれは私が愛したただ一人の女だ」ジャーゲンは不意に思い出したのである。人はいつも愛する人のことばかり考え続けてもいられないからだ。

　商人から伯爵夫人への敬意を示しながら挨拶をすると、落ち着いたジャーゲンの躰《からだ》に忘れ難い震えが呼び起こされた。しかし、何より奇妙なことにそのとき気がついたのだった。彼女が大人になった見目麗しい女性ではなく、若い娘だったことである。

「一体どういうことなんだろう」と声に出していってしまった。「あなたはドロシーではないか。それなのに、ハイトマン・ミカエル*伯爵夫人のドロシーのようには見えない」

　すると彼女はその美しい顔をさっと上げた。あの伯爵夫人がとうに忘れてしまった気取りのない可愛らしい仕草だった。「ハイトマン・ミカエルさんはいい方ですよ。貴族にしては。兄は昼も夜も私に向かってその方と結婚しろっていっていて。ハイトマン・ミカエルと結婚したら、キリスト教国の全宮廷の半分くらいには、従僕をたくさん引き連れて出かけることになるでしょうね。でも、私はそんなふうに金で買われることはありません」

「それなら、ずいぶん昔のことになりますが、私が覚えているある若者にもそういいましたね。しかし、それでもハイトマン・ミカエルと結婚したのですよ。他の数々の求婚を断ってね」

「あら、そんなことありませんよ」戸惑ったようにドロシーがいった。「私はまだ誰とも結婚したことなんかありませんから。それに、ハイトマン・ミカエルもあの歳になってまだ誰とも結婚したことがないし。あの人は二十八歳だし、いつもそれ相応に見えます。でも、私のことをそんなに知りたがっていらっしゃるあなたは一体どなたなんでしょう」

「それならお答えできます。まるで当然のようにお訊ねですが。だって、私がジャーゲンであることにはもう気付いているのでしょうから」

「ジャーゲンという人は一人しか知りません。その人は若くて、まだやっと大人になったというくらいの――」そこで言葉が途絶え、彼女がそのとき何を伝えようとしていたにせよ、そのことを考えて彼女の頰はほんのり色づき、目には限りない喜びが満ちた。

そのときジャーゲンには分かった。かつて自分が愛したドロシーのもとへなぜか戻ってきたのだ。だが、このドロシーを愛し、〈心の望み〉という詩を捧げた若者は、ケンタウロスの空飛ぶ蹄《ひづめ》に追い越されていなくなってしまった。そして、この庭ではその若者の痕跡すら存在しない。その代わりに、四十代の落ち着き払った太鼓腹の質屋と話している。

ジャーゲンは肩を竦《すく》め、ケンタウロスの方を見た。しかし、ネッソスは気を遣って二人から何となく離れていた。四つ葉のクローバーを探したりしながら。もう東の空はずいぶん明るくなってきていて、その深紅が金色を帯びてきた。

「ええ、そのもう一人のジャーゲンのことは聞いたことがありますよ」質屋のジャーゲンがいった。「マダム・ドロシー、彼もあなたのことを愛していたのです!」

「私の方がもっとあの方を愛していました。ひと夏のあいだずっとジャーゲンを愛していました」

この娘の話す驚くべき事実を知ることは、ジャーゲンにとっては苦痛すら感じられる喜びだった。ジャーゲンはしばらく身動きもせずに立ち尽くし、唇を嚙んで顔を顰《しか》めていた。

「あの哀れな奴はどれほど長いあいだあなたを愛していたのだろうか。彼もひと夏のあいだずっとあなたを愛していたのかも知れない。そしてまた、生涯愛し続けていたかも知れない。二十年、そして二十年以上のあいだ、私はずっと思いを巡らせていたし、あの愛が始まったときと変わらず愛に満たされているのですよ」

「なぞなぞみたいな話し方をなさる方ね」

「歳を重ねた者が若い人と話すときはいつもそういうものではありませんか。私はもう若くはない。四十代だ。そして、もう分かったのですが、あなたは十八歳くらいでしょう。いや、それとも十八歳に四箇月足りないくらいか。今は八月だから。もっとでしょうか。永遠の別れをした年の八月だから。ここでは時が過去に向かって進んでいくのです。近い将来また、私が幼い頃に恐ろしい死を迎えるのを見たあの〈ポアテムの救世主〉*がふたたび私たちを統治するのでしょうか。それに、今起こっていることも何もかもありそうにないことばかりです」

　そういってジャーゲンはしばらく考え込んでいた。そして、肩を竦めた。

「いや、私以外の誰かに、いったい何ができるでしょうか。どういうわけか私に振りかかってきたことなのですから。かつて私だったものの影でしかない私だというのに。今は影の中を歩き、死んだ者どうしの声で会話しています。まだ十八歳にもなっていないマダム・ドロシー、かつて若い女性を愛した若者だった男がこの同じ庭にいたのです。そんな愛のことを今になって考えると戸惑ってしまいます。彼女も彼のことを愛していたと信じています。ええ、実際、ほんの少しのあいだでもそのことを考えれば、今もなお私に血を送りだしてくれている疲れ果て打ちのめされた心臓に対する強壮剤になります。夏のあいだずっと、この勇敢で美しく清い二人は世間の皆が知っている恋人同士だったのですから」

　こんなことをジャーゲンは話したのだが、その心のうちには、これほど美しく喜びを与えてくれる女性は二つの大洋のあいだには見つけられないという思いが溢れていた。ずっと昔に自らの皮膚よりも体に馴染んでしまった自分自身に対する疑念のせいで、愛するドロシーは己の想像の産物に過ぎないのだと信じるようになっていた。だが間違いなくこの娘は本物だ。魅力的で、無邪気で、心も足どりも軽やかで、どんな男の創造力でもおよばないところにいる。そうだ、ジャーゲンが彼女を創造したのではない。そのことを知っただけでなぜか安心できたのだった。

「あなたのお話を聞かせてください。ロマンスなら何でも大好きですから」ドロシーがいった。

「ああ、でもたった今起こったことすら私にはうまく話せないのですよ。振り返ってみれば、眩《まばゆ》いばかりの緑の森と芝生、月夜、ダンス音楽、気紛れな笑い声がありました。彼女の髪と目、赤い唇の曲線と感触を覚えています。普段よりも大胆になったことがあって――でも、こうやって後になってから思い起こしても仕方のないことですがね。そのときのことで、今あなたの顔を見ているのと同じようにはっきりと思い出せないことはありません。それなのに、彼女がいったことはほとんど思い出せません。もしかしたら、今になって考えてみれば、彼女は飛び抜けて賢いというわけでもなかったから、覚えているほど価値のあることをいわなかっただけかも知れません。それでも、その若者は彼女を愛しました。そして、幸福でした。彼女の唇と心は彼のものだったのです。それはよくいうように、世界という指輪からダイアモンドを抜き取ったようなものでしたよ。確かに、彼女は伯爵の娘だったし、伯爵の妹でもありました。だがその頃は、若者も将来は伯爵か皇帝か、何かそういうものになる気満々だったから、一時の身分の相違など彼にはどうでもいいことだったのです」

「分かります。ジャーゲンも公爵になろうとしているのです」少し得意そうにいった。「でも、私と会うずっと前には、法衣を着たいからといって枢機卿になろうとしていたのですけど。でも、枢機卿は結婚が許されませんでしょう。あら、あなたのお話を忘れてしまって。それで、どうなりました？」

「二人は九月に別れました。今となってはどうでもいいようなことを誓って。ソワクールの司教代理*の下で勲爵士に叙せられたくて、若者はガティネ*へ行きました。やがて、あれはクリスマスのずっと前のことでしたが、ドロシー・ラ・デジレーが金持ちのハイトマン・ミカエルと結婚したという知らせを聞いたのです」

「でも、それは私の名前よ！　それにご存じのように、ハイトマン・ミカエルという人が私にうるさく付きまとっていて。でも、不思議ですよね！　そういった話を全部、ずっと前にあったこととして話してくださるんですもの」

「まったく、これはとても古い話で、メトセラ*に歯が生えようとしていた頃の話ですよ。これほど古い話もこれほどありふれた話も他にはありません。そのせいで、若者の人生は目茶苦茶になってしまったといっては大袈裟でしょうか。でも、私にはそうとも思えないのです。その代わり、二十一歳のときにいきなりたいそうな知識を得たわけです。悲しみと怒りを感じること、そして主の贖《あがな》いを嘲笑うことを学んだのでした。それは、時が私にもたらした鎧でした。そして、それを気紛れに使うことも。そうすれば、どんな女性にもそれほどひどく傷つけられなくなりますからね。いや、これからも決して！」

「ああ、可哀想な人！」ドロシーが神のような優しさを湛え、女神のように微笑んだ。その微笑みはまったく楽しそうではなかった。

「ええ、今では経験から学んでいますが、女性というものは遊び相手としてはこの上なく楽しい存在です。だから、彼も遊び始めました。若さという誇りと苦悩という鎧に身を固めて、世界を突き進みました。王を喜ばせるために歌を作り、男たちを喜ばせるために剣術を披露し、女たちを喜ばせるために愛を囁いたのです。その輝かしい日々に、大胆にも進み行く先々で評判を得て、皆を喜ばせました。でも、愛の囁き、そしてその囁きの後に続くことこそ、彼の最高のゲームであり、時間をかけたゲームでした。顔を輝かせて彼よりも真剣にゲームに向かう数え切れないほどの恋人たちとのゲームでした。彼女たちにとってそのゲームが大切なものであることや、彼を信じ、彼の大袈裟な戯言《たわごと》を信じていることがときどきおかしくてたまらなくなりました。さらに彼女たちの持ち物その他にも、自然な喜びを感じました。そして、もう遊び飽きたというとき、欲望の衰えゆく探究者たちにならって、真っ当な商売をしている堅気の質屋だった寛容なニンジアンの器量のよい娘と結婚しました。しきたりに従って共に生活をしている二人として、妻と一緒に暮らしました。ですから、おおむねのところ、彼の人生が破綻したとはいえないでしょう」

「あら、それは破綻したということではないかしら」何かを思い出して不安になったような感じだった。そして、しきりに溜息をついた。何となく戸惑っているような様子だった。「でも、どういうわけか、あなたがお歳を召した恐ろしい方のような感じがしてなりませんの。その妙にきらきらする羽織りもののせいでさらに恐ろしく感じるのかも知れません」

「よその女の手仕事を褒める女はいません。それに、自分の手仕事には特に手厳しい。でも、あなたは物語を中断させてしまっていますよ」

「よく分からないのは——」そういうと、大きな輝く目がもっと大きくなったように見えた。その目は何色と決めかねる色で、それがジャーゲンには愛おしく思えてならなかった。「このお話にまだ先があるのかってことです」

「人の心というのは牧師の祝禱《しゅくとう》が終ってもなお続くものです。日々気づいていらっしゃるかも知れませんが。何れにせよ、この男が名ばかりの義父の仕事を継いでみると、予想に違《たが》わず、引退した詩人には最適な職業だと分かったのですよ。それで私が思うに、彼は満足していたんでしょう。ええ、そうです。でも、しばらくするとハイトマン・ミカエルが取り巻きを引き連れて外国から戻ってきました。食器類やいろいろな品を詰めた櫃《チエスト》を山ほど、立派な馬を何頭も、そして妻を一人連れて。かつて彼女の恋人であったこの男は、何年も経ってようやく、いつでも彼女に会えるようになったわけです。彼女は別人のように美しくなっていました。でも、それだけでした。どちらかというと莫迦でした。どうやっても、優れたところは見つけられません。この堅気の質屋はそのことをはっきり見て取りました。知ってしまったことに毎日悶え苦しみました。なぜなら、これはお話ししておかなければならないことですが、それでもなお彼女のいるところでは落ち着いていられなかったからです。そうです、落ち着いていられたことなど一度もなかったのです」

これを聞いて彼女は少し眉を顰《ひそ》め、こういった。「その方はまだ彼女を愛していると仰るのでしょうね。当然、そうでしょうね」

ジャーゲンは咎めるように人差し指を振った。「あなたは根っからのロマンティストだ。その男は彼女を嫌い、軽蔑しました。とにかく、自分ではそうだと思い込んでいた。それでも、この美しい愚者は彼の目を捕えて放さず、考えを掻き乱し、判断を誤らせました。彼女の手に触れたりすれば、その晩はもういつものようには眠れませんでしたよ。こうして、毎日毎日彼女に会いました。この美しくも愚かな女は、夫をたくみに騙すのを手助けした若い男たちに好意を抱くようになったと囁かれているのです。でも、この堅気の質屋に対してはそんな好意を示すことはありませんでした。その男にはもう若さがなくなってしまっていたからです。特別なことは何も起こらないように見えました。これが、この男の物語です。彼女のことは知りません。これから知ることもないでしょう。しかし、確かに彼女は二人の若者とともに、もしかすると五人かも知れませんが、ハイトマン・ミカエルを騙したという評判になりましたが、堅気の質屋とぐるになったという話はまったく聞きません」

「これはまたずいぶん冷笑的で愚かな物語ですね。それでは、私はジャーゲンを探しに行くことにします。あの方はとても楽しく私を愛してくださるのだから」ドロシーはそういって、もはや天国でも見られない、この上なく甘く美しく思いに耽《ふけ》るような微笑みを浮かべた。

するとその暁と日の出のあいだの庭で、ジャーゲンは狂乱状態に陥った。いくら何でもそれほど不当なことが自分の身に起こるとはとても信じられない気持ちに襲われたのである。

「それはいけない、我が〈心の望み〉よ。行かせるわけにはいかない。なぜならあなたは愛おしく清らかで誠実だからです。我儘で私を騙すあなたが出てくる、私の忌々しい夢は何もかも嘘っぱちだからです。この世に正義のある限り、私の夢は真実ではあり得ない。私が忌々しい夢の中で奪われたものが、いかなる若者から奪われるのも神は許さないと思うからです」

「でも、まだ私にはあなたのお話が理解できないのです。その夢の話が――」

「それはつまり、私は己を忘れたようになっていたのです。私の頭にはいろいろな思いつきを弄ぶ頭と繊細な愉しみを求める躰しか残っていませんでした。そして、仲間たちが信じているようには信じられず、彼らを愛することもできず、彼らがいうこともすることもとにかく愚かだとしか思えなくなっていました。というのは、数時間でも、数箇月でも、数年間でも、役に立つことが大事だと、彼らと一緒に心から確信できなくなってしまったからです。それに、ある恋人との戯れで私の目が開いて、その目があまりにもよく物事を見てしまうので、自分の行いの意義にも確信を抱けなくなっていたからです。それを耐えられるようにしてくれるほどの時間が過ぎることもなく、その先には思いもしないような暗黒が大きく口を開けていました。どこに行っても確かなことはそれだけでした。〈心の望み〉よ、教えてください。これはただの愚かな夢でしょうか。これは何一つ起こっていないできごとなのですから。こんなことが実際に起こったとしたら、ひどい話ではありませんか」

娘は目を大きく見開き、戸惑い、少し怯えていた。「何を仰っているのか分かりません。うまくいえないけれど、困ってしまうようなこともあって。あなたは、ジャーゲンの他には誰も使ったことのない名前で私を呼ぶし、あなたはジャーゲンのようにも見えるけれども、ジャーゲンではないし」

「でも、私は本当にジャーゲンなんですよ。それはつまり、今までに誰も成し得なかったようなことを成し遂げたわけです。誰と結婚しているにせよ、誰もがなくしてしまう初恋の人を取り戻したのですから。私は戻ってきた。夢の墓場を越えて、時の悪意の中を通って、我が〈心の望み〉のもとへと戻ってきたのです。これが必然だと分からなかったのが不思議に思えるほどです」

「それでもまだ、仰ることが分かりません」

「でも私はあくびをしてやきもきしながら、近い将来自分に振りかかる何か美しい大冒険に備えて、前へ進もうと気が遠くなるほど骨を折っていたのですよ。一方、その間ずっと暁と日の出のあいだにある庭であなたは私を待っていたなんて！　どんな男の人生も確かに奇妙に組み立てられた物語で、その正しい結末は最初に記されているのです。そのあとで時間は前に進みはじめます。学校では時間は直線的に進むなどという作り事を習いますが、実際には大きな閉じた曲線を描くように最初の出発点に戻っていくのです。このぼんやりと未来が分かるということ、近い将来与えられる報いと償いを微かに予見できることで、生きていく勇気が保たれるわけです。このことを常に知っていたといま分かりました。こうやってあなたのもとへ連れて来られなかったら、何のために生きていたというのでしょうか」

しかし娘は小さな輝く頭を振って、悲しそうにいった。「仰ることが分からないし、怖くなってきました。仰ることは莫迦げていて、そのお顔にはジャーゲンの顔が見えます。泥水の中で溺れた死者の顔が見えるような気持ちです」

「それでも、私は確かにジャーゲンなんですよ。今まさにそう感じられるんです。私たちが別れて以来初めてそう思えるのです。私は力強く立派な男です――たとえ、私が人を嘲笑い弄んできたとしても。それは、自分がそんなことにまったく値しないと思ってきたからです。私たちがともに若かった頃からずっと、流れ過ぎゆく霧のようでした。私は力強く立派な男です。そして、私は全身全霊であなたに飢えているのです。ですから、あなたを行かせはしません。あなただけが、我が〈心の望み〉なのだから」

今度は、娘はジャーゲンをしっかり見つめていた。小さな、戸惑ったような顰《しか》め面をして、鮮やかで柔らかな若い唇をかすかに開けて。その穏やかな愛らしさが、くすんだ金色になって震えるほどの喜びを感じる空の光に照らされて輝いていた。

「ああ、力強く立派な男だと仰いますけど、私はそんなお話にただ驚くばかりです。私に見えるのは誰もが見ていることだけですから」

そういってドロシーは、青緑色の長い鎖で首からかけていた小さな鏡を見せた。ジャーゲンは、その鏡に映る、吃驚したような間抜けで老いた顔をじっくり見ることができた。

われに返ったジャーゲンは悲しさに包まれた。情熱の炎は消え、熱と嵐と激しい渦がやんだ。すっかり疲れ果てていた。静寂の中に鳥が甲高く鳴く声が聞こえた。何か見つけられないものを探しているかのようだった。

「まあ、答えをいただきましたが、これが最終回答ではないことも分かっています。私にとっていかなる天の望みよりも大切だったのは、ドロシーの顔に見えた、それまで知らなかった愛らしさに畏怖の念が湧き上がった瞬間でした。そのとき、その顔に顎の先から額まで微かな赤味がさすのに気がつきました。もはや何の戸惑いもなしに私と合わせてくれることがなくなった目に新たな輝きが宿るのに気づくのと同じくらい、たびたび目にしたのです。でも、そんなことはどうでもいい。私はハイトマン・ミカエルの奥方を愛しているわけではないのですから。

私たちが如何に愛を追い求めていたか、そして彼の献身が高貴なものであったかを思い出すのは苦痛です。彼女は永遠に自分のものだと、忘れられない長い接吻《くちづけ》で誓った甘い言葉を思い返すと苦々しさを感じます。誓うそばから破られてしまった誓いの言葉です。あの頃、私たちはよくハイトマン・ミカエルのことを笑ったものです。あらゆることを笑っていました。しばらくのあいだ、あの夏のあいだ、私たちは、世間の誰もが知っている勇敢で端正で清い恋人同士でした。でも、そんなことはどうでもいい。私はハイトマン・ミカエルの奥方を愛しているわけではないのですから。

私たちの愛は清らかなものでしたが、長くは続きませんでした。ドロシーの足がこのささやかな愛の命を踏みつけてから、甦ってくるものは何もありません。それでも、私たちのこの命が終るとき、もう誰に対しても愛を抱けなくなってしまったこの貧弱な命が終るとき、私たちが永遠に誓った互いに忠実であるという言葉に立ち返ることはできないのでしょうか。彩り豊かな世界に満足することはできないのでしょうか。それは間違いなく起こり得るものだと思います。でも、そんなことはどうでもいい。私はハイトマン・ミカエルの奥方を愛しているわけではないのですから」

「何から何まで素敵なお言葉ですね。その悲しみを詩の題材へと変えていることが分かりますもの。では、私はこれからジャーゲンを探しに行くことにします。彼は私のことをまったく違うやり方で愛してくれているし、もっともっと楽しい方なのですよ」

この娘が何を考えていたのかは分からないが、その頰を仄かに赤くして、目に無限の喜びを湛えた。

それも、ほんの一瞬のことだった。というのは、親しげに明るく手を振ると、彼女はもうジャーゲンを置いて行ってしまったからである。背を向けた瞬間に、もはや、老いた男のことなど考えてもいないのがジャーゲンには見て取れた。ドロシーは暁に向かって歩いて、若いジャーゲンを探しに行ってしまった。ほんの束の間とはいえ、何から何まで完璧だった彼女が心から愛した若いジャーゲンを探しに。

第五章　ブレッドとバターが要求すること

「ネッソス、私はそんなにも変わってしまったのだろうか。若い頃に愛したドロシーには、私が誰だか分からなかった」とジャーゲンがいった。

「善と悪は正確に勘定計算される」ケンタウロスが答えた。「そして、男の顔がその元帳というわけだ。そうこうしているあいだに陽が昇ってきた。もう一日が始まっている。この庭を占有しようとブレッドとバターの二人の影がやって来るとき、その要求のせいで驚くような変化が起きる。だから、昔お喋りをしたことがあるかも知れない相手とこの庭で無駄話をして若い頃の記憶を甦らせている暇などないのだ」

「ああ、ケンタウロス、この暁と日の出のあいだの庭には、ドロシー・ラ・デジレーの他には誰もいなかったのに」

ケンタウロスは肩を竦《すく》めた。「忘れているのかも知れないが、ここにどれくらいの人がいるのかをずいぶん少なく見積もっているじゃないか。ここに立ち寄っただけの訪問者には何人か会っただろうが、あらゆる想像上の生き物が一年を通してこの辺りに暮らしているんだ。少し南に行ったところには妖精たちが住んでいるし、小鬼《ノーム》だっている。その右手には、アマゾン族や犬頭《シノセファルス》人*たちと同盟しているワルキューレ*たちの国がある。一方、この三国は絶えず隣国と喧嘩をしている。ヤガー婆さん*たちがいる。モルフェイ*が料理を作ってやっている。その君主はオー*という名だ。名前をいうだけでも危険な人物がいる。北には、レプラコーン*や空腹《ファー・ゴルタ》人*の国があり、そこの国王はクロブヘア*という。ケイロン*が君臨する我が一族はもっと北方に暮らしている。スフィンクス*はあの山の向こうの草原にいる。年老いたキマイラ*がいて皆にいつも莫迦にされている。ケルベロス*は黄昏時になるとスフィンクスを訪ねるのだが、醜聞を撒き散らすような奴にはいちどもお目にかかったことはないな――」

「じゃあドロシーはここで何をしていたのだろう」とジャーゲンが訊いた。

「それは、男を愛したことのある女は皆ここに暮らしているからな。理由はあまりにも明白だ」とケンタウロスが答えた。

「それは理解し難い言葉ですな」

　ネッソスは人差し指でジャーゲンの手の甲を叩いた。「死体だからだよ。虫の餌になる運命なんだ。お前が何をしようと、白くて小さい虫の餌になる。遠くない将来、腐った牛乳のように、悶え、青白く朽ち果てていく。これもまた理解し難い言葉ではあるが、本当の言葉なんだ」

「私が若い頃愛したドロシーも想像上の生き物だということですか」

「哀れなジャーゲンよ、お前はかつて詩人だった。ドロシーはお前の最高傑作だった。あれは浅薄で愚かで空虚で、鼻が高く明るい髪の娘だった。特別の美貌の持ち主でもない。そんな貧弱な素材からお前の創意が何を作り上げたのかをよく考え給え。自ら誇っていいだろう」

「いや、自分の愚かさをそんなに誇っても仕方がありませんね。でも私は、後悔もしていない。自分が育てた輝かしい影に騙されたんだというが、実際そうなんだろうと私も認めていますよ。それでもなお、私は美しい影に仕えたのです。他の男たちが息を切らしてさほど美しくもない影を追い回している世界で、我が心は死ぬまでその美しさの記憶を手放すことはないでしょう」

「その言葉には何か大事なことがあるな。テッサリア*でよく話していた古い話にもあった。狐と葡萄の話だったがね」

「まあ、いいじゃないですか。今はコンスタンティノープルには皇帝が君臨しているのだし、皇帝はたまに私と取引もしてくれる。そうだ、皇帝がどんな策を講じて王座についたか話してみましょうか――」

「高いところへ昇ろうとすると人間の手はたいてい汚れるものだ」とケンタウロスがいった。

「まだ何箇月も経っていませんが、この皇帝が私にこういったんです。宮廷の王座に悲しそうに坐って冠を戴き、エメラルド数個から得られる私の正当な利益を誤魔化そうとしながら。「ジャーゲン、このところ私は夜も眠れないのだ。あの愚かなアレクシオス*のせいでな。奴が私の部屋に入ってきて、じっと見つめるんだ。弓の弦をまだ首に巻き付けたままで。ヴァリャーギ親衛隊*はこの愚かな幽霊と結託しているに違いない。アレクシオスを寝室に近づけないようにといつもいっているのに、まったく命令をきこうとしないからな。こんなことに悩まされなくてはならないのなら、東の王になっても無駄ではないか」そうなんですよ、皇帝パライオロゴス*その人が私にいったんです。世界でいちばん強力な君主だとしても、王冠の蔭で窮地に引き摺り込まれたんでしょうな。この皇帝パライオロゴスと入れ替わりたいとは思いませんね。私が堅気の質屋で、我が家とささやかな耕地を所有していなかったとしても。それにしても、ここが変な場所なのは間違いありませんね。変だといっても、どうしてか分からないけれども、人の心にときどき浮かんでくることと大差ないようなものしかやって来ないようですが」

「ああ、だが、この庭を素早く作りかえなくてはならないと理解しなくてはな。あの向こうに見える二人の仕事は、この場所から突飛で割に合わない考えを取り除くことだ。二人はこの庭の天然資源を確実な方法に従って開発することになっている」

ジャーゲンが見ていると遠く東から二人の人影が近づいてきた。二人は背が高く、周りを囲む丘よりも高いところに頭が見え、まだ昇ってこない太陽の光に輝いていた。一人は蒼白い巨人で、残忍そうな顔をしていた。歩くのに杖を使っていた。もう一人は黄色っぽい肌で、顔は脂ぎっていた。そして、アウドウムラ*と呼ばれる巨大な牛の背に乗って進んでいた。

「その命の杖で道を作ってくれ」黄色の巨人がいった。「この辺りですべきことがたくさんあるからな」

「ああ、ここを俺たちの要求どおりにするにはかなり変えてやらなくてはならないな。どこから始めたらいいか分かるなら、こんがり焼かれても構わないぞ」もう一人がぶつぶつ文句をいった。

そのとき巨人たちが、どんよりとした不機嫌そうな顔を庭に向けると、ちょうど太陽が周囲を取り囲む丘の上に昇ってきて、二人分が一緒になった影が庭に降りてきた。気が付くと自分のいる場所が一マイルにも及ぼうという細い影の中に入っていた。紋章を描いた輝く盾に黒い棒が真っすぐ横に描かれているかのようだった。すると、すべてを輝かせていた光が揺らぎ、消えてしまった。まるで泡が弾けたかのように。

ジャーゲンは、きちんと耕されてはいるが、まったく何も育っていない畑の真ん中に立っている自分に気がついた。ケンタウロスのものと思しき蹄《ひづめ》が見えたから、ケンタウロスはまだ近くにいるようだったが、その蹄はもはや金色ではなくなっていた。ジャーゲンを乗せた旅の途中で洗い流されたか擦《こす》り落とされたかしたのだろう。

「ネッソス！」ジャーゲンは大声を出した。「庭はすっかりなくなってしまった。あんなに美しかった庭が壊されてしまうなんてひどすぎないか！」

「否《いな》！」ケンタウロスがいないいた。「否！」長く悲痛な声をあげて泣いていた。「否！」

ジャーゲンが目を上げると、旅の同行者はもはやケンタウロスではないのが見えた。ただの、迷い馬だった。

「なんだ、ただの動物だったのか。私を暁と日の出のあいだの庭につれてきたのは、ごく普通の動物だったということか」そういって、落胆したような笑い声をあげた。「それにしても、私にずいぶん変わった羽織りものを着せたものだな。轡《くつわ》には伯爵の紋章がついているじゃないか。それなら、ベルガルドの城に返してやろう。ハイトマン・ミカエルが褒美をくれるに違いない」

ジャーゲンはその馬に乗り、きれいに耕されているがまだ何も育っていない畑の中を走り去った。耕地が終ると、何やら文字が書かれた掲示板に行き合った。おかしな赤と黄色の文字だった。

ジャーゲンは馬を止めてその字を読み取った。

「私を読め！」と掲示板には書かれていた。「私を読み、理解できるかどうか判断せよ！　私が呼びかけたからお前は立ち止まったのだ。何か尋常ならざること、何かおかしなことを嗅ぎつけて。私は無であり、それ未満の存在ですらあるが、私を目にできるのはここをさまよう者の他にはいない。他所者よ、私が宇宙の法である。他所者よ、その法を法にふさわしいものとせよ」

ジャーゲンは騙されていると思った。「何と愚かな掲示板だ。だって「宇宙の法」なんてものがあるはずがない。そんな言葉に意味なんてないのだから。意味のない法があるとすれば、それは正しくない法だ」

第六章　セリーダ*が女性であること

　そんな莫迦げた掲示板を指で弾いて、東のベルガルドの方へ向きを変えて進もうとすると、馬はそれを嫌がった。質屋はこれを予兆として受け入れることにした。

「ならば前進せよ！　コシチェイの名において」そういって、ジャーゲンは馬に道を選ばせた。

　特に気に留めるほどでもないものばかりが目に入る森の中を進んで行くと、牢屋のような石造りの大きな館の前に出たので、そこで宿を求めることにした。ところがそこには誰の姿もないので、掃除が終ったばかりの大きな広間にそのまま入った。やはり重苦しい感じの部屋で、冷たいほどすっきり何もなかった。家具といえるのは、何もかかっていないテーブルが一つと、その上の物差し一本と天秤が一つだけだったからだ。このテーブルの上にはまた、枝編み細工の鳥籠が二つあって、一つには青い鳥が入っていた。もう一つの鳥籠には白い鳩が三羽入っていた。そしてこの広間には女が一人いた。もう若いとはいえない歳で、全身青ずくめ、頭に白い布巾を被るように巻き、不思議な色の布を選り分けていた。

　皺の寄った瞼《まぶた》の下に輝く眼があった。顔を上げてジャーゲンの姿を認めると、その縮んだ顎が震

Then JURGEN knew with whom he talked

えた。

「ああ、お客さんだね。よく来たね。きらきらしたものを着て。それには見覚えがあるよ」

「こんにちは、お婆さん。妻を探しているところなんだ。悪魔に連れ去られてしまったようでね。それで、今度は道に迷ってしまった。どの道を行ったらいいか訊《き》こうと思ってここに来たんだ」

「よかろう。でも、自ら進んでマザー・セリーダに会いに来る者は滅多にいないね」

このとき、ジャーゲンは自分が話している賢女が誰だか分かった。若い頃は〈美しい胸のマーヤ*〉と呼ばれていた女だ。ジャーゲンは内心密かに不安になった。レシー*との取引は信用できないものだからだ。

それでジャーゲンの口調が急に丁寧になった。「ところで、ここでは何をなさっているんですか」

「漂白さ。いつかその羽織りものも漂白してやろう。私はあらゆるものから色を抜くからね。クロト*が輝く糸を紡ぎ、ラケシス*がそれを織った。知っているだろう。奇妙な模様になったから、見る者は皆、驚く。だが私が仕事をすれば、もう色彩も美しさも不思議な模様もすっかりなくなってそこらの皿洗いの布巾と同じになる」

「あなたの力と支配が、この世のどんな力よりも強いということはよく分かりました」ジャーゲンがいった。

彼はこのことを歌にした。曜日を支配しているレシーたちを讃えるものだったが、特にマザー・セリーダの力と水曜日に崩壊したいくつもの廃墟のことを歌った。チェトヴェルク、ウトルニク、スボータについても公平に扱ってやった。ピャティンカとネデルカのこともまた同様に、聖者の暦に名前が入ることになった破壊活動について褒め称えた。ああ、それでもマザー・セリーダは他に類のない存在だ。彼女はレシーの力の中心だ。姉妹たちは、もともと儚いものをこそこそと齧《かじ》っているだけの鼠に過ぎない。マザー・セリーダはすべてを徹底的に破壊する。だから、彼女が通り過ぎた後には降り積もった塵の他にまったく何も残らない。

などなど、などなど。歌は傑作にはほど遠いものだったから、ここで繰り返したからといってそれがよい作品になるわけでもあるまい。とにかく限りない讃辞だった。老女は手を叩いて拍子を取った。縮んだ顎を震わせ、白布で包まれた頭をがくがくとゆっくり動かし、頷いた。そして、薄い唇の上に自慢気で愚かしい笑みを浮かべた。

「いい歌だ。ああ、まったく素晴らしい歌だ！　だが、月の曜日を支配する我が姉のことに全然触れていない」

「月曜日！　そうでした。月曜日のことを無視してしまいました。いちばん歳上だからかも知れませんが、私の脚韻構成に合わなかったのでしょう。パンデリス*の讃歌は歌わずに済ませなくてはなりません。セリーダの力のことを考えているときに、どうして私があらゆることを忘れずにいられましょうか」

「だが、パンデリスは気に入らないかも知れない。お前に一言いうため、いつか洗濯の仕事を休むかも知れない。それでも、もう一度繰り返しておくが、これはいい歌だ。私を讃えてくれたお礼に教えてやろう。もしお前の妻が悪魔に連れ去られたのであれば、その件を解決するのはコシチェイの他にはいない。正義を求めるお前が行かなければならないのはコシチェイのところだというのは間違いない」

「でも、どうやってコシチェイのところへ行けばいいのでしょうか」

「ああ、そのことなら、どの道を行こうと大した違いはないんだ。あらゆる道はコシチェイに通じるというだろう。大事なのは、ひとところにじっとしていないということだ。お前の歌のお礼にこれほどのことを話してやるんだよ。だって、あれはとてもいい歌だったし、私を讃える歌なんてこれまでだれも作ってくれたことがないからね」

このマザー・セリーダというのは何と単純な老人なのだろうと少し驚いた。若い頃は美しい胸のマーヤと呼ばれ、その前の名はもっと有名だったセリーダが。それが今では躰《からだ》を震わせ、にやにや笑い、枯れ葉のように弱々しいのだ。どこにでもある台所布巾で頭を包んでいるのだ。その力は絶大だというのに。

「考えてみれば、私が住んでいるこの世界は、私の十分の一程度の頭もないような者たちに管理されているのだ！　これは明らかに不公平だと常々思っていた。ここは一つ、こんなとてつもなく賢い男でもできないことがあるかどうか試してみよう」

ジャーゲンは大きな声でいった。「あなたの歌を作ろうと思わなかった現役の詩人はいないといわれても驚きませんね。威厳がありすぎるのではないでしょうか。へぼ詩人たちは怖がってしまうのです。自分にはそれほどの主題を扱う価値がないと思ってしまう。だから質屋の私には賞讃する余地が残っていたわけです。あなたが使い終った世界の財宝に触れて眺めるのが質屋ですから」

「そうかい？」これまでになく喜んだマザー・セリーダがいった。「まあ、そんなものかも知れないね。でも、どうしてこれほどの詩人が質屋なんかになったのだろうと思うのだけど」

「そうでしょうか。どうしてそんなふうに思われるのかが不思議ですね。質屋ほど引退した詩人にふさわしい職業はありませんから。いろいろな方々と付き合うことになりますからね。身分の高い人から低い人まで、上流階級の人たちだってお金に困ることはあるんですよ。農夫なら肩を落として私の店に入ってくる。公爵なら内密に人を寄越す。だから私は人間というものを知っているし、私がひょいと覗き込むことになる彼らの生活も知っているわけです。それが夢想に耽《ふけ》る材料を提供してくれるのです」

「ああ、なるほど確かに」もっともらしくマザー・セリーダがいった。「それは本当かも知れないね。私は夢想に耽ることはないが」

「それだけではありません。店に坐って、地の涯から貢ぎ物が届けられるのを静かに待っていられるわけです。男も女も皆が高値をつけたものがことごとく、遅かれ早かれ私のところへやって来るのです。女王たちの誇りともいえる宝石や装身具が持ち込まれます。結婚指輪や赤ん坊の揺籠。縁に小さな歯形がついていたりしましてね。柩《ひつぎ》の銀の把手や古いフライパンまで持ち込まれます。何でもジャーゲンのところへ。だから自分の暗い店にじっと坐って、店の品々の歴史に思いを巡らせ、どうしてそれが私のものになったのかを考えていれば、それが詩になるというわけです。そしてそれは、死んだ世界に遺された時の中で微睡《まどろ》む神の、深く、尊く、古い考えでもあります。お分かりいただけると思いますが」

「分かるに決まっている。神々に係ることが私に分かるのには理由があるのだ」

「ならば、もう一つ。この仕事には才能が必要ありません。これを提供しようと選んで持って来ざるを得なくなった人たちが来るのですから。他にはどうしようもなくなって来るのです。縁がぎざぎざでぴかぴか光る硬貨を受け取るのですよ。それに触れば、自分の首の上に誇り高き王の頭を、指の下に粟の種の如き月桂冠を感じ取れるのです。中にはつるりとした縁がかった硬貨もあるでしょうが、それは誰も覚えておらず、もはや気にする者もいないような皇帝たちの称号や顎や鉤鼻で汚れています。何もかもただ静かに待っているだけでやってくるのです。その価値の三分の一の価格で顧客が持ち物を持ってきてくれるわけですから。簡単な仕事ですよ。詩人にだってできる」

「分かっている。仕事のことは何もかも」

「みんな必要以上に丁寧な取引をしようとします。というのは、そもそも質屋と金のやり取りをすることを恥じているからです。他の仕事に就いていたら詩人がそんな丁寧な対応をされるでしょうか。最後に、客の相手をする合間の時間には、ただ静かに坐って、世の物事の不思議な面について考えを巡らす以外にすることもありません。たとえ周囲に積み上がっていく数多の人生や家のがらくたがなかったとしても、質屋は詩人にとっていつも素敵な勤め口です。ですから、まとめていえば、若くはない詩人にとって質屋ほど適した職業はないということです」

「確かに、お前のいうことには一理ある。〈小さな神々〉が何かは知っているし、仕事とは何かも知っている。ひとたび手綱を緩めると人間たちがどうなるかも知っている。だが、そういう問題は私が考えることじゃないし、それ以外のことだって同じだ。私は漂白するよ」

「ああ、私にはまだまだたくさん話せることがあるのですがね。でも、退屈させてしまうのではないかと心配です。私たちがそれほど親しくなかったら、自分の個人的な事柄を話したりはしなかったでしょうね。それに、親類なら寛大になれるっていいますから」

「おや、でもどうして私たちが親類になれるんだい」

「ああ、私が水曜日に生まれたのをお忘れですか。つまり、私のお祖母さんってことになりませんか」

「さあ、分からないね。誰も今までにマザー・セリーダの親類だなんて名乗った者はいないからね」と哀愁に満ちた声でいった。

「その点に関しては疑問の余地もありません。まったくありません。サベリウス*もはっきりそういっています。小アールテミドーラス*は疑問を抱いていましたが、それには悪評高い理由があるのです。おまけに、彼の説得力のない詭弁がこの問題を扱ったニカノル*の著作の優れた一章に対して何の役に立ちましょうか。ぐうの音も出ないと思いますよ。その論理は決定的でとても反駁できないものです。セヴィウス・ニカノルに異議を唱えるなど誰にできましょうか。ああ、一体どんな異議を」とジャーゲンが強い口調でいった。

　もしかしたら、そんな人物たちはどこにもいなかったのではないかとジャーゲンは思った。でも、ジャーゲンには彼らの名前が如何にももっともらしく聞こえたのである。

「ああ、私は学問にはまったく疎いが、そのとおりかも知れないと思う」

「そのとおりかも知れないと仰いますが、そういわれると狼狽《うろた》えてしまいますね。ちょうど、洗礼式の贈り物をお願いしようと思っていたところだったからです。他の雑事に紛れて四十年以上お忘れだったようですが。意図してではないとしても、それを怠ったことで不親切だという非難を免れないのはご理解いただけるでしょう。ですから、公平であるために一言触れておくべきだと感じたのです」

「贈り物なら、私の力の範囲内で何でもいってもらって構わないよ。サファイアでもターコイズでも、この埃まみれの世界で青いものなら何でも私のものなのだからね。それに水曜日は全部、これまであったものから、これからあるものまで私のものなんだ。そのうちのどれか一つ好きなものを、お前の素敵な話と優しい心のお礼にやろうじゃないか」

「ああ、でも他の人たちよりもたくさん私が受け取るのは正しいことでしょうか」

「まあ、正しいことはないね。でも、私と正義に何の関係があるんだい？　私は漂白をするんだ。さあ、何か一つ選びなさい。私のサファイアは最高級品なんだ。来るべき私の水曜日には見る価値のあるものがたくさんあるよ」

「いいえ、宝石にはそれほど関心がないのです。未来は、服を着て脱いで、髭を剃って、食べて、利率を計算して、そんなことだけです。もう未来に関心を持っていません。ですから、あなたが使い終った水曜日で結構です。それだけで十分です。これこれしかじかの年の八月の水曜日ということで」

マザー・セリーダはこれに同意し、「でも、守らなくてはならない規則はある」といった。「物事には正しい手順というものが必ずあるからね」

そういいながら、頭に巻いた布巾を外し、白い髪の中から青い櫛を取りだすと、櫛に彫られている言葉をジャーゲンに見せた。それを読んでジャーゲンは少し驚いた。それでもジャーゲンは頷いて同意した。

「だが手始めに、ここにいる青い鳥はどうだい。お前の水曜日よりもむしろこっちの方が欲しいんじゃないかい。ほとんどの人はそうらしいね」

「いいえ、私はジャーゲンですよ。欲しいのは青い鳥ではありません」

するとマザー・セリーダは壁から枝編み細工の鳥籠を取った。そこには白い鳩が三羽入っていた。ジャーゲンの前に立って肩を丸め、足を引きずりながら舗道を歩き、中庭へと案内した。そこには確かに、牡山羊が繋がれていた。身体は暗い青で、その瞳は獣にしては賢そうだった。
そして、ジャーゲンはマザー・セリーダに必要だといわれたことを始めた。

第七章　水曜日における妥協について

　こうして質屋は轡《くつわ》に紋章がついた馬に乗って、記憶に残っている、ある瞬間のある場所へと戻った。再び立派な若者になったのに、これから二十年のあいだに起こることを先に知っているというのは実に妙な感じがした。

　たまたま最初に遭遇した相手は、自分の母親であるアズラだった。父親である〈岩山のコス〉*はその日の午後、ある若者の教育に関心を抱いた議員としてサン・ディドルで過ごしていたのだった。ジャーゲンは母親と、ガティネに行くなら必要になりそうな服について話をしていた。それから、どれほど頻繁に手紙を書こうと思っているかについても。予想どおりのことではあるが、ジャーゲンの新しい羽織りものを貶《けな》すようなことをいった。アズラはいつもジャーゲンの好みを信用するよりは自分で息子の服を選んでやることにしていたからだ。彼が乗ってきた馬については、彼女も立派な動物だと褒めた。ただ、誰かから盗んできたりして厄介事に巻き込まれなければいいのだけどとだけいった。これは記しておかなければならないが、アズラは息子のことをまったく信用していなかったのである。そしてジャーゲンは彼女を、本当に自分のことを分かっている唯一の女性であると思っていた。

今やすっかり若くて美しくなった母親がひっきりなしに甘やかしたり小言をいったりする間に、哀れなジャーゲンはこれから二人のあいだに訪れる口論と断絶について思いを巡らしていた。そして、母親が死んだことをまるまる二箇月も知らずにいたこと、自分の人生がその後どのように変わったかということ、もはや世界が心から信頼できる場所ではなくなることなども。愛と誇りを浪費し尽くした挙句、無視することに決めた数々の自責の念について前もって分かっているのだった。しかし、こういったことはまだ起きていない。それでいて、避けられないことでもあるのだ。

「かといって、こういったことが避けられないというのは、いくら何でもひどいじゃないか」とジャーゲンはいった。

これから出会う人たちのこともまた同様だった。立派な若者だった絶頂期に自分が愛した人々ももうすぐ、取るに足りない理由で彼にとってはまったく意味のない存在になってしまい、そしてジャーゲン自身もつまらない商人になってしまうのだ。生きるということが何とも無駄で不公平な過程に思えてきた。

ジャーゲンは若いときの家を出て、馬に乗ってベルガルドへ向かい、城に着くと馬を低木に繋いで中へ入った。そこで、ジャーゲンはドロシーに出くわしたのである。彼女は美しく可愛らしかったが、暁と日の出のあいだの庭で会ったときのドロシーと比べると、何か妙な具合に、美しくも可愛らしくもなくなっていた。そのドロシーは他の人たちと同じように、やはりジャーゲンの新しい羽織りものを褒めた。

「これは、こんな催しのためにちょうどいいと思ってね」ジャーゲンは控えめな口調でいった。

「ちょっとした気紛れで。こんな色はいささか奇抜だという人もいるかも知れないけど、誰にでも喜ばれる装いというのは無理ではないかな。それでも、この控え目な色合いが気に入っているんだ」

　その晩、ベルガルドの城では仮面舞踏会が催されていた。その陽気な会を共にした人たちにこれから降りかかるできごとを思い出すと、ジャーゲンはおかしくも悲しい気持ちになるのだった。ジャーゲンがその水曜日を忘れることはなかった。何年も前のその水曜日を。ド・モントール*閣下が、今では放浪者たちがやっているような〈ヘラクレスの誕生〉を上演するために、エグレモンからサン・メダール信者会を連れてきて、盛んに拍手喝采を受けた日だった。今はふたたびポアテム伯代理となっていた厳格なマダム・ニアフェル*でさえ、彼らの莫迦げた立ち居振舞いに大笑いしていた。その隣に坐っていた聖なるオルマンディはいうまでもなくユーモアを解する人物だった。だが、この水曜日こそ、エメリック伯に招待されてやって来たピュイサンジュ*子爵の正体が、実は悪名高い正真正銘の悪党ペリオン・ド・ラ・フォレ*だったとベルガルドじゅうに知られる前日であることをジャーゲンは思い出していた。

　まだ気づかれていないこの詐欺師が、少し離れたところでメリサン*妃と熱心に話し込んでいた。ジャーゲンには、この恋人たちに何が起ころうとしているのかすっかり分かっていた。ジャーゲンがいろいろ思い出しているその頃、本物のピュイサンジュ子爵はブノワの館で意識を混濁させて横たわっているのである。明日になって、別に本物の子爵がいることが分かり、その年の内に子爵はフェリーズ・ド・ソワクール*と結婚することになる。後になってジャーゲンは、ノルマンディーにある花咲く林檎園で初めて彼女に会うのだが、そのこともまたジャーゲンには分かっていた。

アイラール・ド・モントール司教がその横でドム・マニュエルの三番目の娘エッタール*と冗談をいいながら、メリサン妃を見つめていた。エッタールはこの夜、仮面舞踏会ということで、いつもより遅くまで起きているのを許されたのだった。この若い司教が後に他ならぬローマ教皇となることもジャーゲンには分かっていた。そして、ギロン・デ・ロック*と、向こうにいるまだ大人になりかけの無愛想な少年モーギ・デグルモン*が、やがて我がものにしようと争う女性になるのがいま司教が冗談をいっている子供で、そのせいでこの地方一帯は荒廃して、ジャーゲンが今いる城も包囲され一部焼け落ちてしまうことも。この人たちにどんなことが降りかかるかを思うと、ジャーゲンにはあまりにもおかしく悲しく思えた。そして、自らの運命の影で浮かれ騒ぎ、このくだらない仮面舞踏会で笑い声をあげているその他大勢の人たちに降りかかることも。

というのは、ここでは――ここに迫り来る破滅も衰退も、この浮かれ騒ぐ人たちを近いうちに打ちのめすことになる不幸も、ジャーゲンにはどのようにやって来るのかがもう分かっているし、抗えない死が忍び寄り、ここに一緒にいる人たちのほとんどが近いうちに迎える美しくない最期もまたジャーゲンには正確に分かってしまっている――笑いというものが現実と相容れない不気味なものに思えたからだった。レノーは短い髪の頭をぐっと反らして大きな声で笑っていたが、あんなふうに晒している滑らかで力強い首が、三人のブルゴーニュ人に押さえつけられて子牛の首のように切られてしまうと知っていたら、こんな顔で笑っていられるだろうか。十月が終らないうちに、レノー・ヴァンソフの身にそんなことが降りかかるとジャーゲンには分かっていた。だから、レノーの咽喉を見て、食いしばった歯のあいだから息を吸い込み、身震いしたのだった。

「あいつには私の二十倍ほどの価値があるんじゃないかな。それでも、歳をとるまで生き延びるのは私なんだ。少しばかりの土地を相続して、輝きに満ちた瞳を何年も後には汚泥で塞ぎ、広い心を持つ立派な若者だった私は何年も後には老い衰えているのだ！　そして私はこいつのことをすっかり忘れてしまう。彼の後ろにいる美しい娘はマリオン・レドルだ。裏通りをうろついては、男の袖を引っぱり流し目を送るあばただらけの歯のない女になる。こっちにいるのは蒼い目のコリンだ。子供みたいな小さな口をしているが、硬貨削り《コインクリッピング》＊で縛り首になった。ええと、いつだったか、そうだ、六年後の今日じゃないか。いや、だから、ここのみんなは先を見通す力がなくてよかったんだ。彼らが笑っても、私は笑えない。彼らの笑い声は、泣き声よりもずっと怖い。変えられない運命を悲観しないのは賢いやり方なのかも知れない。確かに、彼らが間違っているとまではいえない。それでも、やはり——生きるということが何もかも無駄で不公平なことに思えてならないんだ」

　他の皆が楽しい夕べを過ごしているあいだ、ジャーゲンは思いに耽《ふけ》っていた。

　やがて仮面舞踏会は終った。ドロシーとジャーゲンはテラスに出た。ベルガルドの城の東側だった。つまり忘れ難い月光の世界へとやって来たわけである。二人は欄干近くの彫刻を施した石のベンチに腰を下ろした。そこから見渡せる街道を、若い男女は物思いに沈んで眺めていた。そして、その先にある輝く谷間と木々の梢を。マザー・セリーダが最初にこの水曜日を行使したときのこととして、ジャーゲンが完璧に記憶しているとおりに、二人は坐っていた。そして、ちょうどこの水曜日が最初に行使されたときと同じように、若者の耳に躍動する朧《おぼろ》な音楽が聞こえてきた。ベルガルドの城の中でダンスが始まったことを教えてくれる音だった。

「我が〈心の望み〉よ」とジャーゲンが始めた。「今夜という夜が悲しくてたまらない。僕たちがどんな人生を送ることになるのかを考えているからだ。年月が僕たちをどんな屑にしてしまうかを考えているからだ」

「私の愛しい人。これから何が起こるかなんてよく分からないものじゃない？」そういってから、ドロシーはジャーゲンがこれからなそうとしている素敵なことや、二人が一緒に送ることになる幸せな人生を何もかも話そうとし始めたのだった。

「それが恐ろしいんだ。これから先の僕たちよりも、今の僕たちの方がずっといいのだから。僕たちは、この世界では用をなさないような輝きに満ちているんだ。でも、それは何の役にも立たない。それほどに無意味だし、正しいことでもない」

「でも、いつかは何某《なにがし》かの人物になるでしょう」ジャーゲンが覚えているように、彼が賞讃されるような高貴な業績をたわいもなく予言してくれるのだった。かつての自分である若者がそのころ高く評価していた己の能力についても今でははっきり分かっていた。

「いや、それはない。そんなものにはならないんだ」

「――それに、私があなたのことをどれだけ誇りにしているか考えて！「でも、その頃から私には分かっていたの」とみんなにいうつもり。丁寧だけどちょっと見下したような感じで」

「いや、あなたが僕のことをそんなふうに思うことなんかないんだ」

「まあ、あなたの他には誰も目に入らないって信じてくださらないの」

そのとき、ジャーゲンは少しだけだが笑ってしまった。ペルディゴンのギーヴリックの息子であるハイトマン・ミカエルの長身が人のいないテラスを横切って姿を見せたからだった。マダム・ドロシーを探していた。ジャーゲンには、この晩から二箇月後にドロシーが愛と美のすべてをこの男に与え、その後の荒廃した年月を共有することになると分かっていたのである。

しかし、そんなことをこの娘は知らない。ドロシーは少し肩を竦《すく》めるような仕草をしてこういった。「あの方と踊る約束をしているから、もう行かなくては。お歳の方は口うるさくて大変」

ハイトマン・ミカエルは三十近い年齢で、それはドロシーとジャーゲンから見れば老いぼれになりかけているのだった。

「やれやれ、ハイトマン・ミカエルが次にどこで踊るのかは知らないが、この辺りでだけは勘弁してもらいたいものだ」とジャーゲンがいった。

ジャーゲンは、もう行かなくてはならないと思った。

すると、ハイトマン・ミカエルが二人に礼儀正しく挨拶をした。

「この素敵なご婦人を奪うことになってしまうようです、ジャーゲン殿」

ジャーゲンは、二十年前にこの男がまったく同じことをいったのを思い出した。そして、ジャーゲンはもごもごと残念に思うというようなことをいい、ハイトマン・ミカエルがドロシーと踊るために彼女を連れ去るのを脇にどいて見送ることになった。そして、この踊りこそが、二人の親密な関係の始まりだったのだ。

「ハイトマン」とジャーゲンが呼びかけた。「奪うなどと脅すのも今は喜んで見逃しましょう。なぜなら、その次に踊るのは僕だから」

「それはこのお嬢さんに委ねよう」ハイトマン・ミカエルが笑った。

「いや、委ねませんよ。そうすると何が起こるのかすっかり分かっているのだから。自分の運命をこの人に任せる気はありません」

「ジャーゲン殿、あなたの振舞いは少々変わっていますな」ハイトマン・ミカエルがいった。見下すように、忌々しいといった様子で。ジャーゲンが自分よりもずっと立派な男に対して文句をいっているとでも思っているのか。ジャーゲンはこう答えた。

「もっと変わっていることを一つ見せて差し上げましょう。このテラスには僕たち三人しかいないように見えるけれども、実は四人いると断言できるのだから」

「私に謎をかけているつもりかね。それくらいにしておきたまえ」

「四人目というのは、黒い翼のある女神で、斑入りの服を纏っている。女神には神殿もなく、祈りの声を上げる神官もいないが、それを誇りにしている。なぜなら、どんな祈りでも動かせず、どんな生贄《いけにえ》でもなだめられない、唯一の女神だから。簡単にいうと、ノクス*とエレボス*の長女のことですよ」

「死の話をしていると受け取っていいのかな」

「直感の鋭い方だ。それでも、女神の気紛れを出し抜くにはまだ足りない。この無慈悲な貴婦人があなたとともにいることをそれほど強く望むなど、どんな人間に予見できたでしょうね」

「ああ、彼女と私が知り合いであることは紛れもない事実だ。屈強な兵士を一人二人、彼女のいる地下へと送り込んでやったことがあるのは自慢してもいいかも知れない。それで、君の意図するところを正しく推測するならば、彼女を生意気な若造のところへ送ってやることで、その義務を軽減してやるべきだというのだね」

「僕の考えとしては、この暗い女神は僕たちのところから立ち去ろうとしている。だから、女性に対する親切な行いとして、独りで行かせたりしてはならないということです。そこで、僕たちのどちらが彼女に付添うべきかをただちに決めるということを提案したい」

このときハイトマン・ミカエルは剣を抜き放った。「お前は気が狂っている。だが、私が決して断ったことのない招待状を送ってきたわけだ」

「ハイトマン」ジャーゲンは心から感謝と賞讃の声を上げた。「あなたに恨みを抱いているわけではないけれども、今夜、どうしても死んでもらわなくてはならない。我が魂を躰《からだ》より何年も前に死なせないために」

そういって、やはり剣を抜いた。

二人は戦った。ジャーゲンは剣の扱いが決して下手な方ではなかったが、始まってすぐにハイトマン・ミカエルの方がうわてだということに気がついた。そんなことは考えたことがなかったので、厄介なことになったと思った。もし、ハイトマン・ミカエルがジャーゲンに剣を突き通せば、未来は間違いなく変わるだろうが、それはジャーゲンが作り直そうと思っていた未来とはまったく違う。この予期せぬ事態は本末転倒ではないか。自分が無駄に殺されてしまうのではないかという疑念にジャーゲンは苛だち始めた。

しばらくのあいだ、背が高く冷静な敵はジャーゲンをただ弄んでいる様子で、ジャーゲンは次第に欄干の方へとじわじわ押されるばかりだった。そして、ジャーゲンの剣は手から捩《ねじ》り取られて、欄干の向こうの、街道の方へと弾き飛ばされてしまった。

「さて、ジャーゲン殿、これで君の出鱈目《でたらめ》もお終いだ。さあ、もう彫像みたいな格好で立っている理由もなくなった。君を殺そうというつもりはないんだ。そんなことをしたら、極悪人と呼ばれなくてはならなくなる。君の両親に悪く思われるだけだろう。それに、最初からそのつもりだったように、こちらのご婦人と踊る方がずっと楽しいじゃないか」ハイトマン・ミカエルはそういうと、

JURGEN's sword was twisted from his hand, and sent flashing over the ballustrade ....

陽気にマダム・ドロシーの方を振り向いた。

でも、ジャーゲンにはこの成り行きがどうにも我慢がならなかった。この男は自分よりも強く、しがない詩人たちが敬意とともに賞讃するしかない世界の逸品を堂々と攫《さら》っていくような奴なのだ。何もかもが繰り返される。ハイトマン・ミカエルの憎むべき言葉によれば、彼は最初に意図したとおりに振舞うことになり、一方ジャーゲンの方はこの男の粗暴な力によって脇へ押しやられることになる。そしてこの男がドロシーを連れ去り、嫌悪とともに思い出すことになる仕事をして残りの人生を過ごすのだろう。そんなことがあっていいだろうか。

ジャーゲンは短剣を抜き放つと、無防備なハイトマン・ミカエルの背中に突き立てた。三度、若いジャーゲンは逞しい戦士を刺し貫いた。ちょうど、肋骨の左下を。怒りのさなかにあっても、ジャーゲンは左側から刺すのを忘れなかった。

これを瞬く間になし終えた。ハイトマン・ミカエルの両腕が天に向かって差し上げられ、月明かりの中で両手の指が開き、そして握りしめられた。咽喉を鳴らすような奇妙な音がした。そして膝から力が抜け、後ろに向かって倒れ掛かってきた。頭を弟の肩に預けるかのようにジャーゲンの肩に載せ、ジャーゲンがその触れ合いに身震いして後退《あとじさ》ると、ハイトマン・ミカエルの躰は崩れ落ちた。天を見つめながら、自分を殺した男の足許に横たわっていた。恐ろしい顔つきだったが、完全に死んでいた。

「そんなことしてどうするの」しばらく経ってからドロシーが囁いた。「ジャーゲン、こんな卑怯なことをして、もう名誉も何もなくなってしまう。どうするつもり?」

「めそめそ言い訳することなく裁きを受けよう。でも、申し立てはするつもりだ」そういってジャーゲンは輝く夜空を見上げた。「この男は僕よりも強く、僕の欲しいものを欲していた。だから、緊急の必要性と妥協したんだ。僕が必要とするものを確実に獲得する唯一の方法だった。このミカエルに強さを与え、僕に弱さを与え、そしてともに同じものを求めさせた力に声を上げて訴える。僕がしたこと、やってしまったことはそういうことなんだ。さあ、裁きを！」

ジャーゲンはハイトマン・ミカエルの重い躰を引きずって、さっき自分とドロシーが坐っていたベンチの下に隠した。「華麗な紳士はここでお休みなさい。誰かが見つけてくれるまで。我が〈心の望み〉よ、僕のところへ来てくれ。そう、素敵じゃないか。僕は心からの愛を抱いて宿敵の躰の上に坐ることにしよう。正義が果たされ、何もかもあるべき姿になる。落ちぶれてはいるが、その轡に宝冠の紋章がついている立派な馬の相続人だということを忘れないでくれよ。予言の力で受け取ったんだ。その馬に一緒に乗ってリシュアルトまで行こう。そこで僕たちの結婚を執り行ってくれる司祭を見つけよう。それから一緒にガティネまで行こう。そこで、ほったらかしにされている仕事に就けるだろうから」そういって、娘を引き寄せた。

もうジャーゲンには怖れるものが何もなかったからだ。ジャーゲンはこう思っていた。

「ああ、この瞬間を止めておけたら。この瞬間を記憶の中に留めるのにふさわしい詩を作れれば。この娘の髪を撫でる手が感じる柔らかさと馨《かぐわ》しい芳香を言葉にできさえすれば。手の神経がことごとく震え慄《おのの》いている。月光に濡れるこの髪の輝きと影を消えることのない言葉にできれば。この何もかもを忘れてしまうかも知れないのだから。少なくとも、この瞬間をぼんやりとしか覚えていられないかも知れないのだから」

「あなたはずいぶんひどいことをなさったのよ――」ドロシーがいった。

ジャーゲンは心の中でこういった。「この瞬間はもう過ぎ去ろうとしている。この惨めで幸せな瞬間の中で、今一度、我が命が至福の高みで打ち拉《ひし》がれ、震え立ち尽くす。それが過ぎ去ろうとしている。この娘の顔を持ち上げ自分の顔に寄せ、彼女の顔にある信頼と服従と期待を記憶に刻むときでさえ、どんな未来が二人を待っているとしても、どんな幸せを二人がつかむとしても、この瞬間を越える幸福を一瞬たりとも得ることはないのだと知っている。こうやってその問題に立ち向かうことなくただ思いを巡らしているあいだにも過ぎていくこの瞬間は、二度と取り戻すことができない。哀れな愚か者よ」

「――それに、これからあなたがどうなるかは神様にしか分からない――」

ジャーゲンは心の中でなおもこういった。「そうだ、こんな恍惚の時の中にあっても変わらないものがあるに違いない。それが罪と後悔に過ぎないとしても。かつて虚しく逃してしまった至高の瞬間から何としても手に入れようと思っているものだ。そのときより私も賢くなっている。二人で抗った誘惑の記憶は、満たされなかった記憶にしかならないからだ。だからかつて知っていたたったひとつの本当の情熱を無駄にするつもりはないし、たったひとつの望みを満たされないまま放置するつもりもない。心臓が一回鼓動するほどの間も与えずに自分の生活の安泰を忘れさせた望みを。要するに、どうなろうとも、この娘の愛を奪い取られる前にうまいこと利用しなかったことをこの先ずっと嘆き続けるつもりはないということだ」

そこで、そうするのが自分にとって最良だろうと思ったとおりに、彼女に言い寄ることにした。そして以前の自分が、ドロシーの慎みという観念にショックを与えることをどれだけ怖れていたかを思い出して笑ってしまいそうになりながら気づいたのは、彼女もそんなに強く拒絶していないということだった。

「こんな、死んだ人の躰の上で！　ジャーゲン、何て恐ろしいことを！　いつ誰が来るか分からないってことを忘れないで！　信用できる人だと思っていたのに！　私に対する関心はこの程度だったということなのね」という言葉もいわなければならないからいっただけだ。そういいながら大きく見開くドロシーの目は気怠そうだった。

「これは二度目なんだから、僕も運任せでやったりはしないんだ。だから、何が起ころうとも、やらずに残してきたと後悔するつもりはない」

ジャーゲンは唇に笑いを浮かべ、両腕を従順な娘の躰に回していた。しかし、心はいいようもなく沈み寂しかった。暁と日の出のあいだの庭で会ったドロシーとは違うように思えたからである。今、自分の腕の中にいる美しい娘は、若い男たちとの関係を心配しすぎる様子もないじゃないかとジャーゲンは彼女と唇を合わせながら思っていた。人生なんてまるごと一つの妥協なんだ。何れにせよ、美しい娘は手で触れることのできる存在である。そう思うとジャーゲンは勝ち誇ったような笑い声を上げて、来るべきできごとに心を備えた。

しかし、ジャーゲンが勝ち誇ったように笑ってドロシーの顔の下に腕をまわし、抗うことのないドロシーの柔らかな顔に唇で触れ、心に理屈と合わない苦悩を抱えているとき、教会から真夜中の鐘の音が聞こえた。すると妙なことが起きた。水曜日が過ぎ去ると同時に、ドロシーの顔が変わって、ジャーゲンの手の下で肉体が固くなり、頬が垂れ、目の周りに皺が現れ、ジャーゲンがハイトマン・ミカエルの妻として覚えているとおりの伯爵夫人ドロシーになったのである。月の光をくまなく浴びていたから見間違いようはなかった。ドロシーはジャーゲンに色目を使い、ジャーゲンは彼女の躰じゅうを撫で回していた。このおそろしく淫らな女は、そんな馴れ馴れしい振舞いを許さないくらいの分別があって然るべき年齢になっているのに。彼女の息は饐《す》えた匂いがして気持ちが悪かった。ジャーゲンは嫌悪の気持ちを抱いて彼女から身を離し、その色欲に溢れた顔を締め出そうと目を閉じた。

「いや、こんなことをしては私たちの恩義ある方々に申し訳ない。実際、恐ろしいまでの罪でしょう。こういうことは、ときにはよくよく慎重に考えてみるべきなのです、マダム」

そういってジャーゲンは少し勿体ぶった態度で自分を誘う女を置き去りにした。「私は愛する妻を探しに行くことにします。あなたがご主人の元へ戻るよう強く助言したい気持ちでいっぱいです」

ベルガルドのテラスから真っすぐ降りると南へ向きを変え、アムネラン荒地につないでいた馬の方へ向かった。自分が実に高潔だと感じながら。

FCP

第八章　古い玩具と新しい影

ジャーゲンは、自分が実に気高く振舞ったと思っていた。しかし、同時に誓約をしてしまっていた。「私は愛する妻を探しに行くことにします」と明言したのだ。自分の高潔な感情に得意になって。そして気がつくと、ジャーゲンはまさに妻の姿を最後に見たところで、月光の世界にただ独り立っていた。

「やれやれ。水曜日が終ってしまったのだから、私もまた堅気の質屋に戻ったんだ。ときには男らしい行いをすべきだということを思い出そう。リーサが入っていったのはこの洞窟だったかな。それなら、私も入って行こう。これで二度目だが、思いやりもない妻の親族がいるところへ戻るよりはましだろう。少なくとも、入って行こうとは思っているのだ――」

「おい、今がそのときだ。ア・アブ・フル・フス*」と甲高い声がいった。

「頃合いだぞ」

「おお、頃合いなんてもんじゃない」

「見ろよ、オークの樹の中に男が」

「火竜だ」

混乱したたくさんの声が叫んだり泣いたりしていた。しかし、ジャーゲンが周りを見ても誰の姿も見えなかった。その小さな声はことごとく遠く上方から聞こえてきているようだった。だが、そこには急に集まってきた雲の他には何もない。風が激しさを増し、月はもう雲に隠れていた。少しのあいだ、その高い声は空高く雀の口論のように聞こえていたが、言葉は何一つ聞き分けられなかった。

そのとき小さな金切り声がはっきり聞こえてきた。「恋人たちよ、今こそ気をつけて。私たちが如何に高みを飛んでいるか。風に立ち騒ぐ荒野の上を、鉄の鎖で絞首台に吊るされてぎしぎしきいきい音を立てて揺れている死体の上を。今、嵐が解き放たれた。鳥猟師から放たれた鷹のように。厳粛な面持ちの女王ホルダが長い髪を輝く月の盾の上に引き上げる。もう寝台の準備はでき、水も汲み上げられている。私たち花嫁の付添はスクラウグ*の花嫁になる娘を探しましょう」

別の声がいった。「高いところを探し、低いところを探しなさい。付添たちよ。しっかりした腰の娘を探しなさい。愛とともに年老いるまで、何人もの花嫁より長生きした王様を慰めるために。埃にまみれた私たちの主が今にもにやにや笑いながら目を覚ます。今宵力なく抱擁され、あの肪《あぶら》の浮き出た躰《からだ》を温めに来る彼女の柔らかい唇のことを考えて、水かきのある長い指が震えている。誰がスクラウグの花嫁になるの」

三番目の声がいった。「この探索の旅のあいだずっと持ってきた婚礼の衣装にもよくよく注意しなさい。その娘はここから出発するでしょう。クレオパトラの屍衣を纏い、フォルゲモンの鞍に乗って。鬼火が二人を結婚させるでしょう」

「いいえ、いいえ！　ブラキオトゥスにさせて」

「いいえ、燭台を持ったキット*に！」

「エマン・ヘタン、*戦いなさい、戦いなさい」

「トム・タンブラー、*スタドリン*に気をつけて」

「ティブ、*マーマリティンは持ってる？」

「ア・アブ・フル・フス！」

「さあ、ベンボ、行きなさい」

　彼女たちはそんなふうにきいきいぴいぴいジャーゲンの頭上でいい争っていた。そんな状況が気に入らなかった。

「魔術か何かを操るアムネラン荒地の魔女たちじゃないか。関わりたくない魔術だ。ついこのあいだ、この辺りで十字架を投げ捨てたりしなければよかった。どうしてそんなことをしたのかは分かってもらえると思うが。もし妻がそうするべきなんだと、どうしてもいい張ったりしなかったら、私だってそんなことは思いつきもしなかっただろう。誰のことも傷つけたくなかったんだ。それにしても、この荒野は躰に悪そうだな。それでも結局は、この洞窟で出くわすものが何であろうと探してみた方がよさそうだ」

　ジャーゲンが二度目に洞窟へ入って行ったのはこういうわけだったのである。

　中に入ってみるとあたりは完全な闇で、ジャーゲンには何も見えなかった。しかし、洞窟は真っすぐ下へ向かって伸びていて、遠くの方には明かりが輝いていた。ジャーゲンはどんどん先へと進んで、前にケンタウロスを見つけた場所へと行きついた。今度は、その付近には誰もいなかった。

だが、ネッソスが横になってジャーゲンを待ち受けていたところの背後には、洞窟の壁に口が開いていて、そこから光が流れ出ていた。ジャーゲンは身を屈めると、這ってその穴を潜り抜けた。穴を抜けて立ち上がると、思わず息を飲んだ。足許に、横たわる女性像を刻んだ墓があったからである。洞窟のこちら側では高い台の上にランプがいくつも灯っていて、近年視力の衰えてきたジャーゲンの目でも辺りをはっきりと見渡せた。これは間違いなく、教会で何度も見たことがあるような平らな墓石だ。しかし、上に載っている薄く着色された彫像の造りは凝ったものだった。

間近に寄って眺めてみた。そして、触ってみた。

ジャーゲンは思わず後退《あとじさ》った。間違いなくこれは死体の感触だと思ったからだった。彫像は着色した石ではなかった。死んだ女性の身体だったのだ。それよりなお奇妙なのは、それがずいぶん前にノルマンディーにいた頃、ジャーゲンが愛したフェリーズ・ド・ピュイサンジュ*の躰だったことだ。質屋の仕事をする何年も前の話である。

また彼女の顔を見るのは辛かった。この大柄で褐色の肌の女性がどうなったのかと思ったことが何度もあった。本当に自分は、彼女が夫を騙した最初の男だったのかと思ったことも何度もあった。そして、マダム・フェリーズ・ド・ピュイサンジュは本当はどんな人物だったのかと思ったことも。

「フェリーズ、私たちが親しい間柄だったのは二箇月ほどだったかな。本当はよく覚えていないことは分かっていると思うが、少し開けたままになっているドアのことや、それをそっと開けると化粧台の上に載っているランプが真っ先に目に入って、それがほとんど消えそうになっていたこと、ガラスの笠の上に溜まっている埃がきらきら光っていたことははっきり思い出せる。私たちのきわめて不道徳な行いが結果としてランプの笠の上の埃の記憶くらいしか残さなかったというのは妙な話じゃないか。それにしても、あなたは美しかった。もっと早くあなたのことを知っていたら、あなたのことを好きになったのではないだろうか。でも、亡くなった子供の話をして、その赤ん坊の肖像画を見せられたとき、あなたのことが嫌いになってしまった。私に対する寛大すぎる扱いで子供を裏切っているように思えたからだ。それ以来、私たちのあいだにはその子の小さな幽霊がいるようだった。それでも、あなたがご主人を欺いていることを私は気にも留めなかった。私があなたのご主人とかなり親しい間柄だったのは確かだ——私たちが別れて数箇月後にあなたが子供を産んだことをあの善良な子爵が大層喜んだ話は教えてもらった。結局のところ、そんなに大きな害はなかったわけだ」

そのときジャーゲンは別の墓の上にある彫像がやはり横になっている別の女性の身体だと分かった。その向こうにはさらにもう一人、そしてその向こうにも一人。ジャーゲンは口笛を鳴らした。

「何ということだ。一人残らずなのか。かつて抱き締めた柔らかな肉体とことごとく向かい合わなくてはならないのか。そうだ、これはグレイン、それからロザモンド、マルクーヴ、エリナー。このエリナーのことはまったく覚えていないが。それから、こっちはシドンのハッサン・ベイのところで買ったユダヤ人の小娘じゃないかな。でも、そんなことをはっきり覚えているわけがない。これは多分ジュディスだ。こっちはミリーナか。あの痣《あざ》をもう一度見たいような気もするが、それはしたないかも知れないな。それにしても一人の男の相手を合計するとこんなにもなるのか。百数十人もいるに違いない。男にとって深刻に考え込んでしまうような眺めだ。でも、一人残らず公平に扱ってやったことを考えれば気分は楽になるがね。中には私にひどい仕打ちをした女も何人かいたが、どれも過去のこと、終ったことだ。一人の恋人では満足できず、気紛れで移り気だった女に

も恨みを抱いてはいない。若いジャーゲンだってそうだったから」

それからジャーゲンは死者たちの中に立ち、両腕を広げて抱き締めるような仕草をした。

「淑女の皆さん、さらば！　私たちの愛は終ってしまったのだから。古い記憶を笑って打ち捨て、進行中の愛を続けることこそ楽しみではないか。それでも、愛の支配を受け入れ、大胆に愛の装いを纏った恋人たちにとって、すべての終着点は死ではないか。愛の種蒔きは、愛の収穫よりも心地よいものだ。いい換えるなら、愛は、強い風も吹かないうちに落ちてしまう花々の中にある、どこへも通じていない脇道へと私たちを誘い込む。だから最後には、わくわくする気持ち、生命力、そして貴い時間をすっかり無駄にして、すべての終着点は死だということを見出すんだ。だからといって、愛を避けた方が賢明だったろうか。それどころか、愛に導かれる大胆な狂気に身を任せることこそ、何よりも賢明なやり方だった。愛だけが若者たちを歓喜へと導くものだからだ。それが如何にかりそめのものであろうと、この世で人間が得ようと努めるものはことごとくかりそめなのだ。そして、すべての終着点は死なんだ」

こんなふうに古い歌からふさわしい感情表現を借用してから、ジャーゲンは死んだ恋人たちに丁寧に頭《こうべ》を垂れると、そこから離れ、洞窟の伸びる先へと歩いていった。

しかし、明かりが背後から差すようになったので洞窟の角を曲がると、ジャーゲンの影がいきなりぬっと大きくなって、洞窟の壁面で向かい合うことになった。影は疑う余地なくくっきりと存在していた。

ジャーゲンはまじまじと影を見つめた。あっちを向いたり、こっちを向いたりしてみた。背後を振り返って、片手を上げて、おずおずと首を振った。首を捻《ひね》って横を向いて顎をぐいと上げた。そして、この影の様子を見ようと横目でちらりと見てみた。ジャーゲンが何をしようと影はそのとおり真似したが、それは至極当然のことである。奇妙なのは、人間に付添うべき影がまったく本人と似ても似つかぬ姿だったことである。これは、地下奥深くでたった独りのときに発見することとしてはどうも心乱されるものだった。

「実に不愉快だ。とにかく不愉快極まりない。やり口が汚いじゃないか。まったく莫迦げている」そういって肩を竦《すく》めた。「これを私にどうしてくれというのかね。本当にどういうことなんだ。私はこの件を堂々と軽視して、我が洞窟探検を続けることにするぞ」

第九章　伝統に則ったグィネヴィア救出*

　さて物語は、洞窟が如何に狭まり、そして再び曲がり角が現れたかという箇所にさしかかったところで、ジャーゲンが廊下を通り抜けてまったく別の地下室に入り込んだかのように感じた場面へと続くのである。それにしても、不愉快な部屋ではあったが。

　地下室の天井から吊り下がっていたのは、震える赤い焔が立ち上っている釜だった。その焔が照らしているのが、年老いた、如何にも悪党然とした男だった。男は全身を甲冑で固めて、剣を下げ、王冠を戴いていた。王座に身動きもせず真っすぐ坐り、何も見ていない目を瞠《みは》っていた。その背後に、兵士が多数、列を成して坐っているのに気がついた。そして、一人残らず何も見ていない目を見開いてジャーゲンを凝視しているのだった。釜の赤い焔が兵士たちの目に映っていて、それが何とも不気味だった。

　ジャーゲンはどっちつかずの態度で待っていた。何も起こらなかった。そのとき、この無愛想な君主の足許に櫃《チエスト》が三つあるのが目に入った。そのうちの二つの蓋は開いていて、銀貨がいっぱい詰まっているのが見えた。王のすぐ前にある真ん中の櫃には女が坐っていて、その顔を、身動きもせず睨《にら》みつけている萎《しな》びた老人の膝に預けていた。

「これは若い女じゃないか。どう見てもそうだ。豊かに巻く髪の煌《きら》めきを見よ。その首の見事な曲線を。そこそこの勝算があれば一戦交えるだけの価値がある一口の珍味なのは確かだ」

そんなことがジャーゲンの頭を走り抜けていった。ドラゴンのように大胆にジャーゲンは前へ進み出で、娘の顔を持ち上げた。

彼女の目は閉じていた。それでも、ジャーゲンがこれまでに想像し得た誰よりも美しかった。

「息をしていない。だが、記憶に間違いがなければ、私の腕に抱かれているあいだにきっと生きた女になるのだ。明らかにこれは魔法によって呼び起こされた眠りだ。これまでたくさん妖精物語を読んできたのも無駄ではなかったということだ。魔法にかけられたどんな王女であろうと、その目を覚まさせるときの正統な作法があるではないか。それに、今どこにいるか分からないリーサはこの近くにはいない。なぜなら、誰の話し声も聞こえないからだ。したがって、この王女に対して伝統的な対応をする自由があると考えていいだろう。まったく、私にできる唯一正しいことだし、正義がそれを求めているのだ」

そういって納得し、ジャーゲンは娘に接吻《くちづけ》をした。彼女の唇が開いて柔らかくなり、素直な熱意を帯び、不快ではなさそうな様子だった。すぐ近くで見ると大きな目をしていたが、それがゆっくりと開き、驚くこともなくジャーゲンを見つめ、すぐにまた半分ほど瞼《まぶた》が下がってしまった姿は、正しく接吻をされた女の然るべき振舞いとしてジャーゲンが覚えているとおりだった。彼女はジャーゲンにしがみつくと今度は少し躰《からだ》を震わせた。寒くて震えたのではなかった。女の躰を揺さぶる忘我の震えをジャーゲンはすっかり思い出した。何もかもすっかりそうあるべき状態へと至ったの

Upon the middle chest sat a woman.

である。ジャーゲンは接吻をやめたが、それはご推察のとおり、ずいぶんと長く経ってからのことだった。

ジャーゲンの心臓は躰から飛び出そうと決意したかのように激しく打っていた。血管を流れる血が指先でひりひり感じられた。こんな感覚に襲われるには自分は歳をとりすぎているのにどういうわけだと思った。

それでも確かに、これはジャーゲンが想像した中でももっとも美しい娘なのだ。輝くグレイの瞳と微笑む小さな唇の彼女は容姿端麗という他はない。もっと美しい人を見たことがあるなどと自慢する輩《やから》はいないだろう。彼女は頬を頭上の赤く揺れる光で赤らめ、艶やかで愛らしい眼差しでジャーゲンをまじまじと見つめていた。焔のような色の絹の長衣《ローブ》を纏い、首には赤金色の襟があった。

彼女が話す声は音楽のように響いた。

「来てくださると知っていました」幸せそうな声でいった。

「私も喜んでここに参りました」腕の位置をもう少し楽になるように調節しながらジャーゲンがいった。

「でも、時間が迫っています」

「我が愛しい王女よ、時間は立派な手本を示してくれるでしょう」

「でも、あなたはこの恐ろしい場所に命を持ってきてくださったことが分かっていらっしゃらない。私に命をくださったことを。これほど直接的に素早いやり方はないでしょう。しかし、命は拡がりやすいもの。もう感染は拡がっているのですよ」

娘に指し示されて、ジャーゲンは老王の様子を見た。萎びた老人は身動きをしていなかったが、ゆっくりとではあるが鼻から噴き出る蒸気が増えてきていて、まるで極寒の地で息をしはじめたかのようであった。

「他の者も皆、鼻から煙を出しているじゃないか。これは驚いた。こんな所からは立ち去った方がよさそうだな」

ハイトマン・ミカエルのところに武器を全部置いてきてしまったので、ジャーゲンは王の剣帯を外すと、自分の腰に回して、剣も短剣もきちんと装備した。「さて、これで我が羽織りものにふさわしい武器を身につけたぞ」とジャーゲンはいった。

娘が通路らしき道を示したので、石を荒く削ってできたその階段を四十九段昇って、昼の光の中へと出た。階段のいちばん上には鉄の跳ね上げ戸があり、娘の指示でそれを下ろした。外からこれを固定してしまう方法がない。

「でも、スラグナルは閂《かんぬき》や錠では止めることができません。その代わり、私たちは直ちにこの戸に十字を刻まなければなりません。スラグナルが通り抜けられない印ですから」

ジャーゲンは本能的に咽喉を手で押さえた。それから肩を竦《すく》めて、いった。「でも、私はもう十字架を持ち歩いていないのです。スラグナルとは他の武器で戦わなくてはなりません」

「二本の棒を交差させればいいでしょう」

それに対してジャーゲンは、跳ね上げ戸を持ち上げて棒をどかしてしまうことなどこの上なく簡単なことだという意見を示した。「誰かが触らなくてもそんなものは転げ落ちてしまうでしょうね。そうしたらその十字架はどうなるんですか」

「まあ、あっという間に何でも思いつくのですね」感嘆するように彼女はいった。「それなら、この服の袖から端を切り取って、それでその枝を結びつけましょう」

ジャーゲンはそのとおりにして、跳ね上げ戸のうえに十字架だと認識できる枝を置いた。「それでも、誰かが跳ね上げ戸を上げれば上に置いたものは落ちてしまう。あなたのまじないの力を軽視しているわけではありませんが、そうなったらこいつは特に厄介なことになりますね。魔法使いであろうとなかろうと、頑丈な錠の方がしっかりしていると思いますよ」

すると娘はまた長衣の袖を引き裂いて、それから反対側の袖からもう一本、その二本を使って作った十字架を跳ね上げ戸の表面に固定した。それで下から棒を動かせなくなった。二人は轡《くつわ》に紋章のついた立派な馬に乗って（娘は婦人用の添え鞍に乗って）、西へ向かった。娘がその方向がいちばんいいといったからだった。

そのときジャーゲンに語ったところによれば、彼女はグラシオンと〈赤の島々〉の王ゴギアヴァン*の娘であるグィネヴィアだという。ジャーゲンは、自分はログレウス*の公爵であるといった。質屋が王女を救出するのは不自然なような気がしたからだ。そして、たとえスラグナルが何をしてこようとも、彼女を安全に父親である王の許へと連れ帰ると誓った。二人が快適な五月の朝を一緒に馬に乗って進むあいだに、グィネヴィアはスラグナル王が不埒にも彼女を捕え拘束していた顚末をすっかりジャーゲンに語った。

グィネヴィアはあのトロル*の王でも二人の邪魔はできないと思っていた。「だって、あいつの魔剣カリバーン*を持っているのはあなたなんですから。スラグナルを殺すことのできる唯一の武器です。それに、あいつは、あの十字架の印を通り抜けられない。あれを見て、震えるだけでしょう」

「我が愛しの王女、あいつは下から跳ね上げ戸を押し上げればいいだけですよ。跳ね上げ戸に結びつけた十字架はすぐにあいつの通るところから弾き落とされてしまいます。そのやり方でうまく行かなくても、あいつは別の出口から洞窟を出てしまえばいいのです。私が入っていった所ですね。私の推察によれば、もしあのスラグナルが多少なりとも知性を持っているなら、そしてそれなりの粘り強さを持っているなら、やがて追いついてくるでしょう」

「たとえそうでも、あの男からの贈り物を受け取らなければ私たちに害を加えるようなことはできないのです。難しいのは、あいつが変装して来るということですね」

「そんなのは私たちが誰からの贈り物も受け取らなければいいだけでしょう」

「もう一つ、スラグナルを見分ける徴《しるし》があります。スラグナルは自分のいうことを否定されたら、ただちに相手の方が正しいと認めなくてはならないのです。それが、ミラモン・スルアゴル*がかけた呪いです。あいつを見分けて阻止するために」

「そんな人間らしからぬ特徴があるなら、スラグナルを見分けるのは簡単なことでしょう」とジャーゲンがいった。

第十章　スラグナルの惨めな変装

伝えられている話によれば、ジャーゲンと王女がギホン*に近づいた頃、馬に乗った男が二人の方へ向かってきた。全身を黒い甲冑で固め、林檎を咥《くわ》えた赤い蛇を描いた盾を持っていた。

「騎士殿」兜《かぶと》の下から虚ろな声がいった。「そのご婦人を差し出していただかなくてはならない」

「何か間違えていらっしゃるのではないか」とジャーゲンが丁寧に答えた。

そうして、二人は戦った。カリバーンは何人《なんぴと》も抗うことのできない武器なので、カリバーンを持つ者を傷つけることはできず、やがてジャーゲンが勝利することとなった。この戦いに不慣れな騎士が激しい一撃を加えると、黒の鎧を纏う者は意識を失って倒れた。

「これはスラグナルだと思いますか」敵の兜の紐を緩めながらジャーゲンがいった。

「それは何とも分かりませんね」グィネヴィア王女がいった。「もしこれがあのトロルの王であったら、贈り物を差し出していたでしょう。それに、自分のいうことを否定されたら、ただちにあなたの方が正しいと認めていたでしょう。でも、何も差し出すことなく、反駁に答えることもなかったから、何の確証ももてません」

「しかし、諺によれば沈黙は承認の意味ですからね。何れにせよ、こいつを見てやりましょう」

「しかし、それも証拠にはなりませんよ。スラグナルは魔法で変装して自分とはまったく違う誰かそっくりに化けて悪事を働いているのですから」

「なるほど、そんなに信用できない奴なら、何だか分かりませんね。それでも、大事を取って失敗することは滅多にありません。いずれにせよこの者は、極めて育ちの悪い男で、おそらく不道徳な意図を持っていたのでしょう。そうです、用心が肝心です。大事を取っておくべきでしょうね」

兜を外すのはやめて、ジャーゲンは見知らぬ騎士の首を切り落とし、二人はそこから立ち去った。今度は王女は死んだ襲撃者の馬に乗っていた。

「確かに、魔剣はいいものです。私のような年齢の遍歴の騎士にとっては、必要欠くべからざる装備です」とジャーゲンがいった。

「まるで老人でいらっしゃるような話し方をなさいますね、ログレウス公閣下は」

「それにしても、眼識ある姫君だ。結局のところ、若々しい男にとって四十何歳が何だというのだ。この稀なる知性の持ち主であるお嬢さんのおかげで、アーテインで私が愛したマルクーヴのことを思い出してしまった。彼女は私のことを、私を老齢の男扱いした多くの女性のようには、見なかった。私はこの王女が好きになったんだ。敬愛しているといっていいくらいだ。この王女にそんなことをいったら、彼女は何というだろう」ジャーゲンは考えた。

しかしそれを試してみる機会をジャーゲンは逸してしまった。というのは、そのとき、髪がちりちりで頬に色を塗った少年と出会ったからである。少年は取り澄ましたような顔で歩いていた。ぴかぴか光る金の菱形を鏤《ちりば》めた黒い衣装を纏い、金色の肥やし熊手を手にしていた。

・・・・・

ジャーゲンはこの件についてよくよく慎重に話し合った結果、最終的に、切り離された身体と頭をそのまま道に置いて行くことに決めた。この煩わしい少年の手も同様に。少年は変装したスラグナルだったかも知れないし、そうではなかったかも知れない。王女が指摘したように、それは簡単には分からない。

ジャーゲンと王女は道端に建つ黒と銀の屋敷に逢着した。屋敷の入口には林檎の木が立っていて、花が咲いていた。その枝からは銀の飾りのある黒い角笛が吊り下げられていた。女が独り、そこで待ち受けていた。彼女の前にはチェス盤があって、黒檀と銀の駒が、すぐにもゲームが始められるように並べられていた。彼女の左手にあるテーブルに載っているのは、きらきらと輝く罎と銀の酒杯だった。その女が勢いよく立ち上がり、旅人のジャーゲンたちの方へ近づいてきた。

「まあ、ジャーゲン、それにしてもその新しい羽織りもの素敵ね。いつもいっていたけど、あなたほど服の趣味のいい人はいないから。私はこの屋敷でずいぶん長いことあなたを待っていたのよ。ここの持ち主の黒い紳士とは結構親しい間柄なんでしょう？　あの人は今朝、運の悪いことに仕事でクリム・タタール*へ向かったから、きっとあなたに会えなくて残念だと思うでしょうね。あら、長旅でとても疲れて咽喉も渇いているでしょうに、全然気がつかなくて。そちらのご婦人とお二人で、これをお飲みになってくださいね。その後でまた、私たちの冒険の話でも致しましょう」

ジャーゲンにはこの女性がどうにもリーサ夫人その人のように見えて仕方がなかった。

まじまじと彼女を見つめ、なおもはっきり決めかねて、こういった。「お前は確かにリーサのように見えるのだが、そんなに愛想のいいリーサを見たのはあまりにも久しぶりだ」

彼女はなおも微笑みながらいった。「私たちが別れてから、私もあなたのいいところが分かるようになったということ」

「お前を攫《さら》った悪魔がこんな驚異をなしたのかも知れない。それにしても、若い女性と一緒に馬に乗って冒険に出ているところで会ったというのに、私たちのどちらを攻撃することもなく、それどころか声を上げることすらしない。いや、これはどんな悪魔の力をも凌駕《りょうが》する奇蹟があるに違いない」

「でも、昔の私たちの困難をよくよく思い出していたら、いつもあなたの方が完璧に正しかったように思えてきたのよ」

グィネヴィアが肘でジャーゲンをそっとつついていった。「お気づきになりましたか。これはきっと変装したスラグナルです」

「私もこれはリーサなんかではないと思い始めていたところでした」ここでジャーゲンは威厳のある声を張り上げていった。「リーサ、もしお前が本当にリーサなら、私がお前にはもううんざりしていることは分かっているはずだ。お前も私が嫌になっているのは明白な事実だ。お前はとにかくよく喋る。声の大きさと話の長さだけをとってみても、お前に匹敵するほど威勢のいい女は他にいない。控え目にいってもお前の話で七百八十回聞かなかったものはないな」

「まったく仰るとおりね。でも、もしそうならあなたのように賢い振りをしたことは一度もなかったということ」リーサ夫人がいった。

「頼むから私を惑わすのはやめてくれ。それに、私はこの王女と恋に落ちているんだ。だから、私を非難するのもやめてくれ。お前には不満を訴える権利はないのだから。お前が、私が司祭に愛を誓った相手のままだったら、私だって今もお前のことばかり考えていただろう。だが、そんなことはなかった。何をしても私のことを完璧だと思うような、抱き締めたいほど可愛く楽しい娘から、並外れて不器量で怒りっぽい中年女になる方を選んだ」ここでジャーゲンは一息ついた。「そうじゃないか。そんな悪意に満ちた陰険なやり方で私を騙してきたことを一瞬でも否定できるのかな」

リーサ夫人は悲しそうにいった。「ジャーゲン、何もかもあなたのいうとおり。あなたの考えているとおり。でも、歳をとるのはどうしようもなかったのよ」

「おやおや、これは何とも驚くほど下手くそな物真似じゃないか。結婚した男なら誰でも一瞬で見破ってしまうぞ。私はそんな不器量で怒りっぽい女と結婚の約束を交わしたわけじゃない。そんな人間の要求は断固拒否する。不当な要求であることは間違いないからだ。私はこの気高く高貴なグィネヴィア王女に永遠の愛を誓う。今までに出会った誰より美しい女性だ」

「ジャーゲン、あなたのいうとおりだし、何もかも私が悪かった。でも、それは私があなたを愛していたから。そして、出世してほしかったから。私の父と同じ職業の世界で誇りとなってほしかったから。だから、うるさく小言をいっただけなの。でも、あなたには妻の感情など決して理解できないでしょう。今でも、私があなたの幸せを何より望んでいるということも。これが、私たちの結婚指輪。これを返すから好きなようにしていいわよ。私はこのお姫さまがあなたを幸せにしてくれることを祈っているから。だって、お姫さまにふさわしい男がいるのなら、それがあなたであることは確かだから」

ジャーゲンは首を振りながらいった。「こんなに人の振りをするのが下手だとは、何とも驚くべき悪魔なんだ。結婚した女のほとんどが天国に行くはずだというあり得ないことさえ頭に浮かびそうになるじゃないか。その指輪だが、今朝は贈り物を受け取るつもりはないんだ。たとえ誰からであっても。でも、私がこの王女の美しさにどうしようもなく惹かれてしまっていることは分かるだろう」

「ああ、あなたを責めることはできない。あなたがまったく正しいのだから。この方は私がこれまでに出会った誰よりも素敵な人ね」

「はっ、スラグナル！　尻尾を摑んだぞ。自分が不器量であることを認める女がいないとは限らない。だが、生身の女なら王女の美貌のほんの僅かでさえ決して認めはしないだろう」

カリバーンを引き抜くと、リーサ夫人の愚かな変装を続けている生き物の首を打ち落とした。

「やりましたね。立派ですよ」とグィネヴィアが声を上げた。「もう魔法は解けました。スラグナルは我が賢明なる闘士によって斃《たお》されたのですから」

「もっと確実な証拠があればよかったのですが。あの屋敷と首を切り落とされたトロルの王が、雷鳴と地響きといったよくある現象とともに消失するだとか。だが、そうはならずに、ほんの少し前まで話していた女が今は私の足許にぐったり横たわっていること以外、何も変わっていません。私たちがつまらない喧嘩を始めるようになる前から、私は少し捩《ねじ》れた小指のことで妻をからかっていました。あの左手の曲がった小指でさえスラグナルは見逃さなかったことが気になって仕方がないのです。ええ、そこまで念入りに注意深く仕上げていたことが気になるのです。もし私が間違っていたら、もし見た目どおりの人物だったとしたら、これはいささか厄介なことになります。あんなにも、見極めようとしていながら。いずれにせよ、正しく思うことを実行しましたが、ふと気づけばそれで安心が得られたわけでもありません。そして、この場所がどうにも気に入らないのです」

第十一章　ログレウス公爵現る

ジャーゲンは、テーブルの上のいつでもゲームができるようになっていたチェス盤から駒を全部払い落とし、大きな酒壜の中身を次々と地面に空けていった。角笛に手を触れない理由を説明すると、王女は身を震わせて、そういうことならジャーゲンの判断はきっと賢明なものなのでしょうといった。それから、二人はまたそれぞれの馬に乗って、黒と銀の屋敷から離れた。その後は特に意外なできごともなく、キャメラード*にあるゴギアヴァン・ゴウアの都に着いた。

王女が帰還したと分かると、大きな声が上がり、鐘が鳴り響いた。家々には色鮮やかな布や旗が掲げられ、トランペットが吹き鳴らされるなか、グィネヴィアとジャーゲンは〈裁きの間〉にいる国王のところへとやって来た。グラシオン王であり、エニスガースとカムウィとサーガイルの領主であるゴギアヴァンは大きな王座から降りてくると、まずグィネヴィアを、ついでジャーゲンを抱擁した。

「では、求めるものを申し出てみよ、ログレウス公」勝者の名前を聞いたゴギアヴァンがいった。

「そうすれば、何でも与えてやろう。お前は、大王の誇りであった我が最愛の娘を連れ戻してくれたのだからな」

「陛下」ジャーゲンは分別を弁えているかのような口調で答えた。「喜んでいたしました奉仕は、それ自体が報酬です。私がお願いしたいのは、グィネヴィア王女をお返しいただき、高貴な婚礼の式をあげられるようにということです。ご存じのように私は貧しい惨めな男寡婦だというのは確かですが、私が心から陛下の姫さまを愛しているというのもまた確かなことなのです」

こういうジャーゲン公の名台詞は、感情が高ぶるあまり混乱していた。

するとゴギアヴァン王が答えた。「そんな大それた要求をする心理がまったく理解できない。ブリトン人の王アーサー*の家臣たちが、我が娘を妻にしたいと伝えにここへ来ているときに、そんなことを求めるとは思慮が欠けている。ログレウス公爵だと名乗ったから、公爵ならはなはだ結構だとは思った。だが、それと同様に、娘が結婚する相手として、公爵よりも王の方が優先されるということも理解してくれ給え。明日か明後日にでも、報償については二人だけで話しあうことにしようではないか。それにしても、スラグナルを成敗した勇士にしては、妙に悲しげで怯えているようではないか」

それはジャーゲンが、王座の後ろにある大鏡を見つめていたからだった。その鏡の中には、冠を戴いたゴギアヴァンの頭が見えていて、その向こうに妙に怯えたような顔をした若者がいた。髪は黒く艶やかで、鼻は生意気そうで、茶色の目を大きく見開き、ジャーゲンの方をじっと見つめていた。その若者の赤く重い唇が開くと、綺麗で強そうな歯が見えた。そして、奇妙な模様を描いたきらきら輝く羽織りものを纏っていた。

「こう考えていたのです」ジャーゲンがそういうと、鏡の中の若者もまた口を開くのが見えた。

「何と素敵な鏡をお持ちなのだろうと考えていたのです」

「これは別に他の鏡と変わるところなんかないが。あるがままに物事を映している。だが、もしそれが褒美としてふさわしいと思うのなら、譲ってやってもいい」と王がいった。

ジャーゲンが大声を上げた。「まだ褒美の話をなさっているのですか。いえ、もしその鏡があるがままの姿を映すのなら、私は借りてきた水曜日から出てきたとき、二十一歳のままだったということです。ああ、私は何と賢かったのか。ずる賢くマザー・セリーダをおだてて、こんなに気前のよいことをさせたのですから。王冠の下の目は霞み、王衣の下は腹の弛んだただの王と、立派な二十一歳の若者に褒美をやるべきかなどという話をしているのは何なんだと思いますね。だってあなたは、私が欲しいと思っているものを何一つ持っていらっしゃらないのですから」

「それなら、娘について莫迦げたことをいって、私を煩らわせるのはやめてくれ。そうしてくれるのがいちばんなのだが」

「ですが、今のところお願いしたいようなことは何一つありません。美しい娘君や奥方のいる方のご厚意をいただくには及びません。今や私には、ログレウス公になったばかりの若者の助けがあるのですから。彼の顔があれば、自分の面倒は自分で見られるし、世界のどこの寝室でも然るべき扱いを受けられるわけです」

ジャーゲンはそういって指を鳴らし、王に対して背を向けようとした。広間には陽の光が降り注いでいたので、躰《からだ》を半回転させたところで、敷石のうえに伸びる自分の影と向かい合うことになった。ジャーゲンはその影を熱心に見つめていた。

しばらく経ってからジャーゲンがいった。「もちろん、ある意味でそうだというだけのことで、言い古されたソルナティウス＊の一節を敷衍《ふえん》して説明したまでのことですが、もちろんその言葉はよくご存じでしょうけれど、そこで彼はこんなふうにいっていたものですから、そこを私が一言一句引用しなかったらこうまで美しくは表現できなかったでしょうし、そして何もかも冗談めかした口調でしたが、ええまさか誰も傷つけようとはしておりませんよ、そうです、誰のこともです、それは保証できます」

「実に結構」王はそういって微笑んだ。しかし、横にある自分の影を今なお見つめているジャーゲンには王の微笑みが何を意味しているのかその意図がよく分からなかった。「もう一度いっておくが、明日、また二人だけで話すことにしよう。今日は宴会に招待しようと思う。この辺りでは今までに見られなかったような宴会だ。我が娘が戻ってきたのだからな。そして、我が娘が全ブリトン人の女王として君臨することになるのだ」

グラシオン王であり、エニスガースとカムウィとサーガイルの領主であるゴギアヴァンがいった。そして、そのとおりになった。宴会場では至るところで、グィネヴィア王女が結婚することになっているアーサー王の話や、マーリン・アンブロシウス＊が若い君主について告げた予言の話を聞いた。マーリンの予言はこうである。

「彼は援軍を送って、敵の首を踏み潰すことになろう。大洋の島々を制圧し、ガリアの森を自分のものとするだろう。ロムルス家は彼の怒りを怖れ、その行いは物語の語り手に大いなる題材を与えることになろう」

ジャーゲンは心の中でこういった。「そうか、それなら、イスラエルのダビデの話を思い出す。古代において、輝かしく、高名で、そして貪欲だった。この森や島々、海峡やその他の所有物に、

このアーサー・ペンドラゴンは我が牝羊を加えることになるに違いないのだからな。私には、彼を改心させ、悔い改めさせる預言者ナタン*がいない。こうなると、まったくの話、ずいぶん不公平な話じゃないか」

　ジャーゲンがそういってもう一度鏡の中を覗き見ると、そこに見つけた若者の目が輝きだしたのだった。

「行くぞ、ダビデ！」ジャーゲンが勇ましい声を上げた。「結局のところ、私には諦める理由が何もないのだからな」

第十二章　ヨランダの破滅*

自称ログレウス公ジャーゲンは、ゴギアヴァン王の宮殿に滞在することになった。五月が瞬く間に心地よく過ぎていった。しかし、ジャーゲンを追う恐ろしい影が、そのまま通り過ぎて行くことはなかった。まだ、誰も気づいてはいないものの、極めて重要な事案である。ジャーゲン自身は影というものを怖れてはおらず、この奇妙な影が迫ってきてもグィネヴィアから心が離れることもなかったし、グィネヴィアへ求愛するのをやめることもなかった。

この頃、グラシオンは穏やかな時代だった。ノースガリス*のライエンス*との戦争が満足をもたらす結果になったからで、求愛活動が至るところで行われていた。気晴らしとして、紳士たちは猟をしたり、釣りをしたり、鷹狩りをしたり、親しみのこもった競技として剣や拳を交えたりしたが、紳士たちが本気で追求したのは求愛活動である。王のトランペットがいつ何時彼らを設えの柔らかならぬ戦場へ招集するか分からないと知っている騎士道の流儀に従って。騎士たちはそこから棺架に乗って帰還するかも知れないのだから。ジャーゲンは、大勢の優れた闘士たちとともに、嘆息し、歌い、色目を使った。そして王女は、多くの寛容な貴婦人たちのお喋りに耳を欹《そばだ》てた。一方、王は何かを考えていた。

王の食事が正午に用意されても、闘士を派遣して不正を正して、王に裁判を要求した者がみな納得するまでは食事に行かないのが王としての習慣だった。ある日、大広間で痩せた姿の老王が、緑の藺草《いぐさ》で編んで黄色の繻子を被せた席に坐り、肘を黄色の繻子のクッションの上に乗せていた。裁判官たちは、その職位の順で王の周りの席に着いていた。そこに乙女がやって来て、迫害を受けているという胸を裂くような話をした。

ゴギアヴァン王は彼女を見ながら瞬きをし、頷いた。「お前は私が長く生きてきたあいだに見た女の中で最も美しい」と、見当違いのことをいった。「お前は私が待っていた女だ。この件は、ログレウスのジャーゲン公が扱うことになる」

ジャーゲンにはどうしようもなかったが、このヨランダ王女と共に馬に乗って出発した。全然、嬉しくなかった。しかし馬を進めながら、彼女に冗談をいって過ごした。道中、笑いが絶えることなく、彼女はジャーゲンを〈緑の城〉まで案内した。恐怖の巨人グレマゴグ*に奪われた城である。

「騎士よ、死に立ち向かう準備をせよ」グレマゴグが恐ろしい笑い声を発しながら、棍棒《こんぼう》を振り回した。「ここにやって来た騎士は一人残らず殺すと誓ったからだ」

「真実を話すことが罪であるなら、お前は実に徳の高い巨人だということになろう」ジャーゲンはそういって、スラグナルの剣、無敵のカリバーンを振り回した。

二人は戦い、ジャーゲンがグレマゴグを殺した。そうして、ヨランダ王女は〈緑の城〉を取り戻し、以前彼女に仕えていた乙女たちも地下室から救い出された。乙女といってもほんの名目ばかりだったが、それでも優しい心の持ち主たちだったので、グレマゴグのために皆が涙を流していた。

ヨランダは然るべき感謝の気持ちを述べ、どのような褒美でも差し上げますといった。

「いいえ、ここにある美しい宝石も、金も、土地も要りません。というのは、ログレウスはまことに豊かな公爵領で、巨人を殺すなどということは私の好む気晴らしに過ぎないからです。ですから、もう十分な報酬を得て、満足しています。それでも、もし、この細《ささ》やかな奉仕に対する褒美をどうしても下さるのであれば、私の意中の女性の愛を獲得できるようにしてくださると誓ってください。それで十分です」

ヨランダは特に気乗りする様子も見せず、その案に同意した。そして実際に、ジャーゲンの求めに応じて、四人の福音史家に誓って精一杯のことをすると誓った。

「大変結構です。誓ってくださいましたね。私が愛しているのはあなたです」

今度の吃驚した様子は可愛らしかった。ヨランダは若いログレウス公爵と結婚するという考えに素直に喜んで、すぐにでも司祭を呼ぼうといった。

「いいえ、こんな私的なことで司祭を煩らわせる必要などありません」

彼女はその意味を理解し、溜息をついた。「本当に残念なことに、厳然たる誓いをたててしまいました。何と卑怯なやり口なんでしょう」

「まったくそんなことはありません。すぐにあなたも残念に思わなくなるでしょう。そんなことをしたって、まったく蠟燭の光を灯して見るほどの価値もありません*」

「どうしてそんなことが分かるんです？」

「まあ、蠟燭の光で見れば、当然分かります」

「そういうことなら、今晩までそのことを話すのはやめましょう」

夜になって、ヨランダはジャーゲンを迎えに行かせた。彼女は、ゴギアヴァンがいったように、まことに美しい女性で、躰《からだ》は豊満で均整がとれていて、赤銅色の豊かな髪が頭を包んでいた。その夜は青に輝くチュニックに金の刺繍のある上着を纏っており、その袖はやはり金の刺繍があって床まで届きそうなほどの長さだった。ジャーゲンがやって来たときの彼女はそんな姿だった。

「さて」と、顔を顰《しか》めながらヨランダがいった。「今朝仄めかしていたことをこの際はっきりと話してみてはどうかしら」

しかし、まずジャーゲンが周りを見回してみると、金色の背の高い燭台の上で蠟燭が燃えていて、辺りを照らしていた。

ジャーゲンは蠟燭を数えて、口笛を吹いた。「蠟燭が七本だ！　これは驚いた。私にこんなにも敬意を表してくれるとは。これこそ紛れもない本物の照明、人々が聖者に対して行う七本の蠟燭だから。私はただの人間だが、それでも私はジャーゲンなんだ。だから、この好意に対して自分を値引きすることなく正当に報いるように努めよう」

「あら、ログレウス公。なんてわけの分からない話をなさるんでしょう。何か勘違いなさっているのでしょうね。だって、私はそんなこと少しも考えていなかったのですから。それに、何の話をなさっているのかもさっぱり分かりませんし」

「まったく、私の振舞いこそが往々にして言葉よりも違《たが》いなく真実を物語るとあらかじめお話しておかなくてはならないでしょうね。学識ある人々はそれを個人の特質と名づけたのです」

「――それから、そんなことを気にするような聖人がいるなんて聞いたこともありません。もし、四人の福音史家のことをいったのであれば――そうでした、今朝、四人の福音史家の話をしていましたね——それにしても、莫迦みたいに立ったままにやにや笑って私を見ているなんて。恥ずかしくて顔が赤くなってしまいますよ」

「いや、そんなのはすぐに治るでしょう」ジャーゲンが蠟燭を吹き消しながらいった。「暗闇の中で顔が赤くなるご婦人はいないのだから」

「何をしようというのですか、ログレウス公」

「ああ、怯えることはありません。あなたにふさわしい扱いをしますから」

後になってヨランダは、いろいろ考え合わせてみればログレウス公は心の広い人だったと告白している。ジャーゲンは一切何も告白しなかった。その部屋は完全な暗闇だったから、そこで何が起きたのか説得力のある話ができる者はいない。ログレウス公爵と緑の城の貴婦人が極めて親密な間柄になってから別れたといえば十分であろう。

「あなたのせいで私はおしまいです。その策略と蠟燭と周到な返礼で」そういって、ヨランダは欠伸《あくび》をした。眠かったからである。「でも、私は相手に憎しみを抱くだけのことをされたのに、憎めないのではないかと心配」

「こんな時間にそんなことをするご婦人はいませんね」ジャーゲンは朝食の用意をさせるとヨランダに接吻《くちづけ》をした。前にジャーゲンがいったように、二人の別れのときがやって来たからだ。そして、緑の城から意気揚々と馬に乗って去っていった。

「いやはや、若返って見栄えのよい男に戻るというのもよいものではないか。彼女の大きな茶色の目が少々飛び出していたとしてもだ。何というか、ロブスターのようでもあった。いや、あのヨランダ王女は実に素晴らしい女だった。彼女にふさわしい扱いをしてやったことを思い出すと救われたような気持ちになるじゃないか」

　そのまま馬に乗ってキャメラードへと戻った。グィネヴィア王女のところへ帰ると思うと嬉しくなって歌を歌った。ジャーゲンが心から愛していたのは彼女だったからだ。

第十三章　ゴギアヴァン・ゴウアの哲学

　キャメラードで、若いログレウス公爵はほとんどの時間をグィネヴィアとともに過ごした。王女の父親があからさまにとやかくいうことはなかった。ゴギアヴァンはジャーゲンと話し合うと約束していた。

「ヨランダ王女はお支払いする報酬をずいぶん倹約したようで嘆かわしい」真っ先に王がいったのはそのことだった。「二人に火花と火口のように火がついて、大きな恋の焔となって燃え上がり、我が娘とのあいだのくだらないあれこれを焼き尽くしてしまうと予想していたのだが」

「倹約は、誰もが知っている美徳です」ジャーゲンが慎重に口を開いた。「そして、焔が本物の愛を焼き尽くすことはないのでしょう」

「誰がいうにせよ、それが真実というわけだ」ゴギアヴァンは認めて、溜息をついた。

　それからしばらくのあいだ、坐ったまま頷きながら考え込んだ。この夜、老王はみすぼらしい色褪せた黒い織物の長衣《ローブ》を纏い、白い髪の上によれよれの黒い帽子を載せた身なりだった。盾の図柄を彫った大きな石の暖炉で燃える小さな焔の上に身を屈めていた。そばに赤葡萄酒と白葡萄酒が置かれていたが、心を悩ませている問題を考えるあいだは、それらを味わうことはなかった。

「こうしよう。あのブリトン人の大王との結婚は進めなくてはならない。当然だ。去年から決まっている。アーサーと妖術師である湖の貴婦人、そしてマーリン・アンブロシウスが、カロエーズ*で私を救出するのに多少骨を折ってくれたときからだ。アーサーの使節団はおそらく妖術師でもあると予想しているが、六月の終りまでには娘を連れに来るだろう。お前たちは若くて、遊び相手として愛し合っている。それに、今はまだ春だ」

「季節なんて、私に何の意味があるというのですか」ジャーゲンが呻《うめ》いた。「一週間かそこらで最愛の人と永遠に引き離されてしまうというときに。惨めで虚しい失望ばかりいつまでも続く日々が近づいているというのに、どうして幸せな気分でいられましょうか」

「お前がそんなことをいうのも、昨晩お前が飲みすぎたせいか、勝手に期待していたせいではないかね。実際のところ、この世に生きていることを許された者たちと同じくらいには幸せではないか。それがただ若いというだけの理由であるにせよ。惨めという言葉を使ったが、詩的な戯言《たわごと》にしか思えない。だが、いずれにせよ、お前がもう若くなくなった瞬間、無為な年月に対する後悔が始まるということだけは私が保証しよう」

「それは確かです」ジャーゲンが心から同意した。

「どうして分かるのか。そんなことより、自分の娘をただの公爵と結婚させてもいいと思うほど私の気が狂っていると考えるような男なら、娘に飽きてしまったりしかねない。もう一ついっておきたいことは、気質という点においては、グィネヴィアは死んだ母親とそっくりだということだ。もちろん器量はいい。私の方の家系が強く出ているからな。しかし、ここだけの話だが、娘は特に知的というわけではない。これからも、次から次へと男に色目を使うだろう。今は、その標的になっているのがお前のようだが。そのきらきらしている綺麗な羽織りものはグラシオンでは誰も目にしたことがないものだからな。嘆かわしいことだが、娘を救出した闘士であるお前の権利を私でさえ否定することはできない。私も、その機会を最大限に活用するよういわなければならないだろう」

「しかし同時に、ふと思ったのですが、ご息女を一人の男に嫁がせ、なおかつ他の男と自由にさせるのを許すということになれば、それはそれで異常な事態をもたらすのではないでしょうか」

「お前がそうしてくれというのであれば、婚礼の日まで、お前たち二人を別々の地下牢に閉じ込めておくことだってできる。しばらくしたら、評論家じみた文句もいわなくなるだろう」

「いえ、批評的な人物なら陛下がご自身の姫君の名誉をあまり気にしていないというだろうと申し上げたいだけです」

「それに対する返答はいくつかあるだろう。一つは、死んだ妻をこの上なく愛おしく思い出していること、そしてグィネヴィアが私の娘であることについては妻の言葉を信用するしかないということ。もう一つは、我が娘は若くて静かで行儀の良い女であるとはいえ、スラグナル王が行儀の良い人物だったとは聞いたこともないということだ」

「陛下、何ということを仄めかすのですか」ジャーゲンは震え上がった。

「洞窟の中で起こることはどんなことでも、陽の当たるところでは見て見ぬ振りをした方が賢い。だから、私は見ないことにする。私は何も尋ねないことにする。私の仕事は娘を満足の行くように結婚させることだ。ただそれだけだ」

「でも今は謎かけのような話し方をしていらっしゃる。陛下が私にさせようとなさっているのは一体どんなことなのでしょうか」

ゴギアヴァンはにやりと笑った。「それははっきりしている。自分が男として生まれたことを感謝することを勧める。なぜなら、頑丈な性だから、傷がつく心配がない」

「傷がつくとは一体どんなことでしょうか」

ゴギアヴァンがジャーゲンに話して聞かせた。

ジャーゲン公爵はふたたび心底驚いたような顔をした。「陛下の警句は実に忌まわしいもので、私の惨めな気持ちを静めてくれるような類のものではありません。ですが、今は陛下の姫君の話をしているのであって、私のことなどではなく姫君のことを考えなくてはなりません」

「もう私がいわんとすることの意味が完璧に伝わっているのは分かっている。そうだ、我が娘に関係することは何であろうと、紳士らしく嘘をついてもらわなければならないということだ」

「ええ、残念ながら陛下は」ここでジャーゲンは少し間を置いた。「いささか堕落した理想の持ち主ですね」

「ああ、しかしお前はまだ若い。若さには理想を受け入れる余裕がある。理想がその持ち主を打ちのめそうとしてもそれに耐える力がある。だが、私はもう老人で、情にもろい心と鋭敏な目に苦しめられてきたのだ。ログレウス公、この二つが組み合わさると、ふさわしくないときに人を嘲るようになってしまう。それはたんに自分がさらに場違いな涙を流しそうになっていることを知っているからに過ぎないのだ」

ゴギアヴァンはこんなふうに答えた。それからしばらく黙って焔を見つめていた。そして皺だらけの手を窓に向かって振ると、また考え込むように話し始めた。

「ログレウス公、我が都キャメラードは夜だ。このどこかの屋根の下にある娘が隠れている。リネットと呼ぶことにしよう。彼女には恋人がいる。それはサグラマーと呼ぶことにしよう。名前はどうでもいいのだが。今夜、今こうして私がお前と話しているとき、リネットは彫刻を施された広いベッドにじっと横になっている。もとは母親のものだったベッドだ。そして、サグラマーのことを考えている。部屋は暗く、銀色の月光が菱形の古い窓を照らしているだけだ。部屋の四隅には謎めいた震える気配が潜んでいる」

「ああ、陛下も詩人ですね！」ジャーゲンがいう。

「話を遮るな！　リネットは、もう一度いうが、サグラマーのことを考えている。ふたたび、二人は湖畔のローマよりも古い林檎の樹の下に坐る。その節くれ立った枝は祝福するかのように高く掲げられている。そして、花弁がひらひら舞い、風に吹かれ、向きを変える――果てることのない白い花弁は静かに静寂の中へと落ちてくる。二人とも話をしない。必要がないからだ。サグラマーはほの何もいわずにリネットの黒い髪から花弁を払い落とし、何もいわずに彼女に接吻《くちづけ》をする。湖はほの暗く、翡翠《ひすい》のように硬そうに見える。寂しそうな星が二つ、緑の空に低くかかっている。男の胸が毛深いのは滑稽だ。実に滑稽だ。鳥が一羽、歌っている。銀の針になった歌声が静寂の中で気紛れな動きをする。高い天界は確かにそうして静かにしっかり色づく。不思議なうっとりするような美しさである。少なくともリネットは、彫刻を施された広いベッドで小さな鼠のように身動きもせず横たわっていた。彼女はそのベッドで産まれたのだ」

「実に心動かされる筆致ですね」ジャーゲンは言葉を挟んでしまった。

「さて、また別の歌も聞こえてくる。もう酒場も店じまいし、大きな鎧戸が音を立てて閉まると、脚を引きずった酔っ払いが歌いながらしゃっくりをしているからだ。男の下手な歌い方で台無しになっているのは恋の歌だ。わけの分からない涙を流しながら、男は千鳥足でリネットの部屋の窓に少しずつ近づいていく。彼の心はすっかり大きくなっている。サグラマーはつい最近、一人口説き落として祝杯を挙げていたからだ。こんなことがまさに今夜、キャメラードの都で起こっているとは思わないか、ログレウス公」

「絶えず起こっているでしょう。どこででも。どんな女でも束の間こんな気分になるものですから。男は誰でもいつもそんな気分ですがね」

「やりきれないがそれが真実だ。私が場違いな涙を流してしまわないよう、ふさわしくないときに人を嘲る理由のひとつだと考えてもらってもいい。こんなことが起こっているからだ。我が都で起こっているからであり、我が城で起こっているからだ。国王であろうとなかろうと、そんなことを防ぐ力は私にはない。だから私は肩を竦《すく》めて新たな酒壜で我が血を鼓舞するだけだ。それでも私は、ことによると我が娘であるかも知れないあの若い女を少なからぬ愛情をもって見守っているのだ。そういう状況を忘れないことはお前にとって有益であろう。もし、正直であろうとするならばだが」

ジャーゲンは震え上がった。「しかし、王女様に対して誠実に振舞うべきではないなどということは考えられません」

ゴギアヴァン王はジャーゲンをじっと見つめ続けた。ゴギアヴァン・ゴウアは何もいわず、筋肉一つ動かさなかった。

「そうはいってもやはり、彼女に対して純粋に正直な気持ちで、あえて自ら苦痛をもたらしそうなことを口にしようとは思いませんが」ジャーゲンがいった。

ゴギアヴァンが答えた。「やはりお前にいいたいことがちゃんと伝わっていると分かった。我が娘のことだけを話しているのではなく、あらゆる者の話をしたのだが」

「では、あらゆる者に対してどのように振舞えと仰るのでしょうか」

「それは、我が言葉を繰り返すことしかできない」と辛抱強くゴギアヴァンがいった。「紳士らしく嘘をついていてほしいのだ。さあ、もう行ってくれ。私は眠らなくてはならないからな。我が娘が無事に結婚するまで、私はふたたび目を覚ますことはないだろう。これがお前にしてやれる精一杯のところなのだ」

「これが正しい行いだとお考えですか、国王陛下」

「いや、そんなことはない」吃驚したようにゴギアヴァンがいった。「これはいわゆる、博愛行為というものだ」

第十四章　ジャーゲン公爵の策略準備

そこでジャーゲンは宮殿に留まり、しばらくのあいだはそれほど悪くない日々を過ごした。ジャーゲンは王女を愛した。この世に生きている女の中で最も美しく非の打ちどころのない相手だった。そして、ジャーゲンが王女を愛したように女を愛した男は有史以来誰もいない（ジャーゲンにとってはそういうことが頻繁に繰り返されたのだが）。彼女が別の男と結婚する場面に立ち会うまではまだたっぷり時間が残っている。グラシオンの騎士道にかなった宮廷では喜ばしい状況だった。ロマンスに必要な条件がことごとく満たされているからである。

さて、ジャーゲンが魂のすべてを捧げて愛しているグィネヴィアの様子はといえば、背は中くらいで、まだ完全に大人の女になりきっていない姿だった。溢れるほどの髪は細く、色は玉蜀黍《とうもろこし》のひげのような黄色だった。グィネヴィアが髪を解くたびに、その髪が如何にも気持ちよさそうに小さな顔やほっそりとした首の周りへ滑り落ちて大胆に広がり、淡い色の金でできた柔らかな泡となってゆったりと彼女を覆うのに気づいて、ジャーゲンは驚嘆の念すら覚えた。ジャーゲンはその髪に大いなる喜びを感じていたからである。親密さが深まるほど、王女に接吻《くちづけ》をするときには、その豊かな髪を自分の首の後ろにまで引き寄せ、香り溢れる柔らかな髪に頬を押し付けるのを好んだのだった。

繰り返して記すが、グィネヴィアの頭は小さかった。これほど豊かな髪の重さを支える小さな頭を思いのまま得意げに振り上げる動きには誰もが驚嘆するだろう。グィネヴィアの顔は、仄かに優しく色づいていて、他の女たちの顔は、どこかの看板屋がぞんざいにペンキを塗り付けたんじゃないかと思えるほどだった。グィネヴィアの瞳はグレイだった。見事な曲線を描き、見事に長く黒い睫毛に隠されていた。その目の上で眉毛が高いアーチを描いていた。ほとんど唯一といっていい欠点である。鼻はほっそりとしていて少し生意気な感じ、顎は慎しみのなさが肉体を持ったよう、口は小さく悩殺的に誘いかけてくる。

「などなどといったところか。だが、こんな美しい娘のことを陳列棚の在庫品目録のように説明しても何の意味もない」ジャーゲンがいった。「比喩を用いるもまことに結構、慣習的に認められていることには異を唱えるべくもないが、それでもなお、我が姫君の髪を見ると黄金を思い出すというなら、それは意図的に嘘をついていることになる。髪は黄色に見えた。それ以外の色ではない。それに、頭に針金を生やしている女の十フィート以内にはあえて好んで近寄るつもりもない。たとえ、どんな金属であってもだ。彼女の目は海のように灰色で底知れぬ深みがあるといい張るのはまこと結構だが、そんなことは如何にも私がいいそうじゃないか。だが、想像してみるがいい。ご婦人の眼窩《がんか》から恐ろしいほどの水が溢れ出て水溜まりを作ることを！　もしわれわれ詩人たちが詩で詠う怪物たちを実際に見ることができたら、悲鳴を上げて逃げ出すだろう。それでも私は諷刺詩《シルヴァント》が好きなんだ」

こんなことをいうのは、ジャーゲンがグィネヴィアを讃える諷刺詩を書いていたからだった。ゴギアヴァンの宮廷のおかしな慣習のせいで、いかなる紳士であろうと、望みなく心奪われている淑女のために詩を書かなくてはならないのだった。さらに、その詩の中では名付け親がつけたものとは異なる名前で呼びかけなくてはならない（あまりにも神聖でその名を口に出せない婦人のように）。そこで、ログレウスのジャーゲン公は彼のフィリーダについて熱く書き上げたのだった。

「私は愛する人のために、ずっと見劣りするが、ベルシーズのアリファスが愛したご婦人のお名前を拝借することにします」ジャーゲンが説明を始めた。「覚えていらっしゃるでしょうが、ポリジャーは彼女がスクレロヴェウス家の王女であったことを疑っています。もちろん、ペイサンドロスが『ヘラクレア』の中でありそうなことを巧みな文章で要約した箇所を皆さんも思い出されることでしょう」

「ああ、そうだ」と皆がいった。ゴギアヴァン・ゴウアの取り巻きたちは、マザー・セリーダのように、若いジャーゲン公爵の博識に大いに感嘆した。

今やジャーゲンはログレウス公爵なのだ。きらきら輝く羽織りものや轡《くつわ》の紋章がそれを示している。困ったことに、この紋章は伯爵のものなのだが、そんな不一致は必ずしも説明できない類のものではない。

「元はジアーミド伯爵の馬だったのです。ジアーミドのことはもちろんご存じでしょう。そんなことを訊《き》くのも失礼でしょうが」

「いや、まったく構いませんよ。ユーモアですから。私たちは話してくださったユーモアについては完璧に理解できていますから」

「西に向かって旅しているときのことでしたよ。この高名なジアーミドの戦いぶりが立派であると知ったのは。話し合いが熱を帯びて来たときに私は馬を殺されてしまったので、可哀想なジアーミドはその名にふさわしいやり方で葬ってやり、それから彼の馬を引き継いだというわけです。ええ、立派な戦いぶりでした。ログレウスでも彼の評判はよく聞いたものです。オークとパーサントの領主でした。ご存じですね。もちろん、領土は母方からの継承によるものですが」

「ああ、そうですとも。グラシオンの私たちが広い世界から隔絶されていると思っていただいては困ります。そういったことも全部聞いたことがありますから。それに、あなたのログレウス領のこともいろいろ聞いていますよ」

「そうでしょうとも」ジャーゲンはそういって話題を歌に戻した。

「さあ、祈りを捧げよう、抗いがたい愛の女神よ」ジャーゲンが甘い歌声をあげた。「哀れなログレウスがフィリーダに捧げる優しい愛に対して今こそ声を上げ給え。我が愛を拒みはしないと。なぜかと問われたら、フィリーダが恋とは何かを教えてくれたときから、恋を抱き思い続け、恋の他によきことを見出せない日々に、私が飲み食べたものは恋のみであったといおう」

ここでジャーゲンは熱の籠もった苦しみの呻《うめ》き声をあげ、続けた。「我が大いなる不変の愛に対して憎しみを返し続けるなら、もう弁明は要らない。抗いがたい愛の女神よ、冷ややかな愛の教えで抗い得ぬ死神をも籠絡するがいい。抗いがたい愛の女神よ。恋を嘲笑い、私が愛おしむ美と魅力を死神に供与する彼女の代わりに」

かくのごとくジャーゲンはフィリーダに向かって高らかに歌い上げた。その相手は（誰もが知っているように）グィネヴィア王女だった。慣習上しかたなく別の似たものの名にしなければならないというので、見境なくそうしてやった。宝石と貴金属、野や庭の花々、燃える思いと心の傷と、日の出と香水、危険な武器を収めた兵器庫、氷、神話の神々、そういったものが源泉となっていた。それから、海と天国を浚《さら》って何か言及すべき現象を探した。フィリーダの目鼻立ちと比べては軽蔑の声を上げながら。動物学と歴史、そして質屋の仕事として覚えていることを徹底的に精査し、軽蔑の対象の供給源としたのである。一方で、過去の詩人が愛した有名な女性たちに触れるときには、ジャーゲン公は積極的に愚弄して美点の欠片《かけら》も認めなかった。それでも、公平であろうと努めてはいた。フィリーダを見たことがない哀れな生き物たちの目にもたやすく思い描けるようにした。こうしたジャーゲンの讃歌に、彼が讃美する女性も進んで耳を傾けていた。

「彼女は王女だ」ジャーゲンは考えた。「美しく、そして若い。父親がどう思っていようと、一般的な女たちと同様に、それなりの知性もある。それ以上のことを望むわけにはいかない。それならなぜ私は彼女にのぼせ上がらないのか。周りに誰もいないときなら、すでに接吻《くちづけ》をするのも一回か二回は許されている。やがてそれ以上のことを許してくれるようになるだろう。それに私のことを、生きている人間の中では最高に賢いと思ってくれている。さあ、ジャーゲン、取り返したこの若くて元気な躰《からだ》に情熱を抱かせないのか。この有望な状況にささやかな歓喜と興奮を正直に抱こうではないか！」

しかし、どういうわけかジャーゲンにはそれができなかった。何が起こるかということには関心があった。間違いなくこの若く美しい王女ともっと親密な関係になるのを期待しているのだが、それはどちらかというと大好きなデザートを分かち合うのを待っているような感じだった。こんな気分でお膳立てされた密通なんて何とも中途半端なものに感じられた。

「もし冷血な悪党のような気持ちにさえなれたら、私も最悪の振舞いをする者の仲間入りができるだろう。だが、あの娘を傷つけたくはない。心から彼女が好きだからだ。最高の会話をして、彼女の着想を豊かにし、それなりの歓びを与えてやりたいのだ。そうできる自信はある。下世話な先入観は仕方がないにしても、彼女に絶対に嫌な思いを残さないようにしよう。七人の皇帝の身代金と引換えでも、あの娘を傷つけることだけはしない。こういうときには慎重さがすべてだ。まったく、それがすべてだ。私は冷血な悪党なんかじゃない。王女には王女にふさわしい扱いをしてやろう」

こんなふうに、ジャーゲンは自分の感情に失望して、そんな感情を変えてみようとしたり、別の感情を呼び起こしてみたり、新たな視点から見直してみたりしたものの、最初に諦めた感情ほど満足できるようなものはないと分かっただけだった。しかし、ジャーゲンは自分の感情に問題があることを強い熱意で覆い隠した。グィネヴィアとの会話は記録に残っていない。甘いものを欲しがる子供に砂糖菓子を与えて吃驚させて甘やかすようなどうしようもない愚行を伝えるだけのことだからだ。ジャーゲンはゆっくりことを進めた。急ぐ必要などなく、数週間かけて終らせたのである。その間の手順はもう慣れたものであり、お馴染みの楽しさであった。

一つのことからもう一つが導き出されると思い込んでいるから、素人《アマチュア》はものごとを整理しようとする。まったく望みがないと分かっている愛について敬意を抱いて述べ伝えるのは、何も悪いことではない。ジャーゲンがいったことは単なる事実であり、そしてまたもうすぐ終ろうとしていることでもあった。グィネヴィアは、控え目にいえば、自らの魅力を蔑むように強要されていただけだった。だが、それが何より彼女の心を蝕む苦悩の種だった。礼儀上当然のこととして、ジャーゲンは反論を始めないわけにはいかなかった。そしてその際、ある一点を強調するために、演説者として聞き手の手を取らざるを得なかった。でも、そんなことは他の人たちなら毎日やっていても誰も文句はいわない。それに、ここで手を取ったのは、ジャーゲンが主張してきたことをはっきり示すための行為であって、嫌がる相手を捕まえておこうとしたのではないのだった。他にどうすれば、グラシオンの王女の手が世界で最も美しい手であることを証明できるというのだろう。伝聞で受け入れてくれといえるようなことではないのだ。それに、ジャーゲンは彼女に正々堂々と向かい合いたかった。

世界で一番美しい手を放す前には、その筋の目利きであれば当然のことながら指の一本一本に接《くち》吻《づけ》するものである。これはたんに完璧なものに対する讃辞であって、個人的な意図があってのものではない。それに、ジャーゲンが指摘したように、接吻というものはどこに対してなされるとしても、接吻をしようと思いつくのは単なる儀礼であって、本来的に悪意あるものではない。この言葉に異を唱えるこの娘は——やはり慣習によってそうせざるを得なかったのだが——まあ常識的に見て、自分の過ちに気がついたのである。ほどなくしてジャーゲンがいうには、それも自分で分かるようになるでしょうということだった。私たちの間柄に何か変化が生じるというのでしょうか。以前と同じようにこうしてここに坐っているではありませんか。ほら、確かにそうでしょう！　接吻はまったく無害な行為だと証明されています。何ら怖れることのない行動だと。気持ちが良いという面もあります。だから、こうして接吻をしたり、こうやって腕を回すことに動揺する必要などないのです。坐っているときに居心地よくしようとしているだけですから。いとこや古いマントにすら与えてやるようなものを親しい友人に対して拒む理由があるでしょうか。そんなの莫迦げたことですよ。そんなふうに、ジャーゲンはナプサクスからまさにその状況にふさわしい引用をしながら論証した。

そうして坐りながら、会話に熱が入ってくると語り手は自然と身振りをする。ジャーゲンが雄弁に感じられるのは、この手の動きによるところが多分にある。誰かが話をしているときに遮るのは失礼なことだが、紳士の手を公然と握ることもまた、ジャーゲンが少し説明したように、いささか慎しみがないといえよう。グィネヴィアが自分の手を取ることをジャーゲンは本気でよくないと思っていたのである。慎みということを忘れてはならない。たとえ、どんな些細なことであっても！

「あら、ご自分が悪いことをなさっていると分かっていらっしゃるのね」

「悪いことをしているですと！　私が、ただ隣に坐ってあなたを楽しませようと精一杯の努力をしているだけのこの私が！　さあ、どういうつもりの言葉なのか、お話しください」

「私がいっている意味は、よくご存じでしょう」

「いや、さっぱり分かりませんね。どういう考えなのか話すのを拒んでいるのに、どうやって私に分かるというのですか」

王女が自分の考えを言葉にすることを拒否したので、この件はしばらく放置されることになった。それでジャーゲンは物事を整理し、一つのことからもう一つが導き出されることをはっきりと知ったのである。そして、端的にいえば、事態はジャーゲンの予想通り瞬く間に進展していた。

さて、いつもジャーゲンはあまり明るくない照明のもとで話をしていた。その理由は、そうすれば奇妙な影に悩まされずに済んだからである。陽の光のあるところではその影のせいで気分がだいなしになってしまう。誰もこの不自然な影に気づいていないようだった。ジャーゲンの他には誰にもこの影が見えないのは間違いないようだ。だから、記憶の中のグィネヴィアは最初から薄明かりの中の柔らかな声と馨《かぐわ》しい芳香であり、容貌の美しさははっきり見ていなかったのである。

それに、ゴギアヴァンの家臣たちも悩みの種だった。背の高い鉤鼻の老王は、強いて解決するほどの価値もない謎の人物として、はなから考慮の対象外だった。ゴギアヴァンは、個人的な悩みを我慢する訓練を受けているように、あるいは、個人的な冗談を心の中で考え続けているように見えた。変わった人物だし、嫌な奴だった。だが、歳をとった男にしては干渉的ではなかった。

厄介なのはゴギアヴァン周辺の者どもだった。彼らは、万人の所有物は、神と王、そして人生で出会う女性一人一人に対して奉仕するために貸与されたものだと考えていて、理性的な振舞いがほとんどできない。神に奉仕するといえば、太鼓のように強く響いて人を鼓舞するが、太鼓というのは中身が空っぽで空気しか入っていないものなのだ。神官たちはあれこれいうが、例えばメリオンの立派な司教がいつでも頼りになるなどと誰が信じているだろう。

「私としてはその件についてはエヴラウク王子*のお妃の意見を聞くのがいいと思っています」ジャーゲンがにやにや笑いながらいった。このアランダイン妃と司教との関係は極めて慎重に扱われていて、いかなる醜聞の理由にもならないことは、誰もが知るところだったからである。

王に仕えるということは、そうするように選んだ者にとって、目の前にいるゴギアヴァン・ゴウアを讃美し、熱狂的に支えることを意味するのははっきりしていた。ゴギアヴァンはなかなか鋭い王だったが、ジャーゲンには神に選ばれた王であるとはほとんど感じ取れなかった。むしろ、食料雑貨商をしている義理の兄を思い出したくらいだった。商人らしく客に対して親しみのこもった関心を示すことのない男である。ジャーゲンにとってゴギアヴァン・ゴウアは、知性ある神ならば給仕係にはしないと思える男だった。そして最後に、女性たちに仕えるという話だが、女性たちが心からありがたく思う奉仕とは一体どんなものなのか。ジャーゲンはそれに対する正確な答えを知っていたが、男女を含めた集まりで口にするのはふさわしくないようなものだった。

「正直な意見をいわせてもらえばグラシオンにおける私の人気を向上させるようなものは実際のところ何一つない。それは私がとてつもなく賢い人間で、ものごとを公平に扱うからだ。だからこそ、狂人たちと付き合っているのは自分を公平に見るためなのだということを決して忘れてはならないのだ。ローマは素晴らしい都だったが、それでもそれを救ったのは鵞鳥*だったからな。ここの奴らも正しいのかも知れない。だがそれでも、同時に――！ そうなんだ、私が感じていたのは、こういうことだったのだ！」

こうしてジャーゲンは騎士道精神に適った宮廷に留まり、その慣習にことごとく従って行動した。恋の歌に関していえば、愛する（もちろんまったく望みのない相手だが）貴婦人が完璧であるさまは神の領域に属しているとジャーゲンが歌うとき、それ以上に感動的に愛を歌い上げる者は他に一人もいなかった。それに対して、騎士としての奉仕については、カリバーンを持っているせいで、ジャーゲンが巨人や悪党たち、そしてドラゴンを果敢に殺したこともさほど評価されなかった。それでも、ジャーゲンはグラシオンの慣習にしたがって、そんな悪事を働く者たちを懲らしめたので、ログレウス公爵は前途有望な若い騎士として広く賞讃された。

その間ずっとジャーゲンが思い悩んでいたことがあった。仕えることになっていたグラシオンの理念とそれが美徳とするものを、ぼんやりと理解しはじめたからだった。しかし、ジャーゲンにはとても奉じられはしなかった。薄明かりの中でその美をはっきり見て取れない美がここにもあったのだ。

「私はとてつもなく賢い男ではないか」そういって自らを慰めた。「何もかもすっかり理解したのだから。戯れは十分に楽しみ尽くした」

　こうしてジャーゲンは、人生とは魂の故郷への高潔な旅だという人々の中に暮らした。そこでは父なる神が待ち受けている。必要とあればいつでも罰するものの、赦《ゆる》すことにも熱心で、それはあらゆる父親のやり方に似ていた。その旅で少し汚れてしまうことや、ときには間違った道へ入り込んでしまうことも、父たちには分かっていた。一方ここでは、神が完璧であることを絶えず思い出させる存在が女性の姿をとっていた。神の創造物のなかでも最も美しく気高い存在である。そうしてあらゆる女性が、気高く恭しく讃えられる象徴となったのである。彼らは皆そういった。

「なるほど、確かにそうだ」ジャーゲンも同意した。そして、自分の拠って立つところを確かなものにするために、オペリオン*、ファビアヌス・パピリウス*、おまけにセクスティウス・ニゲル*までも引用したのであった。

第十五章　グラシオンにおける妥協について

伝えられている話によると、グィネヴィアをただ公平に評価するため、それほど経たないうちにジャーゲン公は本当に二人きりで率直に話し合う機会を設けることにした。もちろん、慣習を尊重しなければならなかったからだ。王女には自分自身の時間というものがまったくなく、一日のうちのどの時間でもありとあらゆる人々が謁見を求めてくる。しかも、ちょうどいいところに話が差しかかったときに限って。だが、この〈裁きの間〉には他に誰もおらず、監視の者もいなかったのである。

「それにしても、あんなことをするなんて思いもしませんでした」とグィネヴィアがいった。「私のことを一体何だと思っているのかしら。あんな申し入れをするなんて！」

「それも、二人きりのときでないと説明できないことです」

「その無礼を父に報告したらどうなることか」

「父上を無闇に苦しめるだけのことです。高齢の方をそんな苦悩から守るのが私たちの務めでしょう」

「それに、本当に怖くて」

「ああ、最愛の人よ」そういうジャーゲンの声は震えていた。ジャーゲンの愛と悲しみがあまりにも大きかったからだった。「私を信じてくださらないなんて。全身全霊で愛しているというのに。初めてその顔を両手で包み、これほど美しい顔を見たことは一度もなかったと気づいた瞬間からずっと愛してきたというのに。本当です。これまで流れた長い年月のあいだに生を受けたどんな女を愛した男でも、私があなたを愛しているほどの愛を抱いた男はいなかったでしょう。私の愛は崇拝に他ならないのだから。あなたに軽く触れられるだけで我が身が打ち震えます。その灰色の瞳で見つめられれば、どんな痛みも悲しみも禍《わざわい》も忘れられます。神が新たな技をその指に宿したとき、喜びとともにお創りになったものの中で最も美しいものがあなただからです。それなのに、私を信じてくださらないとは！」

するとと王女は泣きじゃくるような満足と後悔の入り交じった笑い声をあげ、悲嘆に暮れている恋人の手をしっかり握りしめた。「赦《ゆる》して、ジャーゲン。あなたのそんなにも不幸な様子には耐えられないから」

「ああ、私の苦悩があなたにとって何だというのですか」ジャーゲンが苦々しく訊《き》いた。

「重要なことです。とても重要なことですよ！」彼女は囁くようにいった。

扉の後ろで待っているときに、開きかけた扉と枠の隙間から、暗い廊下の闇の中を決断しかねるように揺れる白い人影としてグィネヴィアが近づいてくるのが見えた瞬間を、ジャーゲンは決して忘れることはなかった。邪魔されることがないところで二人だけで話をしようとやって来たのである。だが彼女はナイトガウンの他には馨《かぐわ》しい香水を纏っていただけだった。彼女に両腕をまわしているときにも、女性たちのこの手の作法には驚かずにいられなかった。彼女の躰《からだ》に初めて腕をまわしたときに感じた、ナイトガウンの薄い織地のしたにある、温かく、ほっそりとしなやかな裸の肉体の感触を忘れることはなかった。二人がともに過ごし、二人のどちらかが口を開く前の、息もつけない最後のひとときは、これ以上完璧なものはない瞬間として記憶に留まった。

その後のできごともまたこの上なく心地よいものだった。二人が誰にも邪魔されずに話ができるところだと思って行ったのは、他ならぬ玉座の大きく柔らかなクッションの上だったのだから。ゴギアヴァン王の玉座は、明かりのない大広間の中にある天蓋の下で闇に包まれ、その暗闇の中で何が起こっているか誰にも見えなかったからである。

それから、二人は夜毎グラシオンの玉座の上で話をすることにした。だが、ジャーゲンの記憶にいつまでも残っていたのは、グィネヴィアが扉の後ろにいたあの瞬間と、広間の東側にある背の高い六つの窓だった。窓は青に銀が混ざったような色をしていて、夜になって月が昇り、樹々の梢を越えて庇《ひさし》に遮られてしまうまで、それがきらきら輝いたのである。ジャーゲンが〈裁きの間〉で本当に見たものはそれだけだったのだ。ほんの僅かの時間、窓の下の床の月光が投げ掛ける細い長方形も見えたのだが、窓は壁に深く埋め込まれていたので、それもすぐに消えてしまった。西側にもやはり窓が六つあったが、近くにポーチがあったせいで、西側からの光はまったく入って来なかった。

そうして暗闇の中、二人は笑いあったり、声を低めて言葉を交わしたりした。ジャーゲンはこの逢引に葡萄酒で酔ってから来ることが多かったので、そうなれば当然、自分でもよく分かっていたことだが、天使のように話したのである。ただ、その話題は天上のことに限らなかったが。ジャーゲンは自分の優れた才気が嬉しかったが、それを書き留める者がまったくいないのが残念だった。ジャーゲンの話の大半は、たとえどんなに美しく惚れ惚れするようであっても、いかなる娘の頭にも荷が重かったであろう。

グィネヴィアも夜の方が、ずっと話がうまくなるのにジャーゲンは気がついた。そんなことを思ったのは、葡萄酒のせいというわけではない。昼間は隠していた面を夜になると露《あらわ》にしたのである。娘というものは、いわんや王女であれば、無知な乙女という男の発想にただ合わせて、それ以上のことは知らないなどということではいけないと彼女が強くいった。

「これまで誰も、こんなにたくさん面白いことがあるのを話してくれなかったのですよ。覚えているのは――」そこでグィネヴィアはちょっと変わった痛ましい話を語った。今している話とは関係のない話で、三、四年前のできごとだった。「母もその頃はまだ生きていたのですが、その手の話はまったくしてくれたことがありません。だから、怖くなったときも母のところへは行きませんでしたね」

ジャーゲンがいくつか質問をすると、こう答えた。

「それはそうでしょう。他にしようがないのだから。メイドや宮廷のご婦人方とだって、今でも自由に話ができるわけではないのですよ。そんな人たちに質問するわけにはいかなくて。もちろん私だって彼女たちの会話は聞けるけど。でも、それ以上のことをするのは王女にはふさわしくありませんから。私はいつも黙って、いろいろなことに思いを巡らすだけだった」そこでいくつか例を挙げて説明した。「それからは、鳥や獣に注目するようになりました。そうやって、どうにか自分で疑問を解決したのです。でも、私に何かをはっきり話してくれる人は誰もいませんでしたから」

「でも、きっとスラグナルが――あのトロルの王はずいぶん賢かったから、きっと動物学上の疑問についてもはっきりさせてくれたでしょう」

「スラグナルは腕のいい魔術師でした」闇の中で慎み深い声がいった。「でも、あの忌まわしい術のせいで、スラグナルのことは何一つ覚えていなくて」

ジャーゲンは悲しそうな声で笑った。それでも、スラグナルについてはそれなりに分かってきたと思った。

そんなふうに二人は話をした。昔から何百万という男たちがそうだったように、障壁のなくなった娘がそういう話をあれこれ事細かに話そうとする熱意に驚いた。それまでは礼儀作法のせいでないことにしなければならなかったようなことだった。例えば、彼女に仕えている女性たちについて、ずいぶん奇妙な話をした。男たち一般に関しては、ジャーゲンには興味深く思われるような質問を数えきれないほどした。

結局のところ、道徳のせいで鈍くなっていたこともあって、そういうことをグィネヴィアは驚くほど知らなかった。ジャーゲンには、もはや彼女が王女として期待されているような礼儀作法に従っていないように思えた。こんな取るに足らないことであったが、少なくとも悔悟を期待する人もいるかも知れない。一方、ジャーゲンが心配したのは、この関係を彼女が当たり前のこととして受け入れるようになっていることだった。確かに彼女はどこにも悪いことなどないと考えているようだった。用心する必要があるくらいのことは仄めかしていたが。この二人だけの会話のなかで、彼女がジャーゲンのいうことを一度も否定せず、どんなことでもジャーゲンの判断に従い、彼女はジャーゲンを喜ばせることしか考えていないように思えるほどだった。それはあたかも、ジャーゲンの愚かさに調子を合わせているかのようでもあった。これが何もかも六週間とかからずに起こったことなのだとジャーゲンは思った。指の爪を嚙みながら、ゴギアヴァン・ゴウア王の意見を心の中で少し考えてみたりした。

しかし、昼間は前の王女のままだった。陽の光の下でジャーゲンは王女を崇めたが、そこに親密な感情はまったくなかった。日中でも二人になれる機会は極めて稀なことだった。それでも一度か二度は陽光の下で接吻《くちづけ》したこともあった。そのとき王女の目は蕩《とろ》けつつも警戒していて、接吻自体も気が抜けた感じだった。ジャーゲンを拒絶するわけではなかったが、彼女は王女という自分の地位を忘れることがなく、夜毎に〈裁きの間〉で話をしている、いつもその姿が暗がりに隠れている人とはとても思えなかった。

やがてどちらからともなく、日中はお互いを避けるようになった。実際、王女としての時間は予定がいっぱいだったのだ。グラシオンの港に、サフラン色の帆を張り、船首に三十の色で彩られたドラゴン像を掲げた船が入港していたからだった。その船には、マーリン・アンブロシウスや〈湖の貴婦人〉と呼ばれるアナイティス夫人*が、大勢のお付きを従えて乗り込んでいて、若いグィネヴィアをロンドンへ連れていくことになっていたのである。そこで、彼女はアーサー王と結婚する。

最初の一週間、宴会、馬上試合《トーナメント》、ありとあらゆるお祭り騒ぎが続いた。喇叭《らっぱ》が鳴り響き、槍旗やタペストリーで華やかに飾られた壇上に、輝く衣装を纏って坐ったゴギアヴァン王が頷いたり目くばせしたりして誰が最も優れていたかを判定した。公爵、伯爵、男爵、多数の有名騎士たちが、試合場へと喜び勇んで、名誉と無価値な真珠の首飾りを競って得ようと押し合いへし合い集まってきた。

ジャーゲンは肩を竦《すく》めて、慣習に従うことにした。ログレウス公はサー・ドディナス・ル・ソヴァージュ*、メリオットのロス伯爵、サー・エピノグリス*、サー・エクター・ド・マリス*らを打ち破り面目を施した。次に、リステニーズのダマス伯爵*が旋風《つむじかぜ》のように打ちかかってくると、ジャーゲンは満足気に馬の尻から降りてしまった。馬上試合における自分の役割が終ったのが、ジャーゲンは心の底から嬉しかった。こういうお祭り騒ぎは参加するよりも静観する方が好みに合っていたからである。あとは気の向くままに過ごしていたが、惨めな気持ちでいっぱいだった。どんな詩人であろうとこれほど絵に描きたくなるような状況に身を置いた者はいないだろうと思ったからだった。

　昼間のジャーゲンはログレウス公だった。その身分自体が質屋という職業よりも明らかに上昇している。そして日が暮れれば王の特権をも享受した。ジャーゲンが特に楽しんだのは、秘事だった。皆を欺くことだった。自分はとてつもなく賢いのだという思いが愛する女性の結婚が差し迫る惨めな状況から目を逸《そ》らしてくれるのだった。

　一度か二度、ゴギアヴァン王のぎらついた老人の目が自分の方を一瞥するのに気がついた。その頃ジャーゲンは王のことをひどく筋の通らない男として憎むようになっていた。

「娘に対しての扱いがひどい。あいつは父親としての義務を怠っている。そんなことでいいのか」

とジャーゲンは考えていた。

第十六章　スモイト王*のさまざまな厄介事

　さて、三日にわたって〈裁きの間〉でグィネヴィア王女とジャーゲンが話をできないという事態が発生してしまった。彼女は軽い頭痛だという。そこで何もすることがなくなったその晩、ジャーゲン公爵はアリベールとウリエン*というゴギアヴァンの二人の男爵と飲んで騒ぐことにした。二人はペンウェイド・ギア*から帰って来たばかりで、そこに駐留していた〈妖精部隊〉にまつわる奇妙な話を知っていたのだ。

　三人とも年季の入った大酒飲みだったので、ジャーゲンはベッドに入る際、目覚めたときに何が起こっていても驚かない覚悟をしていた。その後ベッドの上で躰《からだ》を起こすと、やはり何かが起きたなと思った。部屋には幽霊がいたのである。ベッドの足許に二人いて、一人は横柄な感じの顔をした目つきの悪い男で旧式の甲冑を身につけていた。もう一人は蒼白い顔の美女で、昔からよくある優美な襞の流れる白い衣を纏っていた。

「おはようございます、お二方」ジャーゲンがいった。「お目にかかれて本当に嬉しいと正直に述べることが叶わなくて残念です。この部屋を静かに歩き回っていらっしゃる限りは、歓迎できるのですが」そういって、二人の幽霊を戸惑ったように見ながら、ジャーゲンは説明を始めた。「去年のことですが、仕事でウェストファリアを旅していたとき、ノイエデスベルクの幽霊城で一夜を過ごさなければならなくなってしまい、あのときは困りました。そこでは一睡もできなかったからです。その部屋に憑いている幽霊が、大きな鉄の鎖をがしゃがしゃ鳴らしたり陰鬱な声で唸ったりして、それがいつまでもやむことがなく、一晩中続いたのですよ。明け方になると、今度は大きな猫の姿になって私が寝るベッドの足許に上ってきました。悲しそうな声で鳴きながらすっかり夜が明けるまで蹲《うずくま》っていました。その可哀想な奴が生きた躰を持っていた頃に話していた古いゴート語方言を私は話せませんから、その振舞いに対する私の不満をどうやっても伝えられなかったわけです。本当に困りました。ですから、そんな振舞いは理不尽だと必ずやご理解いただけると願っている次第です」

「ずいぶん失礼なことをいうお方だな。これほど不愉快な思いをすることも珍しい」男の幽霊がそういって背を伸ばすと全身が見えるようになった。

「私に分かっているのは、私はいつも猫が嫌いだったということ。この城の周辺では猫など飼うことはありませんでした」と女性の方がいった。

「率直にいうのを許してもらえるなら、猫の一族と領主であるグラシオン家の人間を区別できないのであれば、貴族たちのあいだで活躍するのはむりなのではないかね」と男の幽霊が続けた。

「まあ、そんな混同をしてしまった皇太后には会ったことがありますね。それでも、お二人にお許しを乞わなくてはなりません。自分がまさか王族の方に話しかけているとは思いもしなかったので」とジャーゲン。

「私はスモイト王だった」と男の幽霊が説明した。「そして、これは我が九番目の妻シルヴィア・テルー女王だった」

ジャーゲンは恭しく頭《こうべ》を垂れた。この状況ではできるかぎりのことをしたと自分では思った。ベッドの上に身を起こしながら恭しく頭を垂れるのは簡単なことではない。

「スモイト王でしたら、何度も聞いたことがありますよ。ゴギアヴァン・ゴウアの祖父で、九番目と八番目と五番目と三番目の奥方を殺しましたね。それで、暗黒王と呼ばれていらっしゃった。グラシオンと赤の諸島を統治した王の中で最悪だという評判だったからです」ジャーゲンがいった。

スモイト王にきまりの悪い思いをさせてしまったように思ったが、幽霊が赤面しているのを見極めるのは難しいものである。スモイト王はこう答えた。「おそらくいろいろなことをいわれているのだろう。周りにいたのは口やかましいゴシップ好きばかりだったからな。それに、結婚には恵まれなかった。こんなことを打ち明けるのは残念なんだが、本当に残念なんだが、そんなことをしても何にもならないのに、えもいわれぬ理由で興奮してしまった瞬間、お前がいま見ているご婦人を殺してしまったのだ」

「それでも、ぜったいに私のせいではありませんよ」とシルヴィア・テルーがいった。

「それは確かだ。あのときは全力で抵抗していたな。もっと躰が大きくて逞しい女だったらよかったのだが。しかし、もうお気づきだと思う、グラシオンの王と妃が他人のベッドに坐って好んで騒ぎたがると思うのは愚かなことだと」

ジャーゲンはよくよく考えて、こんな経験は一度もしたことがないと認めた。さらに、友人たちのあいだでも似たようなできごとは、思い出す限りなかったと気前よく付け加えてやった。

JURGEN bowed as gracefully as was possible in his circumstances

「そんなことを考えるのはあまりにも莫迦げている」スモイト王は話し続けた。妙ににやにやと笑みを浮かべながら。「ここへはそんなこととはまったく関係ない別の目的があって来た。実は頼みたいことがあって、微妙な問題に対して家族の一員として助けを借りたいのだ」

「何らかの方法でお助けできれば嬉しく思いますが、どうして私を家族の一員と仰るのですか」

「はっきりいうと」スモイトはにやにやしながらいう。「ログレウス公爵と同盟を結ぼうとしているわけではなく――」

「ときどき、誰でもお忍びで旅行をしたくなるものです。王であるならご存じだと思いますが」とジャーゲンがいう。

「――むしろ我が関心はスタインヴォアの孫にある。お前が自分の祖母のスタインヴォアを素敵な老婦人として思い出すのは間違いないだろう。だが、私が覚えているスタインヴォアは、ルートヴィヒの妻であり、王の目に火を灯した最も美しい娘の一人だ」

「閣下、何ということを私にお話しになるのですか！」ジャーゲンは怯えていった。

「本質的に私が愛情深い人間で、さらに、当時はすらりとした立派な若者だったというだけのことだ。その結果の一つがお前の父親だ。ルートヴィヒの息子コスと呼ばれていた。だが、ルートヴィヒがそんなふうに呼ばれるに値しないのは私が保証しよう」

「なるほど、そうですか。それはまさに醜聞ですね。そして、動揺してしまうような話でもある。朝のこんな時間に、新たに祖父という任に就くことを閣下に押し付けてしまうなんて。それでも、それはずいぶん前に起こった話ではありませんか。ルートヴィヒが気にしなかったのであれば、私にも気にする理由はなさそうです。それに、どうやら私に本当の話をしていらっしゃらないようですね」

「もし私の告白を疑うのであれば、そこの鏡を覗いてみればいい。われわれがあえてお前の睡眠を邪魔したのはこのためだ。私から見れば一目瞭然だ。我が家族の顔をしている」

ジャーゲンはグラシオンのスモイト王の顔立ちをよくよく見て、いった。「確かに、自分の容貌が王にふさわしい顔だといわれれば満更でもない。こんなふうに遠回しに褒められても、無礼と思われない返事の仕方が皆目分かりませんが。閣下がお若い頃にかなりもてただろうということは一瞬たりとも疑いを抱きませんし、実際そうだったのでしょう。もっとも、私の鼻ときたら、今まで鏡に示されてきたのを見る限りでは、がっしりして平らな獅子鼻には見えませんがね」

「ああ、だが、外見なんてものは簡単に騙せるということは誰でも知っている」スモイト王がいった。

「それに、左下の端の方に、明らかに似ているところがありますよ」とシルヴィア・テルー女王もいった。

「私がひどく鈍感なように思えるかも知れませんが、まあ、実際少しばかり鈍感なんです。そういう質《たち》なもので。本当に幼い頃にできあがってしまったものは、自分ではなかなか打ち破れないものです。そんなわけで、お二人が何をしようとしていらっしゃるのかまだ分からないのです」

スモイト王の幽霊が答えた。「私が説明しよう。ちょうど六十三年前の今夜、私は九番目の妻を特別残虐なやり方で殺してしまった。さっき、お前が疑わしげな口調で指摘したとおりだ」

そういわれて、ジャーゲンはいささか狼狽《うろた》えてしまったが、狼狽えたとかいえる立場にないと気がついた。つい最近、規範にこだわる人間のような顔をして、自分こそ妻の首を刎《は》ねてきたではないか。「もちろん、家庭の小さな諍《いさか》いというものは結婚生活においては起こりやすいことですよ」とジャーゲンは寛大な気持ちになっていった。

「それならそれでいい。だが、ウルスラの一万千人の旅の仲間たちによれば、私にも批判に激しやすい時代があった。今となってはそんな時代も過去のことだ。私は、昨日までスモイト王として怖れられていた国々を吹き抜ける風によって流される、血の通わない存在になってしまった。終ったことはそのままにしておこう」

「それはもっともだと思いますね。それに、多少大袈裟にいうのは祖父たるものの特権ですし。どうぞお続けください」

「それから二年後、皇帝ロクラインに従ってスエヴェティイ征伐の遠征に行った。ゴザーリンを特別に崇拝する邪悪で享楽的な種族だ。小さな小舟を使う。あれは大した襲撃だったといっておかなくてはな。富と美女の国の立派な戦士たちが率いていた。だが悲しいことに、よくあることだが、オズナックから戻るときに我が敬愛する指揮官であるロクライン将軍がコーンウォールの大悪魔コリネウス公爵に捕えられてしまった。皇帝に従っていた大勢の者の中で、掠奪と殺戮に興じた高い代償を私が負うことになったわけだ。コリネウスは偏狭な奴で、世故に長けていたわけでもなかった。私が閉じ込められたのは臭い地下牢だった。エニスガースとサーガイルを正々堂々と撃ち破って、カムウィの相続者をも怖れずに結婚した、グラシオンのスモイトたるこの私がだ！　しかし、その不愉快な詳細は控えておこう。自分の入れられた場所に不満があったというだけで十分だろう。とにかくそこを出ていきたくて仕方がなかったが、それには一つしか方法がなかった。そして、そのためには看守を殺すというのを避けて通れなかった。今だからいうが、私はそれが嫌だった。これまで出世してきたあいだ、人を殺すのにはうんざりしていたのだ。それでも、よくよく考えてみれば、優しさに欠け、思いやりの心もなく、賄賂《わいろ》を仄めかしても耳を閉ざすような頭の鈍い従者の命は、まったく重要ではないように思えてきた」

「私にもたやすく想像できますが、その看守の心のあり方、持って生まれた精神、あるいは身体構造を過大に評価することはなかったというわけですね。だから、避けて通れないことをしたのでしょうね」

「そうだ。看守を不誠実なやり方で殺し、誰にも見破られないような変装をしてグラシオンへと逃げた。その後、あまり長くは生きなかったが。そのときの死に方ほど嫌なものはなかった。ちょうど結婚目前で、結婚相手は何しろ魅力的な娘だったからな。ティルノグ*王の娘だ。クレイントナーの方から来たんだ。私の十三番目の妃になろうとしていた。婚礼の儀式まで一週間もなかったのだが、自分の城の階段でつまずいて転んで、首を折ってしまった。それなりに評判の戦士だった私にとっては屈辱的な最期だ。やれやれ。それで、十三が不運の数字だという古い迷信には何かあるのではないかと考えたりしたわけだが……いや、何を話していたんだったかな――ああ、そうだ。殺しに無頓着なのもよくない結果を招く。もう分かる頃だろうが、そんな殺しを一つ二つやったせいで、私は毎年殺しの記念日になると自分の罪の現場に現れなくてはならないのだ。そういう取り決めならまあいいだろう。文句はいうまい。当然、夜遅くまでかかってしまうとはいえ。だが、大きな石を使った卑怯なやり方で看守を撲殺したのがちょうど夜明け前の、たまたまディオクレティアヌス*に殉教させられた聖ウィトゥス*の祝日だった。運が悪いのはここのところなのだが、何とも困ったことに、それが九番目の妻の命日の一時間前でもあるということだ」

「そんな大切な日に、見ず知らずのどうでもいい人たちを殺すというのね」シルヴィア女王がいった。「尼僧院長のような格好をして牢の窓から這い出すなんて。無駄な改悛のために跪《ひざまず》き続けなければならないこの日に！　でも、あなたは意志の固い人だった。妻のことを思い出して当然というようなときだって、ほとんど愛情を示すことはなかった。本当ですよ」

「あれが私の不注意だったのは認めよう。それ以上のことはいえない。何れにせよ、死んだ後になって、そんな不注意のせいで六月十五日が巡ってくると、午前三時に別々の二箇所に幽霊になって現れなくてはならなくなったことを知ったのだ」

「なるほど、でもそれが道理というものでしょう」ジャーゲンがいった。

「道理ではあるかも知れない。だが、私がいいたいのはそれが不可能だということだ。それで、高祖父であるペンピンゴン・フライチフラス・アプ・ミルワルド・グラサニーフ*の助けを借りることにした。やはり一族らしい顔立ちで、あらゆる面で私にそっくりなので私の替え玉を演じてもらっても誰も文句はいわないくらいだったからだ。妻も協力してくれて私の悲惨な罪がなされた場面を再演してもらってきた。毎年六月になるたびに」

　シルヴィア女王がいった。「でも、あの方は剣の扱い方がまったく違うのですよ。ペンピンゴン・フライチフラス・アプ・ミルワルド・グラサニーフの、遠い昔の堂々とした剣捌《さば》きで殺されるのはぞくぞくするくらい楽しかったのに。紳士たちが本当の紳士だった時代。あの方のことは本当に残念でならない」

「これは理解してほしいのだが、ペンピンゴン・フライチフラス・アプ・ミルワルド・グラサニーフの煉獄滞在期間が終了してしまったのだ。つい先頃、天国へ行ってしまってね。本人にとってはいいことだろうから、文句はいうまい。だが私には代役を誰に頼むかという問題が残っている。天使というものは、お前にも分かると思うが、殺人を犯すことが許されていない。たとえ思いやりの心からであってもだ。危険な先例を作ってしまう怖れがあるからだろう」

「何から何まで残念ですね。しかし、なかなか率直に話していただけていない。閣下には喜んでお仕えしたいと思っています。私に何かをさせたいというご意向には沿いたいところです。さあ、はっきり仰ってください！」

「さっきもいったように、お前の顔は我が一族の顔立ちだ。はっきりいうと、グラシオンのスモイトに生き写しだ。そこで、折り入って頼みがあるのだが、今宵一晩、私の替え玉を演じてくれないだろうか。シルヴィア・テルー女王も手伝うから、三時になったら〈白の塔〉に幽霊となって姿を見せて皆を満足させてくれ。さもないと」と陰鬱な声で付け足すのだった。「悲しい結果となるだろうな」

「しかし、私は幽霊の経験がありません」ジャーゲンが告白した。「そんな能力があると偽ることはできません。どこから取り掛かったらいいかも分かりません」

「いや、簡単だ。もちろん少々神秘的な下準備といったようなことは必要だが。生きている人間を幽霊にするわけだから――」

「ありきたりな下準備だったら勘弁してください。誰かに刺されるとか毒殺されるとか、そんなことは断固拒否しますよ。たとえ自分の祖父の機嫌を取るためであってもです」

　スモイトもシルヴィアも、ジャーゲンの幽霊化は一時的なものだから、そんな乱暴な手段はまったく必要ないのだと断言した。実際、ジャーゲンがしなければならなかったのは、ドルイドの呪文とともにシルヴィア・テルーが差し出した浮き出し模様のある杯の中身を飲み干すことだけだった。そのとき一瞬、ジャーゲンは躊躇した。何もかも、とてもありそうにない話に思えたからだった。それでも親族の絆は強く、また、ずっと昔に死んだ自分の祖父を助けるなどという機会は滅多にないじゃないかと思った。それに、その飲み物は誘い込むような芳香を放っていたのである。

「いいでしょう。私はどんな飲み物でも一度は味わってみることにしているのです」そういって、ジャーゲンは杯の中身を飲んだ。

素晴らしい風味だった。それでも最初のうちは飲み物の効き目が現れてこないように思えた。そのあと、少し頭がふらふらしてきた。次に下を見ると、ベッドに誰もいないのに気づいて驚いた。よくよく近寄ってみると、人間の形の影のような輪郭が見えた。人の形に寝具が崩れ落ちているのだった。自分が残していったのはこれがすべてなのだとジャーゲンは思った。それが何か奇妙な感覚をジャーゲンに呼び起こした。吃驚した馬のように跳び上がったとき、あまりにも勢いがつきすぎてベッドから浮き上がってしまった。気がつくと、部屋の中をふわふわと浮いていたのである。

ジャーゲンはすぐにその感覚を受け入れた。眠っているあいだによく感じていたものだ。夢の中で、踵が臀《しり》のところに来るように膝を折って何の苦労もなく空中を漂うことがよくあった。そのときには、莫迦みたいに簡単に思えて、どうして今まで思いつかなかったのだろうかと考えたくらいである。そして、こんなことを思った。「これは辺りを見て回るには最高じゃないか。こいつを見せて、どれほど簡単なことかリーサに教えてやろう。きっと吃驚して、私を賢いと思うに違いない」。だが、目を覚まして起き上がると、どうやればいいのかすっかり忘れてしまっているのだ。

しかし、今やこの移動方法はあまりにも簡単だった。ジャーゲンは練習のために、ベッドの周囲を一周か二周してから天井まで浮かび上がった。経験不足のせいで、必要な力の入れ具合を誤り、部屋を突き抜けて上の階へ出てしまった。気がつくとメリオンの司教の部屋を漂っているのだった。猊下《げいか》は一人ではなかった。ただ、その部屋の二人は眠っていたので、ジャーゲンは教会のあり方に反することを目撃せずに済んだ。その後、祖父と合流して、カリバーンの魔剣を腰から下げ、次に何をしたらいいのかと尋ねた。

「もちろん、〈白の塔〉の中で暗殺事件が起こるわけだ。いつもと同じに。必要な詳細はシルヴィア女王が指示してくれる。しかしながら、話の筋書きはお前がほとんど創作してもらっても構わない。今夜その部屋に泊まる〈湖の貴婦人〉は、われらの恐ろしい歴史についておそらくご存じあるまい」

スモイト王はそのときコーンウォールでの約束を守るために移動する頃合いだと気づき、熟練の素早い動きで、空中へと溶けるように消えた。そして、ジャーゲンはシルヴィア・テルー女王の後について行った。

第十七章　時を告げるのが早すぎた雄鶏について

この物語は次に如何にしてジャーゲンとシルヴィア・テルー女王の幽霊が〈白の塔〉へ入って行ったのかを語る。ベッドに寝ていたのは〈湖の貴婦人〉である。独りで寝ていたのだが、それでよかったとジャーゲンは思った。二人きりで過ごしている者たちのところへ侵入するのはもう嫌だったからである。それはそれとして、アナイティス夫人は最初はなかなか目を覚まさなかった。

そこは羽目板を高く張り巡らせた薄暗い部屋だった。その手の部屋でよく見られるように、二つの窓から月の光が注ぎ込んでいた。およそ幽霊というものであれば、たとえ見習いであっても、こんな環境なら立派に演じることができるはずである。ジャーゲンも、自分は申し分のない働きができると思った。隔世遺伝で獲得した残虐性もあるし、必要な台詞を即興で話すのも難しくなさそうだった。何もかも順調に進み、やがてアナイティスもシルヴィア女王の慈悲を乞う心揺さぶる悲痛な叫びで目を覚まし、少し吃驚したかのような様子でベッドに身を起こした。それから、〈湖の貴婦人〉はいくつもの枕の中に背を預け、恐ろしい場面の残りを、しっかりと落ち着いて見届けたのである。

そして悲劇は恐ろしいクライマックスへといよいよ高まり、見事に鎮まっていった。魔剣カリバーンの助けを得て、ジャーゲンは束の間の妻を殺した。命を失った身体の髪を摑んで床の上を引きずっていった。そのとき、彼女の櫛をポケットに入れるのを忘れなかった。シルヴィア女王に、なくさないようにそうしてくれといわれていたからである。不気味な「はー、はー」という声も何度か発していた。その他、覚えていた古くて強力な呪いの言葉も。簡単にいえば何もかもうまくいって、自画自賛しながら〈白の塔〉をシルヴィア・テルー女王とともに満足感でいっぱいになって立ち去ったのである。

二人は風の吹き抜ける階段で少し休んだ。暗闇の中で、彼女に櫛を返した後、女王はもう別れなくてはならないのがとても残念だとジャーゲンにいった。

「またあの冷たい墓に戻らなくてはならないのですからね。そして、煉獄の高く吹き上がる焔の許へと。もう二度とあなたに会えないかも知れないし」

「そんなことになるのは悲しくてなりません。今までにこれほど美しい人に会ったことはないのですから」ジャーゲンがいった。

女王は喜んでいった。「若い男の子が嬉しいことをいってくださるのね。でも、心からそういってくださるのが分かります。そんな初心《うぶ》な方と私の住まいでお会いできればいいのに。切に願います。心もなく、どんなことも素直に正直に話そうとしない、酔いどれの罪人たちとともに暮らしているのですから。あの人たちの気取った態度が何よりも嫌い」

「では、王とお二人で幸福ではないのですね。そうではないかと疑っていましたが」

「スモイトにはほとんど会うこともないのですよ。何しろ、他の八人の妻と一緒に同じ焔の中で暮らしているのです。寵愛の不公平を見せるわけにはいきませんからね。二人の女王はまっすぐ天国へ行きましたが、八番目の妃グードルーンは悔悟することのない罪人だったと考えざるを得ないでしょう。だって、煉獄にも結局やって来なかったのですから。私もあの女は信用していなくて。そうでなかったら私だって、自分を妃にするためにあの女を絞め殺してしまえばいいなんてスモイトに仄めかすこともなかったでしょうね。ほら、女王になれたら素敵ではないかと思ったのよ。あの頃はね。私がまだ純真な小娘だった頃。それに、あの頃はスモイトだって愛おしく、馨《かぐわ》しく、滑らかな手触りだった。こんな残酷な運命が自分に降りかかるなんて思いもしなくて」

「まったく悲しいことです。何というか、幸福に暮らすよう気遣うことを誓い、跪《ひざまず》いて仕えるべき者の手によって殺されるなんて」

「私が気にしていたのは夫の無関心なんかではないの。スモイトは本当は激しい嫉妬のせいで私を殺したのよ。嫉妬は、下手なやり方ではあるけれど、相手を賞讃しているでしょう。いえ、私はもっと酷い目に遭ったのです。それが生身の躰《からだ》のあった人生をずっと苦しめていたの」そういってシルヴィアは泣き始めた。

「それは何だったのですか」

シルヴィア女王が囁く声で恐るべき真相を話した。「あの人には私が理解できなかった」

「おやおや、女性が私にそんなことをいうとは、たとえそれが死んだ女性であっても、何を私に期待しているか分かろうというものだ」ジャーゲンがいった。

ジャーゲンはシルヴィア・テルー女王の躰に腕を回して慰めた。慰められているのを嫌がる様子はなかったので、ジャーゲンはしばらく暗い階段に坐って、シルヴィア女王の躰に腕を回していた。

そうしているうちに、さっきの薬の効果がはっきり落ちてきた。自分の躰が冷たく重さのない蒸気でできているのではなく、身体の隅々まで温かくしっかりした肉体になっているのが分かった。だがおそらく、その晩のもっと早い時間にジャーゲンが飲んだ葡萄酒の影響はまだ消えてはいなかった。ジャーゲンは暗闇の中で少し思い切ったことを話してみた。名ばかりの祖父ルートヴィヒに対して、負わされた傷の復讐をすべきではないかといって、魔剣カリバーンを引き抜いたのである。

「すでにお気づきのように、普通の相手ならいつでも有効な武器をいろいろ持っています。可哀想なルートヴィヒに不当な仕打ちをしたスモイト王に報復するため、そういうものを使ってはならないのでしょうか。いえ、使わなくてはなりません。私の義務です」

「ああ、でもスモイトは今ごろはもう煉獄に戻っています。それに、女性に向かって剣を抜くのは卑劣な振舞いですよ」

「ジャーゲンの復讐の剣は嫉妬深い男たちの恐怖の的でしょうが、あらゆる美しい女性たちを慰めるものになるのです」

「大きな剣だというのは疑いの余地はないけれど。本当に立派な剣。暗闇でもよく分かる。でも、もう一度いいますけど、スモイトはもうここにはいないのですよ。武器を振るえるところには」

「こうやって議論しているといらいらしてきますね。正直な女性であれば、死んだ夫の遺産がきちんと受け取られているかどうか確認したいものです」

「まあ、どういうお話なんでしょう……」

「いいえ、確かに孫というものは――一世代飛んだ――一種の遺産ですよ」

「その意見にも一理あるような――」

「大いに一理ありますとも。間違いなく。最も自然で最も真相に近い理論です。ただ、義務を果たせればいいと願っているだけで――」

「でも、狼狽《うろた》えてしまうのですよ。そんな大きな剣を持って。怖いじゃありませんか。そんなものを振り回しているあいだは話なんかできませんから、さあ、剣を収めて。そんなもので相手をどうしようっていうんですか。その剣の鞘はここにありますから」

ここで二人に邪魔が入った。

「ログレウス公爵殿」とアナイティス夫人の声がした。「私の寝室の扉の前で、そんな妙なことをなさっていて、変な噂を立てられたらどうしますか。もうお帰りになった方がいいのではありませんか」

少しだけ開けた寝室のドアの隙間から、ランプを手に持ち狭い廊下を覗き見て、アナイティスがいった。ジャーゲンは少しばかり決まりの悪い思いがした。六十三年前に死んだ婦人と親しそうにしているなどということを説明するのはどう考えても難しそうに思えたからだ。そこで、ジャーゲンは立ち上がって、慌ててシルヴィア女王に見せていた剣を鞘に収めて、この話は終りにしてしまおうと決めた。そのとき、外で雄鶏が時を告げた。夜が明けたからである。

「おはようございます。しかし、ここの階段は複雑ですね。迷ってしまいました。少し見て回ろうと思ったのですが。こちらは遠縁のシルヴィア・テルー王妃です。ご親切にもご一緒していただけると仰ってくださいまして。茸《きのこ》を集めたり、日の出を見たりしようと考えていたのです」

「ログレウス殿はお部屋にお戻りになった方がよろしいかと思います」

「そう仰いましても、シルヴィア・テルー王妃のお供をするのが、私の務めです――」

「どこにもシルヴィア妃の姿は見えませんけど」

ジャーゲンは辺りを見回してみた。確かに祖父の九番目の妻の姿はもうどこにも見えなかった。

「ええ、消えてしまいましたから。雄鶏の声で消えることになっています。でも、あの雄鶏は時間を間違えたようです。ひどい話です」ジャーゲンは悲しそうな声でいった。

するとアナイティス夫人がこういった。「ゴギアヴァンの地下室には蓄えがたっぷりありますからね。あなたもウリエンやアリベールと一緒でしたね。きっと運よく女王やら素敵なものをゴギアヴァンの地下室で見つけたのでしょう。それにしても、まだ少し酔っていらっしゃるのではありませんか」

「ところで、お尋ねしたいのですが、昨夜、幽霊が二人、お部屋に姿を見せませんでしたか」

「あら、そうかも知れませんね。でも、〈白の塔〉は幽霊が出るって有名ですよ。静かに過ごせた夜はほとんどありません。ゴギアヴァンの人たちは、どうしようもない人たちみたいで」

「おやまあ、このアナイティス夫人というのは一体どんな人なんだ。私が犯した残虐な人殺しにも平然としている。幽霊に対しても、私が蛾を扱うときのような感じだ。この人は魔女だと聞いたことがある。容姿端麗な女性であるのは間違いない。簡単にいえば、若いグィネヴィアが我が心の恋人でなかったなら、よくよく調べてみる価値のある相手だということだ」

そして今度は声に出していった。「そういうことなら、私は酔っているのかも知れません。それでも、あの雄鶏は告げる時を間違えていたと思いますよ」

「いつの日か、その意味を教えて下さらなくてはなりませんね。取りあえず私はベッドに戻ることにします。もう一度、あなたにも同じことをお勧めします」

そしてドアが閉まり、差し錠が降り、ジャーゲンは歩み去った。なおも、興奮冷めやらぬまま。

「このアナイティス夫人というのは実に興味深い個性の持ち主だ。機会があったら、雄鶏に対する私の不満を話してみるのも楽しいかも知れない。まあ、滅多に起きそうもないことが起きたところで、ちょうどそのとき剣を抜いていた私の前に姿を見せて、私が立派な武器を操ることを知ったのだからな。いつか彼女が優れた剣士を必要と感じる日が来るかも知れない。夫のいない、あの見目麗しい〈湖の貴婦人〉が。ならば私は辛抱しよう。それはそれとして、私には高貴な血が流れているようだな。ところで、あの醜聞とやらには何かありそうだ。私にはスモイト王との共通点がいろいろとあるのだから。しかし、十二人の妻とは！　いくら何でも多すぎる。男の関係する相手の数に限度などないと思っているが、合法的な夫婦関係が十二とは、そんな楽天主義は私には未知の領域だ。いや、自分が酔っているとは思わない。だが、まっすぐ歩けなくなっているのも疑いの余地はない。確かにずいぶんと飲んでしまったようだ。ここはおとなしくベッドに戻った方がいいのだろう。今夜のことはこれ以上何もいわないことにしよう」

そして、そのようにした。これが、元質屋のジャーゲンが初めてアナイティス夫人と言葉を交わした日だった。その人は人々に〈湖の貴婦人〉と呼ばれていた。

第十八章　なぜマーリンは薄明かりの中で語ったか

それから二日目のこと、ジャーゲンはマーリン・アンブロシウスに呼び出された。ログレウス公爵は薄明かりの中、魔法使いを訪ねた。その部屋の窓はことごとく布で覆われていて陽の光を完全に遮っていた。部屋の中では何もかもがぼんやり広がり、影というものを一切作り出さない光しかなかった。マーリンは手に小さな鏡*を持っていた。三インチ四方ほどの鏡だった。マーリンは戸惑ったような表情を浮かべて鏡から黒い目をあげた。

「私とともに派遣された大使であるアナイティス夫人と話してふと思ったのですが、ログレウス閣下は白い鳩*を飼ったことがおありでしょうか」

ジャーゲンは小さな鏡に目をやった。「そんなに前のことではありませんが、レシー族の女性が、人が白い鳩に対してやりかねないような不愉快なことを見せてくれましてね、そいつもこんな鏡を使っていました。その後に何が起きたのかも見ましたが、正直にいうとことの詳細はさっぱり理解できませんでした」

マーリンが頷いていった。「そんなことではないかと思っていました。お気づきだと思いますが、それゆえ話をするのに影のない部屋を選んだわけです」

「何ということだ。とうとう私に付き随う者が見えるという人がいた。どうして他の人には見えないのだろう」

「あなたについている者に対して私の注意を促したのは、私自身の影なのです。私にも、与えられた影があるからです。しかし私の影は、父から贈られたものです。父のことはお聞きになったことがあるのではないでしょうか」

今度はジャーゲンが頷いた。マーリン・アンブロシウスが誰の子供か*知らない者はいない。分別のある人間ならそのことには触れないものである。するとマーリンは、自分と影との関係を話し始めた。

「こんなふうに影に調子を合わせてやると、影はこんなふうに仕えてくれて、協力関係ができるわけです。どんなところでも必要な関係ですが」

「分かりました。でも、他人に気づかれたことはありませんか」

「たった一度だけ、影が私から離れていたことがあって、そのときですね。あれは日曜日のことで、直射日光の下を私は独りで歩くことになりました。影は教会の尖塔に抱きついていましたから。その下では礼拝に参加している人たちが跪《ひざまず》いているわけです。礼拝に出ている人たちは理由もわからないまま心を乱されて、ただお互いに顔を見合わせるばかりでした。司祭と私にだけははっきりと分かっていました。司祭に分かったのはそれが邪悪な存在だったから、私に分かったのはそれが自分のものだったからです」

「それで神父がその図々しい影に何といったのか気になりますね」

「『お前は立ち去らなくてはならない！』――そして恐れることなくこういいました。どうして司祭というのはいつも怖れを抱いていないように見えるのでしょうかね。あんな生気のない静かな目をしている司祭が。『そういう振舞いは見苦しいぞ。ここはいと高き神の館だからだ。遠くにいる人たちは、この揺るぎない尖塔を心の拠り所にしているのだ。常に天を指している尖塔を。ここは聖なる場所だ』すると影が答えました。『だが、尖塔というものの起源が男根だということを私は知っている』そして私の影は泣き出しました。莫迦みたいに泣きながら、その下で礼拝参加者たちが跪いている尖塔にしがみついていました」

「それはさぞ心乱されるできごとだったかと思いますが、それでも、こうやって影が戻っているのだから、そんなに酷い目には遭わなかったのでしょう。それにしても、こんな従者に付きまとわれる人もいれば、ちゃんと独りで生きていくのが許される人もいるのはどうしてなんでしょう。不公平じゃありませんか」

「説明できるかも知れませんが、それはやめておきましょう。今でも知りすぎていますから。その輝く羽織りものを纏っていることもあるし、どうやら私にも朧《おぼろ》げにしか予見できず、そしてまったく理解できない土地と時間からやって来た方のようです。しかし、どうもよく分からないのは――」マーリンはとても長い人差し指を突きつけてきた。「その羽織りものを最初に着た者は何フィートあったのかということです。それとも、あなたは以前は年寄りだったのかな」

「ええ、四フィートでした。だんだん大きくなってきている」ジャーゲンがいった。

「それは思いつきませんでした。だが、それなら分かる。――老詩人が若い男の躰《からだ》とケンタウロスの羽織りものを借りた。アデレス*は新たな冗談を世界に放った。彼女にはそうする理由があった——」

「それは過去に遡った話をしているのでしょうか。私がうまいことおだてたのはセリーダでしたが」

「こんなときに男たちがあげる名前の数は極めて少ない。あなたに付き随う影が何か私には分かるし、そして崇めてもいますが、小さな神々の恐怖の母アデレスの贈り物でしょう。間違いなく、彼女は他にも名前がたくさんある。上手いことおだててやったと思っているとは！　私なら、そんなふうに考える者の羽織りものを着て歩きたくはありませんね。でも、定められたときがきたら、彼女は知らせてくれるでしょう」

「それなら彼女も公平に取引してくれるでしょう」そういってジャーゲンは肩を竦《すく》めた。

マーリンは鏡を横に置いた。「ところで、アナイティス殿と話し合っていたのはまったく別の話でした。あなたと話したいと思っていた話題でもあります。ゴギアヴァン王は、娘とともにアーサー王のもとへ、ユーサー・ペンドラゴン*から与えられた〈円卓〉と、それを囲む席を満たす百人の騎士を送ろうとしています。ゴギアヴァン王は、確かに外交的ユーモアのセンスをお持ちのようで、貴方をその騎士の一行に入れようとなさっています。ところで、貴方は王女と特に親密な会話を交わす間柄だというもっぱらの噂だが、アーサー王はそのようなお喋りを好ましく思いません。だから警告しておきますが、我らとともにロンドンへ赴くことは貴方にとってよい結果をもたらさないでしょう」

「そういうことにはならないでしょう。私にとってこの関係をこれ以上続けることは、二人の心地よい会話の探究という完璧な思い出を損なうものでしかないのだから」

「貴方は分別のある老詩人です。特に今は、我らの知る幼気《いたいけ》な王女が女王になり、シンボルになろうとしているときですから。王女が不憫《ふびん》でならない——騎士道を作り上げたこの私でもそう思う——天の輝きの啓示として崇められるでしょうが、それでも彼女は肉と血を備えた身であるし、それを好むこともないでしょう。あらかじめアーサー王に警告しておいても効果などありますまい。というのは、智恵が人間の愚かさに対する重要な力である限り起こるべきことが、これからもいつも起こるからです。だから、智恵といってもただ精一杯努めるしかなく、大いなる神秘という事実に向き合うことを受け入れざるを得ないのです」

その後すぐ、マーリンは立ち上がって、背後のタペストリーを引き上げると、タペストリーに遮られていたあるものが見えた。

・・・・

「こんなきまりの悪い思いをするとは。まだ足首まで真っ赤になっているのが分かります。私が間違っていました。この件についてはもう何もいわないことにしましょう」とジャーゲンがいった。

「自分が何を話しているのか分かっていっているのだと理解していただこうと思いましてね。私の目下の目的はグィネヴィアのことを忘れていただくというものです。ケンタウロスの羽織りものを着てそんなに控えめにしている貴方の心の中に王女はまったくいないのではないかと思うわけです。さあ、今こそお話しください！　差し迫っている王女の結婚のことを考えると本当に心が乱されますか」

「私は今生きて息をしている男の中でいちばん不幸ですよ」ジャーゲンがわざとらしい熱意を込め

ていった。「一晩中眠れずベッドの上で輾転反側《てんてんはんそく》して、過去の惨めな日のことを考えているのです。病んだ心で夜明けを見守った惨めな日に起きたことを。そして今、大声で叫ぶのです。アポロニオス・ミュロニデス*の言葉を」

「誰の言葉ですと？」マーリンがいった。

「『ミュロシス』*の著者のことをいってみたのですよ。あまりにも多くの人がアポロニオス・ヘロフィロス*の著作だと軽率にも決めつけていますがね」

「ああ、そうだ、もちろんそうですとも。その引用はまったく適切です。それなら、あなたの体調は悲しいことですが治癒はしないでしょう。この記念の品を差し上げようと思います。もし勇敢であれば、いろいろなことができるでしょう」

「だが、何とも奇妙な記念の品だ。この小さな人間の腕や脚、頭でさえも、そっくりだ。それで、私にいろんなことをするように唆《そその》かしているわけですね。だが、どうやって。私に促しているような記念の品の使い方を自分で試したことは一度もないのでは？」

「それは怖かったからです。私がただの魔法使いであることをお忘れですか。悪霊より恐ろしいものを呼びだす呪文も知らない魔法使いですから。しかし、これはもはや理解できる者がいなくなった〈古《いにしえ》の魔術〉の一つです。私にはちょっと手が出せません。それでもあなたは詩人ですから。詩人は〈古の魔術〉が好きだと決まっているのです」

「まあ、そのことはあとで考えることにしましょう。もし、これで本当にグィネヴィア王女を頭から消し去れるのであれば」

「それは請け合いますよ。理由は『長阿含経《じょうあごんきょう》』*ではっきり書かれているとおり「土蛍の光をランプの光と比べることはできない」からです」

「『長阿含経』は気持ちのよい小品だ」ジャーゲンは寛大な態度でこう付け加えた。「ただ、やはり、表面的ではあるけれど」

マーリン・アンブロシウスはジャーゲンに記念の品を手渡して、少し助言を与えた。

その夜、ジャーゲンはグィネヴィアにロンドンに向かう一行に自分は入らないといった。そして、マーリンが二人の関係に疑いを抱いていることも隠さず話した。

「だから、あなたを守るために、そしてあなたの名誉を守るために、自らを犠牲にし、生涯大事にしてきたものを犠牲にする必要があるのです。私は傷つき苦しむでしょう。ですが、それで自分が心から愛している人と正しい付き合いができたということで満足が得られるでしょう。私の苦悩によってあなたを守れるのです」

しかし、グィネヴィアはジャーゲンが如何に高潔であるかということをあまり気にしていないようだった。その代わり、ただ静かに涙を流した。ジャーゲンが耐えられないほど悲嘆に暮れたようすを見て。

「皇帝であろうと農夫であろうと、あなたほど心から誠実に、損得なしで愛した相手は私にはいませんでした。私が持っているものはことごとくあなたに差し出しました。私が持っているものをことごとくあなたは受け取り、飲み干してしまいました。だからもう私には差し出すものが残っていません。怒りや侮蔑の気持ちさえも。だからもうあなたは私から離れていってしまう。あなたに対する愛の他に私には何も残っておらず、何の値打ちもないのだから」

「そんなふうにいわれると困惑するばかりです」とジャーゲンがいった。実際には、不快感を抱いていた。

「本当のことをいっているのです。あなたは何でも持っています。だから、少し嫌になっていて、もしかすると少し怖がっているのかも知れませんね。私と手を切らないと一体何が起こるのだろうかと」

「それは違う――」

「いいえ、違いませんよ。むしろ、初めて私は二人のことを判断できているのです。あなたのことを赦《ゆる》そうと思います。あなたを愛しているから。でも、私は自分を赦そうとは思いません。決して赦すことはないでしょう。放蕩するばかりの愚か者だったからです」

そんな話は不愉快だし、退屈だし、そして何より自分にとって不当だとジャーゲンは思った。

「私にできることはもう何もないのですよ。私に何ができると期待するというのですか。私たちが幸せでいられるあいだだけでもそうしていればいいのではありませんか。私たちに贅沢に使える時間がないわけじゃあるまいし」

これは、グィネヴィアの出発が予定されていた日のほんの一日前の、最後の夜のことだった。

第十九章　奇妙な足をした褐色の男*

翌朝早く、ジャーゲンはキャメラードを発ち、カロエーズへと向かった。ドルイドの森へ入ると、マーリンの指示どおりにした。

「こんな莫迦げたことを一瞬たりとも信じてはいないのだが、この結果がどうなるのか見るのは楽しいだろうし、どんな莫迦げたことでも公平に試してみることを拒否すべきではないからな」ジャーゲンがいった。

やがて、褐色に焼けた肌の逞しい男の姿が見えた。流れの岸に坐って、足を水の中でぱちゃぱちゃやりながら、長さの不揃いな七本の葦で作った笛を吹いていた。その男にマーリンから与えられた記念の品を、マーリンに指示されたとおりのやり方で見せた。男は見慣れない合図をして、立ち上がった。その足が普通でないことにジャーゲンは気がついた。

ジャーゲンは頭《こうべ》を深く垂れ、やはりマーリンにいわれていたようにいった。「今こそ讃えます、二つの真実の主よ。秘密を教えていただきたく、最も賢い方の許へやって参りました。あなたのことを教えてください。そして、四十二人の偉大なる方々のことを教えてください。あなたとともにの日ごとに邪《よこしま》な血を分かち合う四十二人のことを。あなたがどのようなお方であるかを知りたいのです」

〈真実の間〉に暮らし、邪悪な行いをする者たちに育まれている四十二人、ウェノフレ*の前で償い

褐色の男が答えた。「私はかつてあったこと、そしてこれからあることのすべてである。〈この世の王子〉だ。命ある者が、私が何であるかを見出すことは決してない。私を破壊できる神も決していない」

そういって褐色の男はジャーゲンを、森の中心にある開けた谷間へと案内した。

「マーリンは自分では来られなかったのだ。なぜならマーリンは賢いからだ」と褐色の男が説明した。「だが、お前は詩人だ。だから、これから見ることをやがて忘れてしまうだろう。あるいは最悪の場合、耳に心地よい嘘をつくだろう。特に自分に対して」

「そのことについては何も知りません。ですが、私はどんな飲み物でも一度は味わってみることにしているのです。何を見せていただけるのでしょうか」

褐色の男は答えた。「すべてだ」

そして谷を出たのは夕刻に近かった。もう暗くなっていたのは、嵐になっていたからだった。褐色の男は微笑み、ジャーゲンは恐怖に震えていた。ジャーゲンが不満そうにいった。

「あれは真実ではありません。見せていただいたことはでたらめばかりです。いわゆるリアリストの下品な狂気です。魔法であり、混じり気なしの子供騙しであり、神を冒瀆する忌まわしいものです。私が信じることを選ばなかったものともいえます。あなたはご自身を恥じるべきではありませんか」

「たとえそうでも、私を信じているだろう」

「私が信じているのは、あなたが正直であること、私があなたによく似た者であることです。だから、さらに二つあなたには嘘があるわけですね」

褐色の男はまだ微笑んでいた。「そうだ。お前は確かに詩人だ。獣でも人間でもない者の羽織りものを見せつけている。私の谷に入ったときと同様に正気のまま、谷から出て来た。私の誠実さからも。詩人がいつでも正気であることを讃える言葉としても、なるほどいいすぎということはあるまい。だが、マーリンだったら死んでいた。マーリンだったら後悔することもなく死んでいた。もしあいつがお前の見たものを見たのであればな。なぜなら、マーリンは事実を理性で受け止めるからだ」

「事実！　正気！　そして、理性！」ジャーゲンは怒りの声をあげた。「何と莫迦げたことを話しているんだ。この時空の世界と意識が泡だなんていう莫迦げた操り人形劇に欠片《かけら》でも真実があるというのか。太陽と月と高みの星々を包み込んでいるのに、それがただの醱酵した残飯の泡だとは！　私はその不潔なもの一切から心を清めなくてはならない。人間たち、かつて生きこれから生きる人間たちがことごとく、そして私でさえも、まったく価値のない存在であることを信じさせようとしたのか。こんな筋書に正義などあるはずがない。どこにも正義などない」

「そんなことに苛だっていたのか。私もときには苛だつことはある。この世界の王子である私でさえも。この世界で〈二つの真実〉を除いて唯一、変わることのない私でさえも」

「あなたの変わりやすさについては何も知らないが、あなたが真実を語ったかどうかについての意見は変わらない」とジャーゲンはいった。もう怒りが爆発寸前だったからである。「そうとも、もし嘘が人の咽喉を詰まらせるのなら、その毛深い咽喉はきっと苦しいだろう」

　すると褐色の男は足を踏みならした。足が苔《こけ》の上を打つと、ジャーゲンが今まで聞いたことのない音がした。その音は、あらゆる方向から重なって聞こえてくるようだった。最初は、森の葉が一枚一枚小さな声で大笑いしているようでもあった。その音は、もっと大きな生き物たちの笑いさざめきに飲み込まれた。その音は谺《こだま》して、とうとう雷鳴のようにそこかしこで反響した。ジャーゲンの足の下で大地が動くさまは、獣が肌を震わせてうるさい蠅を追い払うのに似ていた。もう一つ妙なことにジャーゲンは気づいた。それは谷間の木々が身悶え幹が弓なりに反っていることだった。まるで暑すぎる日に曲がってしまった蠟燭のように、梢に繁る葉はすっかり褐色の男の足許に触れるまでになっていた。そこに立つ褐色の男の姿にも変化が生じて、低く立ち込める雲から続けざまに放たれる褐色の光と深く恭順の意を表する森の木々、そこかしこから聞こえる笑い声と振動が伴っていた。

「ならば答えよ、正義についてまくし立てる者よ。もしも今、お前を私が殺したなら、その私は今いる私か」褐色の男がいった。

「ならば、殺せ！」ジャーゲンは目を瞑《つむ》っていった。そのとき見えているものが何もかも気に入らなかったからである。「そうだ、そうしようと思えば私を殺せる。だが、どこにも正義はないと私に信じさせる力はないし、私に価値がないと信じさせる力もない。私がとてつもなく賢い人間だということを知ってもらいたい。お前は妄想の産物か、神か、あるいは堕落した現実主義者か。だが、何であれ、私に嘘をついた。嘘をついたことは分かっている。ジャーゲンが取るに足らない存在であるということを信じるつもりはない」

褐色の男の冷淡な囁き声が聞こえた。「哀れな愚か者め！　ぞっとするほど傲慢な愚か者め！　お前は決して忘れられないようなものを見なかったのか」

「それでもなお、私の中に存在し続けるものがあると思っている。私は精神的な脆さという足枷をはめられている。悲惨な記憶で弱っている。愚かな行いによる傷がある。だが、消えることのないかなり立派な存在が自分の中にあるのを感じるようだ。あらゆるものの下に、どんなものがあってもなお、その何かを感じられるようだ。それが躰《からだ》の死後、どんな舞台でどんな役割を演じるのかは分からない。運命がノックするのなら、私はドアを開けることにしよう。包み隠さずいえば、どんなに知性のある権威者でも、このジャーゲンの中にあるものがあまりにも賞讃に値する以上はゴミの山に放り込むことはできない。他のことはともかく、私はとてつもなく賢いのだ。そして、私は何とか耐え抜くだろう。そうだ、よくいうように、帽子を手に持って大地を歩いて行こう。必要となれば、忘却から逃れるうまいやり方を考案できるだろう」そういいながらジャーゲンは震え、息を詰まらせていたが、その目はしっかり閉じたままだった。「もちろん、あなたが正しいのかも知れない。私には、間違っているともいえない。だが、それでも同時に――」

「愚者が己について語る言葉の前には、神々も無力である」褐色の男が叫んだ。「そうだ、そして羨ましくさえ思うだろう。人間たちにとってのあらゆる神々の敵対者に対しても私は敬意を抱いているのだ！」

ジャーゲンが恐る恐る目を開けてみると、褐色の男はジャーゲンの躰に傷一つつけることなく立ち去っていた。しかし、ジャーゲンの神経の状態は悲惨なものであった。

第二十章　祈りの効き目

ジャーゲンは震えながらキャメラードにある〈聖なる茨〉大聖堂へと入って行った。一晩中、ジャーゲンは祈った。悔い改めたからではなく、怖れたからだった。死者たちのために祈った。彼らが虚無の中へと忘れ去られないように。少年の頃に愛した親族の中ですでに死んでいる者たちのために祈った。ただ、彼らだけのために。男だろうと女だろうと、その頃に知り合った者のことはあまり気にしていないようだった。少なくともそんなに重大なことだとは思っていないようだった。だが、リーサ夫人のためには祈った。「我が愛しい妻がどこにいようと、ああ神よ、最後には妻の下に戻り、赦《ゆる》されますように！」噎《むせ》び泣きながらも、自分は本気でいっているのだろうかと思っていた。

ジャーゲンはグィネヴィアのことを忘れていた。あの若い王女がその夜、何を考えていたかは誰も知らない。王女が祈ったかどうか、恋人に忘れられ、〈裁きの間〉で独り静かに祈ったかどうか。

朝になって、早朝のミサにやって来る人影がちらほら見えた。ジャーゲンも参列したくてたまらなくなり、その人たちと一緒に教会の入口へ向かった。ちょうど前を歩いていた商人が靴に入った小石を取り出そうと立ち止まった。その妻は先に聖水盤の方へ進んだ。

「奥様、どうぞ」顔立ちの良い若い男が聖水を差しだした。

「十一時に」と商人の妻が低い声でいった。「あの人は一日出ているから」

「あの若い紳士は誰？」追いついた夫がいった。

「さあ、分からないわね。今まで会ったことがないから」

「礼儀正しいようだね。あんな感じの若者がもっと多ければいいのに。それに、顔もいいしね」

「そうだった？　気がつかなかったけど」商人の妻は関心なさそうに答えた。

　これを見聞きしたジャーゲンは、離れていく三人を悲しそうに眺めていた。思い切ってドルイドの森に入る前とまったく同じような世界であることが信じがたかったのである。

　ジャーゲンは十字架の前で立ち止まり、跪《ひざまず》いて、物思いに沈むような表情で顔を上げると、いった。「ユダヤで本当に起こったことを知ることさえできれば！　十字架の上のお方、あなたの真実が分かりさえすればものごとがすっかり簡単になって素晴らしい世界になるのに！」

　早朝の聖餐式から戻るメリオンの司教が通りかかった。「司教殿」ジャーゲンがいささか乱暴な口調で声をかけた。「このキリストについて教えていただけますか」

「いいですとも、ログレウス殿。今日《こんにち》でも主に関する真実を知るのは難しいということを考えると、ピラト*に同情せざるを得ませんね。主はメルキゼデク*だったのでしょうか、あるいはセム*だったのか、アダムだったのか、それともまさに主は神の言《ロゴス》だったのか。もしそうなら、ロゴス*とはどのようなものだったのか。主が神だと認めるとして、アリウス派*のいうことが正しかったのか。それとも、サベリウス主義者*か。常に父と聖霊とともに存在していたのか。あるいは父の創造物だったのか。一種の、イスラエルのザグレウス*だったのか。ヴァレンティノス*らが主張するように、ソフィア*を堕落させたアカモート*の夫だったのか。それとも、ユダヤ人のいうようにパンテラ*の息子だったのか。あるいは、バシレイデス*が強硬に主張するようにカラカウ*だったのか、仮現論者たちが説くようにヨルダンからゴルゴタへ行った男の姿をした薄い色の付いた雲に過ぎないのか。ケリントス派*が正しかったのか。これは当然出てくる疑問の一部に過ぎませんし、これがすべて解決しているわけではありません」

そういいながら気高い司教は頭を下げ、二本の指を上げて祝福すると、まだ十字架の前で跪いていたジャーゲンのもとから立ち去った。

「ああ、それにしても宗教がきっかけとなる興味深い問題は何といろいろあるのだろう。そういった問題をはっきり解決するのは、とてつもなく賢い男の心にとって楽しい訓練になるに違いない。僧職に就くのもいいかも知れない。いつお呼びがかかってもおかしくないな」

人々が通りで叫んでいるのが聞こえてきた。ジャーゲンは立ち上がって膝の埃を払った。〈聖なる茨〉大聖堂を出てみると、騎馬行進が通りかかるところだった。グィネヴィア王女が決められた夫の許へと去っていく一行である。ジャーゲンは大聖堂の柱廊に立っていた。心は神学に占められていたが、白い馬に乗って緑の服を纏い、冠を頭に載せ、宝石できらきら輝く、この若い王女の美しさを見逃すことはなかった。王女がジャーゲンの前を通り過ぎるとき、穏やかな表情の若い顔であっちへ向いたりこっちへ向いたりして歓声を上げる人々に会釈していたが、ジャーゲンの方を見ることはまったくなかった。

こうして王女は婚礼へと向かった。彼女はグラシオンの礼儀正しい人々にとって美と純潔の象徴であった。群集は王女を崇めていた。彼らは天使が通りすぎたかのように語っていた。

「我らの王女は何と美しい！」

「あれほどの方はどこにもいやしない！」

「誰に対してもぞんざいな言葉を使ったことなどないらしい」

「ああ、あんな立派な女の人はいない――」

「それに勇敢だ。故郷を永遠に離れるというのに優しい微笑みを絶やさないんだ」

「それに、とにかく美しい」

「――心の広い方だ」

「アーサー王も、王女の相手としてふさわしくなるには苦労するだろうさ」

ジャーゲンがいった。「すでに知っている真実に加えてまた別の真実を求めてまで、グィネヴィアに大きな敷石を投げつけるなどというのは今となっては莫迦げたことだ。それに、あんな不愉快で汗臭い奴らの手で――幸いにももう肘で小突かれることはないがな――この身を乱暴に八つ裂きにされるなどということもだ」

大聖堂の柱廊に不意に人がいなくなった。行列が通りすぎるとき、王の使者たちが見物人たちの中に銀貨をばらまいたからだった。

「アーサーは愛らしい妃を迎えることになるわね」柔らかく物憂げな声が聞こえた。

ジャーゲンが振り向くと、すぐ側にアナイティス夫人が立っていた。人々に〈湖の貴婦人〉と呼ばれるアナイティス夫人である。

「ええ、大いに羨望の的となるでしょうね」ジャーゲンが丁寧な口調でいった。「でも、一緒にロンドンへ行かれるのではないのですか」

「いいえ、この婚礼での私の役割はもう終ってしまいましたから。今朝、王女と若いランスロット＊が飲んだ出立の杯を用意したときにね。ランスロットはベンウィックのバン王の息子で、青い鎧に身を包んだ背の高い若者ですよ。ランスロットのことは特別気に入っているの。私の湖の底で自ら育てたのですから。私のことは彼も信用してくれているでしょう。マダム・グィネヴィアも今では私に同意してくれると信じています。だから、この開けた陽の光の許で自分の創造物に仕える仕事は終って、これからコカイン国＊へ行くところなのです」

「何ですか、コカイン国とは」

「私が治めている島です」

「あなたが女王だとは存じ上げませんでした」

「あら、あなたが知らないことは本当にたくさんあるのですよ。どういう確かな知識であれ何でも得られる人なんてこの世にいない。この世界で生きている人間は皆、ほんの束の間の命を生きているだけ。その先の運命は誰にも分からない。だから、人には短いあいだだけの借り物である躰《からだ》の他に確かな所有物などありません。それでも、人の躰はさまざまな変わった楽しみを享受できるものですよね」

　ジャーゲンの心はドルイドの森で見聞きしたことを思い出して震えた。「あなたが話していることはまさに叡智だと確信しています」

「ならば、コカイン国の住人は皆賢いということなのでしょう。知識が私たちの宗教なのですから。あなたが考えていらっしゃることは何ですか」

「私が考えているのは、あなたの瞳が今までに見てきたどんな女性のものとも違うということです」

褐色の肌のアナイティスは、微笑みながら瞳のどこが違うのかと訊《たず》ねた。微笑みながらジャーゲンはよく分からないと答えた。〈湖の貴婦人〉とジャーゲンは、用心深くお互いを見つめていた。お互いの視線を通して、経験豊かな策士として好敵手であることを認め合っていた。

「そういうことなら、私と一緒にコカイン国へ行かなくてはなりませんね。そこで何が違うのかを見つけられるか知るためにも。解決しないままにしておきたくない問題ですから」

「あなたにとっては当然のことなのでしょうね。いいでしょう、私もあなたと公平な取引をしなければと思っています」

それから二人は〈聖なる茨〉大聖堂から、一緒に歩いて立ち去った。ロンドンへ向かった人たちはすっかり見えないところ、聞こえないところへ消えてしまっていた。きっと、ジャーゲンがもうグィネヴィアのことをまったく考えなくなっていたせいだろう。こうして、グィネヴィアはジャーゲンの人生からしばらくのあいだ出て行くことになった。彼女は馬に乗ってランスロットと話をしていたのだから。

第二十一章　アナイティスの船旅

ここから物語はジャーゲンと〈湖の貴婦人〉アナイティスがキャメラードの波止場に着いて、アナイティスとマーリンがグラシオンまで乗ってきた船に乗り込む話になる。船には誰もいないように見えたが、それでもサフラン色の帆が張られ、船の出発の準備はすっかり整っているようだった。

「おおかた船員たちは、ゴギアヴァン王の祝儀の銀貨を先を争ってかき集めに行ったからでしょう。でも、ほどなく戻って来ると思います。舳先《へさき》に坐って船の出発を待ちましょう」

「でも、船はもう動きだしていますよ」ジャーゲンがいった。「銀の鎖がかちゃかちゃいう音や、サフラン色の帆がぱたぱたいう音が、後ろの方から聞こえますから」

「悪戯好きな男たちなんですよ」アナイティスが微笑んでいった。「私たちから隠れていたんですね。誰も船に乗っていないような振りをして。船が勝手に動きだしたように見えたら吃驚するだろうと思ったのでしょう。でも、何も変なことに気づかないように見せて、あの陽気な悪戯好きをがっかりさせてやりましょうか」

ジャーゲンはアナイティスと一緒に、黄金のドラゴンの刺繍がある深紅の布でできた天蓋の下、ちょうど船首像――それは三十の色を塗ったドラゴン像だった――の真後ろで、船の舳先にある高い椅子に腰を下ろしていた。船は港を出て、外海へと出ていった。そうして、エニスガースを通り過ぎた。

「それにしても、コカイン国の女王に仕えているのは風変わりな船員たちですね。ずっと後ろの方で彼らが話しているのが聞こえる。彼らの言葉はちゅうちゅう、きいきいと、鼠と蝙蝠《こうもり》が会議をしているみたいだ」

「彼らは外国人で、その国の言語を話しているのですから。あなたがお会いしたことのある他の国の人たちとは似ていないのですよ」

「確かに、そうなんでしょう。ここの船員たちには一人も会っていませんしね。ときどき、揺らめく小さな光が甲板の上を渡っていくように見えるだけです」

「あれはただ甲板の上から熱い空気が上がっていくだけです。思っている以上に、昼間は暖かくなるんですよ。ここで天蓋の下に坐っているよりもずっと。それに、ちゃんと自分たちの仕事をしているのであれば、ありふれた船員たちが冗談をいい合っていても気にする必要はないではありませんか」

「彼らはありふれた船員とはいいがたいように思えるのですが」

「〈古い神々〉のお話をしようと思っていました。こうして、神と女神のように静かに坐っているあいだ、心地よく時が過ぎて行くように」

やがて船はカムウィ沖を過ぎて、アナイティスはアニスターとカルムーラ*の生涯を語り始めた。二人が互いに許し合っていた範囲が考えられないほど広かったことについて、そして、カルムーラ

So JURGEN sat with ANAÏTIS . . .

が如何にして五人の愛人を満足させていたかについて。ジャーゲンはふと気がつくとその話にずいぶん心乱されていた。

　アナイティスが話しているあいだに空が暗くなってきた。まるで、太陽が恥ずかしくなって雲で顔を隠してしまったかのようだった。そして、穏やかな海の上で絶えず深まり行く灰色の黄昏の中を進んで行った。アナイティスがミノス王*の子孫やプロクリス*、そしてパシパエ*の話をする間に、船は〈赤の島々〉のいちばん遠いところにあるサーガイルの灯台の明かりを過ぎた。大気から色が消えてゆくにつれて、海には新しい色が現れはじめ、今では長いあいだ澱んでいた水の揺れ動く輝きを帯びていた。静寂が海の上に垂れ込め、アナイティスの声の他には何の物音もしなかった。アナイティスはいった。「私たちはほんの束の間の命を生きているだけ。その先の運命は誰にも分からない。だから、人には短いあいだだけの借り物である躰《からだ》の他に確かな所有物などありません。それでも、人の躰はさまざまな変わった楽しみを享受できるものですから」

　船は草木の生えていない低い岸辺に着いた。そこには人の住んでいる気配はまったくなかった。アナイティスはここが探していた地であるといって、船を岸につけた。

「いまだに、私たちをここまで連れてきてくれた船員たちの姿を見ていませんね」ジャーゲンがいった。

　褐色の肌の美しい女は肩を竦《すく》めて、たかが船乗りたちのすることをいつまでも気にする必要があるのかと驚いていた。

　二人は岸辺を歩いて砂丘を抜け、荒野へ入った。人一人見えず、ただ灰色の霧の中を歩いた。ジャーゲンがこれまでそんな生き物がいるとは想像もしていなかったような灰色の爬虫類や、のろのろ動く灰色の虫がたくさんいるところを進んだが、アナイティスは彼らは私たちになど手を出す必要を感じていないから大丈夫だといった。

「ですから、ここを歩いているときに魔法の剣に手を触れる必要はありませんよ。この大きな虫は生きているものに危害を加えることはありませんから」

「ならば、虫たちはこんなところに転がって誰を待っているのですか。こんな、灰色の霧の中で緑の光がちらちら揺れて、遠くで泣き叫ぶ声がか細く聞こえるようなところで」

「私たちは今なお温かい肉体を持っているというのに、ジャーゲン公爵にとってそんなことが何だというのでしょう。そんなことを訊《き》いた男はいまだかつていませんでしたよ」

「それにしても、この黄昏はどうも感じが悪くありませんか」

「むしろ、深く立ち込めた霧で月の光が通らないことを喜ぶべきですよ」

「でも、月の光と私に何の関係が？」

「まだ、何も。それはあなたにとってはいいことですけれど。だって、月を祀《まつ》る日にあなたが嘲笑したことはしっかり報告されているのですからね。月は嘲笑されるのが大嫌い。私も多少は月に仕えているから知っているのだけど」

「え？」ジャーゲンはそういって、思い出そうとした。

二人は灰色の高い壁に行き当たった。その壁には扉があった。

「二回か三回、ノックしなくてはなりません。コカイン国に入るために」アナイティスがいった。

ジャーゲンは扉についている青銅製のノッカーをよくよく見て、戸惑いを隠すためににやりと笑った。

「妙なものですね。人間をモデルにした部品からできているようです」ジャーゲンがいった。

「これはアダムとイヴの姿を正確に写し取ったものです。この入口を最初に開いた人間ですよ」

「それなら、人間が堕落したことは疑いようがありませんね。すぐここに、その証拠があるのだから」

そういってジャーゲンはノックした。すると扉が開き、二人は中へ入った。

第二十二章　二人がヴェールを破ったことについて

こうして、ジャーゲンはコカイン国にやって来た。そこには〈時〉の寝室がある。〈時〉はジャーゲンとともにやって来たといわれている。なぜならジャーゲンが限りある命の持ち主だからだ。そして〈時〉は、石を一つ一つ壊しては都市を荒廃させるという難儀な仕事を少し休めるのを喜び、皺を刻むという細緻な仕事で疲れた目をして、嬉しそうに寝室へ入ると、六月終りの気持ちの良い夕刻に、日が沈むとすぐ眠りに就いた。それで、天気は晴れたまま変わることなく、ぎらぎらした太陽の光もなく、澄みきった空に大きな星が一つ輝いたままになった。これは〈機械のウェヌス〉の手になる星で、ジャーゲンは後に、ケペラ*という名の大きな甲虫がこの星を天の蒼穹《そうきゅう》に沿って転がしているのだと知って、なかなか面白いと感じるのである。ジャーゲンがコカイン国に滞在しているあいだそれが変わることはなく、辺りに生える木々は芽吹いたばかりのそのままの葉で、鳥たちはのんびりと夜の歌を歌っていた。〈時〉が、一年で最も気持ちのよい季節に気持ちのよい時分を眠って過ごしていたからである。そう物語は語っている。

ジャーゲンの影もまたジャーゲンとともにやって来たが、グラシオンにいたときと同様にコカイン国でも、どこへ行っても付いてくるその奇妙な影にジャーゲンの他には誰も気がつかないのだった。

コカイン国には、アナイティス女王の宮殿があった。無数の円蓋や尖塔が、薄明かりの古い森の梢の上に柔らかく白く輝いていた。森の植物はこの地上のどこのものとも違っていた。そんな森に見られるものとして、例えば、苔《こけ》の一種にジャーゲンは身震いをしてしまった。アナイティスとジャーゲンは、木の葉のざわめきの聞こえる緑の洞窟のようでもある細い道を通って、黄色の大理石でできた壁と敷石のある中庭に着いた。そこには、十の頭と三十四の腕のあるくすんだ色の神像の他には何もなかった。神像は、一人の女性に夢中になって、さらに空いた手で他の女たちを抱えている様子を表したものだった。

「これはジクチェー*です」とアナイティスがいった。

「あら探しをするつもりはありませんが、それでも、このジクチェーはちょっと極端ではありませんかね」ジャーゲンがいった。

その後、タンガロ・ロロクオン*の像を通り過ぎると次に見えたのがレグバ*の像だった。ジャーゲンは顎を撫で、顔を紅潮させながら、いった。「彫刻に対してずいぶん変わった嗜好をお持ちですね」

それからジャーゲンは、アナイティスと一緒に白い部屋に入った。銅の飾り板が壁に掛かり、四人の娘が真鍮製の三脚台の上で湯を沸かしていた。娘たちはジャーゲンを湯浴みさせ、その間、ジャーゲンの躰《からだ》を驚くほど撫で回した。舌で、髪で、指の爪で、そして胸の先で。躰に四種類の油を塗り、ふたたび煌《きら》めく羽織りものを着せた。カリバーンの剣については、今は必要ないだろうとアナイティスがいうので壁に掛けておくことにした。

娘たちが銀の杯を持ってきた。中には蜂蜜を混ぜた葡萄酒が入っていた。続いて、柘榴《ざくろ》と卵と大麦、三角形の赤色のパンを持ってきた。何かの儀式に従う身振りで、甘い香りのする小さな種をその上に振りかけた。そこで、アナイティスとジャーゲンは食事をした。四人の娘たちが給仕を務めた。

「さて、先ごろ話してくださった変わった快楽をこれから追求するということになるのでしょうね」とジャーゲンがいった。

「そうしていただきたいと思っています。男の方の本質を変えないとこの楽しみは一つも味わえないのですから。でも、お伝えしなくてはならないことがあって、まず最初に儀式が一つあるんです」

「その儀式というのは何ですか」

「私たちは、ヴェールを破る儀式*といっています」アナイティス女王が何をしなければならないかを説明した。

「いいでしょう。私はどんな飲み物でも一度は味わってみることにしていますから」

アナイティスはジャーゲンを教会のようなところへ連れていった。どうみても教会らしくない絵が掲げられていたが。四つの祭壇があって、それぞれ、聖コスモ*、聖ダミアヌス*、ブレストの聖ギニョル*、ヴァライユの聖フータンを祀《まつ》っていた。教会の中には、頭巾を被り白と黄色の長い縞の服を纏った男が一人と、全裸の少女が二人いた。子供の一人は吊り香炉を掲げ、もう一人は半分ほど水の入った鮮やかな青の水差しを片手に、左手には塩入れを持っていた。

最初に、頭巾を被った男がジャーゲンの準備を手伝った。「この槍を見よ。この後の危険な体験で役に立つだろう」

「その危険を受けて立とう。この武器が信頼できると確信しているからだ」とジャーゲンが答えた。

頭巾の男がいった。「そうあれかし。私もかつてはそうだった」

ジャーゲン公爵は槍を手に持ってから立たせ、右手でそれを振った。槍は大きく、先端は血で赤くなっていた。

「見よ」ジャーゲンがいった。「私は不可解にも女から生まれた男だ。私は奇蹟の男であり、奇蹟を行うのにふさわしいことが分かっており、自分で理解できないものを創造するのにもふさわしいことが分かっている」

アナイティスは塩と水を背の高い方の娘から受取り、それを混ぜた。「地の塩をして、薄い液体に豊かな海の徳を引き受けさせせよ！」

そういって跪《ひざまず》くと槍に手を当てて、愛おしそうに擦り始めた。そして、ジャーゲンに向かっていった。「さあ、魂と躰が燃え立ちますように！　環になった〈蛇〉があなたの王冠となり、太陽の盛んな炎があなたの力となりますように！」

頭巾を被った男がまたいった。「そうあれかし」男の声は甲高く泣きそうに聞こえた。彼に対してなされたあることのせいだった。

「それゆえ我らは理外の理を召喚する」とジャーゲンがいった。「持ち上げられたる槍の力で」――こういうと、左手でアナイティスの手を摑んだ――「私は不可解にも女から生まれた男だ。今、全身で欲望をただ満たす機会を捕えようとしている。汝を東へと連れていこう。汝を大地の上へ、大地のあらゆるものの上へと持ち上げよう」

そしてジャーゲンはアナイティス女王を抱え上げ祭壇の上に坐らせると、それまでそこにあったものは床に転がり落ちた。アナイティスは両手の指の先を合わせ、開いた三角形を形作った。そして、待った。彼女の頭上には、赤い珊瑚の網細工があり、そこから下に向かって放射状に枝が伸びていた。彼女の透き通ったチュニックには二十二箇所も穴が開いていて、考え得る限りの愛撫ができるようになっていた。その色は二色で、黒と深紅の不思議な縞が入っていた。女王の黒い瞳は煌《きら》めき、息づかいが早まってきた。

頭巾の男と二人の裸の少女も儀式に参加していたが、その役割は記録する必要もないようなものだった。しかし、ジャーゲンはそれにかなりのショックを受けていた。

それでもジャーゲンはいった。「ああ、星々の旋回を束ねる紐よ！　ああ、あらゆる時を、あらゆる色を、あらゆる思考を収める杯よ！　ああ、宇宙の魂よ！　我らがなそうとしていることの中に汝の像が見えてこない限り、我らは汝のいかなる像にも達し得ない。それゆえ我らは、種を撒き散らすあらゆる植物によって、その種を受け取って育む暖かく湿った庭によって、流血と快楽の混合によって、溜息をつき身を震わせて苦しむのを真似する喜びによって、そして、死を真似る安らぎによって――これらすべてがなすことによって、汝を召喚する。ああ、途切れることのない者よ、この淡い色の柔らかな女の肉体に宿る我が崇拝の対象者よ。この子らは汝の意志に仕える。我に善をもたらすことを行うにあたって、我の讃美するのは汝であり、いかなる女でもない。今まさに話しかけようとする相手は汝であり、いかなる女でもない」

するとアナイティスがいった。「まさに然り、槍が掲げられるとき、私はあらゆる女の舌で話し、そして、あらゆる女の眼で輝いているのだから。私に仕えることは他の何よりも大事なこと。蛇の炎の燃える心で私に祈るとき、私の庭園の輝きを理解するでしょう。そして、言葉にできないどんな喜びがそこで脈打っているか、あらゆる男たちを使い尽くす唯一の欲望が如何に強いものであるかを理解するでしょう。私に仕えるために、あなたは自分の人生におけるその他のことをことごとく喜んで放棄するでしょう。何も考えることなく、その他の喜びをあなたは左手で摑むことになるでしょう。私が男の欲望のすべてを使い尽くし、何事も逃さないのだから。太陽の娘であり、そして娘以上の存在である私は、あなたを受け入れ、あなたを慕いましょう。あらゆる快楽であり、あらゆる喪失であり、心の奥底からの感覚で酔いしれる存在である私が、あなたを求めましょう」

今やジャーゲンが、アナイティスの眼前で立ち上がっている槍を摑んでいた。「おお、世の命あるものの背後に隠れる万物の秘密よ、今この槍が掲げられたからには、汝を怖れはしない。なぜなら、汝は我が内にあり、我が汝であるからだ。心臓の鼓動ごとに、彼方《かなた》の星の核で燃え上がる焔である。我は生命であり、生命を与える者であり、死をも内に持っている。汝が我よりも優れているのはどこか。我は独りである。我が意志は正義である。そして、我のいるところへやって来る神は存在しない」

ジャーゲンの背後で頭巾を被った男がいった。「そうあれかし！　しかし、私もかつてはそうだった」

裸の子供たちは、アナイティスの両脇に一人ずつ立って、震えながら待っていた。ジャーゲンが後に知ったところによると、この娘たちはアレクトとティシポネ*というエウメニデス*だったのだ。ジャーゲンが槍の赤い先端を上げ、アナイティスの指が作る三角形に入れた。

「我は生命であり、生命を与える者である」ジャーゲンが声を張り上げた。「一つにして、すべてを使い尽くす者よ。我は女から生まれただけの男だ。この男のすべてを使い尽くす欲望を尊び、それによって今のこの立場から汝に敬意を表そう。創造の道を開き、我らの心中で焔を上げる塵を育み、その焔を絶やすことなく我らを助けよ！ それこそが汝の法ではないのか」

「コカイン国には、汝に善となることを行えということの他に法はありません＊」

すると裸の子供たちがいった。「おそらくそれは法ではあるでしょうが、正義でないのは間違いありません。私たちは今はまだ幼く力もまったくありませんが、いつかあなた方のようにならなければ。いまや、あなた方お二人はもはや二人ではないのだから。そして、あなた方の肉体はただ互いに共有しているというだけではないのだから。あなた方の肉体は私たちの肉体になり、あなた方の罪はいまや私たちの罪と見なさなければなりません。私たちに選択の余地はありません」

ジャーゲンは祭壇からアナイティスを抱え上げ、二人で内陣へ入ると、至聖所を探した。内陣にはどこにも扉などなさそうに見えたが、ようやくピンクのヴェールで隠された隙間を見つけた。ジャーゲンは槍で突いて、ヴェールを破ってしまった。すると泣き叫ぶ短い声が聞こえた。続いて、柔らかな笑い声が。そこで、ジャーゲンは至聖所へ入った。

そこでは、黒い蠟燭が燃えていた。天辺が球状になっている赤い十字架の前では硫黄も燃えていたが、その十字架の上には生きた蟾蜍《ひきがえる》が釘で打ち付けられていた。そして、他にも奇妙なことがあるのにジャーゲンは気がついた。

ジャーゲンは笑い声をあげてアナイティスの方を振り返った。蠟燭がジャーゲンの背後にあったので、彼女はジャーゲンの影の中に立っていた。「これはまた少々古めかしいやり方をするのですね。こんないかがわしい演技をしたりして。文明人はもう神を誘惑してスリルが得られるほど騙されやすくはないと思っていました。それでも、女性には調子を合わせなくてはなりません。最後まで耐えましたよ。奇妙な快楽を追求するために必要な儀式を、二人ともなかなかやり遂げたと思いますね」

アナイティス女王は美しかった。たとえ、ジャーゲンのぼんやりとした影に入っていても。変わった珊瑚色の網目の下に見える顔は勝利に誇らしげではあったが、それでもなおその顔は悲しげだった。

「愚かな人ですね。〈曜日〉を支配するレシーの歌を歌うとき、月曜日に恥をかかせたのは賢いやり方ではありませんでした。でも、あなたはもうそのことを忘れてしまっている。今あなたが笑っているのは、私たちがしたことを理解していないからでしょう。同じように、私のことも理解していない」

「あなたが何であろうと、近いうちに何もかも話してくださるでしょう。私を公平に扱ってくださると確信しているからです」

「私の立場にふさわしいことをしなければならないのですよ、ジャーゲン公爵」

「確かにそうでしょう。何が起ころうとも、あなたは自分に忠実であろうとしている。私はあなたを助けるつもりです。いま気づいたのですが、どんな女性でも嘘偽りのない自分になれるのは」とジャーゲンがもったいぶった口調で続けた。「暗闇の中だということです」

そういってジャーゲンは瞬きしながら彼女を少しのあいだ見つめた。ジャーゲンの影に立っていたアナイティスは眼を輝かせながら微笑んだ。そして、ジャーゲンが黒い蠟燭を吹き消すと、辺りは完全な闇に包まれた。

第二十三章　ジャーゲン皇子の欠点

このできごとはバプテスマのヨハネ生誕日*前夜に起きたと記録されている。その後、ジャーゲンはコカイン国に滞在し、当地の慣習に従っていた。

アナイティス女王の宮殿では、ありとあらゆる快楽が、休むことなく実践されていた。ジャーゲンは、自分はそういった類の工夫の権威であると思っていたのだが、すぐに自分が如何に無知であったかに驚いたのだった。アナイティスに、こんなところやあんなところへ連れていかれて、コカイン国で行われているあらゆることを見せられたからだった。ジャーゲンは、アナイティスが起源のはっきりしない自然神話的人物で、月とも関係があることを知った。そして、それゆえコカイン国を統治しているだけでなく、月が潮に力を及ぼしているあらゆるところで、密かに生命の潮流に影響力を行使していたことも。向きを逸《そ》らしたり脱線させたり方向転換させたりするのもアナイティスの職務だった。嫉妬深い月がそうするように仕向けていたのは、陽の光がいつも真っすぐだったからだ。だから、アナイティスと月は互いに信頼できる同盟関係にあった。しかし、両者の謎めいた親密な関係は、ジャーゲンにも分かってきたのだが、正確に説明するのは極めて難しい。

「でも、ジャーゲン皇子、月の曜日を讃えることを拒否したせいで、あなたは月を侮辱したのです。少なくとも私はそう聞いていますよ」

「そんなことをした覚えはない。大したこともない曜日をひとつ、月という御方に奉納するのは不誠実な行いではないかと思ったことは覚えている。だって、夜は月に捧げられるものだろう。夜はいつも恋人たちの友だった。夜は、あらゆる命を産み、再生させるものだ」

「まあ。それなら議論の余地はあるでしょうね」アナイティスがはっきりしない口調でいった。

「『余地』だって！　だが、私の考えなら、〈曜日〉を司るレシーの誰よりも、月には七倍の尊敬に値すると証明できる。ただ、いつもセリーダは別だが」ジャーゲンが付け加えた。ほんの一瞬、自分の影が伸びている方に目をやりながら。「これは単なる算数の問題じゃないか」

「それが、パンデリスと彼女の月曜日を、〈曜日〉を司る他のレシーとともに讃えなかった理由なのですか」

「そう、その通りだ」ジャーゲンはぺらぺらと喋り続けた。「パンデリスのような取るに足らないレシーが図々しくも月にちなんだ名前を名乗るのはふさわしくないと思ったからだ」そこでジャーゲンは咳払いをして、もう一度、横にいる影に目をやった。「それがセリーダだったらまた話は別だが。月は上品なお世辞をありがたく思ったんじゃないかな」

アナイティスは少し安心したようだった。「その説明を報告しておきます。正直にいうと、よくないことが差し迫っていたのですよ。あなたの言葉が誤解されていたからです。今の言葉で事態はまったく変わってきますから」

ジャーゲンは笑った。謎が理解できたからではなかったが、自分はいつでも必要なことをいってのけられる自信に満ちていたからである。

「さあ、こんな狂ったような話はもうやめて、コカイン国をもう少し見てみることにしようじゃないか！」とジャーゲンが大きな声でいった。

実際ジャーゲンはコカイン国における快楽の追求に大いに興味を惹かれていて、その一週間か十日の間、すでに熱心に追求に励んでいたからであった。アナイティスの報告で月の名誉は保たれるだろうということで、ジャーゲンに楽しみを教えるのが憚られるということもなくなり、二人はともにありとあらゆる快楽を追求した。

「生きている人間は皆ことごとく、ほんの束の間の命を生きているだけ」アナイティスがいった。「その先の運命は誰にも分からない。だから、人には短いあいだだけの借り物である躰《からだ》の他に確かな所有物などありません。それでも、人間の躰はさまざまな変わった楽しみを享受できるものです。こんな方法でね」アナイティスはそういって、女王の夫君《プリンス・コンソート》にさまざまな技巧を明らかにしていった。

ジャーゲンは、図らずもアナイティス女王と結婚するためコカイン国の正式な手続きであるヴェールを破る儀式を執り行っていたのである。リーサ夫人との以前の関係は、もちろんコカイン国では法的な効力を持たない。ここでは教会はキリスト教徒のものではなく、法は「汝に善となることを行え」だったからだ。

「まあ、ローマにいれば誰もがロマンティックにならざるを得ない。しかし、これは社会のしきたりという罠にはまりかけているとき、それに自分で気づける者などいないということを証明している。そして、これほど何も考えずに高貴な女王と結婚した若者もいなかった」

「あら、あなたは運命の指に操られていたのですよ」とアナイティスがいった。

「そんな比喩は気に入らないな。たった一本の指で操られるなんて、ずいぶん取るに足らない奴に思えるじゃないか。いや、私をそうするように駆り立てたものを指と呼ぶのは褒め言葉でも何でもないね」

「それなら、偶然という長い腕に操られてといいましょうか」

「少しはましかも知れない」ジャーゲンの機嫌が良くなった。「まだ威厳があるように聞こえるし、私の自己という尊厳を傷つけない」

　ところで、このコカイン国の女王アナイティスは肌が黒くすらりと背の高い女性で、痩せて美しく、そして落ち着きがなかった。女王の新しい夫君は最初から彼女の熱情に戸惑っていたが、やがてそれにいらいらするようになった。誰かが自分にそんなにも熱を上げるというのがどうもよく分からなかったのである。理に適っていないように思われたのである。特に愛情深くなったときの、この自然神話的人物にジャーゲンは心底驚いた。というのは、そこまで強い感情を抱くがゆえに、快楽の最後にはパートナーを貪り食う雌蜘蛛の話を思い出してますます居心地が悪くなったからである。

「こんなふうに愛されるというのはまんざらでもない。私はジャーゲンだし、特別な計らいを求めたりはしない。だがそれでも、命には限りがある。正直いって、それを思い出してもらわなければと思う」

　アナイティスの嫉妬は嬉しく感じるものでもあったが、いささか理不尽なところもあった。彼女は誰にでも疑いの眼を向けた。誰もがジャーゲンに対して熱狂的な情熱を抱くものだと確信していて、ひとときも信用できないと思っていた。ジャーゲンが正直に認めるように、インダワディーの不運なヨーガ行者であるステラに対する彼の振舞いは、ある露《あらわ》な事実において特別に意地悪な視点で軽はずみな判断をする人たちによってこれだけ切り離して考えられてしまうなら、一時的とはいえ、アナイティスのことをすっかり忘れているといってよさそうなものだった。もしどこかにそんなに忘れっぽいほど精神的欠陥を抱えた人が本当にいるのであればの話だが。

だが、肝心かつ重要なのは、必然的に暗闇の中で挑まなければならない哲学的な試みを、結果としてアナイティスが邪魔してしまったということだ。それをアナイティスにはどうしても理解させられなかったが。シャクティ・サダナ*に必要なマントラはいつも暗闇の中で唱えられる。誰でも知っていることだった。その他にも、ステラはいろいろと力説していた。公平に考えれば、もしできるなら自分の申立てが正当だと証明する機会を得る権利があるとステラはいうのだった。そこでジャーゲンは、弁明の機会を与えることにした。だがそればかりか、アナイティスがただちに実行した、激しく徹底的な復讐の後に、彼がステラのことを話し続けたのはなぜなのか。なぜジャーゲン自身不利になる話題に戻ったのか。あらゆる伝説の中でも最愛の自然神話的人物を明らかに動揺させる話題になぜジャーゲンが戻ったのか。それが関係者の誰かに対して公平なやり方だったのか。それでもなぜかそれが、ジャーゲンの選んだ分別あるやり方だった。

そうはいっても、ジャーゲンは正直なところアナイティスが好きになった。情熱が高まったときの常軌を逸した行動さえなければ、彼女は寛大で優しかった。ジャーゲンから見れば、いささか狭量なところはあったが。

「アナイティスよ、お前は高潔な人間と関わりをもたずにはいられないらしい！　いつも、真っすぐ偽りなく生きていこうとする人を探しているし、絶えずそういう人たちを道から逸らそうとしているじゃないか。でも、どうしてそういう人たちのことが気になるんだ。何の必要があって、疲れ切るまでそんなことをするんだ。相手が考えを変えるまでありったけの時間を注ぎ込んで一心不乱になる。他にもっと楽しめることがありそうなものだが。他人と同じように自分に対しても長所を認めて、あらゆることにもっと寛容になるのを学ばなくてはならないし、自分の好みがどうであっても、いろいろなものが混在する人間の本質においてはときどき体面に対する重荷が大きくなりがちだということも認めなくてはならないと思う」ジャーゲンがアナイティスにこういった。

しかし、アナイティスは自分の使命を高く評価していたので、そのようなことは軽率に話題にすべきではないといっただけだった。「私だってあなたや子供たちと家にいる方がずっと幸せかも知れないけれど、これは私の義務だと感じているし――」

「いったい、誰に対する義務なんだ」

「お願いだから、そんな嫌ないい方はしないで。これは私が仕える力に対する義務。私の創造主に対する一目瞭然の義務。でも、あなたは宗教という観念がないのではありませんか。そういうことを考えると、よく深い悲しみを感じます」

「ああ、でも、自分が誰に創られたとか、何のために創られたのかということに疑いはないのだろう？　自然神話的人物は神話形成時代に古い異教徒の国家の邪《よこしま》な目的で創られた。だから、自分の創造主に宗教的な理由で仕えている。それはそれで、そうあるべきことだろう。だが、私は自分の生まれや人生の使命について、そういう確かな根拠が一切ないんだ。何れにせよ、楽しみのための生まれながらの才能もないし、楽しみに対する熱意もない。それが私のような者の直面しなくてはならない事実だ」そこまでいってジャーゲンはアナイティスの躰に腕を回した。「アナイティス、私が自分のことしか考えていないとは思わないでほしい。徹底的に道を踏み外したいと思っている人たちに必須のものが、私には生まれたときから欠けているんだ。それでも、私のことを愛さずにはいられないだろうが」

「あの回廊にいたとき、あなたに会わなければよかったとさえ思います。あの場でたちまちあなたに惹きつけられたから。そもそもあなたなんかに会わなければよかった。好きにならずにはいられない。それでも、あなたは私にとって欠かせないものを笑い飛ばすし、ときには私をも笑わせたりする」

「だが、お前はただの取るに足らないちっぽけでつまらない偏屈なんかじゃないだろう。例えば、お前の奇抜な踊りに、お前の一風変わった快楽に、お前の驚くような抱擁に、その他の手の込んだ楽しみに、私がもっと関心を示すべきだとお前が思っていることは分かっている。それがお前の評価を高め、大いに高めていると、そう私も思っているし、お前の創作力は勤勉な姿勢に劣らず賞讃するが――」

「あなたには畏敬の念なんてないでしょう。創造者に敬意を払うようすなど見られないし。それは仕方のないことだと思っています。でも、少なくとも私の宗教に対してふざけたようなことをいうのを聞くと苦しく感じるということは忘れないでほしいのです」

「いや、ふざけていったりはしない――」

「でも、そうなんですよ。それに、いわせてもらえば、ぜんぜんまともな話にも聞こえないし」

「――そうではなくて、お前の教義は、全体を通して見れば、私に欠けている熱情を必要としているということを指摘しているだけなんだ。お前はつむじ曲がりの手で創られた。創造主を、その創造主が受け入れるやり方で崇拝することが信仰の重要な要素であることは誰もが知っている。だから、お前の宗教的な関係をとやかくいうつもりなどない。お前の信仰心に基づく儀式を、私ほど心から讃美している者はいない。ただこんなにも頻繁に儀式を執り行われては、宗教的熱狂を維持しかねると打ち明けているだけなんだ。要するに、私にはそういう燃えるような気質がないんだ。もっと懐疑的なんだ。お前が正しいのかも知れない。お前が間違っているとはとてもいえないのは確かだ。それでも、それと同時に――これが私の感じていることであり、儀式が繰り返されても、なぜ私の返答がしっかりしたものにならないかの理由であるし、結局は、それだけのことなんだ」

「人間の姿をとるようになってから、こんな夫君を持ったことは一度もなかった。ときどき、どちらにしても私のことなんかどうでもいいんじゃないかと思うことがあるのよ」

「こんなに好きでたまらないのに。その証拠に、これから新たな楽しみを試してみようじゃないか。空も暗くなって、大地が揺れるような、何かそんな楽しみを。それから、子供たちを釣りに連れていこう。約束したとおりに」

「いいえ、今は楽しんでもらいたいような気分ではないの。どうせ真面目にやらなくてはならないことも、冗談にしてしまうのだから。それに、いつも子供たちと一緒でしょう。私と一緒にいる時間よりも、子供たちと一緒の方がいいのでしょうね。そうでないときは、図書館に閉じこもっているし」

「いや、コカイン国の図書館は宝でいっぱいだからね。お前のような自然神話的人物が実践してきた楽しみが記録されている。お前が凝らした工夫を読めば、嬉しくなったり気が狂いそうになったりする。珍しい快楽に思いを巡らすのは何より楽しいものだし、そういったものの詩を書いたりするのはなかなかいい余興なんだ。単なる快楽の追求なんて、私だったら勧めない。案外つまらなくて、あとが散らかるだけだからね。それに、図書館というのは私が独りになれる唯一の場所なんだ。お前の仲間の自然神話的人物たちがそこらじゅうで人生を最大限に謳歌しているからな」

「それは必要だからです。この立場にいれば多かれ少なかれ気晴らしがなければ。それに、自分の親族に対して扉を閉ざし続けるのはきっと無理でしょうし」

「あんな屑たちが！　あんな半端者たちが！　あの親族がいることを喜んではやれないな。三分の一が人間で、残りの三分の二は牡牛や鷹、山羊や蛇や猿やジャッカルというような低劣なものでできているような奴らと仲良くやっていけるわけがない。完全な人間を装った姿でここにやって来るただ一人の男の神話的人物がプリアポス*だからな。彼にはむしろ永久にここから離れていてほしいくらいだ。ジャーゲンたる私ですら、羨ましいという気持ちを抑えきれない」

「それはどうして？」

「いや、私が当然カリバーンを持っていくようなところへ、プリアポスは槍を持っていくのだが、私はそれに異を唱えることができない――」

「バッカス*たちがテュルソス*を持っているのは普通のことでしょう。確かに人目を惹くような武器のわりに、実際の戦いではそんなに役に立ちはしないものを」

「どうして知っているんだ」

「あら、どうして女たちはいつもそんなことを知っているのかって？　直感、かしら」

「それは、ものごとを理性よりも感覚で判断するという意味なのか。やれやれ、ほとんどの女にとってはそれが本当のことなんだろう。何でもまとめて非論理的に処理するそのやり方のせいで、男たちは日々心をすり減らしたり、喜んだりしているんだ。さて、お前の親族を批判するといういつもの楽しい仕事に戻ろうか。例えば、従兄のアピス*は確かにいい奴かも知れない。だが、お前が何といおうと、公共の場に牡牛の頭を載せて歩き回るのはいささか軽率じゃないか。必要以上に目立つことになるだろう。そんなに莫迦げた姿でないとしても。話しかけようとするたびに、どうも気が散ってしまうんだ」

「どうか、自分がとても広く尊敬されている神話上の人物に話しかけていることや、自分が不敬な振舞いをしていることを忘れないで」

「それに、失礼ながら繰り返させてもらうなら、メンデスのバー*がお前の従兄だとしても、正直なところ、四分の三が山羊だという奴に社交上の理由で会わなければならないというのには戸惑ってしまうんだ」

「でも、ジャーゲン、サーカ族*のところで行われる祝祭には当然、多産神のバーを招待しなくてはならないのだけど——」

「たとえそうでも、主人役は招待の際に招待客は動物の姿で来ないことというのを前提条件にしてもいいんじゃないか。ごく普通の礼儀をもっときちんと守ってもらえないかと思うことがある。バーとか、オルタネスとか、フリッコとか、ヴルとか、バアル・ペオルとかだ*。その他の動物学的に混乱した状態でお前を訪問する従兄たちみんなだ。それは、お前に対する敬意の欠如でもある」

「でも、みんな家族ですよ」

「それに、みんな会話もしない。ただ吼《ほ》えるだけ——そうでなければ、ぴいぴい囀《さえず》ったり、めえめえ啼いたり、もーもー鳴いたり、きゃっきゃと声を上げたり、ごろごろ咽喉を鳴らしたり。それぞれの具体化した躰に応じて。口にできないような神秘や化け物じみた快楽ばかり。とうとう私も彼らの愚かな振舞いに押されて道徳的な生き方の限界に立たされるわけだ」

「もしあなたがもう少し現実的なら、誰もが自らの職務にきちんとした関心を抱いていることを雄弁に語っている証拠だと分かるはず――」

「それにお前の親族の女たちも厄介だ。彼女たちが延々と囁いているなぞなぞとか、あの三日月とか、絶えず手入れが必要で色が変わる神秘の薔薇とか、私には彼女たちとふざけている暇があると思われていることとか。象徴主義を実践しようとし続けるから、とうとう、アシェラ*、コーム*、ファルス*、リンガム*、ヨーニ*、アルガ*、プレイアール*、タリー*、そのほか私には何だか分からないような莫迦げた玩具が散らかり放題で、しょっちゅう踏んで歩かなくてはならないじゃないか！」

「その生意気な娘たちの誰があなたを誘っているの」その目を怒りでぎらぎらさせながらアナイティスがいった。

「ああ、お前の従姉妹の女たちがたくさん私を誘おうと――」

「だと思った！　でも、あなたは私を騙そうなんて思う必要はありませんよ」

「ちょっと考えてみてくれ。理性をなくさないでくれ。お前の女性客は今のところライオンの姿のセクメト*、牝牛のイオ*、蛙のヘクト*、蝶鮫のデルセト*、それから――ああ、そうだ、河馬のタウレト*だ。お前の正義の感覚に委ねるが、まさかあんな衣装が趣味のご婦人方に対して、お前のような愛らしい神話的人物が嫉妬するなんてあり得ないだろう」

「誰のことかは分かっているんです！　あの恥知らずのエフェソス*人ね。あの仕草には何度か気づいていたのだから。結構、大いに結構、でも一言二言すぐにでもいってやらないと。私の館から出て行くのが早ければ早いほどいいでしょう。はっきりいってやらなければ。それに、あなたはね、ジャーゲン！」

「でも、リーサ――」

「今、何て？　リーサなんて名前、私にはありませんよ。どうして、リーサなんて呼んだのかしらね」

「そいつは舌が滑ったんだ。無意識にだが、不自然な連想というわけではない。エフェソス人のダイアナだったら、身体中から胸が突き出ている動く松毬《まつぼつくり》を連想するだろう。それに、彼女に嫉妬する理由など特にないじゃないか。私はたんに女性の神話的人物一般について話しただけだ。もちろん、彼女たちはみんな私を誘おうとするのだが。それはでも、私にはどうにもならないことだ。それに、そういうことなら、魅力的な夫君を選んだときに、それくらいは予測して然るべきじゃないか。あの可哀想な心奪われている生き物たちは、私の心がお前に永遠に忠実でいるときに、一体どうすればいいのかね」

「私が気にしているのはあなたの心ではありませんよ。あなたには心なんかないと思っているからです。私を苦しめるのには成功したということです。もしそれがあなたの慰めになるというのならね。でも、そのことを話すのはやめましょう。いま必要で、絶対に避けられないのは、タンムーズ*に対して哀悼の意を表すためにアルメニア*に行くこと。私が大事な酒神祭に欠席を続けていると、民衆には祭の意義が分からなくなってしまう。それに、私には気分転換が必要だといっても、その旅から得られることなんて何もないのですよ。だって、あなたは自分の本心を話そうとはせず、二枚舌を使うばかりだから。あなたがどんな悪さを企んでいるか私には分からないし」

ジャーゲンは笑って彼女に接吻《くちづけ》した。「行って、その宗教的義務をしっかり果たして来なさい。私はお前が戻って来るまで図書館に閉じこもっていると約束しよう」

そうしてジャーゲンは、偏屈な異教徒の子孫たちの中に留まり、彼らの慣習に従った。死で何もかもが終り、そして生は短いものだと彼らは主張していた。人の命はぜんぜん長続きせず、最も狡猾で恐ろしい自然神話的人物たちでも〈文献学匠〉たちの説明でたちまち片づけられてしまうのだから。だからこそ、賢者や、また同様に先を見通せる自然神話的人物も、まだ何かできる時間が残っている限り快楽を貪り、質問などして欲望と精力に対する短い持ち時間を無駄にすることはない。

「ああ、ぜひそうしなさい」ジャーゲンはそういうと、素直に薔薇の花冠を頭に載せ、葡萄酒を飲み、アナイティスに接吻した。それから、サーカ族の宴が盛り上がっているときに、アナイティスに囁いた。「すぐに戻って来る」ジャーゲンが象牙の席からそっと抜け出して行くとき、アナイティスは愛情を込めて眉を顰《ひそ》めた。ジャーゲンはまったく足をふらつかせることもなく図書館へ向かった。彼女には、ジャーゲンに戻って来るつもりなどないことが分かっていた。コカイン国の社交界でジャーゲンがしっかりした立場を確立するのはもう諦めていた。ジャーゲンはその個人的な能力によってではなく、女王の夫君という地位によってコカイン国にいる権利を得ていたのだから。

実際、アナイティスはこう思っていたのだった。ジャーゲンは天賦の才能の持ち主なのだから、プリアポスのように皆に好かれている人気者に対してさえ、羨む気持ちを抱く理由などさほどないだろうと。彼女はどちらのことも分かっているから。

ジャーゲンは慣習というものを尊重していた。「ここの自然神話的人物たちが正しいのかも知れないからな。少なくとも間違っているといえないのは確かだ。でも、それと同時に――」

ジャーゲンはどんな謎でも「そんなことは知らない」で片づけるつもりはなかったからである。鱒《ます》が泳ぐのを諦めるわけにいかないのと同じように、ジャーゲンは人生の意味を問い続けるのをやめることはできなかった。好奇心と猜疑心に溺れるようにして生きていた。生まれながらの性格である。死がすべてを終らせるというのは、この場合、間違ってはいないかも知れない。それでも、もし結果的にそうでなかったと証明されるとしたら、ここでジャーゲンがなすべきだと思われることをすることで、ジャーゲンの第二の生で出会う大物たちとあらかじめ友好的な関係を築いておけば、いかなる関係者とも喜ばしき仲となれるだろう。

「そうだ、私には何かなすべきことがあるような気がする。それが何かは分からないが、果てしない快楽に溺れることではないのは、まず間違いないだろう。それに、死が自分のすべてを終らせるとは思えないのだ。スモイト王との遭遇やあの愛らしいシルヴィア・テルーとの出会いが、夢ではないと確信できさえすれば！　そうではなくて、私が宇宙にとって欠くことのできない存在でないことは簡単な推論で分かる。だが、この推論で私の信念が前へ進むなんてこともない。いや、自然神話的人物たちよりもほんの少し心を開いて墓場へ向かう方が、私の利益にはなるだろう。私には、自由思想を抱く物質主義者になるには必要な騙されやすさが欠けているからな。われわれが何も知らないと確信することや、これからも何も知ることができないと信じることは、すなわち人の話を鵜呑みにしすぎるということにもなる」

ジャーゲンは言葉を止めて黒髪の豊かな頭を二三度、利口そうに振った。

「いや、運命で定められたすべての終りは無であるとは私には信じられない。それは、賢くもジャーゲンを生みだした劇作家を満足させるには、あまりにも虚しいクライマックスだ。そうではない、それでは私が褐色の男にいったことと同じではないか。あまりにもけち臭い神々の手でジャーゲンの魂が肉体の死に伴って消失させられてしまうなどということはどう論理的に考えても信じられない。だから、私は天上で審問されたときに、多少なりとももっともらしい弁明ができないようなことは一切しないようにしよう。それが安全ではないか」

ジャーゲンはここでまた頭を振って、溜息をついた。

「コカイン国の快楽では、私は満足できない。ここにいる人たちはみな、その人なりにいい人なのだが。家庭を求めるのであれば、一人よりも二人の方がいいことは認めよう。そうだ、アナイティスは私の優れた妻になっている。それでも、彼女の楽しみに私は満足できないし、人生を華やかにするだけでは十分とはいえないのだ。いや、もっと他のものが欲しい。アナイティスには、私のこの気持ちはまったく理解できないわけだ」

第二十四章　コカイン国での妥協について

　こうしてジャーゲンはさらに二箇月、コカイン国に留まり、この国の慣習を尊重した。コカイン国では何も変わらなかった。だが、ジャーゲンの育った世界ではちょうど九月で、木々の葉が燃えるように輝き、鳥は群れを成して南へと向かい、人々が夏を後悔する不快事から目を逸《そ》らそうとし始める季節であると分かっていた。しかし、コカイン国では何の後悔もなく、何の変化もなかった。ただ、〈機械のウェヌス〉の彷徨《さまよ》える星に照らされ、風変わりな快楽が果てしなく流れ続けていた。

「それなのに、なぜ私は満足していないのだろう。私が求めているのは何なのだろう。どこかで、ジャーゲンとしての権利が蔑《ないがし》ろにされているような気がする」とジャーゲンがいった。

　しばらくのあいだ、ジャーゲンは太陽の娘アナイティスとともに暮らした。それは、ポアテムでニンジアンと呼ばれた魔神の質屋とその妻の娘であるリーサとともに暮らしたのとよく似ていた。もっとも、アナイティスの気質の方が穏やかな様子だった。それはアナイティスが、〈文献学匠〉たちの説明によって片づけられてしまう前の数世紀も先の人生を自信を持って予見できて、リーサ夫人ほど目先のことを気にしなくてもよかったからだというのもあるだろうが、ジャーゲンの伴侶として七年を過ごすよりも二箇月過ごす方が気苦労が少なかったからでもあるだろう。アナイティスの夫君が、自分の好みは単純でこういった風変わりな工夫を凝らすのはもううんざりだと素直に告白して、変わった楽しみを追求するのをぞんざいにしたときには（すぐにそうなってしまったのだが）、アナイティスはしばらくのあいだ文句をいったり、拗《す》ねたりしていた。しかしやがてアナイティスは、ジャーゲンに変わった快楽に研鑽してもらおうとすることを諦めてしまい、ジャーゲンが比較的普通の生活を送るのを許すようになった。もっとも、時おり上辺だけの心の籠もっていない助言をすることはあったが。

ジャーゲンが戸惑ったのは、アナイティスが彼に飽きてしまうことがないように見えることだった。この美しい神話的人物がジャーゲンの何を好きになったのかと不思議に思うことがよくあった。芸術的な力と技にこれほど秀でていて、一方ジャーゲンは不器用極まりないというのに。今では、単調な日々を送る他の夫婦と同じような生活を二人で過ごしていた。二人がときおり交わす親愛の印は食事のように当然のことで、それ以上の興奮をもたらすものではなかった。

「可哀想に。それは単に私がとてつもなく賢い男だからに違いない。だが、私の賢さを信用していない。アナイティスはしょっちゅう不満を示すが、それでも何か奇妙な、珍しい骨董品のような価値を見出している。しかし、コカイン国において賢さは本当に珍しい骨董品のようなものなのだということを誰に否定できようか」

アナイティスが夫君ジャーゲンを甘やかし好きなようにさせ、その変わったところを公然と誇ったので、ジャーゲンは戸惑いといってもいいような感情を覚えることさえあった。ジャーゲンが仲間たちやできごとに対して慇懃無礼な態度を取ることや、自らの振舞いや優れた特質に対してもそういう態度でいるのはなぜなのかアナイティスには理解できない。何が起こってもジャーゲンは肩を竦《すく》め、声を上げて笑うのを品よく控えつつ面白がっている。アナイティスにはやはり、これがまったく理解できなかった。アジアの神話的人物にはあきらかにユーモアが欠けていたからである。アナイティスはジャーゲンに対して密かに、自分の軽率な振舞いを恥じるべきだと強くいいはしたのだが、それでも獣のように荒々しい自然神話的人物たちが臨席する場面には、ジャーゲンを同伴して、頬を目に見えるほど紅潮させせながらジャーゲンの変わっているところを自慢気に話したものだった。

「私の母親代わりのようなものだな。やれやれ、女性が愛情を抱くには結局こういうやり方しかないのだろう。彼女は愛おしく美しい人だ。本当に好きなんだ。ならば、私が今抱いている欲望とはいったい何なのだろう。どうして、自分の人生がぜんぜん正当に扱われていないと感じるのだろう」とジャーゲンは考えた。

こんなふうに、夏が過ぎていった。アナイティスはどの国でも評判の神話的人物だったので、各地を旅していた。義務感が強く、自分を讃える祝祭には必ず自ら喜んで出席するように努めていた。今はちょうど収穫の季節が近づいてきていたので、自由になる時間はほとんど残っていなかった。そしてまた、人々の気を逸らし楽しませることもアナイティスの使命だった。個人的に訪問しなくてはならない相手があまりにも多く——聖者の列に加えられることが確実に決まっているような高名な修道士も多く、彼女の部下に任せるわけにはいかなかったので——アナイティスは修道院とか隠修士の小部屋や洞窟といった、躰《からだ》に悪い不自由な環境で毎夜毎夜を過ごさなくてはならなかったのである。

「お前は身をすり減らしているじゃないか」とジャーゲンは何度もいった。「結局のところ、ほとんど割に合わない仕事だろう。私だったら、隠者の汚い耳に楽しもうという気持ちを囁くためだけに、そんな沙漠まで何マイルも旅して、百フィートもある柱によじ登る前に、痩せたごろつきどもを天国へと送っているだろう。だが、お前は聖人にふさわしい男たちとさかんに付き合いすぎて、ものごとのユーモラスな面を見る能力が欠けてしまったのだ。いや、それでもお前のことは愛おしい。さあ、接吻《くちづけ》をしよう。そして、自分の義務を怠らず、首尾よく用事を終えたらすぐに愛する夫の許へ戻ってきてくれ！」

「このたびの柱頭行者*はあまりにも禁欲的だと聞いています」アナイティスは旅の準備をしながら、心ここにあらずという様子でいった。「でも、望みはあると思っています」

それから、紫の粉を髪に振りかけ、人を惑わすための仕掛けをいくつか急いで集めてきて、テーベ地方*へと出発した。ジャーゲンは図書館へ、『少女崇拝の体系』、アステュアナッサ*やエレファンティス*、ソタデス*の珍しい草稿、ディオニュソス祭の式文、『歓喜の根源の祈禱』、スピントリエ論文集*、『三十二の喜悦』、その他、ジャーゲンが有益だと思った無数の書物を読みに戻った。

図書館は丸天井の部屋だった。壁には十二人のキレネ*のアサン*が描かれていた。天井には、凝った造りの冠を戴いて躰を弓なりにした女性のフレスコ画があった。その延ばした指の先は西の壁の天井蛇腹《コーニス》に届きそうだった。そこに描かれている女性の服は見事なもので、顔の方は、どうも見慣れないものでもなさそうに思えたのだった。

「あれは誰？」ジャーゲンはアナイティスが戻ってきたときに訊《き》いてみた。

少し戸惑ったような顔をして、アナイティスはイースリド*だと答えた。

「そうか、別の名前で呼ばれているのを聞いたことがあるような気がする。まったく違う服を着ている姿を見たことがあるのは間違いない」

「あの尊くも狡猾なイースリドに会ったことがあるですって！」

「そうだ。頭に布巾を被っていて、それ以外の身なりも質素だった。それでもとても魅力的だった。本当だ！」こういってジャーゲンは横目で影を盗み見て、咳払いをした。「ああ、このイースリドは本当に魅力的で立派な人だった――あれが本当にイースリドだとしたらだが――本当に間違いない」

「その話は聞きたくありません」慌てたようにアナイティスがいった。「私たち二人のために、もう〈あらゆる王女の母〉の話をしてほしくありません。あなたはきっと勘違いしているから」

ジャーゲンは肩を竦めた。

ところで、コカイン国の図書館には、自然神話的人物たちが工夫を凝らした快楽の秘技の記録が集められていた。そこでジャーゲンは、自分の奇妙な影の他には同伴者もなく、あまりにもマザー・セリーダにそっくりな、冠を戴き躰を弓なりにするイースリドに黙って見下ろされながら、さらに好事な遊戯について調べたり思いを巡らしたりして気分よく多くの時間を過ごした。描かれたアサンたちは間違いなく驚異の糧であって、アナイティスの蔵書は異教徒の信じがたい歓楽を嘘も遠慮もなくジャーゲンに教えてくれた。今まで聞いたこともない快楽様式がジャーゲンの眼前に明らかになり、創意によって考案された遊戯はどれも繊細でありつつも強烈な嗜好を満足させるものだった。より洗練された、あるいはより変わった、あるいはより血腥《ちなまぐさ》い快楽を求める彼女たちの欲望を満足させるために、アナイティスと従姉妹たちが折りに触れて考案していた凝った工夫を施した遊戯をことごとく利用し、解剖学的にあり得ないような遊戯でさえも記録され尽くしているようだった。それでも、ジャーゲンは深く調べれば調べるほど、長く考えれば考えるほど、そういう営みは幸せの追求方法としてどれもまったく創造力に乏しいという確信を抱いていったのである。

「私はどんな飲み物でも一度は味わってみることにしている。だから、この楽しみも公平に試してみなければならない。だが、どうも精神的に子供っぽい人間のゲームのように思えてならない。そうだ、夕食前に少し遊んでやると子供たちに約束したのだった」

そこで図書館を出ると、すぐにネッソスの羽織りものを着て派手な姿に変わり、することなすこと真似をするふざけた影とともに、ジャーゲン皇子は三人の幼いエウメニデス、すなわちアナイティスの前の夫である真夜中の王アケローン*とのあいだにできた娘たちと鬼ごっこをした。

アナイティスとこの暗黒王はお互い同意のうえで別れたのである。「アケローンはよかれと思ってそうしたのよ」アナイティスは寛大な溜息をついていった。「月の出ていないときに、彼がときたま旅人たちを道から踏み外させたりしなかったとはいいません。でも、あの人は私のことを理解してくれなかった」

ジャーゲンはそういう悲劇は非の打ちどころのない快楽の追求ができてもときには起こってしまうものだといった。

この頃、三人のエウメニデスはまだ大人になっておらず、母親は三人に罪人《つみびと》を良心で突き刺して狂わせてしまう方法を丁寧に教えていた。若い復讐の女神《エリニュエス》*たちが黒いローブを着て、火を灯した松《たい》明《まつ》を振り、ペットの蛇を冠にして頭に載せ、教室で練習している光景は実に奇妙な眺めだった。彼女たちはジャーゲンに懐き始めていた。ジャーゲンはもともと子供が好きで、リーサ夫人とのあいだに子供がいないことをよく嘆いていたのだ。

「不憫《ふびん》な子供たちから変わっているといわれるならそれでいいじゃないか」ジャーゲンはよくそんなことをいっていた。

ジャーゲンは養子たち、すなわちエリニュエスたちを大事にした。そして彼女たちが無邪気にぺちゃくちゃ喋っていることは、アナイティスの宮殿に出没する大人の自然神話的人物たちの会話よりも知的だということに気がついた。ジャーゲン、批判的なアレクト、真面目なティシポネ、妖精のような小さなメガイラの四人は、長い時間散歩をしたり、人形で遊んだり（アレクトは人形に対して少々見下すような態度を取っていたけれども）、コカイン国の永遠に続く夕暮れの中でお互いに追いかけっこをしたりした。それから、エクバタナ*だかレスボス島*から戻って来るときに、母親がどんな服や装身具を買ってくれるのか話し合ったりした。おおむね彼女たちはそんなことを楽しんでいた。

若いエウメニデスたちが痛ましいほど真面目でいかに創造力に乏しい娘たちかを知りつつあった。彼女たちは母親の心の狭さを受け継いでいて、気が滅入って塞ぎ込んだりする父親の性格をときおりかすかに見せたりすることもあった。しかし、その心の狭さはまだ興味深く感じられる程度のものでしかなかった。それに、ジャーゲンは彼女たちを愛していたのだ。この小さな娘たちが大人になれば、残りの人生は、犯罪者や姦夫、親殺したちのいるところを訪れて生きなくてはならないのは何と不憫《ふびん》だろうとよく考えたものだった。娘たちの人生観を必ずや汚し、人間性の最悪の面をあまりにも顕著に見せつける人間たちのところを訪れなくてはならないことを。

ジャーゲンは十分満足していた。でも、実際には幸せではなかった。コカイン国の尽きせぬ快楽の中に浸っていても。

「私が今抱いている欲望とはいったい何なのだろう」ジャーゲンはよく自らに問いかけた。何度も何度も。

ジャーゲンには分からなかった。ただ、自分が正当な状況にいないと感じていた。このぼんやりとした感覚は、エウメニデスたちと遊んでいるときでも、ジャーゲンを悩ませていたのである。

第二十五章　〈文献学匠〉の呪文

その頃は記録によれば九月だったが、アナイティスもまた何かに悩んでいるのがジャーゲンにも分かった。できるだけジャーゲンから隠そうとしていて、最初は何でもないと繰り返していたが、どうせ近いうちに分かることになるだろうといって、それを聞けばジャーゲンならもしかしたら喜ぶかも知れないとも考え、涙を流しながらようやくどういうことなのかを話した。それは、月と遠縁の関係にある自然神話的人物と結婚したことで、〈文献学匠〉たちによってジャーゲンは太陽の伝説的人物に変えられてしまうおそれがあるということだった。もしそうなったら、〈秋分〉とともにコカイン国を出て、秋の領域のどこかへ行かなくてはならない。アナイティスはジャーゲンを失うかも知れないと考えただけで胸が張り裂けそうになるのだった。

「コカイン国の女王の夫君として、こんなに狂っていて、こんなに頼りなく、こんなに賢い人を迎えたことは一度もありませんでした。どんな継父ともことごとくうまく行かなかった娘たちもあなたを気に入っています。あなたは軽薄だし薄情とは思うけれど、私は他の男に目が行かないようになってしまいました。いいえ、話し合う必要はありません。旅行中に少なくとも一ダースの愛人を試してみて、どれも退屈で耐えられなかったのだから。あなたがいっていたように、会話もできないような人たちばかり。この時代に、面白い話ができる若い男はあなたしかいなかった」

「それには理由があるんだ。お前と同じように、私も見た目ほど若くない」

「見た目なんかどうだっていい」といってアナイティスは泣いた。「でも、あなたを愛していることは確かだし、〈文献学匠〉との問題をうまく解決しなければ、あなたが〈秋分〉とともに私の許から去らなくてはならないことも確か」

「まあ、ユダヤ人だってやってみようとしなければエリコ*に入れなかったのだからな」

ジャーゲンは武具を身につけカリバーンを持つと、葡萄酒を二本飲み干し、ネッソスの羽織りものを纏って、件《くだん》の魔術を使う者を訪ねることにした。

アナイティスは、ずいぶん質素な住まいへとジャーゲンを案内した。そこでは、傍の庭で乾かしている一週間分の洗濯物が風にはためいていた。ジャーゲンが思い切ってノックをすると、しばらくして〈文献学匠〉本人がドアを開けた。

「ご無礼仕《つかまつ》るよ」埃の溜まった大きな眼鏡の向こうで瞬きながらいった。「あいにく木曜の夜で時間の流れが止められてしまっているもので、女中がいつまで経っても出かけたままなのだ。そんなわけで、ご婦人を外のポーチで待たせておかなければならない。彼女が中へ入るのを隣人たちに見られたりするのは、私の身分にふさわしいことではないからだ」

「私が何のために来たのか分かっているのか」けばけばしい羽織りものとぴかぴか光を反射する武具を身につけた立派な身なりのジャーゲンが怒鳴りつけた。「正義は私にあることを警告しに来たんだ」

「それは嘘ではないかな。必要以上に騒がしい音をたてるのもよく分かるが。何れにせよ、正義というのはある一つの言葉にすぎず、それでいて私はあらゆる言葉を支配しているのだ」

「すぐに、行動は言葉より強くものをいうと分かるはずだ」

「それは私も確信している」〈文献学匠〉が瞬《まばた》きしながら続けた。「ちょうど、ユダヤ人の群集が、自分たちが磔《はりつけ》にしたイエスよりも大きな声で話したのと同じだ。だが、言葉は存在し続けるのだ」

「そんなのは屁理屈だ」

「お客だから一つアドバイスをしておこう。純粋な友情からだ。私の言葉の力に疑いを挟むのはやめたまえ」

ジャーゲンが莫迦にしたような口調でいった。「では、正義もある一つの言葉にすぎないというのか」

「ああ、そうだとも。最も有用な言葉の一つだ。スペイン語では justicia、ポルトガル語では justiça、イタリア語では giustizia、全部ラテン語の justus から来ている。ああ、そうだ、正義は私と最も関係が深く、そして訓練された言葉の一つだ。私が保証する」

「その哀れにも奴隷と化した怯えきった正義をいろいろと屈辱的に利用してきたんだろう！」

「誰にとっても言葉は知的な利用しかできない」〈文献学匠〉が落ち着いた声で答えた。「そんな躰《からだ》に悪い風の吹きつけるところに立っていないで中へ入るなら説明してやろう。風邪を引くとどんなことになるのかも知らないのかね」

そして、扉が閉まった。アナイティスは外で恐怖に震えながら待っていた。

やがて、ジャーゲンが控え目な住まいから出てきて、困惑したような顔でアナイティスのところへ戻った。ジャーゲンは魔剣カリバーンを放り出した。

「これは時代遅れの武器だと分かった。言葉ほどの武器は他にない。言葉に対抗できる鎧はない。〈文献学匠〉はその言葉を使って私を打ち負かした。まったく不公平にも、あの男は世界のあらゆるものの名前が記されている巨大な本を見せてくれた。正義はその中になかったんだ。正義はたんなる普通名詞で、個人であろうと共同体であろうと、その状況に対する正しい振舞いという倫理的な観念を何となく象徴しているだけだった。ただの文法家の見解に過ぎない」

「では、あなたのことについて何と?」

「ああ、私が精一杯のことをしたにもかかわらず、あいつはこういったんだ。ジャーゲンはジャーゴンに由来していて、それは陽が昇る頃の鳥の囀《さえず》りのようなことを意味しているのだと無慈悲にもいい放ち、〈文献学匠〉は私を太陽の伝説的人物へと変えてしまった。だから、事態は決定的になったわけだ。私たちは別れなくてはならない」

アナイティスは剣を摑んだ。「でも、これは価値あるものでしょう。これを振るう者は最強の戦士になるのだから」

「そんなものは藺草《いぐさ》であり、腐った木の枝であり、箒《ほうき》の藁《わら》でしかない。あの〈文献学匠〉の賢《さか》しい武器に比べれば。だが、よかったらお前が持っていればいい。そして、次の夫君に渡したらいい。そんな玩具みたいなものを弄んでいるのが恥ずかしくなったんだ」ジャーゲンはすっかりうんざりしたようにいった。「それに、〈文献学匠〉は、こいつの助けがあればもっと高いところへ到達できるといったんだ」

「その羊皮紙には何が書いてあるのですか」

「特にお願いして〈文献学匠〉に書いていただいた六十五文字だ。私のために師が自らペンとインクで書いてくださった呪文だ」ジャーゲンは羊皮紙の言葉を感動に満ちた声で読み上げた。「『ハドリアヌス五世*の死に伴い、ヨハネス二十世となるべきだったペドロ・ジュリアーニは数え間違いでヨハネス二十一世*として教皇の座に就いた』」

　アナイティスがぽかんとしていった。「それだけ？」

「そうだ。この全六十五文字をもってすれば、どんなに過酷な仕事にも十分だろう」

「でも、それが魔法？　本当に本物の魔法だという自信がある？」

「言葉にはいつも魔法が備わっていると学んだのだ」

「私の意見を訊《き》かれたら、そんな魔法は出鱈目《でたらめ》だといって差し上げますよ。役に立つわけがない。自慢するわけじゃないけど、私も若い頃は黒魔術をずいぶん扱ったのよ。でも、そんな呪文に出会ったことなんか一度もない」

「それでも、これは間違いなく呪文なのだ。あの〈文献学匠〉の他にこれを授けられるものはいないのだからな」

「でも、どうやって使うのかしらね」

「それは、必要になれば分かる」そういってジャーゲンは羊皮紙を輝く羽織りもののポケットに入れた。「そうだ、もう一度いうが、いつも何かしら言葉に関係するできごとがあるんだ。そして、ここには〈文献学匠〉による正式な六十五文字がある。もっとも、読点が一つと中黒が一つ含まれているがね。ああ、これがあればきっと私も成功するだろう」

「私たち女は、剣の方を信頼するものです」アナイティスが答えた。「何れにせよ、いつまでも二人して魔術師のポーチに立っているわけにはいかないでしょう」

アナイティスはカリバーンを手に取ると、魔術師の質素な住まいから古く暗い森の中にある自分の豪華な宮殿へと持ち帰った。その後、誰もが知っているように、その剣をアーサー王に贈った。アーサー王はその剣の力で世界の九偉人の一人と呼ばれるようになるわけである。グィネヴィアの夫は、ジャーゲンの捨て遣ったもので、永遠の栄誉を勝ち取ったのだ。

第二十六章　〈時〉の砂時計の中で

「さて、さて！」ジャーゲンはそういうと、莫迦げた金物類を脱ぎ捨てて、羽織りものだけのすっきりした身なりに戻った。「困った状況になっているのは間違いない。コカイン国には十分満足していたが、こうして追い出されるのは不当じゃないか。でも、良識のある人間なら、どこへいっても何とか満足できるものだ。しかし、どこへ行けばいいのだ」

「どこでもあなたの好きなところへ」アナイティスが愛おしそうにいった。「せめてそれくらい私に何とかさせて。あなたの伝説の解釈ならあとからなんとでもできますから」

「でも、今までに見てきたどの国にも飽きてしまったんだ。若い頃に、人に知られた国にはほとんど行ってしまっていてね」

「それも何とかしましょう。男たちが望むような国のどれか一つに行けばいいのです。実際のところ、どんな男も夢の中でしか訪れたことのない領域がたくさんあるのです。だから、選り取り見取りということ」

「でも、そんな見たこともない国からどうやって選べばいいんだ。そんなことを私にさせようなんてちょっとひどいんじゃないか」

「それなら、私が見せてあげましょう」アナイティスがいった。

二人は一緒に青い小部屋に入った。小部屋の壁には黄金の星々が鏤《ちりば》められているような飾りがあった。そこには人間の背丈の二倍くらいもある砂時計の他にはまったく何もなかった。

「これは〈時〉そのものの砂時計。〈時〉が眠りに就いたときに、私が預かった砂時計」

アナイティスは、砂時計の下半分にある、彫刻を施された水晶でできた小さな扉を開けた。ちょうど、落ちている砂の上の辺りにあった。アナイティスは指先で〈時〉の砂時計に入っている砂の上に正三角形を描いた。彼女には不思議な才能があるが、思いどおりにならないこともある。そこで、今度は別の三角形を、その角が最初の三角形に突き刺さるように描いた。アナイティスは四つの名前を唱えた。砂から煙が出てきて、砂時計の上の部分に昇っていった。この二つの三角形が触れたときに生まれた魔法で、砂時計の中の砂がすっかり燃え上がり煙になったのをジャーゲンは見て取った。その煙の中に絵が見えた。

「森と川の国が見える。年老いた男がいて、王冠を戴き、梣《とねりこ》の木の下で眠っている。ジクチェーよりも腕と手の多い護衛が見張っている」

「あなたが見ているのはアトランティス*。眠っているのは古代の〈時〉——もともとはこの砂時計の持ち主——見張っているのはブリアレオース*」

「〈時〉は裸で眠っている。ちょっとデリケートな話になるが、ひどい事故に遭ったんだろうということが分かる」

「それなら〈時〉は、これ以上、子供の父親にはなれないでしょう。古いできごとを繰り返し繰り返し起こして、古いものの名前を変えているのは、新しい玩具を持っていると思い込むため。こんなに退屈で疲れ切った老いぼれはまさしくどこにもいないでしょうね。でも、アトランティスはコカイン国の西側にある唯一の州なのですよ。さあ、もう一回見て！」

「今度は花が咲く平原と三段になっている丘が見える。どの丘の上にも城がある。森の木々の葉は深紅だ。輝く鳥たちの躰《からだ》は白く、頭は紫で、そこらじゅうに実っている黄金のベリーの房を啄《つい》ばんでいる。緑の服を着た人々が辺りを歩いていて、金の鎖を首にかけ、腕には幅の広い金の腕輪をつけている。皆ことごとく悩みのなさそうな顔をしている」

「それはイニシュロハ*。南にはイニシュ・デレブがあって、北にはイニシュ・エルカンドラがある。甘い音楽が絶えることなく聞こえてくる。聞こえるのはアンガス・オーグ*の鳥の声だけ。最高の葡萄酒が飲めるし、喜びに満ちています。そこへ乱暴なことや辛いことがやって来ることはありません。後悔や病も、老化も死も。ここは〈女たちの国〉で色彩豊かなもてなしの国だから」

「ならば、コカイン国と変わらないじゃないか。果てしない快楽の領域には、私はもうあえて入って行こうとは思わないんだ。私には快楽を楽しめないと分かっているからだ」

すると、アナイティスはジャーゲンに、ヴァイクンタ*を、オギュギア*やスダルサーナ*を、〈幸運の島々〉*を、アイアイエ*を、カイール・イス*を、インヴァリス*を、ヘスペリデス*の金の林檎の園を、メロピス*を、プラネシア*を、ウッタラー*を、アヴァロン*を、ティル・ナンベオ*を、テレーム*を、その他、男たちが欲する無数の国々を見せた。ジャーゲンは呻《うめ》き声を上げた。

「私は自分の仲間たちが恥ずかしいんだ。彼らの幸福概念は、うわべを飾った娼家にいつまでも住みたいというようなものに思えるからだ。自尊心のある若い皇子として、こういった地上の楽園にはどれにも住みたいと思わない。他に住むところがまったくなかったとしてもだ。警察が踏み込んでくるのを絶えず待っているようなことになってしまうだろうから」

「それなら、まだ見せていない世界が一つ残っているから、そこはどうかしら。あまり目立たない小さな場所だし、ある理由があってそこへ行くお手伝いをしたくないのです。ヘレネ女王が治めるレウケー*という国があって、ほら、ちょうど今見えているのがレウケー」

「なんだか、レウケーも秋の季節の他の国と変わらないように見えるね。他の楽園を子供じみたものにしていた空想的な動物や大きすぎる花々はなさそうだが。でも、ほら、レウケーのすっきりした感じは魅力的だ。その世界の規則がそれなりの辛苦を与えてくれるなら、レウケーにしてみよう」

「辛苦ならたくさんあるでしょうね。一目でもヘレネ女王の美しさを目にして心を乱されなかった男の人はいないから。それが、あなたをレウケーに行かせたくない理由なのよ。レウケーに行ってヘレネ女王に会ったらあなたは私のことを忘れてしまうから」

「何てことをいうんだ。お前の足許にも及ばないのは賭けてもいい!」

「それはご自分で見れば分かるでしょう」アナイティスが悲しそうにいった。

渦巻く煙を通して、天と地の美しい色が輝きうねり、混然と押し寄せてきた。やがてその色が形を作り、ジャーゲンの目には砂時計の中にいる、ハイトマン・ミカエルの妻になる前の若いドロシーが見えた。ジャーゲンはいつまでも切なそうに見つめていたが、わけもわからず涙が溢れてきて何も見えなくなり、しばらく口を開くこともなかった。

そして、ジャーゲンは欠伸《あくび》をして、いった。「だが、これは美しいことで知られているヘレネではないね」

「いえ、間違いなくヘレネですよ。レウケーを治めているヘレネです。私があなたを行かせたくない理由でもあります」

「何だって！　そんな莫迦げたことがあるか。何れにせよ、この娘の顔はもう二度と見ることがなくても別に構わないね。確かに醜くはないとは思う。色褪せたブロンドを高く評価するのであればね。もちろん、そういう人たちはいる。でも、彼女を美しいと呼ぶことは無茶だろう。ただ、単純な妥当性から反論せざるを得ないね」

「本当にそう思っている？」とアナイティスが顔を輝かせていった。

「心の底から本当だとも。ほら、カルプルニウス・バッソス*がブロンド娘についていったことを覚えているかな」

「いいえ、それは覚えていないけど、何ていったのかしら」

「あまり正確でない記憶から引用しても、素晴らしい言葉がだめになってしまうだけだろう。だが、その言葉は正しかった。その見解は私と完全に一致する。だから、もしあのタイプの若い女性が、レウケー国が提供できる限りの最大限であるのなら、他のどこか別の国に行った方がいいというお前の意見に心から同意する」

「きっとあなたはもうどこかのお転婆娘に目をつけているのでしょう？」

「いや、ヘスペリデスにいた娘たちはお前によく似ているし、髪についてはお前よりも見事かも知れない。ティル・ナンベオで私たちが見かけたアレという娘は特にお前にそっくりだった。ただ、あの娘の方がからだつきはよかったと思うが。だから、どの国に行ってもしばらくはそこで十分満足できると信じている。お前と別れなくてはならないのであれば、そうしなくてはならないのだから」ジャーゲンは優しい口調で続けた。「私は自分に正直であるためにも、できるだけお前に似た相手を見つけようと思っている。最初はそれがお前だと思い、それから、その相手自身を好きになっていけば、私の心から少しずつお前が消えていくことになるから、耐えられない苦しみを招くことにもならないと思うだろう？」

アナイティスは喜ばなかった。「だからあんな女たちを追いかけているというわけね。私よりも見た目がいいなんて思っていて、その上それを私の前でいうなんて！」

「私たちがもう三箇月も結婚していることは否定しないだろう。誰だって、何の障害もないのにたった一人の女にそんなにも長いあいだのぼせ上がっていられるわけがないだろう。のぼせ上がるというのは主に好奇心が原因だ。こうした感情はどちらも満たされると消えてしまう」

「ジャーゲン、私に何か嘘をついているでしょう。その目を見れば分かりますよ」アナイティスが確信を持っていった。

「女の直感は欺けないな。そうだ、ティル・ナンベオに行くくらいならヘスペリデスに行く方がましだといったとき、完全に正直に話していたわけではなかった。私が悪かった。赦《ゆる》してくれ。無関心な振りをしていれば、お前をうまくあしらえるのではないかと思ったんだ。だが、すぐに見抜かれて、お前を間違いなく怒らせてしまった。自分の手持ちのカードを全部テーブルの上に出して、曖昧な言葉で探りを入れるようなことはもうやめよう。コルマクの娘のアレ*なんだ、私が気に入っているのは。誰が私を責められようか。今までにあれほど男を惹きつける姿をした娘を見たことがあるだろうか——少なくとも私はない。それに気づいたんだが——だが、そのことは気にしないでくれ。それでも、彼女たちを眺めずにはいられなかった。そうしたら、あの眼で見つめられたんだ。お前を失って計り知れないほど嘆いている私を慰めて、私に道を示してくれる二つの狼煙《のろし》だ。ああ、そうなんだ、私が行きたいのはティル・ナンベオなのは間違いない」

「あなたがどこへ行くかは私が選ぶ問題です。あなたではなく。それに、レウケーに行くということで合意しています」

「今さら無茶をいわないでくれ。レウケーはあまりふさわしくないということで意見が一致していたじゃないか。他に行くところがぜんぜんないとしても、レウケーには魅力的な女が一人もいない」

「あなたには本で得た分別しかないようですね！　それこそが、あなたをレウケーに送る理由ですよ」

そういって、アナイティスは強力な魔法をかけて〈秋分〉がやって来るのを早めた。呪文を掛けているあいだ、少し泣いた。ジャーゲンのことが好きだったからである。

ジャーゲンは精一杯、傷つき、怒りを抱いた顔を続けた。若いドロシー・ラ・デジレーにそっくりのヘレネ女王の姿を見て、アナイティス女王や快楽を求める生き方に対する気持ちどころか、神々と男たちの歓びの源であるヘレネ女王以外、世界のあらゆるものに対する意欲が失せてしまったのである。しかし、アナイティスには慎重な対応が必要だということをジャーゲンは学んでいた。

「アナイティスのために、そして彼女の持っている数多の賞讃すべき資質のためにもぜひとも」とジャーゲンがいった。

第二十七章　忌まわしい情況のヘレネ女王

「だが、どういうわけで〈秋分〉に合わせて旅をしろというのか。実体のないものに合わせて、たんなる約束ごとに合わせて。そんなことを私に要求するなんて、無茶苦茶な話じゃないか」とジャーゲンがいった。

「ケンタウロスのような架空の生き物とともに旅するのだって、無茶苦茶な話なんだから」とコカイン国の皆がいい返した。「ジャーゲン皇子、私たちが不思議に思うのは、まったく誰も聞いたことのないような旅をなさってきたのに、他の人たちによくもそんな図々しく無茶苦茶だなどといえますね。まったく理に適っていませんよ。習わしには敬意を払うべきですし、大勢のケンタウロスたちに比べたっていいところがずっと多い。習わしというものに石を投げようとでもいうのですか。〈秋分〉のような誰でも知っている現象に対して不満を仰ることに私たちは口に出せないほどの驚きを感じているのですよ！」次から次へと彼らはこんなことをいった。

　こんな言葉が続くのでとうとうジャーゲンはすっかり混乱してしまって、頭の中に戸惑いが渦巻き、何もかもがくだらないことのように思えてきた。そして、〈秋分〉に伴って旅をするのも特別変わったことだと感じなくなってきた。コカイン国からレウケーに進むあいだに、もうそういうことに抵抗がなくなった。だが、そもそもその間ずっとヘレネ女王とその美しさについて考えていたりしなければ、そう簡単に取り乱すこともなかっただろう。

ジャーゲンは道すがら、できるだけはやくヘレネ女王に会うにはどうしたらいいかと訊《たず》ねた。

「ヘレネ女王に会いたいならシュードポリス*の宮殿に行きなさい」といわれた。

これを教えてくれたのはハマドリュアス*だった。森の縁で西から都を見下ろしていたところにジャーゲンと出くわしたのである。斜面に広がる豊かに実った玉蜀黍《とうもろこし》畑の先に、シュードポリスが見えた。黄金と象牙で建てられた都だった。地上から妙に遠くにある荒れ模様の空の下で、目も眩《くら》むほど輝いていた。

「それで、女王様は民の評判どおり美しいのかな」ジャーゲンが訊《き》いた。

「女王様はどんな女よりも美しいといわれています」ハマドリュアスが答えた。「私たち女性が皆、自分の夫は他の男たちより勝っていると考えるのと同じように限りなく――」

「おや、そうだったのか」

「――でも、私としては、ヘレネ女王のお姿に特別なところは何もないと思います。それに、人々の話題に上がることの多い女性であるならば、身なりにはもっと注意すべきだと思わざるを得ません」

「ということは、ヘレネ女王にはすでに夫がいるのか！」気に入らなかったが、絶望する理由があるわけでもなかった。そこで、ジャーゲンは女王の夫について訊いてみて、ペレウスの息子アキレウス*が白鳥の娘ヘレネ*と結婚したこと、その二人でシュードポリスを治めていることを知った。

「皆がいうには、ハデス*という恐ろしい王国で、彼女の美しさを思い出して、ハデスの束縛をたち切る力がアキレウスに湧いてきたそうです。それで、〈男たちの王〉アキレウスと古くからの仲間たちはこのヘレネを探す旅に出ないわけにはいかなかったのです。女王のことを人々は、この世の不思議と呼びますが、私はちょっと大袈裟だと思いますね。神々がアキレウスの望みを叶えたのは、ヘレネ女王を一度でも見たら、男はこの地上の驚異なしでは人生に心の安らぎを取り戻せなくなってしまうからだといわれています。個人的には、男が皆そんなに莫迦だとは思いたくないのですがね」

「男がいつも理性的だと限らないことは認めます。しかし」ジャーゲンが悪賢い言葉を続けた。

「男の生みの親の多くは女だったわけだが」

「生みの親は皆女ですよ。男の生みの親なんて聞いたことがありません。一体、何の話をしていたのでしょう」

「ああ、私たちが話していたのは、きっと、ヘレネ女王の結婚のことですね」

「確かにそうでした。あなたが生みの親について変な間違いをなさったとき、私は神々について話していたのでした。誰でも、ときどき間違いをしてしまいます。他所の国から来た方々は言葉の意味を間違えやすいということもありますし。あなたが他所の国からいらした方だというのはすぐに分かりました——」

「そうです。でも、私の話をしていたのではなくて、神々の話をしていたところでしたよ」

「年老いた神々が平隠を求めていたことは知っておかなければなりません。だから彼女をアキレウスに与えるのだと彼らはいいました。おそらくこの〈人間たちの王〉が、彼女を自分の許に置いて大切にするから、そうすればアキレウスの仲間たちも諦めて、ヘレネのために戦争をするのもやめるだろう。そして、私たちハマドリュアスはもう彼らの戦争やその他の莫迦げたことに煩わされることもなくなるでしょう。これが、神々がヘレネをアキレウスに与えて、レウケーを治めさせた理由だったのです。でも、私としては」とここで結論をいって締めくくった。「アキレウスがヘレネの中に一体何を見たのか、不思議でなりません。たとえ、千年生きたとしても、分からないでしょうね」

「この君主アキレウスを、世界がもう一日歳をとる前に、この目で見なくてはならないな。もちろん王というのは結構なことだが、頭に別の被りものを載せたくないからという理由で王冠を被る夫などいないのだから」

そして、ジャーゲンはシュードポリスへふんぞり返って降りていった。

・　・　・　・

こうして、その晩、日が暮れた後、ジャーゲンはハマドリュアスのところへ戻ってきた。そのときジャーゲンは、テルシテスから貰った*桗《とねりこ》の杖をついて歩いていた。ジャーゲンは上機嫌で、かなり謙虚な態度だった。

「アキレウス王に会ってきた。私よりもいい人間だった。残念ながら告白すると、ヘレネ女王の相手としてもふさわしい」

「それで、女王についてはどうですか」ハマドリュアスが訊いた。

「結婚相手としてふさわしい、アキレウスの妻になるだけの相手だということ以上には何もない」

今回だけはジャーゲンも本当に惨めな様子だった。「このアキレウスという男を賞讃するし、羨ましいし、怖いんだ。私よりもずっと立派に創られているなんてひどいじゃないか」

「でも、ヘレネ女王は今までに会った誰よりも美しい方ですか」

「それについては――」といって、ハマドリュアスを彼女が住むオークの木のすぐ近くにある森の泉へ連れていった。ほの暗い水が静かに湛えられていて、天然の鏡となっていた。

「見なさい」ジャーゲンはそういって、杖を振り下ろした。

森の中には不思議な静寂が満ちていた。空気は甘く澄んでいた。夜を探して樫《かし》の木の葉のあいだを吹き抜けてきた微風は優しく穏やかだった。すべてを癒す夜がもう目の前まで近づいていることを知っているからだった。

ハマドリュアスが答えた。「でも、私には自分の顔しか見えませんけど」

「それが答えだから。名前を教えてくれれば、今までに出会った女性の中で一番美しいのが誰なのか分かる」

ハマドリュアスが名前はクローリス*だということ、今日のような髪形にしているといつも人を怖がらせてしまうこと、ジャーゲンのことは妙に失礼な人だと思ったことなどを話した。ジャーゲンはお返しに、自分はユーボニア*から来たジャーゲン王だということ、ヘレネ女王の美しさに関する大袈裟な噂に惹かれて遠くの王国からやって来たことを話した。クローリスは、そういう噂はいつも信用できないものだといった。

ここから会話はさらに続き、夕暮れも深まっていった。すると、少しずつこの美しい娘が暖かく息づく影へと姿を変えほとんど見えなくなると、ジャーゲンからは影が離れていき、ジャーゲンはますます勢いよく話すようになった。ジャーゲンはヘレネ女王とじきじきに会ったのだが、それで他の女たちのことはどうでもよくなってしまったのである。このハマドリュアスの好意を得られるかどうかも、どちらでもいいことだった。だから、これほど滑らかに適切な言葉を選んで、これほど優しく話し続けていることに、ジャーゲンは自分でも驚いていた。

そこで、ジャーゲンは坐って、このとてつもなく賢い男ジャーゲンの魅力的な話術に自ら酔い痴れることにした。このふっくらとして、茶色の髪に輝く眼をした小娘であるクローリスが、ジャーゲンは正直、可哀想だったのである。この未開の森の中の、大したことも起きそうにないハマドリュアスの生活に、楽しくわくわくするようなできごとなどそんなになさそうだから、少しくらいそういったことを導入してやるのは間違ったことではなさそうだった。「彼女のためにいいことじゃないか。この娘を真っ当に扱ってやらなくては」

木々の下で辺りはますます暗くなってきて、闇の中で何が起こっているのか誰にも見えなくなった。そこではただ二人の話す声が聞こえるだけだった。ときどき長い沈黙を挟みながら。二人はどうでもいいようなことを真面目な口調で話し続けた。一緒に遊んでいる子供たちのようだった。

「どうして王様が、お伴も連れず、剣も持たずにこんなところへ旅をしているのですか」

「それは、気づいていると思うが、杖を持って旅をしているからだ。これで十分だ」

「確かに大きな杖だけど。他所の国から来たお若い方が自分で王を名乗っていても、棍棒を持った追い剥ぎじゃないかって心配なんですよ」

「私の杖はユグドラジル*から取った枝なんだ。宇宙の命の木の枝だ。テルシテスから貰ったもので、その中で脈打つ樹液はウルダルの泉*から湧き上がってきている。そこではノルン*が厳粛に人間のための法を作り、その運命を決定している」

「テルシテスは人を嘲笑うもので、その贈り物は紛い物ばかり。そんなものは持っていない方がいいのです」

二人は口論を始めたが、まったく怒りを伴うこともなく、ジャーゲンが賜った杖をどうするのが一番いいかを決めようとした。「とにかく、私からその杖を離してください」とクローリスがいうので、ジャーゲンは彼女から見えないところに杖を隠した。そして、ハマドリュアスを抱き寄せ、満足そうに笑った。

「ああ、可哀想な王様！　あなたに苦しめられることになるんじゃないかと怖い。こんなふうに私を押さえつける権利なんかないはず。だって、私はあなたの家臣ではないのだから」

「むしろ私の妃になって、私が大切にしているものをことごとく受け入れてくれ」

「でも、あなたはあまりにも傲慢。二人だけになって、その大きな杖と一緒にいるのが怖いのです。ああ、母がアイオリス地方*の言葉を引用したとき、何の話をしているのか分からないわけではなかったから。王は残酷で、血を流すのが大好きだって」

「そのうち私のことが怖くなくなるだろう。私の杖のことも。何でも慣れなんだ。アイオリス地方ではこうもいわれている。最初のオリーブの味は不味いかも知れないが、二つ目は美味いものだ」

この後しばらく静寂が続き、ただ森の秘密めかした噂話がひそひそと聞こえるだけだった。レウケーの島でよく見られる大きな緑の飛蝗《ばった》が戸惑いがちに金切り声を上げ始めた。

「ちょっと待って、ジャーゲン王。確かに足音が聞こえました。誰かが邪魔しに来たようです」

「梢を渡る風だ。あるいはもしかすると、私を羨む神か。どっちでも、やめたりしなくていい」

「まあ、でも神々のことは敬意を持って話さなくては。〈恋の女神〉だって神様で、私たちから離れていくための翼を持った嫉妬深い神じゃありませんか」

「それなら、私も神だ。私の心の中に愛があって、私の躰《からだ》の繊維の隅々にまで愛があるから。そして今、私から愛が発散しているんだ」

「でも、確かに森を通って誰かが近づいてくるのを聞いたんです――」

「私が杖を隠したところから取り戻したのに気づいたかな」

「ご自分の杖をずいぶん頼りにしているのですね」

「こいつを振りかざせば、怖いものはない」

別の飛蝗が最初の飛蝗に答えた。二匹の昆虫が声の限りに口論をして、暖かい暗闇をぶんぶんいう強情な音で満たした。

「ユーボニアの王様、オリーブについて話してくださったことは、確かに本当です」

「そうだ、本当のことを語る心はいつでも愛から生まれるからだ」

「私たちのあいだにも本当のことを語る心が生まれればいいと祈っています。ただ、それだけを」

「もうジャーゲンでなく、「あなた」と呼んでくれ」

「まさにこんな深い暗闇の中で、〈愛の神〉は恋人のプシュケ*のところを訪《おとな》ったといわれています」

「ならばどうして、敬虔な気持ちで神々を手本とし、〈愛の神〉のご機嫌を取ろうと精一杯努めることが不満なのか」

そういってジャーゲンは杖を彼女に向かって振った。

「ああ、でもあなたはご機嫌取りの言葉を妙にいろいろ準備していますね。〈愛の神〉はそんな大

And they all slept.

きな杖でプシュケを脅したりはしなかった」

「そうかも知れない。だが、私はジャーゲンなんだ。私はどんな女も公平に相手にするし、思いやりの気持ち以外でこの杖を振り上げることはない」

そんなふうに二人はどうでもいいことを暗闇の中で話した。その間、飛蝗の数は数十匹に増えて、なおもしつこく議論を続けていた。二人がオークの木の下で話しているあいだに、クローリスとジャーゲンはお互い顔も見えなくなった。だが、二人の前には金粉をまぶした天穹の下でぼんやり輝く野があった。その夜は満天の星でできているように見えたからである。ジャーゲンが笑い声を上げ、クローリスと楽しみに耽《ふけ》っているあいだ、シュードポリスの白い塔も見えていた。この驚異の夜に、きっと向こうではアキレウスとヘレネもこんなふうに笑って同じようなことに勤しんでいるのだろうとジャーゲンは思った。

ジャーゲンが溜息をついた。しばらくするとまたジャーゲンとハマドリュアスは話を始めた。やはりとりとめもないことを。そして、飛蝗たちは執拗にぶんぶんいっていた。やがて月が昇り、皆、眠りに就いた。

夜明けとともにジャーゲンは起きて、まだ眠っているハマドリュアスのところから離れた。市を見下ろせるところに立つと、ネッソスの羽織りものが陽の光に輝いた。ジャーゲンはヘレネ女王のことを考えていた。それから溜息をつくとクローリスのところへ戻り、彼女に対してふわさしいと思われる挨拶で起こしてやった。

第二十八章　レウケーでの妥協について

　さて、伝えられている話によると、森の法に従って、十日後にジャーゲンとハマドリュアスは正式に結婚した。礼儀に反することをしようなどとは思っていなかったので、ハマドリュアスの親族が集まれる最初の晩に結婚することになった。

「とはいうものの、私にはすでに二人の妻がいるんだ。これは告白しておかなければならないことだと思う」

「レウケーに着いたのはつい昨日のことだったと思っていました」

「それは間違いない。〈秋分〉*とともに来たのだ。大きな海を越えて」

「ならば、ユガティヌスにはあなたを他の誰かと結婚させる時間はなかったはず。それに、ユガティヌスが二人の妻と結婚させようなんて考えるはずがないもの。どうして、そんな莫迦なことをお話しになるの」

「いや、本当なんだ。私はユガティヌスによって結婚したわけではない」

「ほら、そうでしょう」とクローリスがいった。まるで、それで問題が解決したかのようだった。

「これでお分かりになったでしょう」

「え、ああ、確かに、この問題にむしろ異なった光を当てて考えてみよう」

「そうすれば、世界の見方がすっかり変わりますよ」

「私だとそこまで変わらないと思うが。それでも、それで違ってくることは認めよう」

「あら、ユガティヌスが人々を結婚させることをまるで誰も知らないかのように話すのですね」

「いや、揚げ足取りはやめようじゃないか。私は正確にはそうはいっていない」

「――そして、誰もがユガティヌスによって結婚させられるわけでもないかのようにいいました！」

「いや、レウケーではそうなんだろう。だが、レウケーの外の話だと分かってくれ」

「でも、誰もレウケーの外へは行きませんよ。レウケーを出て行くなんて誰も考えたことはありません。そんな莫迦な話は聞いたことがありません」

「この島から出ていった者はいないということか」

「皆が知っている限りでは。もちろん、ラレス*とペナテス*は、社会的な立場がないような者を連れていくことはあるし、シュードポリスの王たちはときどき航海に出るから――」

「それでも、他の国々の人たちだって結婚するんだ」

「いいえ、ジャーゲン、ユガティヌスは島から出て行かない規則なのです。そんな前代未聞の素行は、これまで考えたこともないに決まっています。だから、当然ですけど、他の国々の人たちが結婚できるはずがありません」

「いや、クローリス、ユーボニアでは――」

「もし、あなたがいいといってくださるなら、私たちはもっと楽しいことを話した方がいいと思うんです。あなたのユーボニアの男の人たちを非難するわけではありませんよ。だって、男の方たちって皆そういうことに関してはまったく信用できないものでしょう。それに、もしかしたら女の人にまったく責任がないというわけでもないかも知れないけれども、本当に自尊心のある女ならそんな乱れた関係に立ち入らないだけの品性の力を持っています。それだけはいっておかなければなりません。でも、今はあなたの奥さんだという人たちのことをこれ以上話すのはやめましょう。その人たちをそう呼ぶのはとてもいいことだと思いますし、そんな細かい心遣いを尊重しますけど。やはり、何か別の話をした方がいいと本当に思うのです」

ジャーゲンは考え込んでいた。「だが、ユガティヌスが不在のときは——ユガティヌスだってどうしても不在にせざるを得ないときがあるだろう——そんなとき、別の誰かが結婚式を執り行うことがあってもいいとは思わないのか」

「ええ、その人たちがそうしたいのであればね。でも、そんなのはどうでもいいことで、ユガティヌスの他に人々を結婚させることは決してできないのですから、当然、誰も結婚式なんかしませんよ」

「どうしてそんなに自信があるんだ」

「だって」クローリスが勝ち誇ったようにいった。「今までに誰かがそんなことをしたなんて一度も聞いたことがありませんから」

「持論そのものをすっかり語り尽くしてくれたから、そろそろユガティヌスのところへ行って結婚することにしよう」

そんなわけで二人は、〈森の民〉がいつもユガティヌスの許で執り行う儀式に従って結婚式を挙げた。最初に、ヴィルゴ*がしきたりに従った手順でクローリスの帯を解いた。それから、ムティヌス*（彼もまたしきたりが求めるような格好をしていた）の膝の上に、ジャーゲンが気に入らないほど長く坐ったあとに、太古から続く決まりに従ってドミドゥクス*の手で、ようやくジャーゲンのところへ戻された。スビゴ*も自分の役割を果たし、それから、プレーマ*が花嫁のふくよかな腕を摑んで、すべてが完璧に定められた手順通りに執り行われた。

その後、ジャーゲンはテルシテスが指示したやり方で杖を処分した。そして、クローリスと一緒に森の外れに住んで、レウケーの慣習に従った。彼女の木はかなり大きなオークだった。クローリスはそのとき二百六十六歳だったからだ。最初は、その広い幹が二人の住まいになった。だが、後になってジャーゲンは鳥の羽根で屋根を葺《ふ》いた小屋を造り、自分が快適に過ごせるように整えた。

「木の穴に住むというのは、お前にとっては当然のことなんだろうし、よいことでもあるのだろう。だが、私には虫になったような気分で少し落ち着かないんだ。結婚生活の束縛が必要以上に強くなってしまう。それだけでなく、お前も四六時中、自分の足許に私がいるのが嫌になるだろうし、それは私も同じだ。お互いに無遠慮にならないよう慎重に自制しよう。そういうことが、耐えられる結婚の秘訣なんだ。だが、お前のような、いわば生まれながらの才能の持ち主が、この長い年月を結婚せずに生きてきたのはなぜなのだろう」

彼女はそのわけを語った。最初、ジャーゲンには信じられなかった。しかしすぐに、二つの感覚を通して感じ取り、クローリスがハマドリュアスについて語ることは本当だと確信した。

「それを別にすれば、お前もユーボニアの女たちとそんなに変わらないだろう」とジャーゲンがいった。

ジャーゲンは大勢の〈森の民〉に会ったが、クローリスの木が森の縁にあったので、〈畑の民〉に会うことの方が多かった。森とシュードポリスの都のあいだに住んでいる民である。彼らは隣人であり、クローリスやジャーゲンとは普通の付き合いをする仲だった。もちろん、ときどき森の中で集会が開かれることもあった。だが、ジャーゲンはすぐに〈森の民〉には信用できないところがあると分かって、そういった集会には参加しないようになった。

「ユーボニアでは、こう教えられている。妻の親族に近寄らないようにしていれば、決して面と向かって非難されることはないとね。分別のある男ならそれ以上のことを期待したりしない」

やがて、ジャーゲン王は隣人である〈畑の民〉のようすを見て、戸惑うようになった。彼らは、皆が皆、今までやって来たとおりにやりたがるのである。だから、ルンキナ*は畑の雑草が除かれるのを見守り、セイア*は種が大地に蒔《ま》かれたかどうかに気をつけ、ノドサ*は作物の茎や節を整え、ヴォルーシア*は穀草の葉を折り、それぞれが遠い昔からの義務を果たしていた。誰もが畑で忙しくしていない日はほとんどなかった。オッカトル*が畑をならしたり、サトール*とサリトール*が種を蒔いたり草を取ったり、ステルクティウス*が大地に肥料を施す。ヒッポナ*はいつも馬のようすに気をつけて忙しそうに動き回り、あるいはまた、ブボナ*は牛の世話をしているという具合である。畑に安らぎがあったためしがない。

「どうして年がら年中そんなことをしているのかね」ジャーゲンが訊《き》いた。

「ああ、ユーボニアの王様、いつもこういうことをしてきたからですよ」と吃驚したように彼らは答えた。

「それは分かるのだが、たまには休んだらどうなんだ」

「もしそんなことになったら、仕事が止まってしまうからですよ。穀草は枯れて、牛は死んでしまう。畑だってジャングルになってしまいますからね」

「だが、私が理解するところでは、これはお前たちの穀草でもないし、お前たちの牛でもないし、お前たちの畑ですらない。それでは何のいいこともないのではないか。いつ終るとも分からない労働をやめてしまっていけない理由はないと思うのだが。〈森の民〉のような暮らし方だってあるだろう。そんなきつい仕事なんかしていないぞ」

「そうは思いませんね！」アリスタイオス*がいった。圧搾機でオリーブ油を搾り取りながら微笑む彼の歯の煌《きら》めきはとても楽しそうだった。「〈森の民〉が何か役立つことをしているなんて、誰か聞いたことがあるんですか」

「ああ、でも」ジャーゲンは辛抱強く続ける。「誰からも強いられていないのに、退屈で難しい仕事をいつもやっていなくてはならないなんて、自分にとっていいことだと思うのかね。たまには休みを取ったらどうなんだ」

　フォルナクス*が、穀草を熱して乾燥させる作業をしながら、竈《かまど》から少し顔を上げて、いった。

「王様は何だか変なことをいいますね。〈畑の民〉は休みを取ったりしませんよ。そんな話は聞いたこともない」

「まったくそのとおりですよ」と皆が物知り顔でいった。

「ああ、それが完全論破というわけか。この件は〈森の民〉にも考えを聞いてみよう。彼らの方が分別がありそうだからな」

それでジャーゲンは森へ入って行こうと思ったところ、テルミヌス*に出会った。練香を塗り、薔薇の花冠を頭に載せ、身じろぎもせずに立っていた。

「おや、〈森の民〉が畑に行こうとしているところかな。私だったら、あんな莫迦げたところには行かないようにするがね」

「私は畑なんかには行かない」とテルミヌスがいった。

「ああ、じゃあ森へ戻るところか」

「そんなわけがない。私が森へ入るなんて聞いたことがある人はいないだろう」

「なるほど、こうして見ると、ただここに立っているようだな」

「私はいつもここに立っている」

「それで、まったく動くこともなく？」

「そうだ」

「それはどうして」

「それは、いつも動かずここに立っているからだ。私にとって動くということは、まったく未知の行為だ」

ジャーゲンはその男から離れて、森へ入っていった。そこで、微笑む若い男*に出会った。大きな牡羊の背に乗っていた。その若者は左手の人差し指を口に当て、右手はそんなふうに人目にさらされては吃驚してしまうものを摑んでいた。

「それにしても、ああ、何という！　まったく――！」ジャーゲンがいった。

「めええ！」と牡羊がいった。

ジャーゲンが通り過ぎても微笑む若者は何もいわなかった。声を出して話すというのはハルポクラテスとしての習慣に反していたからだ。

「何にしても、どうでもいいことだろう。その慣習が他人に厳しいことを要求したり、困惑させたりすることさえなければ」とジャーゲンは考えた。

その後、今度は何だか騒がしいところへ出くわした。茂みの中でサテュロス*とオレイアス*が戯れていた。

「それにしても、この森は上品なところではないな。〈森の民〉には倫理観とか道徳観といったものがないのかね。何かに対する責任感とかはないのかね。休日でもないのに遊び戯れるだけで」

「あるわけがない」とサテュロスが答えた。「当然、そんなものはない。我が民にそんなものを持っている者はいない。天から授かったサテュロスの任務とはお前がたったいま邪魔したようなことだ」

「もしかしたら、それが真実かも知れない。それでも、嘘さえつかないということを少しは恥じた方がいいのではないか」

「サテュロスが自分を恥じるなど聞いたことがないな。もう、どこかへ行ってくれ。そんなきらきらした羽織りものなんか着て。私たちは幸福主義を追求していたのだから。それにお前は莫迦なことばかりいっている。私は忙しいんだ。目障りだ」

「でも、コカイン国では、この幸福主義も屋内の嗜《たしな》みと考えられていたものだった」

「サテュロスが屋内に入るなんて聞いたことがあるかね」

「苦しみと禍《わざわい》から我らを救い給え！　しかし、それとこれにどういう関係があるんだ？」

「曖昧な言葉で誤魔化すな、ぴかぴかした愚か者よ。もう自分が莫迦げたことをいっていると気がついているだろう。もう一度いうが、そんな聞いたこともないような出鱈目《でたらめ》にいらいらしているんだ」サテュロスがいった。

　オレイアスはまったく何もいわなかった。しかし、彼女もまた苛ついているように見えた。おそらくサテュロスの幸福主義から救い出されるのはオレイアスの習慣に反しているのだろうとジャーゲンは思った。

　そこでジャーゲンは二人の許から離れた。森の奥へと進むと、禿頭の老人が蹲《うずくま》っているのに気がついた。大きな太鼓腹と平らな赤い鼻、潤んだような小さな眼が見えた。老人はどうしようもなく酔っぱらっていて、歩くこともできなかった。その代わり地面に坐って、木の幹に背を預けていた。

「こんな朝っぱらから、ずいぶんみっともない姿じゃないか」ジャーゲンがいった。

「だが、シレノス*はいつも酔っているものだ」勿体ぶったしゃっくりをしながら、禿頭の老人が答えた。

「じゃあ、ここにもまた一人ということか。それで、どうしていつも酔っぱらっているんだ？」

「シレノスは〈森の民〉の中で最も賢いからだ」

「ああ！　それは申し訳ない。ここにようやく自分の日々の務めに対してもっともらしい理由のある人がいた。ところで、そんなに賢いというのなら教えていただきたいのだが、人間にとっていつも酔っぱらって過ごすというのは本当の意味で最高の末路なのですかね」

「まったくそんなことはない。酔っぱらうということは、神々のための楽しみだ。人間どもがその楽しみに加わるのは不遜なことだ。だから、人間が酔っぱらうとその図々しさに対して適切な罰が与えられる。人間どもにとって最善なのは、生まれないことだ。もし、生まれてしまったのなら、直ちに死ぬのがいい」

「ああ、確かにそうだ！　でも、どちらもうまくいかなかったら？」

「人間にとって三番目によいのは、期待されているとおりのことをすることだ」

「しかしそれでは、ペリシテ人*の法ではないか。ところで聞いたところでは、ペリシテとシュードポリスは戦争をしているそうだが」

　シレノスは黙って考え込んだ。ジャーゲンはこの老人の嫌なところに気づいていた。その潤んだ小さな眼が瞬きもしないどころか、瞼《まぶた》がぴくりともしていないことだった。眼は、まったく動かない赤い瞼の下で動いていた。彫像に描かれた眼が魔法で恐ろしい動きをするかのようだった。だから、その眼が動いて自分の方を見たときには気持ちが悪かった。

「輝く羽織りものを着た若者よ、一つ秘密を教えてやろう。ペリシテ人はコシチェイの姿に似せて創られたのだ。コシチェイはいろいろなものをそんなふうにして創ったのだがね。考えてみたまえ。だから、ペリシテ人は期待されているとおりの振舞いをする。そして、レウケーの人々は、それとは別のものを創ったコシチェイに似せて創られた。だから、レウケーの人々は慣習どおりの振舞いをする。古い伝統に忠実なんだ。そのことも考えてみたまえ。そして、この戦争での敵味方を選びたまえ。何れにせよ、愚かな側の方につくことを忘れないように。起こるべきことが起こるとき、シレノスはそれが起こるずっと前に、何が起こるかをあらかじめ正確に話してくれたことを思い出すように。なぜなら、シレノスはとても高齢で、とても賢明で、どうしようもないほど酔っていて、とてもとても眠いからだ」

「ああ、分かった。だが、その戦争はどんなふうに終るんだ?」

「愚者が愚者を征服する。そんなことはどうでもいいが」

「ああ、なるほど。でも、その戦いのあいだ、ジャーゲンはどうなるのだろう」

「それもまたどうでもいい」シレノスが満足そうにいった。「誰もお前のことなど気にしない」そういって、不気味な潤んだ眼を閉じて、眠ってしまった。

ジャーゲンはこの飲んだくれの老人から離れて、森を出る道を歩き始めた。「レウケーの人々が皆ことごとく慣習を頑なに守ろうとしているのは疑いようがない。議論の余地のない理由で、それが彼らの慣習であり、常に彼らの慣習であったのだ。猫が団栗《どんぐり》を食べるようにでもならない限り、絶対に彼らはやめないだろう。この件は、これ以上訊かないのが賢明だ。結局のところ、この人々が正しいのかも知れないのだし。彼らが間違っていると断言できないのは確かだ」といってジャーゲンは肩を竦《すく》めた。「とはいっても、同時に——!」

ジャーゲンが自分の小屋に戻ったとき、狂った群集が叫んでいるような悲痛な金切り声が聞こえてきた。

「姿を変えるプロトゴノス*の娘、万歳。山や戦場で、あるいは太鼓を叩いて喜びを得る者よ。偽りの救い主、万歳。あらゆる神々の母よ、今こそ来たれ、長い放浪に満ち足りて、慈悲深くあれ」

しかし、騒音はだんだん大きくなってきて不愉快になり、とうとう木々の茂みの中へと逃げ込んだ。そこから目を瞠《みは》るような森の民の行列が通るのを眺めていた。この行列が進むようすにはあまりにも尋常ならざることがあったので、ジャーゲンは森から無傷で歩いて出た瞬間から、それを最後にそこには二度と足を踏み入れまいと思ったのだった。するとそのとき、驚きのあまりそれまで感じていた恐怖すらどこかへ行ってしまった。今度はマザー・セリーダ*が通り過ぎたからである。頭には布巾の代わりに王冠のようなものを載せていた。コカイン国で不機嫌なイースリドが見せていたように彩られたものではなく、崩れかけた環状の塔のような形の冠だった。大きな鍵を手に持ち、彼女の馬車を曳くのは二頭のライオンだった。その後ろには吼《ほ》え哮《たけ》る人間たちが従っていた。頭をすっかり剃っていた。彼らがジャーゲンが重要視しているものの所有権をも放棄していることははっきり見て取れた。

「ここが不健全な森なのは間違いないな」

ジャーゲンが後に、この行進について調べてみたところ、クローリスから驚くような情報が得られた。

「こうした者たちは、スピーチにおける詩的装飾のような存在だと思っていたのだが。それにしても、あの老婦人はこんなうるさい一行の中で何をしているのだろう」

ジャーゲンがマザー・セリーダのようすを説明すると、クローリスはそれが誰なのか教えてくれた。それを聞くと、きちんと整えた黒髪の頭を振ってジャーゲンはこういった。

「また新たな謎に気をつけよ！　しかし結局、あの老婦人がアナグラムを使ってもう一つ別名を増やしたところで、私には関係のないことだ。彼女のことは批判したくない。私に対してはこの上なく寛大だったんだ。彼女の道に近づかないようにするという絶対確実な対処法で友情を失わないようにしよう。ああ、彼女に仕える男たちが何をされたのかを理解したからには、彼女の進む道には近寄らず、彼らを邪魔することも決してしまい」

その後、ジャーゲンとクローリスは二人楽しく暮らした。もっとも、ジャーゲンはこのハマドリュアスが本当に鈍感だとはいわないまでも、少しばかり鈍いことに気づき始めていた。

「彼女には私のいうことが分からないし、私の並外れた智恵に対して敬意を持って接してくれるわけでもない。それは正しいことではないが、結婚生活では避けられないことのようだ。それに、もし私のことが理解できたとしたら、自己防衛のために、私との結婚を断るに違いない。いずれにせよ、クローリスはふくよかで馨《かぐわ》しい褐色の山鶉《やまうずら》のように可愛らしい。そもそも、女の賢さなどというのは見当違いな美点だからな」

そうしてジャーゲンは森に戻ることもなく、都に行くこともなかった。〈畑の民〉や〈森の民〉はもちろん、都の門から中へ入ることもなかった。「でも、あなたはシュードポリスの素敵な眺めを見たいと思っているのでしょうね」クローリスがいった。「そして、都の素敵な女王も」と付け加えた。特に何かを考えての言葉ではなさそうだった。

「自慢するわけではないが、ユーボニアだったら、ああ、つまりいつか私たちが我が王国へ戻る日が来たなら、お前も我が都市の十や二十を自分の目でじっくり見ることになるだろうということだ。ズィフやイグリントンやポアシューやガズデンやベレンブルクといったところを。そのときには、シュードポリスが小さな村に過ぎないことを認めるだろう。あれはそれなりにいいところだが」そういってジャーゲンは肩を竦めて、シュードポリスを褒める言葉に対して面白がる気持ちと憐れむ気持ちが混ざった表情を見せた。

「ときどき、あなたの話に出てくるユーボニアという素敵な王国は存在するんだろうかと思ってしまいます。だって、話に出てくるたびに、大きくなって、立派になっていくのですから」

「私が正直なことを話していない、つまり詐欺師のような者だと疑っているのか！」ジャーゲンは怒るというより傷ついて訊《たず》ねた。

「あら、だから何だというのですか。あなたはジャーゲンでしょう」とクローリスは嬉しそうに答えた。

彼女が際限なく続けている燃え立つような不思議な色の刺繡細工越しに微笑みかけるのを見て、男として心動かされた。そして、自分が妙な自責の念を感じる愛情を彼女に対して抱いていることに気がついた。もっと美しい女性を知っていたとしても、このふっくらとして働き者で朗らかな小柄の妻よりも魅力的な相手はいないと確信した。

「ヘレネ女王にまた会いたいとは思っていないんだ。それが本心だ。私はここに満足している。私にふさわしい妻が、私の才能にもちょうどいい、私の価値をいいようもないほど越えている妻がいるのだから」

「あの亜麻色の髪ののっぽのことをしょっちゅう考えているのではありませんか」

「それはひどいな。私を誤解している。不当な疑惑だ。私たちの結びつきをそんな軽いものと考えていて、簡単に縁が切れそうだと想像されるだけでも辛いんだ」

「正当性について話すのは大いに結構ですけど、簡単な質問の答えにもなっていないでしょうね」

ジャーゲンはまじまじと彼女を見つめ、そして笑いだした。「お前たち女というものは、見境がないほどに現実的だ。私はヘレネ女王に直接会ったことがある。だが、私が男として慣習に則って愛する女はお前だ」

「それではまだいい尽くしていないでしょう」

「そうだ。それは私が自分はどれほど重要な人間かということに即して話そうと努めているからだ。

私がアキレウスにも会ったことを忘れているだろう」

「でもあなたはアキレウスを賞讃していた！　自分でそういったのですよ」

「私はアキレウスが完璧であることを賞讃した。だが、そんな完璧な男は嫌いなんだ。だから、シユードポリスの王と女王からは身を遠ざけておく」

「それでも、あなたは森にも入らないでしょう」

「森で行われている行為を目撃してからはね」ジャーゲンはそういって大きく身震いしたが、それは決して大袈裟にしているものではなかった。

クローリスは笑って不思議な模様の刺繡を置くと、ジャーゲンの髪をくしゃくしゃにした。「それで、〈畑の民〉の方は耐えられないほど愚かだと気づいたわけね。あなたのゾロバシウスやプトレモピターに関心を示さないとかでしょう。それで、彼らからも距離を置いたということ。何て愚かな方なんでしょう。あなたは、魚にも獣にも家禽にもなろうとはしない。どこに行っても、幸せになることに同意しないのね」

「私が自分の性格を決めたわけじゃないんだ。幸せかどうかという話については、私は文句をいうつもりなんかない。今は、文句をいうことなんか一つもないからね。だから、愛する妻とレウケーでの生活に心から満足している」ジャーゲンはそういって溜息をついた。

第二十九章　ホルヴェンディル＊のナンセンスについて

明るく穏やかな十一月のことだった。〈畑の民〉がアルキュオネ＊の夏と呼ぶ季節である。ジャーゲンは森から降りて行き、海辺へと歩いていった。シュードポリスの堀を回るようにしたのは、都の上機嫌の住人に会ってがっかりしたくはないので、それを避けたためだった。

海辺へ行ったのはクローリスの勧めであった。彼女が冬に備えて自分の木の手入れをしているあいだに、ジャーゲンの部屋も整理してしまえるように。そうすれば、一日かかる仕事の二人分をすませてしまえる。オークの木のハマドリュアスには、さまざまな責務があったのである。冬の間じゅうたくさんの落ち葉の処理をしなくてはならないとか、二人の住むところからそこらじゅうにばらまかれる団栗《どんぐり》を片づけるとか、剝がれてあまりにも見苦しくなった樹皮を綺麗にするとか。ジャーゲンはそんな仕事には何の役にも立たず邪魔になるだけである。そこで、クローリスはジャーゲンに弁当箱を持たせておざなりな接吻《くちづけ》をすると、海辺へ降りて行って自分に対する詩を書くための着想を得てはどうかといったのである。「夕食には間に合うように戻ってきて。でも、一分でも予定より早くては駄目」

そんなわけでジャーゲンは物思いに耽《ふけ》りながら独りで弁当を食べ、黒海を眺めていたのである。太陽は高く昇り、ジャーゲンをつけてくる奇妙な影は形もなく縮こまっていた。

「これは実に霊感を与えてくれる光景だ。どこかの何某《なにがし》が極めて注意深く観察したように、私の目の前にもしかじかの状態で存在する、この力強い海と比べて、人間という種族が如何にちっぽけなものかが分かる」ジャーゲンは肩を竦《すく》めた。「まったくのところ、今になって思うに、伝統に従って同じような感情にひたる必要が私にはない。ただの大量の水のように見えて、それ以上特別なことなどなさそうだ。むしろ、水はつまらない反応しか示さないと思えてならない」

そんなふうに、海を見つめながらぼんやりと坐っていた。遥か遠くで影が海の水の上に形作られてきた。大きな厚板が岸へ向かって疾走しながら、明るくなったり暗くなったりしているように見えた。やがて、その影は数百フィートほどの大きさになり、何やら固くて滑らかで黒っぽい緑色岩のようになった。それは波打つ水面のすぐ下にあった。そのとき、波頭は凝結し、その南端は崩れ落ちた。たちまち白い羽のように崩れ落ち、水の中へと沈み飛びはね、波全体が北へ向かって荒々しく去っていった。一体となって崩れ落ちれば、もっと整った職人芸の産物のようになっていただろう。音を立てて飛び散る水は、沸騰する牛乳が茶色の滑らかな砂の上に噴きこぼれているかのように見えた。そして、それが広がるにつれて、まるでレースのように網目状の白い線となり、砂に張り付く水煙のような姿になっていた。潮が満ちてきているのは明らかだった。

あるいは、もしかしたら潮が引いていくところなのかも知れない。そういう現象に関するジャーゲンの知識は曖昧なものだった。しかし、何れにせよ、海は大きな音をたてて波が打ち寄せ、心地よく爽快な気分になるような香りを運んできた。

こういうことがまた全部繰り返されるのだろう。そして、またもう一回。ジャーゲンが弁当を食べるために坐ったときからもう何百回も繰り返されたのだ。それで何になるというのだろう。海の振舞いは愚かである。水を跳ねかけ、波を叩き付け、浜辺をかきむしり、騒々しい音をたて続けることに、何の意味もない。

とにかく、ジャーゲンの考えはそんなところで、弁当の残りに向かって頷いた。

「まったくエネルギーの無駄遣いだ。そういわねばなるまい」ジャーゲンが大声でそういったとき、男が二人、その広がる浜辺に見えた。

一人は北から、もう一人は南からだった。二人はジャーゲンが坐っている場所からそう遠くないところで出会った。信じがたいほどの偶然で、その二人ともジャーゲンが幼い頃から知っている顔だった。ジャーゲンが二人に声をかけると、どちらもジャーゲンの顔をすぐに思い出した。旅人の一人は、ジャーゲンがまだ若者だった頃にポアテムを放浪していたホルヴェンディルだった。もう一人はずいぶん昔にピュイサンジュ子爵の振りをしてベルガルドにやって来たペリオン・ド・ラ・フォレだった。三人とも昔からの知り合いなのに、みんな驚くほどの若さを保っていた。

ホルヴェンディルとペリオンはジャーゲンが着ている羽織りものに感嘆の声を上げた。

「最近、ユーボニアの王になったから、それ相応の格好をしなくてはいけないんだ」と遠慮がちにジャーゲンがいった。

すると二人は、君にはいずれそんな高い栄誉が与えられるだろうと思っていたといった。それから三人で話し込んだ。ペリオンは、ラクル・カイ*のテオドレ王*のところへ行く途中でシュードポリスを通って、そこの市場でヘレネ女王を見た話をした。「本当に美しい人だった。だが、どうもエメリック伯爵の綺麗な妹にそっくりで狼狽《うろた》えてしまった。みんな覚えているあの人だ」

「私もすぐに気がついた」ホルヴェンディルがいって、不思議な笑顔を見せた。「やはり都を通ったときにね」

「それは、気づかない人なんていないだろう」ジャーゲンがいった。

「もちろん、彼女がメリサン妃と同じくらい美しいと思っているわけではないがね」ペリオンが続けた。「世界中で強く主張してきたように、メリサン妃ほど美しい人はいなかったし、これからもいないだろう。だが、君たちは吃驚しているようだな。私にとっては実に簡単な言葉としか思えないのだが。君たちのようすのせいで、否定することを誰にも許せない言葉をあえていわざるを得なくなるんだ」ペリオンの正直な瞳が細くなって嫌な感じになり、日に焼けた顔が険しくなって気詰まりな空気になった。

「いや」ジャーゲンが慌てて口を挟んだ。「私の目にはこの辺りでヘレネ女王と呼ばれている女性が明らかにエメリック伯爵の妹ドロシー・ラ・デジレーその人にしか見えないんだが」

「だが、私は直ちにエメリック伯爵の三番目の妹ラ・ベアル・エッタール*だと分かった」ホルヴェンディルがいった。

　三人はお互いに見つめ合った。あの三人姉妹はまったく似ていないからだ。

「視力に問題があるかどうかは置いておいて、二人の言葉が事実と異なることに疑問の余地はない」とペリオンがいった。「一人はマダム・ドロシーだといい、もう一人はマダム・エッタールだという。それでも、誰に似ていようと、ヘレネ女王がヘレネ女王以外の誰かではあり得ないことは誰もが皆承知のことだろう」

「いつも同じ人間である君にとっては」とジャーゲンが答えた。「それが理に適ったことに聞こえるのだろうが、何人かの人間である私からすれば、他の人間が自分に似ていることに何ら不都合は感じないのだが」

「どこにも不都合はないだろう」とホルヴェンディル。「もしわれわれが叶わぬ恋をした相手がヘレネ女王だとしても。若かった頃に叶わぬ恋をしたとき、その女性は、たとえ何が起きてもわれわれの目には決してはっきりと見えない人だったからだ。だから、簡単に別の女性と見間違えてしまったりするのではないか」

「だが、私が虚しい恋をしたのはメリサンだ」とペリオン。「ヘレネ女王のことなどまったくどうでもいい。どうして、そんなことを気にしなくてはならないんだ。ヘレネ女王を見たときに、マダム・メリサンへの私の変わらぬ愛が揺らいだみたいにいうのは、いったいどういうつもりかね。そんなふうに仄めかされるのは実に不愉快だ」

「そうはいっても、私が愛したのはエッタールだ。その愛はまったく虚しかったわけでもなく、揺るぎのない愛だった」ホルヴェンディルはそういって静かに微笑んだ。「ヘレネ女王の姿を見上げたとき、私に見えたのがエッタールであったことにいささかの疑いもない」

「私も告白すると」ジャーゲンが咳払いをしていった。「マダム・ドロシーを特別な敬意と賞讃の念とともに見つめていた。ところで、私は結婚しているんだ。たとえそうでもマダム・ドロシーがヘレネ女王だと思う」

そして三人はこの謎について議論を始めた。やがてペリオンが、この件はヘレネ女王の手に委ねるしかないといった。「何れにせよ、彼女は自分が誰だか知っているに違いない。だから、君たちのどちらかが都へ戻って、この国の国王か女王に嘆願するときの作法に従って、女王の膝を抱いて乞う機会を得るんだ。そこではっきり訊《き》けばいい」

「私は駄目だ」とジャージェンがいう。「今はハマドリュアスと親しい間柄なんだ。一緒にいるハマドリュアスに何の不満もない。だから、今の安らぎをなくさないために、ヘレネ女王の前に今さらわざわざ出ていきたくはないね」

「そうか、だが私も無理だ」とペリオンがいう。「なぜなら、メリサン妃には左の頰に小さな黒子《ほくろ》があったからだ。そして、ヘレネ女王の頰は完璧で傷ひとつない。もちろん、お分かりだろうが、この黒子こそがメリサン妃の美しさを計り知れないほど引き立てていると確信しているのだがね」さらに忠実そうな面持ちで付け加えた。「それでも、もうヘレネ女王と接するつもりはまったくない」

「私が行かない理由はこうだ」とホルヴェンディルがいう。「もしエッタールの膝を抱こうとすれば、この辺りの民がヘレネと呼ぶ相手のことだが、彼女はたちまち消えてしまうだろう。他のことはさておいて、そんな不運をレウケーの島にもたらしたくはないんだ」

「だが、そんな話はナンセンスだ」とペリオンがいった。

「もちろん、そうだ。でも、ありそうなことではある」とホルヴェンディルがいった。

そういうことで、三人は誰も行こうとしなかった。それでもなお、三人ともヘレネ女王に関する自分の意見に固執して譲ろうとはしなかった。やがて、ペリオンが時間と言葉を無駄にしているだけだといった。そして、二人の若者に向かって別れの言葉をいうと、南のラクル・カイへ向かう道へと戻っていった。やはり、メリサン妃を讃える歌を歌いながら。「我が心の恋人」と讃美しながら。それを聞いた二人は、ペリオン・ド・ラ・フォレが世界で最悪の詩人のようだということで意見が一致した。

「それでも、あれは立派な騎士であり、尊敬に値する紳士だ」とホルヴェンディルがいった。「自分のロマンスの残りかすを最後まで演じるのに没頭している。作者は、こんな無邪気で粗野で潔癖で頭の鈍い登場人物からも楽しさを引きだせるものなのだろうか。少なくとも、扱いやすいことは確かだろうな」

「私も勇ましさというものを陶冶しようとしている」ジャーゲンがいう。「もう騎士道に憧れることはなくなってしまった。まったくの話、われわれは一人一人が自身のロマンスの英雄であって、他人のロマンスは理解できないのだが、ロマンスに関して何もかも誤って理解しているのは、われわれが女の顔という単純な対象について仲違いしたことを見ても分かるように、疑問の余地はないね」

若いホルヴェンディルは特に何もないところを見つめて坐りながら、考え込むように、左手で耳から後ろに向かって縮れた赤い髪を撫でていた。

「俺たちは三人とも、作者が別々のスタイルで書いた別々のロマンスの登場人物として出会ったようなものではないだろうか」

「それもまたナンセンスだ」ジャーゲンがいった。

「ああ、だがもしかすると、作者はナンセンスなことをしょっちゅうしてみせるんじゃないかな。なあ、ユーボニアの王ジャーゲン」ホルヴェンディルは大きな目を輝かせていった。「お前も私も、この作品の作者が俺たちのロマンスをふざけて書いたんじゃないと証明することはできないだろう？」

「もし万物を創ったコシチェイを冗談の種にしようとしているのなら、健全な精神状態とは考えられないといっておこう。上品ぶることなしにいうが、私は常識というものを信じているんだ。何か他の話をしてくれるといいのだがね」

ホルヴェンディルはまだ微笑んでいた。「君もいつかコシチェイのところへ行こうとするだろう。君のいう作者のところだ。いうのは簡単だし、耳に心地よい。ああ、でもどうやったら君にコシチェイが分かるのだろうね。これまでに道や野原ですでにコシチェイとすれ違っているかも知れないが、それが分かるかな。ジャーゲン王よ」そういうホルヴェンディルの顔にはまだいたずらっぽい笑みが浮かんでいた。「どうして私がコシチェイでないと、われわれの周りに存在する万物を創ったコシチェイでないと分かるのか、教えてくれないか」

「もううんざりだ」ジャーゲンがいう。「お前にジャーゲンを発明するほどの智恵があるわけがない。そんなことより他に気になることがある。ついさっきわれわれを置いていったあの若いペリオンが金持ちになって、髪が灰色になって、そして有名になって、メリサン妃を異教徒の夫から奪い返して結婚するということを考えていたんだ。それはもう何年も前に起こったことなんじゃないかとね。だから、若いペリオンと交わした話もちょっとありそうにないことだな」

「おい、忘れたんじゃないだろうな、モーギ・デグルモンがストーリセンドを急襲したとき、私が闇に乗じて逃げて、その後は何の消息もないことを。しばらく前のそんなこともみんな古い話だということを。それから、ヤオートルが彼を笑いものにした〈西方〉へお前のやたらに威張り散らす禿げた父親を連れていったのが俺だということを忘れたのか。その前だって、マダム・ドロシーの父親を初めてポアテムに連れてきたのが俺だということも。それでも、お前と俺とペリオンは今日、こうやって三人の若者として、架空のレウケーの海岸で出会ったわけだ……はっきりとこれはいっておこう。作者がときどきナンセンスなことを創ろうとしなかったら、どうしてこんなことがあり得るんだね」

「確かに君のいうように考えれば、事態はいささか奇妙に思えるね。それをもっともらしく解釈できる説明が私には思いつかない」

「ユーボニアのジャーゲン王よ、もう一度いうが、ずいぶん作者の能力を低く見ているじゃないか。これこそ、ロマンス作家が昔から実践してきた策略の一つだ。自分で確かめてみろ」

そのときジャーゲンは身を起こし、欠伸《あくび》をして躰《からだ》を伸ばした。「これは、ここで陽の光を浴びてうたた寝をしているあいだに見た莫迦げた夢だ。確かに夢だった。そうでなければ、とうの昔に若さを失ってしまった彼らの足跡が残っているはずだ。それにしても、ホルヴェンディルのせいで考えたように、生きるということがそんな夢だったとしたら、そいつはあまりに奇妙な話じゃないか」

ジャーゲンは指を鳴らした。

「さて、正直いって、あいつだろうと誰だろうと、私がそんな話にかかわっていると思うとはな！それがお前に突きつけてやる答えだ。夢の中で創りあげたホルヴェンディルよ。私が作り出したもののなかでもっともくだらないものとは縁を切るぞ。だから、どこかへ行ってくれ。遠く離れていてくれ。私は人を動揺させるような奴の味方になったことなんかないんだ」

そしてジャーゲンは躰の埃を払うと、彼に何も不満をいわないハマドリュアスと早めの夕食を食べに、とぼとぼと家へ帰っていった。

第三十章　ジャーゲン王の経済学

奇妙な夢をみて、ジャーゲンの寝不足の頭にふとした思いつきが吹き込まれた。膨れ上がった好奇心に抗えず、身震いしながらも忌み嫌っている森の中へと入り、コリスナコーエン（犬の渡し場という意味である）のさらに先へ進んで、ポベトル*を懐柔するためなら、どんな嫌なことでもやった。そうして、ジャーゲンは、ポベトルをとてもここには書けないような策略でうまいこと騙し、チーズと甲虫三匹と木工錐を意外な方法で使って灰色魔法を手に入れたのだった。その夜、シュードポリスが眠っているあいだに、ジャーゲン王はその黄金と象牙の都へ降りて行った。

ジャーゲンは、額が広く手足の大きい王族たちの中を嫌悪の気持ちを抱いて歩いた。そいつらのせいで、とうの昔に捨て去ったことを思い出してしまい、自分が卑しくつまらない存在になったような気分になって不愉快だったからだ。そしてそれが、ジャーゲンが都を避けていた理由でもあった。

明かりもなく静まり返った宮殿の建物のあいだを、ジャーゲンは歩いていた。通りには人影もなく月が不吉な影を作っていた。ここに海に囲まれたサラミス*に君臨するテラモンの息子アイアス*の住まいがあるかと思えば、こちらには神の如きピロクテテス*の館が、通りのすぐ向こうには智恵深きオデュッセウス*の屋敷があったり、近くの角には金髪のアガメムノン*が住んでいる。月の光でジャーゲンは、門の横に掲げられたブロンズの盾に刻まれた名前を簡単に見て取ることができた。通りの両側に古い歌の英雄たちが眠っていて、ジャーゲンはその窓の下をこそこそと歩いていった。

　あの悲惨な午後、思い切ってシュードポリスに昼の光のもとで足を踏み入れたときの、軽蔑ですらない如何にも無関心な眼差しを思い出した。恨みによって生じた怒りが噴き上がってジャーゲンをとらえ、彼は静まり返った大邸宅に向かって拳を振り上げた。

「おい！」ジャーゲンは怒鳴った。何をいおうと気にもしないこの偉大で間抜けな英雄たちに自分が何をいいたいのかジャーゲンにはさっぱり分からなかったが、自分が英雄たちに憎しみを抱いていることは分かっていた。そのときジャーゲンは、嚙みつくのかと思われて蹴られた犬のように自分が唸り声を上げているのに気がついて、そんな自分に声を出して笑った。

「お赦《ゆる》しください、ギリシャの紳士がた」ジャーゲンはそういって仰々しいお辞儀をした。「お伝えしたいのは、私がとてつもなく賢い人間だということです」

　ジャーゲンはいちばん大きい邸宅に入ると、忍び足で〈人間の王〉アキレウスの寝室にそっと滑り込んだ。そしてとうとうヘレネ女王が眠る、杉の羽目板のある小さな部屋まで来た。灰色魔法を使ったランプで見てみると女王は眠りながら微笑んでいた。想像を絶するほどの美しさだった。この若いドロシーを、この辺りでは何をどう間違えたのかヘレネと呼んでいるのである。

　ジャーゲンには、これがエメリック伯爵の妹ドロシー・ラ・デジレーだと分かった。ジャーゲンが身も心も若かった頃に報われない恋をした相手である。ただ一度だけ、暁と日の出のあいだの庭で彼女から気持ちを返されたことがあったが、そのときは、時に虐げられた市民階級の男になっていて、ドロシーには誰だか分かってもらえなかった。今はこうして、王としてやって来た。シュードポリスで眠っている領土を持たない他の王たちと比べたら見劣りしたかも知れないが、それでも借り受けた若さを纏い、灰色魔法を武器とし、実に立派なようすであった。だから、ありえないようなことも可能になったのである。ジャーゲンは目を細めてじろじろ見つめ、舌を上唇の端から端まで滑らせると、眠っている女王を覆っている紫色のウールのローブに手を伸ばした。いつもクロ一リスを起こしていたようにドロシーのことも起こそうとしたからだった。

しかし、奇妙な考えにとらわれた。思い返してみれば、この若いドロシーを失ってから自分を深く傷つけるような力を振るうものはまったくなかった。そしてそれ以来、冷静な心を保つようにしたおかげで、不愉快な結果をもたらしそうなことに対しては、何とか好ましい結果になるよう努めることもできた。もし不運にも、本当の若さを取り戻したらどうなるだろう。金髪娘の一言やしぐさで言葉も出ないような歓喜と激しい苦悩のあいだを行ったり来たりする迷える少年に戻るとしたら。

「御免こうむる！　あの少年は何一つ褒めるところのない今の私よりもずっと褒められて然るべき存在だった。だが、あの頃の私は総じて惨めなときを過ごしていた。だから、私の本当の若さがここに眠っているのかも知れないが、それを起こそうという気持ちにはならない」

それでも、ジャーゲンの目にはわけもなく涙が溢れてきた。ここで眠っている自分の意のままになる女性は、暁と日の出のあいだの庭で会った若いドロシーではないように思えた。二人はそっくりだというのに。そして、二人のうち、ここで眠っている女性の方がなぜかずっと美しいように思えたのである。

「あなたがもし本当に白鳥の娘だとしたら、はるか昔に病に罹《かか》った一人の少年がいたということになるでしょう。その病は熱病へと変わり、ある晩、熱に浮かされたままベッドから起き上がると、トロイアへ向けて出発しなければならないといったのです。なぜならヘレネ女王を愛していたからでした。その少年はかつての私です。そんな莫迦なことを話しているのが我ながら奇妙に思えたことを覚えています。暖かい部屋に薬のにおいが立ちこめていたのを覚えています。そして困り果てた乳母を可哀想に思ったことを覚えています。黄色のランプの光で、やつれて年老いて見えました。乳母は私を愛してくれていたのです。でも、私を理解してはくれませんでした。私が良い子にしていて、眠っている両親の邪魔をしないのを喜びました。でも、今では自分が莫迦なことを話していたわけではないと分かります」

ここでジャーゲンは一息入れてその謎を解こうとした。そのとき彼の指は眠っているヘレネ女王にかかっている紫色のウールのローブをいらいらと弄んでいた。

「あなたの美しさは、男たちが伝説上の報告で知っているだけのもの。自分で見つけだすことのなかった美しさだし、あるいは見つけだせなかった美しさです。その美しさを、子供だったときでさえ、私は求めていました。心の底からではなかったものの、私はいつもその美しさに向かって必死になっていました。あの夜、自分の人生を予想してみました。あなたに恋い焦がれていたのです。そして」ここでジャーゲンは微笑んだ。「私はいつでもそこそこ良い子になって、道理に合わないようなことをして両親をわずらわせないように気をつけました。そんなことをするのは正しいことではないと思ったからです。それでも今は、そんなことをしたのはむしろ私にとって正しいことではなかったと考えています」

ジャーゲンはここで顔をしかめた。やましいことが数限りなくあることに気づいたからだった。

「今夜やろうとしていたことは、クローリスに対してあまりにもひどいことだと思っています。自分がしたかったことが何なのかよく分からないし、ジャーゲンの意志というものは風に飛ぶ羽毛のようです。でも私は、クローリスが私を愛してくれたように、そして数多くの女性が私を愛してくれたように、誰かを愛したいのです。私の人生で常に変わらず、これを阻止したのがあなただということは分かっています、ヘレネ女王。最初にマダム・ドロシーの顔の中にあなたの美しい顔を見つけたように思ったあの不幸な瞬間以来ずっと。浮気娘の顔に映っているとと思ったあなたの美しさの記憶が、他の男たちが女に与えるごく正直な愛の力を弱めてしまっていました。そんな普通の男たちが羨ましい。ジャーゲンは誰も愛せないからです。たとえあなたでさえも。ジャーゲン自身でさえも。もし、この私の心を盗む美貌に今こそ復讐するとしたらどうでしょうか。人生から喜びと悲しみを奪っていく盗人に」

ジャーゲンは寝台に寝ているヘレネ女王のすぐ横に立って、いつまでも彼女の顔を見つめていた。ジャーゲンの気持ちは、次第に空想に耽《ふけ》るようなものではなくなっていった。そして、彼に付き従う影は、ヘレネ女王の寝室のシーダー製の壁の上で醜く膨らみ揺れていた。

「私の魔法が失敗することはない」年老いたポベトルはあのときいった。そのとき、ジャーゲン王の姿が見えるように従者たちが瞼《まぶた》を持ち上げていた。

ジャーゲンはその言葉を思い出した。そして、反射的に紫色のウールで作られたローブを少しだけ引き下げた。ヘレネ女王の胸が露《あらわ》になった。彼女はまったく身動きすることなく、眠ったまま微笑んでいた。

ジャーゲンはどんな女性でもこれほど美しく、これほど我がものにしたいと思う女性はいないと感じた。これほどの歓喜が他にあるとは知らなかった。ジャーゲンはじっと動かなかった。

「なぜなら、この女にも何か欠点があるかも知れないから。この美しさのどこかに一点でもしみがあるかも知れない。それを知らずに、この無分別な夢をこのままにしておく方がいい。この憧れを膨らませることなく、望みのないまま、今夜の思い出としておこう。それに、もし彼女がすべてにおいて完璧だったとしたら、私は何を望みとして生きていけばいいのか。これ以上の望みを一切抱けなくなってしまったときに。何れにせよ、私は自分のためにならないことをしているようだ。それに、不正な振舞いはいつでも卑しむべきものだ」

ジャーゲンは溜息をついて、そっと紫色のウールでできたローブを戻すと、ハマドリュアスのところへと帰っていった。

「考えてみれば、なかなか気高い振舞いだったんじゃないだろうか。そうだ、何れにせよ今夜は、アキレウス王に感謝されるに値するような繊細な心遣いを示したのは間違いない」

第三十一章　シュードポリス陥落

ジャーゲンはレウケーに留まり、この国の慣習に従って生活した。クローリスとともに、あれこれ楽しいときを過ごしていたが、それも冬至が近づいてくる頃までのことだった。

　このときシュードポリスは、すでに話したとおり、ペリシテとの戦争のさなかにあった。そしてこの頃、賢いがあまり信用の置けない女王ドロレスに率いられるペリシテ軍の進攻を受けた。軍は海岸からやって来た。信仰する神エイジアス*に命じられるがままに狂ったような身なりをしている恐ろしい軍だった。そして、その信仰の対象である神ヴェル＝ティノ*を讃える歌を歌っていた。この遠征を彼らに吹き込んだ神であった。軍は遮二無二シュードポリスへ向かって進み、都の目の前を野営地とした。

　このペリシテ軍は、今回の戦いにあたって強化したギリシャ火薬を前方に放って灰色でないものをことごとく焼き払ったのだった。彼らの神ヴェル＝ティノが好んだ色は灰色だけだったからである。ヴェル＝ティノの預言者がこう宣言していた。「新たに宣言する日まで、灰色以外の色はすべて忌まわしい色とせよ」

ペリシテ軍はシュードポリスの前の平野に整列し、ドロレス女王が軍に向かって言葉を与えた。そして、微笑みながらこう付け加えた。

「敵を攻撃するときは必ず倒さなくてはならない。慈悲は無用である。捕虜にする必要などない。リブナ*、ゴリアテ*、ゲルション*、その他多くの名将に率いられたペリシテ軍は、伝統と伝説のなかで今なお力強く残る名を成した。そして今日、〈現実主義者〉の名前がシュードポリスで確固たるものになるかどうかは、お前たちにかかっている。何人《なんぴと》たりとも二度とペリシテ人を疑いの目で見ないようにさせようではないか。今こそ〈現実主義〉への扉を開けよ！」

一方、都の中では〈人間の王〉アキレウスが彼の軍に呼びかけていた。神の如き英雄たちの集まるところへ向かってこういった。

「世界中の目がお前たちを見るだろう。お前たちが、ある特別な意味でロマンスの兵士たちだからだ。だからこそ誇りを持って、あらゆるところのあらゆる人々に対して、お前たちが如何に立派な兵士であるかということだけでなく、如何に善良な人間であるかも示せ。何事に対しても申し分なく公正であり、徹底的に清廉で高潔であることを示せ。自らに高い基準を持ち、それに従って生きよう。そうすれば、その生き方は天の栄光となろう。そして、シュードポリスの王冠に新たな栄誉を加えよう。古《いにしえ》の神々よ、守り導き給え！」

アキレウスはこう演説した。すると、テルシテスが髭の中からこういった。「金髪のペレイデス*は、どの武器を使えば強者《つわもの》がペリシテ人を撃ち破れるかを歴史からしっかり学んだようだな」

他の王たちが喝采をし、喇叭《らっぱ》が鳴り響き、戦いが始まった。その日は、ペリシテ軍がいたるところで勝利を収めた。ところが、妙なことが起こったと伝えられている。ペリシテ軍が勝利の叫びを上げたとき、アキレウスと彼に付き従う者たちは輝く雲のように大地から舞い上がり、ペリシテ軍を嘲笑しながらその頭上を飛び去ってしまったのである。

シュードポリスは空っぽのまま残されたので、ペリシテ軍は何の抵抗も受けずに都に入っていった。その冒瀆的な色に満ちた都を穢《けが》し、ヴェル＝ティノの神への捧げ物として焼いてしまった。焼け落ちた都は灰色だからである。

ペリシテ人は石柱を建て（それは五月柱《メイポール》に似ていなくもなかった）、ペリシテの宗教儀式を執り行った。

・・・・

そう伝えられているが、ジャーゲンはこういった恐ろしいできごとをまったく見なかった。

「彼らは戦わせておけばいい。私には関係ない。シレノスの意見と同じなんだ。愚者が愚者を征服するが、どうでもいいことだ。だがお前は、親類と一緒に征服されることのない森の中へ避難しなさい。ペリシテ人がこの辺りにどんな害をもたらしても、あそこなら影響はないだろうから」

「一緒に行くでしょう？」

「私がもう森に戻れないことはよく知っているだろう。ポペトルを騙してしまったからな」

「黄色の鬘《かつら》を被ったのっぽのヘレネのことであなたが冷静な気持ちを失っているだけなら——その髪の一房一房が贋物なのは間違いないけれど、とにかく今はそんなことで文句をいっている場合じゃないから——ねえ、ポペトルおじさんに余計なことをしなければよかったのに！　どんなことになるかよく分かったでしょう！」

「ああ」ジャーゲンがいった。

「──私にはまだ分からないけど。私と一緒に森に来たら、ポベトルおじさんは気性の荒い人だからきっとあなたを雄豚に変えてしまうでしょうね。だって、おじさんを怒らせた人はいつも──」

「その理由は私にも分かるようだ」

「──でも、少し私に時間をちょうだい。いつものようにポベトルおじさんに何とか取り入って、元の姿に戻してもらうから」

「いや、そもそも雄豚に変えられたくないんだ」ジャーゲンは譲らなかった。

「落ち着いて考えてみましょう。もちろん、多少は屈辱的でしょうけど、でも、私が精一杯お世話をしますから。私の木になった団栗《どんぐり》を食べさせてあげましょう。本当に一時的なことなんですから。一週間か二週間くらい、もしかしたら一箇月くらい豚になったからといって、詩人にとってそれはペリシテ人の捕虜になるより遥かによいことなのですからね」

「どうしてそんなことが私に分かるというのか」

「だって、それじゃあ結局、おじさんに思いやりがないみたいでしょう。あの人のやり方がそう見えるだけなんです。それに、あなたが木工錐でやったことを忘れないで」

「これではほとんど効果はないな。私がポベトルの不運な豚を見たことがあるのを忘れたのか。あいつがどんなふうにして、雄豚の凶暴な性質を改善しようとするのか知っているんだ。いや、私はジャーゲンなんだ。だから、私はここに留まっているんだ。ペリシテ人と向かい合い、奴らが私に何をしようと、ポベトルが私に対して確実にしようとすることに比べれば我慢できるだろう」

「それなら、私もここにいます」とクローリスがいった。

「いや、それは──」

「お分かりになるでしょう?」ジャーゲンが見ると、そういうクローリスは少し蒼ざめていた。

「ハマドリュアスの命は自分の木の命と繋がっているのです。私の木が生きている限り、私に危害を加えることは誰にもできません。もし、私の木が切り倒されたら、私は死にます。私がどこにいてもそれは変わりません」

「すっかり忘れていた」ジャーゲンは本当に困ってしまった。

「――自分の目でご覧になればお分かりでしょう。あのオークの大木をどこかへ運んでいくなんて問題外だということを。どうしてそんな莫迦げたことをお話しになるのだろうと思っていました」

「なるほど、分かった。私たちはうまいこと嵌《は》められてしまったんだ。隣人が欲する以上に、平和に長生きすることはできない。でも、それは公平なことじゃない」

そういっている間に、ペリシテ軍が燃える都からやって来た。ふたたび喇叭が鳴り響き、ペリシテ軍が戦闘隊形で進んできた。

第三十二章　ペリシテ人のさまざまな策略

一方、〈畑の民〉はシュードポリスが焼けるのを見て、自分たちはどうなるのだろうと思っていた。それほど長く心配する間もなく、翌日には〈畑〉は住人たちの抵抗もなく占領されてしまった。「〈畑の民〉は戦ったことがない。今から始めろといったって、まったく体験したこともないことなんだからな」と彼らはいった。

そうして、〈畑の民〉はペリシテ人に捕えられ、クローリスとジャーゲンと〈畑の民〉は簡単な審理を受けた。それは、もはや痕跡でしかない幻影になれという宣告だった。どういうことかというと、辺土《リンボ》へ送られるという意味であった。ジャーゲンには、どうにも理不尽だと思われた。

「私は幻影なんかじゃない。血や肉があるのは一目瞭然ではないか。それに、他ならぬユーボニアの高名な王でもあるんだ。数学的に紛れもない事実の一つとして数えられるような、この辺りではよく知られたささいな事柄に疑義を挟んで議論している。そんなことをしても莫迦に見えるだけだ。君たちのことを思っていってているわけだがね」

これにはペリシテ人の指揮官たちが腹を立てた。お前のためを思ってといわれると誰でも腹が立つのと同じである。「まず、知っておいてもらいたいのは、われわれが数学者ではないことだ。さらに、ペリシテには王などいないことだ。ペリシテでは、皆がそうすべきだと思うことをするだけだ。他の法はない」

「国王も法典もないのなら、どうやって指揮官が決まるのかね」

「ペリシテでは、他のところと同様、女たちと神官たちの振舞いに責任を問うことはない。したがって、われわれが何をすべきかを、ペリシテでは女たちと神官たちが決め、男たちはそれに従う。われわれペリシテの神官が、型にはまった比喩表現を体現しているその羽織りものの下に血と肉があるかどうかを考えるのだ。もちろんそんなものはあるわけがない。数学的に証明できないのは確かだろう。そんなことをいったらナンセンスだ」

「しかし、私なら数学的に証明できる。まったく議論の余地はない。あなた方がよいと思うようなやり方で要求されても、私には証明できる。そのわけは簡単で、私がとてつもなく賢いからだ」

そのときドロレス女王が口を開いて、いった。「私は数学を学んだことがあります。私がこの若者に今夜テントで質問をすることにします。朝になったらこの男の主張について、真実を報告します。王の羽織りものを着た若者よ、この尋問を受けることに同意しますか」

ジャーゲンは彼女をまじまじと見つめた。彼女が鷹のように美しかったからである。ジャーゲンは自分が見て取ったものをことごとく気に入った。その他のことはとりあえず保留として、ドロレスは素晴らしい女性だという結論に達した。

「女王陛下、同意致します。そして、誠意を持って対応することをお約束します」

その晩、ジャーゲンはペリシテのドロレス女王の紫色のテントに案内された。中は真っ暗で、これからどうなるのだろうと思いながら、独りでそこに入っていった。だが、その馨《かぐわ》しい香りの漂う暗闇は素晴らしいことが起こる前兆だった。影がジャーゲンの後についてこの静かな場所に入って来られなかったというだけでも。

「さあ、血と肉のあるものとして、そしてユーボニアの王としての権利を主張するあなたが、そんな主張を数学的に証明するなどというナンセンスは一体何なのですか」ドロレス女王の声がいった。

「でも、私の数学はプラクサゴラス派*ですから」とジャーゲンが答えた。

「なんですって。コス島のプラクサゴラスのことですか」

「まるで、他のプラクサゴラスのことを聞いたことがあるようではありませんか！」

「でも、私の覚えているところでは、彼は教義学校の医学部門に所属していましたね」賢いドロレス女王がいった。「そして、解剖学の研究で特に賞讃されていました。それで、数学者でもあったのですか」

「それで辻褄が合わないというわけでもありません。私が喜んでご説明しましょう」

「まあ、今まで誰もそんなことをいってくれませんでした。数学のこのプラクサゴラス・システムについて聞いたことはありましたが、正直にいうと、学んだことはぜんぜんないんです」

「私たちの学校では、まず何よりも第一に、数学という学問が抽象科学であるゆえに、具体例を示して教え込んでいます」

するとと女王がいった。「でも、ずいぶん難しそう」

「ときには難しくなることもありますが、それは間違った例を選んだ場合です。しかし、定理はまさしく真実です」

「それなら、この長椅子の上で私の隣にお坐りになって。この暗闇の中で見つけられればですが。そうしてから、あなたの仰ることを説明して下さい」

「ええ、具体例というのは、つまり、感覚によって認知できるものということです。視覚とか聴覚とか触覚とか」

「ああ！　どういうつもりで具体例と仰ったのか分かりました。これが分かると、込み入ったことになってしまうのは誤った例を選ぶことが原因だというのも分かりますね」

「ええ、まず最初に必要なのは、固有の特性や徳と属性、プラクサゴラス数学という科学全体が基礎を置いている一つ一つの数に対する鋭い感覚をあなたに植え付けることです。それを確実に徹底するために、すべての始まりまで遡ってスタートしなければなりません」

「話が見えてきました。この暗闇の中では何も見えませんが、要点は理解しました。話の始め方が面白いですね。続けてください」

「まず、「一つ」です。つまり不可分の単一体《モナド》です。これは万物の公理であり終着点です。原因の鎖を結び合わせる至高の結び目です。同一性、均一性、存続性、不変性、そして全体の調和の象徴です」そして、これらの特性を力いっぱい強調した。「簡単にいえば、「一つ」とは物事の統合の象徴です。あらゆる結合の原因となる生成力を導くものです。したがって「一つ」とは善なる公理なのです」

「ああ、ああ！」ドロレス女王がいった。「私は心から善なる公理を讃えます。でも、何があなたの具体例になるのですか」

「それはもう用意できています。ジャーゲンは一人しかいない唯一無二の存在です」

「いっておきますけど、まだそれは納得できませんよ。でも、その驚くほど大胆な例は、「一つ」を思い出すのに役立ったことは認めます。あなたが本当に唯一の存在であることを証明するものかどうかは別にして」

「では、今度は「二つ」、すなわち一組の対比の起源――」

ジャーゲンは、「二つ」は多様性と止むことのない変化、無秩序の象徴であり、最後には破綻と分割に終るものであり、したがってそれは悪なる公理であると頭にすっと入ってくるような説明を続けた。人間の人生はことごとくこの二つの構成要素、すなわち魂と躰《からだ》のあいだで足掻《あが》くことになり、すっかり惨めなものになってしまった。さらに、子供ができた親の喜びが双子の誕生によってかなり弱くなってしまうのはそのせいなのだ。

「三つ」、すなわち三幅対は、どんなものでも三つの素材から成り立っていて、最も崇高な神秘であるということを、ジャーゲンは適切に教え伝えた。ゼウス*は三重の雷霆《らいてい》を、ポセイドン*は三つ叉の矛を持ち、ハデスは三頭の犬に守られていたことを私たちは忘れてはならないとジャーゲンは指摘した。さらに、万能の兄弟たちは三人組だということも付け加えた。

こうやってジャーゲンは、プラクサゴラス数学の意義を一つ一つの数値ごとに説明していった。やがて、女王もジャーゲンの智恵の奔流は人間を凌駕しているというようになった。

「ああ、しかし、王の智恵でさえも限りがないということはありません」ジャーゲンは謙遜していった。「それに、どんな難局にもいつでもうまく対処できる君主はいません。ですから、たとえどれだけ国王が聖別されているといっても、かれらの欠点が厳としてそこにあるのは、一般庶民と同じことであって――」

「でも、あなたは一人の王ではないでしょう。王朝そのものでしょう」

「王朝もまた、いずれ悲劇的な没落を迎えるのです。歴史が繰り返し証明してきました。一方、「八つ」は、もう一度いいますが、〈八福の教え〉*にふさわしい数です。そして、「九つ」は三の倍数であり、聖なる数と見なされ――」

女王はおとなしくジャーゲンの「九つ」の特性を説明する声に耳を傾けていた。話が終ると、疑うことなく「九つ」は奇蹟と考えるべきだということを認めた。しかし、ムーサ*や、猫の命、仕立屋が一人前といえる人数*の喩えを出したことは認められないといった。

「もちろん、ユーボニアのジャーゲン王が九日間の驚異だということはいつまでも忘れませんよ」と明言した。

「ええ」ジャーゲンが溜息交じりにいった。「ところで、九まで行きましたから、残念ながら数字は終ってしまいました」

「まあ、残念。それでも、私が反論しようとした唯一の例も譲歩しておこうと思います。「一人のジャーゲン」しかいないのですから。確かにこのプラクサゴラスの数学は魅力的な学問ですね」そういうと、直ちにジャーゲンを自分とともにペリシテに戻す計画を立て始めた。そうすれば、数学のさらに高度な学問領域を自ら究められるかも知れないからだ。「こういった数値を扱う計算法や幾何学や、その他の科学をぜんぶ教えてくださらなくてはいけませんよ。神官たちと何らかの妥協はできるでしょう。ペリシテでは神官たちといつでも妥協できていたから。セスフラ*の神官たちはどんなことでも誰でも助けてしまうの。あなたのハマドリュアスのことは、私が自分でお世話しましょう」

「だが、他のことなら何でも確かに妥協できますが、ペリシテ軍と折り合いをつけることだけはできません」

「それは本気ですか、ジャーゲン王」と女王が吃驚していった。

「本気です。紛れもなく、本気です。あなた方はさまざまな面で賞讃できる民です。そして、あらゆる面で恐るべき民です。ですから、私は賞讃し、怖れ、避け、いよいよ追い詰められたときに拒むのです。あなた方が我が民ではないからです。あなた方の法を否応なく憎み嫌い、また気が狂いそうになるのです。いや、何かを要求しようというわけではありませんよ。あなたの智恵もそんな法律のおかげだというのは正しいのかも知れません。あなた方が間違っているとまでいえないのは確かですが、同時に——これは私がどんなふうに感じているかという話です。だから、他のことなら何でも妥協できるのですが、ペリシテとは妥協できないのです。それは道徳的生き方どうこうではなく、むしろ本能でしょう。私に選択の余地はないのです」

全ペリシテの女王であるドロレスでさえ、この男が本当のことを話していると分かった。

「それは残念です」女王は本当に残念に思っていった。「ペリシテではかなりもてたでしょうに」

「ええ、数学の教師として」

「いいえ、違いますよ。数学だけでなく、例えば詩もあるでしょう。あなたは詩人だと教えてもらいました。我が国では、みんな詩をとても真面目に考えていると思います。もちろん、私には詩を読む時間はあまりないのですが。だから、ペリシテにいらっしゃれば、国の桂冠詩人になって好きなだけの給与を差し上げますのに。あなたの理想を、それらに関する美しい詩を書くことによって私たちに教えることもできます。そして、あなたと私はともに幸せにしていられるわけです」

「教えろ、教えろと、ペリシテに行けばいわれるでしょう。魅力的な口から出る誘惑に満ちた言葉で。そういう口が、賞讃の言葉、美味い食べ物、快適な日々といったものでいつまでも私を買収しようとするでしょう。しかし、それはよくあることなのですよ。私はただ、芸術は教育の一部門ではないと繰り返すだけです」

「本当に、心から申し訳なく思います。数学は別にして、私はあなたのことが大好きなのです。人として」

「私も申し訳ないと思います。白状すると、ペリシテの女性が好きでたまらないのです」

「確かに、その方面のあなたの好みを疑う理由はありませんね。私と二人きりで賢い会話をしたり、道理を説いたりしているあいだは。今夜以降は、どんな男性のことも多かれ少なかれうわべだけのものでしかないと思ってしまいそうで心配です。あなたが辺土《リンボ》へ追放されたら、明日は一日泣き暮らすことになりそうです。あなたがペリシテの法に従わないというのなら、どう弁解したところで、神官たちはそうするでしょうから」

「それを飲むことだけはできませんね。ああ、しかし今でもあなた方の神官たちから逃げる計画はあるのですがね。それが失敗したとしても、どうしようもなくなったときに当てにできる本当の呪文がありますから。個人的にはもう希望がないというわけでもないし、そんなに落胆しているわけでもありません。この事実から、「十」がすべての基準であるといいたいのです。それは、数字上の関係と調和を含有しているからであり――」

　そんなふうに二人は数学の勉強を続け、ふたたびジャーゲンが裁判に出なければならない時間になった。その朝に、ドロレス女王は、自分は眠すぎて審査に出席できないが、その男は疑う余地なく血肉を備えていて、王にふさわしい人物であって、数学者としては彼を凌駕する者はいないという言葉を神官たちに送った。

ペリシテ人は、ジャーゲン王を辺土《リンボ》へ追放するかどうか決める裁判を開いた。裁判官たちが判決を下そうとしたとき、裁判所へ巨大なフンコロガシ*が姿を見せ、彼が愛し住まいをともにしている若い虫たちをジャーゲンの前まで転がしてきた。この生き物とともに、その従者たちもやって来た。黒と白の服を纏い、剣と杖と槍を携えていた。

その昆虫はジャーゲンを見つめた。鋏《はさみ》の形をした両手を怯えたように掲げた。そして、三人の裁判官に向かって叫んだ。「さあ、聖アントニウス*の名によって、このジャーゲンを辺土《リンボ》へ追放せよ。この男は無礼で卑しく淫らで下品だからだ」

「一体どうしてそんなことになるのでしょうか」とジャーゲンがいった。

「お前が無礼なのは」と虫がいった。「この従者は私が剣と呼びたいものを持っているが、それは剣ではないからだ。お前が卑しいのは、この従者は私が槍と考えたいものを持っているが、それは槍ではないからだ。お前が淫らなのは、向こうの従者は私が杖だと断言しようと決めたものを持っているが、それは杖ではないからだ。そして最後に、お前が下品な理由は、私にとって不愉快な説明を必要とするので、誰に対してもそれを明らかにすることは断固として拒否する」

「まあ、理に適った話に聞こえますね」とジャーゲンがいった。「だが、そうだとしても常識を混ぜ合わせただけといったようなものでしかない。紳士であるあなた方も自分の目で見ればよいでしょう。この従者たちをまとめてみれば、剣と槍と杖を持っていて、他には何もありません。そこに卑しさがあるとすれば、それはことごとく、そういったものを別の名前で呼びたくて仕方がない昆虫特有の心にあると、裁判官殿にも推論できると願っています」

　裁判官たちはそれでも何もいわなかった。だが、ジャーゲンを監視する者たち、そして、他のペリシテ人全員は、こちら側とあちら側に立って目を固く閉じてこういった。「われらはこの従者たちをまとめてみるのを拒否する。なぜなら、フンコロガシが決定したことに疑いを抱くかも知れないからだ。さらに、フンコロガシが明らかにするのを拒む理由がある限り、その理由を訊《たず》ねても答えは得られず、お前は自ら厄介事に首を突っ込むただの淫らな悪党にすぎない」

「そんなことはない。私は詩人で、文学に係る仕事をしています」ジャーゲンがいった。

「だが、ペリシテでは文学に携わることと厄介事を起こすことは同義だ」フンコロガシが説明した。

「三人の文学者たちにわれわれペリシテ人はずっと悩まされてきたのだ。そうだ、このエドガー*を兵糧攻めにして、追跡してきた。ある晩、いかがわしい裏通りに追い詰め、その迷惑な秀才を打ちのめしてやった。それから、ウォルト*というのがいた。どこまでも狩り立て痛めつけてやった。とうとう身体が麻痺してしまうまで。無礼で卑しく淫らで下品だという烙印を私が押してやったんだ。そのあとはマーク*だ。脅して道化の格好をさせてやった。そうすれば、誰にも文学に携わる男だと分からなくなるからな。たっぷり脅かしてやったから、あいつは自分の作品の大半を死んだあとまでずっと隠していた。それに、私も奴の居場所を突き止められなかった。あいつには、実に不愉快な企みを仕掛けられたものだ。それでも、ペリシテに出没した文学者はこの三人だけだ。神に感謝しよう。それから私の警戒にもだ。だが、どっちにしても文学に携わる者が出てくる心配は、他の国とさほど変わらない」

「だが、この三人は」ジャーゲンは声を張り上げた。「ペリシテの栄光である。ペリシテ全土でこの三人だけだ。お前たちのところで最低限生き存《なが》えているこの三人の作品は、今日、芸術が尊重されるところならどこでも尊重されるだろう。そして、そこでは何れにせよペリシテのことなど誰も気にしないのだ」

「私にとって芸術とは何か。そして、私の生き方とは」フンコロガシが疲れたような声で答えた。「私は芸術だろうと文学だろうと、その他の外国の下品な偶像とも関係がない。私の担当は子供たちの倫理上の福利だ。ここに転がしてきて、目の前にいる子供たちだ。いつの日か、聖アントニウスのご加護の元、私のように神を畏れ、彼らの本質に適うものに喜びを感じる大人に育つだろう。その他の、評判のいい死んだ男たちなど気にしたこともない。いや、私のすることがお前にとって何の意味もなくなってしまえば、そしていちどお前がどうしようもなく酷い目に遭えば、フンコロガシがそれなりに親しみが持てるものだと分かるだろう。一方で私は、生きている相手に無礼で卑しく淫らで下品だといい立てることで報酬を受けている。そして、誰しも生きねばならぬのだ」

　こちら側とあちら側に立っていたペリシテ人たちが声を揃えて怒った。「そして、ペリシテの立派な市民であるわれわれは、彼らが芸術などと呼ぶものを正当化して、このフンコロガシに異議を申し立てるような者にまったく同情しない。フンコロガシによってなされた被害はごくささいなものであるのに対し、その自称芸術家によってなされた被害は甚大なものであるかも知れないのである」

　ジャーゲンは、その奇妙な生き物をよくよく注意して見てみた。フンコロガシは確かに臭かったが、根本的には正直で悪意がないことがわかった。ペリシテ人たちの中で見出したことのなかでも、これはもっとも悲しいことに思えた。フンコロガシの狂ったような振舞いは真摯なものだったからだ。そして、あらゆるペリシテ人がフンコロガシを真摯に讃えていたからだ。だから、この民の救いはどこにもないのだ。

そこでジャーゲンは、ペリシテ人の不思議な慣習に従おうと、自らの必要に従って語りかけた。

「では私に公平な判決を下してください」ジャーゲンは裁判官たちに向かって声を張り上げた。「この狂った国にいささかの正義があるならば。そして、もしも正義がないのなら、私を辺土《リンボ》でもどこへでも追放すればいい。このフンコロガシが絶大な権力者であると同時に誠実で、なおかつ狂っているというような場所でなければどこでもいい」

そしてジャーゲンは待った。

こういった点に折り合いがついたので、フンコロガシは優しい微笑みを浮かべて立ち去った。「倫理だ。芸術ではなく」そういって、出ていった。虫が前を通りすぎるとき、裁判官たちは立ち上がり、頭《こうべ》を低く垂れた。それから、裁判官たちは協議を行い、ジャーゲンは好ましくない道に誤って堕ちたと宣告された。この裁判官は、ヴェル゠ティノ、セスフラ、エイジアスの神官たちだった。ペリシテの三人の神々である。

エイジアスの神官は眼鏡をかけると、教会法を調べ、起訴状に変更が生じたから、刑を科すときジャーゲンを他の者から隔離しなければならなくなったと宣告した。

「もちろん、一人ひとりを前にいわれたとおりに自分の父たちの辺土《リンボ》へと追放しなくてはならない。預言者の言葉が実現されるようにするためである。預言者の言葉が実現されなければ、宗教は衰える。この血肉を備えた捕虜の父祖たちは、ここの廃れた幻影に出てくる先祖たちとはまた異なった信仰心を持っていて、まったく異なる預言の言葉を残しているようだ。彼らの辺土《リンボ》は地獄と呼ばれているらしい」

「ユーボニアの宗教のことなど何も知らないでしょうが」ジャーゲンがいった。

「この偉大な書物に書かれているのだ」ヴェル＝ティノの神官がいった。「その言葉に欠落も間違いもない」

「それならば、ユーボニアの王は、かの地の教会の長でもあると記されているのが分かるでしょう。預言の変更もできる。博学のゴウレーがまさにそういっているし、賢者ステヴェゴニウスは嫌々ながら、それに同意せざるを得ないといっている。彼の有名な著書から、第十九章第三節を参照すればすぐに分かることですよ」

「ゴウレーもステヴェゴニウスもおそらく悪名高い異端者だったのだろう」エイジアスの神官がいった。「私は、そんなことはオースマー議会ですでにすっかり決着がついたと確信していたが」

「ええっ！」ジャーゲンはこの神官が嫌いだった。やや偉そうな口調であとを続けた。「あなた方がゴウレーもステヴェゴニウスもヴォスラーの註釈本と照らし合わせて読んだことがないのは確かでしょう。だから、その二人を過小評価しているんだ」

「少なくとも私はその三人の書いたものを一言も漏らさず読んでいる」とセスフラの神官が答えた。

「いうまでもないことだが、これほど嫌な気持ちになったことはなかった。研究仲間と同意見なのだが、このゴウレーというのが特に悪名高い異端者で――」

「ああ、ゴウレーについてそんなことを聞かされるとは！」ジャーゲンがショックを受けたようにいった。

「ゴウレーの *Historia de Bello Veneris*[*] には憤りで跳び上がったことも教えてやろう。それから――」

「そいつは吃驚ですがね、それでも――」

「*Pornoboscodidascolo* は衝撃だったし――」

「それは信じがたい。そうだとしても、きっと認めると思う本は――」

「――*Liber de immortalitate Mentulæ* にはぞっとした」

「まあ、あの初期作品については認めるのに吝《やぶさ》かではありませんが、しかし、同時に――」

「*De modo coeundi* には吐き気さえした」

「ああ、でも、それでも――」

「いいようのない重大な誤りだらけで身震いしたのは、*Erotopægnion* だ！ *Cinædica* だ！ それから、何より有害で忌まわしいのは *Epipedesis* だ。*quem sine horrore nemo potest legere*――」

「しかし、否定はできないと思いますが――」

「唾棄すべきゴウレーの論駁《ろんばく》というのも全部読んだ。ザンキウス*、ファヴェンティヌス、レリウス・ウィンケンティウス、ラガラ、トマス・ジャミヌス、それから、その他の優れた註釈者たち八人についても――」

「実に正確な話ではありますが、しかし――」

「簡単にいえば、お前が思いつくようなものは一冊残らず読んでいるんだ」セスフラの神官がいった。

　ジャーゲンは肩を上げると、両掌を上に向けて黙って腕を持ち上げた。

「認めなくてはならないのは」ジャーゲンは独り言《ご》ちた。「この現実主義者は私の相手にしてはあまりにも詳しすぎるということだ。それでも、あいつは都合のいい事実をでっち上げている。存在しない本を引用することで、私が勝手にでっち上げたゴウレーの本について皆の前でやり込めようとしている。これはちょっとひどいやり方じゃないか。それでもジャーゲンにはまだ一つだけチャンスが残っている。幸運なことに、かなり確実なチャンスだ」

「どうして、お前はポケットの中を探っているのかね」エイジアスの老神官が、苛だたしそうにじろじろ見ながら訊《たず》ねた。

「ああ、知りたいと思うのももっともだ」ジャーゲンは大きな声でいった。〈文献学匠〉から与えられた呪文をよく回る舌よりもまさに必要だというときのために大切に取っておいたのだが、このときそれを解き放った。「おお、罪深い裁判官たちよ！」ジャーゲンが厳めしい声でいった。「今こそ聞き、そして震えよ！「ハドリアヌス五世の死に伴い、ヨハネス二十世となるべきだったペドロ・ジュリアーニは数え間違いでヨハネス二十一世として教皇の座に就いた！」」

「はあ、それとわれわれに何の関係があるのかね」ヴェル＝ティノの神官が眉を持ち上げて、いった。「そんな筋違いの話をどうしてするんだ？」

「関心をお持ちになるのではないかと思いましてね。なかなか面白い話題だと思ったのですが。そんなわけで、話してみようと思って」

「だとしたら、面白さについてずいぶん変わった発想を持っているのだな」と裁判官たちがいった。

ジャーゲンは、自分が呪文を正しく唱えなかったか、あるいは、この魔法はペリシテ人の支配者たちには効かないのだろうと思った。

第三十三章　クローリスとの別れ

ペリシテ人は捕虜を連れだし、下された判決に応じて処分をする準備に入った。そのとき、ユーボニアの若い王にクローリスと話す許可が与えられた。

「さようなら、ジャーゲン」クローリスが静かに泣きながらいう。「ペリシテのあの神官たちが私に対してどんな愚かな言葉を発しようがもうどうでもいいの。でも、大きな斧を持った樵《きこり》が向こうで私の木を切り倒しているのよ。ペリシテの女王のためのベッドの枠組みに使う材木を確保するために。あのドロレス女王が今朝いちばんに命令したのがそのこと」

するとジャーゲンは両手を振り上げていった。「女たちよ！　男はそんなことを思いついたことすらないぞ！」

「それで、私の木が切り倒されてしまったら、私は薄暗い国へ行かなくてはならない。そこでは、笑い声はいっさいないの。戸惑う死者たちが香りのない百合畑や銀梅花《ぎんばいか》の陰気な木立のあいだを虚しく歩き回っている。その戸惑う静かな死者たちは、いま私が泣いているように泣くこともできず、ただ自分たちが何を失って悲しんでいるのだろうと思うだけ。私もまたレテ*の水を味わって、自分が愛したものをすべて忘れなければならないのよ」

「お前は自分の運命がそれ以上悪いものにならないことについて、先祖たちの想像力に感謝すべきだ。私はもっと野蛮な辺土《リンボ》へ、炎と干草用三叉《さんさ》のことばかり考えている奴らの地獄へ行かなくてはならないのだから」ジャーゲンが悲しみに沈んだ顔でいった。「先祖が病的だとろくでもないことばかりだ」ジャーゲンはクローリスの額に接吻《くちづけ》をし、息を詰まらせながらいった。「クローリス、私を覚えているあいだは、思いやりの心を忘れないでくれ」

「ジャーゲン」クローリスはジャーゲンにしがみついた。「あなたは一瞬たりとも親切でないことなんかなかった。ジャーゲン、あなたは私にも他の人にも乱暴な言葉を使ったことが一度もなかった。私たちが一緒にいるあいだずっと。ジャーゲン、あなたが誰も愛せなかったから私はあなたを愛したの。私があなたを愛せるように他の女たちが残しておいてくれたものはそんなに多くはなかった」

「まったく、お前が私を愛したのは残念なことだ。私にはそんな価値はないのだから」そのとき、ジャーゲンは本気でそう思っていた。

「もし他の人がそんなことをいったら、きっと私は怒っていたでしょうね。あなたがいうのを聞いてもどうしたらいいか分からないのだから。だって、二つの丘のあいだに暮らすハマドリュアスが時と運をどうでもいいと思っているような莫迦で賢い半端者を夫にしたことなんかなかったんですからね。その人は黒い髪の頭を傾《かし》げて、いたずらっぽい茶色の目をきらきらさせていて」

ジャーゲンは、これがクローリスの自分に対する理解なのだろうか、自分のことを覚えているというのがもっぱらそんな身振りや見た目なのだろうかと思った。女というものは、自分が選んで愛したりペット扱いしたり、奴隷のようにしたりする男をわざわざ理解したりはしないのだとよくよく納得したのである。

「だが、私はお前を愛したし、お前と離れ離れになろうという今の我が心は流れる涙だ。お前の生き方やその中で得た喜びを思い出すことは、これからの人生で大きく激しい悲しみとなろう。ああ、私は英雄のような愛でお前を愛さず、狂気のような激しい夢で愛することもなく、あまり多くの言葉で愛することもなかったが、私なりの愛で、静かで偽りのない愛で愛した」

「では、私が死んでいくとき、私に対する悲しみにふさわしい言葉を選ぼうとしてくださいますか」彼女は悲しそうに微笑みながらいった。「いいえ、何でもないわ。あなたはジャーゲンで、私はあなたを愛しているのだから。ずっと後になって、気取って大袈裟な口調で他の女たちを楽しませようと、ゾロバシウスやプトレモピターに何をいわれたかを話すでしょうが、そのことをまったく知らずにすむのが嬉しいのですよ。だって、もうすぐ〈忘却の川〉の水を飲むのですから。そしてもうすぐ、あなたのことも、一緒にいたときの楽しかったこと、満ち足りていたことも、私のことを精一杯愛してくれたあなたに抱いた愛も忘れてしまうのですから」

「地獄でも愛を求めることくらいできると思うかい？」ジャーゲンが悲しい笑みを浮かべながらいった。

「あなたが行くところであれば、愛はあるでしょう。耳を傾ける女たちもいるでしょう。結局、鬘《かつら》を被ったのっぽの女がいるのでしょうね」

「すまないね。それでも私はお前を愛していたんだ」

「それが今は私の慰め。もうすぐ〈忘却の川〉に行くことになるけど、私はレテを信用しているの。

私はあなたを愛さずにはいられないけど、まったく信用はできない」

「私にそんな価値はないよ」ジャーゲンがまたいった。

二人は接吻を交わし、そしてそれぞれ自分の運命に身を任せたのである。

泣くことのなかったジャーゲンの目に涙があった。自分の身に何が起こるのかということはまったく頭に浮かばず、ただ、自分がやっていればクローリスを喜ばせただろうに何やかんや理由をつけてやらなかったことばかりあれこれ考えていた。

「私は思いやりのない男ではなかったと彼女はいう。ああ、だが私はもっと優しくなれたはずだ。もう彼女には二度と会えないというのに。私に欠点を見出さない、あの輝く優しい目にもう二度と喜びや感服の気持ちを呼び起こすことができないというのに。だが、少なくとも慰めに思えるのは、昨夜はクローリスが生きる最後の夜だったのに、私が数学を教えて一夜を過ごしてしまったのを彼女が知らないことだ」

ジャーゲンは、自分が祖先たちの地獄へといったいどうやって送られるのかと思った。ペリシテ人にどんなふうに刑を与えるのかを見せられたときに、自分が如何に鈍感かに驚いたのである。

「どんなふうに執行されるのかを想像してみたのだが、いつものことながら、ペリシテ人のやり方には本当に賢い人間には想像しがたいものがあって、とにかく単純にできている。そして、これもいつものことながら、賢い人間に対しては不公平な方法でもある。まあ、私はどんな飲み物でも一度は味わってみることにしているからな。だが、これはまた恐ろしい策略じゃないか。私に耐える勇気があるのだろうか」

そんなことを考えながら立ち尽くしていると、武装した男が駆け寄ってきた。きちんと封印しリボンを結んだ大きな羊皮紙の巻物を三本、ジャーゲンに届けに来たのだった。それはジャーゲンの赦免状とペリシテの桂冠詩人推薦状、そして、王室数学者任命書であった。

その男はさらにドロレス女王からの手紙も持っていた。ジャーゲンは顔を顰《しか》めてそれを読んだ。

「私たちの国の法律に従う振りをして皆を騙したらきっと面白いことになるとは思いませんか！」と書かれていた。それだけだった。ドロレスは本当に賢い女だった。それでも、追伸があった。

「私たちもきっと幸せになれるからです！」

ジャーゲンは森の方を見た。そこでは男たちが大きなオークの樹を切り倒していた。ジャーゲンは優雅な笑い声をあげ、そして優雅にゆっくりと女王の手紙を細かく引き裂いた。それから厳めしい顔をして羊皮紙を手に取ったものの、こちらの方はあまりにもしっかりしていて引き裂けないことが分かった。それはあまりにも無様だった。その羊皮紙を引き裂こうという軽率な挑戦のせいで、気高い自己犠牲の威厳が少し損なわれてしまったからだ。護衛の一人がにやにやしているのにも気づいてしまった。やがて虚しく引っぱったり捩《ねじ》ったりするのは諦めて、羊皮紙をくしゃくしゃにするだけで妥協せざるを得なかった。

「これが私の答えだ」ジャーゲンは勇ましい声を、少々得意げに張り上げた。それでも、必要以上に頑丈な羊皮紙には腹立たしく思っていた。

ジャーゲンは陥落したレウケーに声高く別れを告げた。そして、ペリシテ人とその策略には冷笑的な声で別れを告げた。そうして彼らの策略に屈服したのである。辺土《リンボ》へと追放されることに特に抗議もせず、クリスマスの二日前に父祖たちの地獄へと送られた。

第三十四章　皇帝ジャーゲンは地獄で如何に過ごしたか

　さて、この物語は地獄の悪魔たちが当地の教会で、その頃の悪魔たちのやり方に従ってクリスマスをどのように祝うのかを教えてくれる。ジャーゲンがどのようにして祭服室の落とし戸を通ってやってきたか、その地に住む生き物を見てどんなに驚いたかも。クリスマスの礼拝が終ると、彼の父たちが予告していたように、悪魔たちが一斉にジャーゲンのところへ来たからだ。そして、その姿は誰もが想像し得る最悪の姿と髪の毛一本、鱗一枚、鉤爪一つと違わなかった。

「この辺りでは解剖学はコカイン国よりも辻褄が合わないものになっている」ジャーゲンの頭に最初に浮かんだのはそれだった。しかし、地獄に水を少しも持ち込んでいないことを確認するために、悪魔たちは最初にジャーゲンの身体を念入りに調べた。

「さて、今までに見たこともないような立派な羽織りものを着て、生きたままここにやって来たお前は何者なのか」ディティカヌス*が訊《き》いた。頭は虎だったがそれ以外は大きな鳥の姿だった。翼と四本の足が輝いていた。首は黄色で、胴体は緑、足は黒だった。

「自分をヌーマリア皇帝ではないといったら正直に答えたことにはならないだろうな」ジャーゲン

は答えるときに身分を少しだけ格上げしておいた。

　次にアマイモン*が口を開いた。獣脂を濃くしたような色の虫の形をしていて、土蛍の尾部のように光る尾で立っていた。脚はなかったが、顎の下に短い手が二本あって、背中には針鼠のような針毛が生えていた。

「だが、ここには皇帝が溢れているんだ」とアマイモンが疑うような声でいった。「そいつらの罪状には困り果てている。お前は邪悪な支配者だったのかね」

「皇帝になって以来、私に一言でも不満をいう臣下は一人としていなかった。したがって、当然のことながら、私が自分を責めるような深刻な問題はまったくない」

「ということは、お前の良心は自分が罰せられることを要求しないのだな」

「我が良心は育ちがよいので、何かを要求したりすることはない」

「拷問を受けることすら望まないのか」

「まあ、そんなことを少しは期待していたのは認めるが、それでも、私の言い分が正しいことには念を押しておきたい。いや、拷問をまったくされなくても十分満足できる」ジャーゲンは堂々とした口調でいった。

　すると群をなす悪魔たちがジャーゲンを巡って大騒ぎを始めた。

「少なくとも一人、慎み深く、独裁的ではない人間を地獄に置いておくのはとてもよいことだ。原則として、度を越して傲慢で潔癖な幽霊以外ここに堕ちてくる者はいないからな。そいつらの自惚《うぬぼ》れは耐え難いものがある。そして、そいつらの要求はとんでもないものばかりだ」

「どうしてそんなことになるんだ」

「それは、われわれがそいつらを罰しなくてはならないからだ。もちろん、彼らが自分に起きていることが十分妥当だと納得しなければ適切に罰せられたとはいえないわけだ。それに、お前には思いもつかないだろうが、どんな念入りな拷問が邪悪な自分にふさわしいかを熱心に主張するものなのだ。まるで、彼らがしたこと、あるいはせずに終ったことが誰かにとって重大な意味を持つかも知れないとでもいうように。そんな責め苦を考案するのはもう本当にうんざりなんだ」

「でも、どうしてここが私の父祖の地獄なんだ」

「お前の祖先たちがここを夢の中で造ったからだ。彼らがやったことは罰を受けるに値するほど重要だったと信じたいという自尊心からだ。少なくとも私たちはそう聞いている。だが、もし自分でそれが本当かどうか知りたいのなら、バラサム*にいるお前の祖父のところへ行かなければならない」

「それなら行ってみることにしよう。私の祖父やその前の先祖は皆この灰色の国に住んでいるのかな」

「いわゆる良心というものを持って生まれた者は皆ここに来る。他のところへ行くようにお前なら説得できるとでもいうのかね。もしそうなら、ぜひそう願いたい。彼らの虚栄心は実に痛々しい。迷惑でもある。そのせいで休みが取れないのだからな」

「もしかしたら、正しい処遇を受ける手助けができるかも知れないし、おそらく諸君のために正しい処遇を確保しようとすることは私の皇帝としての義務であるかも知れない。ところで、この国を治めているのは誰なんだ」

悪魔たちがいうには、地獄はいくつかの公国に分割されていて、それぞれベルゼブブ*、ベリアル*、アシェロト*、プレゲトン*が統治しているが、その上にバラサムの〈黒の館〉に住む祖父サタンが君臨しているのだという。

「それなら、いちばんの支配者と直接交渉することにしよう。サタンがこの狂った陰気な国の統治形態を説明できるのなら特に。誰か、私を皇帝にふさわしい身なりにしてサタンのところへ連れていってくれないか」

　そこでカナゴスタ*が手押し車を持ってきてジャーゲンを乗せると、手押し車をごろごろ押してジャーゲンを運んだ。カナゴスタは牡牛のような生き物だったが、何となく猫にも似ていて、その髪は縮れていた。

　コラズマ*を通っているとき、そこは永遠の罰を受ける者たちが拷問されている居心地の悪いところだったのだが、ジャーゲンは自分の有名な父親、〈岩山のコス〉が、すなわち救い主の使徒の一人として全ポアテムが崇めている人物が、長い口髭を噛みながらひときわ高く吹き上がる炎の中に立っているのを見つけたのだった。

「ちょっと止めてくれ」とジャーゲンが案内人にいった。

「しかし、このコスは地獄の中で最も忌々しい奴だし、何をされても絶対に喜ぶことがない男だ」とカナゴスタが叫んだ。

「私ほどこの男を知っている者はいないんだがね」

　ジャーゲンは父親に向かって丁寧な挨拶をしたが、コスには手押し車に乗って地獄を巡っている若い小奇麗なヌーマリア皇帝が誰だか分からなかった。

「私が誰だか分からないというのですか」ジャーゲンがいった。

FRANK C. PAPE
And JURGEN civilly bade his father
good day

「今まで一度も会ったことのない相手がどうして誰か分かるのかね」とコスが苛だたしげにいった。

ジャーゲンはそれについていい争うのはやめておくことにした。父親とのあいだに、どんなことでも意見の一致することが一度もなかったのを思い出したからだった。そうしてジャーゲンが一言も発さないまま、カナゴスタは手押し車を押して灰色の黄昏の中を進み、地獄の低地地方へとだんだん深く降りていって、二人はバラサムに着いた。

第三十五章　祖父サタンが語ったこと

次の話はジャーゲンが祖父であるサタンと話し合うためにバラサムの〈黒の館〉へ向かうときに、下級悪魔たちが騒々しい音楽をバグパイプで奏でたところから始まる。

サタンは六十歳か六十二歳の男性にしか見えなかった。ただ、全身灰色の毛皮に覆われていることと、雄鹿のように角があることを除いて。濃い灰色の腰布を巻き、台座の上にある黒い大理石の椅子に坐っていた。毛がふさふさ生えた尾があって、それは栗鼠《りす》の尻尾にも似ていて、ジャーゲンを見つめるその頭上で休みなく揺れていた。何もいわず、昔から考え続けていたことから気をそらさず。その眼は、インクの溜まったところに光が輝いているようだった。白目が全然なかったからである。「この狂った国を創った意図は何なんだ」とジャーゲンが核心を突く質問をした。「何の意味もなければ、公平性もないじゃないか」

「ああ」サタンは妙に擦《かす》れた声で答えた。「お前がそういうのももっともだ。つい昨夜、妻にいったことでもあるのだが」

「じゃあ、結婚しているってことか！」その手の話にはいつも興味津々になるジャーゲンがいった。

「だが、確かにキリスト教徒にも結婚している男にも、当然与えられているべきものだと理解すべきだった。もちろんサタンにも。それで、夫婦仲はうまくいっているのかな」

「極めて良好だ。彼女は私を理解してはいないが」

「ブルータス、お前もか！」

「どういう意味かね」

「類のないようなできごとに対する驚きの表現でね。でも、地獄では何でもずいぶん奇妙だし、司祭や司教や枢機卿たちが話していたのとはまったく違うのだな。ブレシャウ*の立派な私の宮殿で熱心に私を戒めようとしていたがね」

「その宮殿がどこにあるって？」

「ヌーマリアだ。私はそこの皇帝だった。ブレシャウが我が都だったことを説明したり、我が臣民の大半が牛飼いと農業に従事していて、しかし名産品といえば毛織物と手袋とカメオ細工とブランデーであると述べたりして、あなたに無礼を働くつもりはない」

「いや結構だ。私は地理を研究していたこともある。それでジャーゲン、お前の名前は何度も聞いたことがあるが、皇帝だなんて聞いたことは一度もないぞ」

「ここは新しい思想から取り残されていると私はいわなかったかな」

「ああ、だが思慮深い者は地獄に立ち入らないことを忘れてはいけない。それに、天国との戦争のせいで、他のことを考える余裕がないのだ。いずれにせよ、ジャーゲン皇帝、いったい何の権限があって、サタンの館でサタンに質問をしようというのかね」

「驢馬《らば》と猫が話していたそんな言葉を聞いたことがある」とジャーゲンが答えた。マーリン・アンブロシウスが見せてくれたことを不意に思い出したからだった。

祖父のサタンは訳知り顔に頷いた。「セトとバストに栄光あれ！　そして、彼らの力が弥増《いやま》しますように。我が王国がどのようにできたのか教えてやろう」

サタンが背の高い大理石の王座に背筋を伸ばして打ち沈んだ顔で坐り説明したところによると、サタンと、サタンが支配している地獄の全領土と地獄にいる全階級は、すべてコシチェイが創造したものだという。それは、ジャーゲンの父祖たちの自尊心に調子を合わせるためだった。「彼らは自分の罪を強く誇りに思っている。あるとき、コシチェイはたまたま地球に目を留めたのだが、そこでお前の父祖たちは極悪の罪とそれに対して期待される恐ろしい罰を誇らしげに吹聴して歩き回っていたのだ。今はコシチェイは自尊心を満足させるためなら何でもする。なぜなら、自尊心を抱くことはコシチェイができないこと二つのうちの一つだからだ。そのとき、コシチェイは喜んだ。そうだ、大いに喜んだのだ。彼は高らかに笑うと、たちまち地獄を創り上げた。そして、お前の父祖たちがそうあるべきだと思うとおりに地獄を仕上げた。父祖たちの自尊心に調子を合わせるためにだ」

「どうしてコシチェイは自尊心を持てないんだろう」

「それは、コシチェイが万物を今あるように創ったからだ。昼も夜も万物のありようを考え続けた。他には何も見ようともせずにだ。それで、どうして自尊心を持てるというのだ」

「なるほど分かった。私が自分の詩以外にまったく何もない小部屋に閉じ込められるようなものだな。考えただけでも恐ろしい！　しかし、コシチェイができないことのもう一つというのは？」

「知らないな。地獄には入って来ないようなことだろう」

「私も入って来なければよかった。ところで、この陰気なところから出て行くのを助けてもらわなくては」

「どうして助けなくてはならないのかね」

「なぜなら」ここで〈文献学匠〉に教えてもらった呪文を出した。「ハドリアヌス五世の死に伴い、ヨハネス二十世となるべきだったペドロ・ジュリアーニは、数え間違いでヨハネス二十一世として教皇の座に就いた。私を助ける理由としてはこれで十分ではないか」

「いや」しばらく考えた後、祖父サタンはいった。「そうとはいえない。だが、それなら教皇は天国へ行くということになる。この辺りでは皆、それがよいことだと考えている。特に、私の同郷人はな。多くの教皇たちが親天上派の疑いを抱かれている限りはだ。だから、大事を取って、われわれは教皇が地獄へ入るのを一人たりとも許すわけにはいかないのだ。今は戦時下なのだから。したがって、教皇やその関連事項を私が裁くことはないし、そんな振りもしない」

ジャーゲンはまた自分が呪文を唱えるときに間違えたのか、あるいはサタンには効力のない呪文だったのかと考えた。しかし、サタンがこんな単純な年寄りだとは誰に予想できただろう。

「私はどれくらいここにいなくてはならないのだろう」しばらくがっかりして黙り込んだあとにジャーゲンがいった。

「それは分からない。お前の父親がどう考えるかによるだろう」

「父とどんな関係があるんだ」

「私とここにいる者どもは皆、お前の父親の莫迦げた理念の結果だからだ。お前がしょっちゅう論理的に証明しているじゃないか。お前のような賢い男が間違えるというのはなかなかないことだろう」

「もちろん、間違えることなんてあり得ない。問題はかなり複雑なようだ。だが、私はどんな飲み物でも一度は味わってみることにしている。父の莫迦げた理念が現実になってしまうような、こんな不条理なところでも、何とかものごとが正しくなるようにしてみよう」

ジャーゲンはバラサムの〈黒の館〉から去った。そして、背の高い大理石の王座に背筋を伸ばして打ち沈んだ顔で坐り、薄暗がりで目を輝かせ、毛がふさふさ生えた尾を絶えずはたはた揺らし、心が太古の思いから決して離れない祖父サタンにも別れを告げた。

第三十六章　なぜコスは反論されたか

ジャーゲンはコラズマに戻った。そこではセント・ディドルの老市会議員であるコスが、想像し得る限りいちばん大きく熱い炎の真ん中に生真面目に立って、自分を痛めつけている疲れ切った悪魔たちを叱責していた。悪魔たちが加えている拷問が、コスの邪悪さと全然つり合っていなかったからである。

ジャーゲンが父親に大声で呼びかけた。「あの下品な悪魔カナゴスタが、私のことをヌーマリア皇帝だといったかも知れませんが、私はそれを今でも否定はしません。でも、息子のジャーゲンにそっくりだとは思いませんか」

「ああ、確かに。その本人を見ているのだからな」その声は少し震えていた。それでも、老いた闘士は声荒く言葉を続けた。「ところで、どうやって皇帝になったんだ」

「ここは、地上の階級なんてことを話すような場所でしょうか。ここで責め苦を受けているのにまだそんな虚しいことに心を奪われているのに驚きました」

ぎらつくコスの眼が息子から少しのあいだ逸《そ》れた。だが、コスはただ物思いに沈むような感じでこういっただけだった。

「だが、こんな責め苦ではとても足りないんだ。私の良心を宥《なだ》めることはできない。この地に正義はない。正義がなされる道はない。この頼りにならない悪魔たちは、私がしてきたことを真剣に考えることもなく、ただ罰しているような振りをしているだけだ。だから、私の良心は満足できないままだ」

「それは分かりましたが、悪魔たちと話してみた感じでは、あまりその罪を大したものだとは思っていないようですね」

コスは怒り狂ったが、その様子はかつて見慣れたものだった。「私は冷酷にも八人の男を殺したんだぞ。その他、五人が殺されるときに押さえつけていた。私の計算では、この悪行は十人半の殺人に匹敵するはずだ。それに、銀馬騎士団にいた頃には、戦闘の最中《さなか》に数百人は殺しただろうが、それは数に入れていない」

「でも、それは四十年以上も前のことで、その男たちは何れにせよもう死んでいる頃でしょうし、今となっては大したことでもありませんよ」

「女たちを堕落させた。その人数は数え切れないほどだ」

ジャーゲンは首を振っていった。「それは息子として衝撃的なことですね。私の気持ちも分かるでしょう。それはそれとして、もう何年も前の話ですから、誰もそんなことは気にしていません」

「生意気な若造だな。よくよくいっておくが、私は人を罵り、盗み、ゼレーレの名を騙《かた》り、四軒の家を焼き、安息日を破り、暴力の罪を犯し、母を敬わず、ポルーツァ*の石像を崇拝したんだ。ときには、十戒を残らず破った。世に知られるあらゆる罪を犯し、新たな罪を六種創造した」

「ええ、ですが、それが何だというのですか」

「おい、息子をどこかへ連れていけ！　こいつは母親にそっくりだ。私はこれまでで最悪の罪人なのに、こんな莫迦な質問で二度も苦しめられてはならない。その辺でぐずぐずしている悪魔どもよ、もっと薪を持ってこい」

「すみません」小柄な悪魔が喘ぎながらいった。猿のように毛むくじゃらな手足のあるおたまじゃくしの姿をしていた。薪の束を四つも抱えて駆け寄ってきた。「あなたに苦痛を与えるためにみんな精一杯やっているんです。それなのに私たちのことは全然考えてくれない。昼も夜も立ち続けであなたの指示を待っていることなんか思い出してもくれない」小さな悪魔は泣きべそをかきながら、熊手を使ってコスの周りの火をかき立てた。「この国が混乱状態に陥っていることも思い出してくれない。天国との戦争のせいで、私たちの生活だって苦しくなっているのに。それにひきかえ、そうやって焔の中で寛《くつろ》いで、面倒見が悪いと文句をいうから、サタンに怒られるばかりですよ。ちょっとひどいじゃありませんか」

「私が思うに」ジャーゲンがいった。「この少年に対してもっと優しくすべきではありませんか。罪を償うということに関しては、良心なんてニックネームをつけているその自尊心を克服して、どんな人間も死んでしばらく経てばそれまでにしてきたことなど何もかもどうでもよくなると認めるべきでしょう。いまどきポアテムでは、人の咽喉を切り裂いたこととか安息日を破ったことなんか誰も覚えていませんからね。老人たちが炉端で噂話に興じるときに、あなたの邪悪な振舞いが彼らの晩に輝きを与えるくらいでしょうか。それ以外の私たちにとってあなたは墓場の石でしかないのです。善行の鑑《かがみ》のように刻まれている墓石ですよ。まさにその悪行が伝説の中で評価されているのを知っているんです。救世主の使徒なんです。若い頃の過ちは大目に見られています。信心深い人たちは皆、そんなことは忘れていますよ。不信心な人たちはどっちにしてもそんなことを考えもしないし。ですから本当に、神の恩寵を受ける前に犯したそんな軽い罪は、ここにいるあくせく働く哀れな悪魔たちを別にすれば今となっては誰も気にしていないのです。悪魔たちがうまいぐあいに考案してくれた責め苦を素直に受け入れてもいいんじゃないかと思いますね」

「ああ、だが私の良心が！　それが問題なんだよ」

「もし、その良心の話を続けるのなら、私の知らない範囲に話題を限定してください。そうすれば、議論にならずに済みますから。でも、そのことについてきちんと議論する機会はまたいつか見つけられるでしょう。その他のことも、近いうちに。今はこの場所でお互いに精一杯のことをしましょう。私だってこのまま置いていったりはしませんから」

コスは泣き始めた。肉体を持っていた頃に犯した罪はあまりにも多く、そしてあまりにも深いので、ここで与えられてきたような生ぬるい責め苦では耐え難く、赦《ゆる》しはとうてい得られないのだといった。いつか、そういう日がきてくれと願っているのに。

「それなら、赦しが得られるかどうかは別にして、私とのあいだにあったことも気にしているとでも？」ジャーゲンは吃驚した。

高く燃える焔の中から――ジャーゲンにはその焔が救世主の使徒の住居にふさわしいものだとはまったく思えなかったのだが――コスはジャーゲンが生まれたときのこと、ジャーゲンが赤ん坊だった頃のこと、ジャーゲンが子供だった頃のことを話した。話を聞いていると、恐ろしく、深く、何ともいえない感情がジャーゲンの心に流れ込んできた。ジャーゲンという自分の息子について語っているが、躰《からだ》はジャーゲンの躰と同じように人間のものであっても、その考えはジャーゲンの考えとまったく相容れないものだった男の話である。ジャーゲンはそれが気に入らなかった。そのとき、コスの声が苦々しいものに変わった。ジャーゲンが若い男だった頃のこと、怠惰で反抗的で、自分の浮ついた欲望以外のことにはまったく理解を示そうとしなかった頃のこと、そして、マダム・ドロシーのことがきっかけでジャーゲンと父親のあいだに深まっていった不和のことをやはり猛烈な勢いで話しているときだった。自分に対する非難と軽蔑の話ばかりされている方がまだ気分はましだったが、それでも、父親がかつて自分をどれほど愛していたかを知ると深い悲しみを感じるのだった。

「怠惰で反抗的な息子だったたのは嘆かわしくも本当のことです。教え導いてくれたことに従おうとしなかった。道を踏み外していた。ああ、あまりにも踏み外していた。月と関係のある自然神話的人物が相手であっても、道を踏み外してしまったことをいっておかねばなりません」

「ああ、何と異教的で忌まわしい行為だ」

「そのあと、私が太陽神崇拝の伝説になるのではないかと彼女は考えました」

「それは意外ではないな」コスはそういって、禿げた頭をがっかりしたように振った。「息子よ、そういう自由奔放な生き方をするとどういう結果に行きつくかがお前に示されているというだけのことだ」

「そういうことであれば、〈春分〉までにはもう地獄に滞在しなくていいことになりそうですね。そうは思いませんか」ジャーゲンはおだてるような口調でいった。サタンがいうには、地獄ではコスが信じることは何でも真実になることを思い出したからだ。

「いや、そういったことはあまりよく知らないんだ。本当に知らないし、知りたいとも思わない」

「ええ、でもどう思いますか」

「そんなくだらないことはどうとも思わないといっているだろう」

「ええ、でも――」

「ジャーゲン、お前は人に議論をふっかけるという無作法な癖があるな」

「でも――」

「そのことはもういったじゃないか」

「それでも――」

「もうそのことは二度と話したいと思わないんだ」

「そうはいっても――」

「だから私が、意見がないといったときは――」

「でも、誰にだって何らかの意見があるでしょう！」ジャーゲンは大声を出してしまい、昔に戻ったような感じがした。

「よく私に向かってそんな声でものがいえるな。私の忍耐力に限度がないとでも思っているのか」

「いえ、ただちょっと――」

「嘘をつくな！　それから、私の言葉を遮るのはやめろ。聞く耳を持たない者を相手にしているように私に向かって叫び始めたときにいったことだが、春分秋分のことは何も知らないというのが私の考えだ。春分秋分について何か知りたいという気持ちもない。まだ分からないのか。そんないかがわしい話題は、話さなければ話さないほどいいのだということを。その脂ぎってにやにやしている醜いにきび面に向かっていったとおりだ」

ジャーゲンは呻《うめ》き声をあげていった。「何て立派な父親なんだ。そう考えたというのなら、そうなんだろう。だが、こんなところにいる私を想像していながら、ここから出ていった私を想像するに足る公平性は持ち合わせていないようだ。父親らしい愛どころではない」

「私に考えられるのは、お前が受けるに値する苦痛のことだけだ。この口論好きで人を怒鳴りつける悪党め！　それから、お前が罪を犯した数知れない尻軽女たちのことと、その結果としてお前に振りかかる運命のこともだ」

「悪いことに、ここに女はいない。それで少しは慰めになっているのだろうが」

「私の慰めがお前に何の関係があるというのか。私の慰めは私の問題だ。もちろん、ここにも女はいると思うが――」

「ああ！」ジャーゲンが勝ち誇ったような声を出した。コスが考えることがすぐ現実になることに関心を抱いていたからである。

「女たちの大半は良心を持っていたという評判だからな。ただ、その良心を持った女たちは地獄の中でおそらく男たちとは別のところにいるのだろう。その理由は、女たちがコラズマに入るのを許されたら、きっとここをきちんと片づいた場所にして、住み心地のいいところにしてしまうからだろう。お前の母親がいたらいろいろよけいな世話を焼くに違いない」

「まだあの人に文句をいわれなくてはならないのですか」

「妻には敬意を抱いているんだ。樹をその実で判断するようなことはしたくない。いや、お前の母親はいろいろな意味で尊敬に値する女だった。だが、私を理解してはくれなかった」

「ああ、それは問題だったかも知れません。でも、ここにも女がいるというさっきの話は、ただのあてずっぽうですよね」

「そんなことはない！　それに、お前の生意気な意見など聞きたくはない。何回いえば分かるんだ」

ジャーゲンは反射的に耳を掻いた。祖父のサタンがいったことをまだ覚えていたからである。コスの苛だち具合を見てうまくいきそうだという感じがした。「でも、ここの女たちはみんな醜いでしょうね。賭けてもいいけど」

「とんでもない！」ジャーゲンの父は怒った。「どうして私のいうことにいちいち逆らうのか。ジャーゲン、どうしてこんなに喧嘩ばかりしなくてはならないのか。もう少し私に敬意と好意を示してくれてもいいのではないかね。まったく癪《しゃく》に障る若造だな」

「だって、ご自分が何を話しているのか分かってなさそうだからですよ」ジャーゲンはさらに煽り立てた。「どうしてこんな恐ろしいところに美女がいるなんて思えるのですか。柔らかい肉体はか弱い骨からすぐに焼け落ちてしまうでしょう。最高に美しい女王でも、気味の悪い燃えかすになってしまいますね」

「私が思うには、吸血鬼や夢魔《サキュバス》といった生き物がいるんじゃないか。焔では傷つかないからな。こういった生き物は、火よりも熱く、消すことのできない熱情があるといわれている。お前は私のいうことが完璧に理解できるだろうから、怯えた尼僧院長のように目を瞠《みは》って私を見なくていいんだぞ！」

「ええ、でも私が神の存在を信じないようなそんな者たちと関係がないことはご存じでしょう」

「そんなことは知らないな。お前はおそらく私に嘘をついているのだろう。いつも嘘をついてきた。どうせこれから吸血鬼に会いにいく途中なんだろう」

「何ということを。牙や皮の翼を持った恐ろしい生き物じゃないですか！」

「いや、毒があって魅惑的で美しい生き物だ」

「おや、まさか本気で美しいなんて考えてはいないでしょう」

「そう思っているがね。私が何を考え、何を考えていないか教えてくれるとは図々しい奴だな」

「まあ、私はその吸血鬼とは何の関係もないままでしょうね」

「いや、関係が生まれるだろうと思う。ここにいるうちに、お前からうまく悪さを仕掛けるだろうな。トラン皇帝だった私には、皇帝というものがどんなものか分かっているし、お前のことも分かっているのではないかね」

そして、コスはいきなりジャーゲンの過去の話を始めた。家族の口論でいつも使うような言葉で。外ではなかなか繰り返せないような言葉であった。コスの拷問担当だった悪魔たちはきまり悪くなって離れていって、コスが話し続けているあいだは声の聞こえるところまで近寄ってくることがなかった。

第三十七章　美しい吸血鬼の創造

　そこで怒っているコスと別れ、ジャーゲンはバラサムへと戻っていった。そしてたまたまそうなったたけなのかどうかは分からないが、まさに父親を上手い言葉で唆《そそのか》して考えるよう仕向けた吸血鬼に出会った。ジャーゲンの父親でもどの男でも、考え得る限りもっとも美しく魅惑的だった。その衣装はオレンジ色だったが、その理由は地獄ではよく知られていた。そして一面に緑の無花果《いちじく》の葉が刺繍されていた。

「おはようございます、マダム。どちらへお出かけで？」ジャーゲンがいった。

「どこという場所があるわけではありませんの、お若い方。今は休暇中で、それは毎年カルキ*の法で与えられているのですよ」

「カルキというのはどなたですか」

「今はまだいないのです。でも、もうすぐ雄馬の姿でやって来るでしょう。しばらくは、その法だけが先に来ていますから、私は地獄で穏やかな休暇を過ごしているというわけです。いつも悩まされているようなことを何も気にせずにね」

「そのいつも悩まされることとは何ですか」

「地上で吸血鬼はほとんど休めないことを理解してくださらなくては。あなたのような若い男の人たちがしきりに自らの身を滅ぼしたがって歩き回っているのですから」

「でも、そんなに日々の生活が嫌だというのなら、一体どうして吸血鬼なんかになったのですか。それから、何とお呼びすればいいでしょうか」

「私の名前は」吸血鬼は悲しそうな声を出した。「フロリメル*です。私の躰《からだ》だけでなく、私の本質そのものが、野に咲く花のように美しく、蜜蜂が花から集める蜂蜜のように甘いからです（蜜蜂は驚くほど勤勉に尽くしてくれます）。でも、悲しく不運なできごとが何もかも変えてしまいました。ある日、ふとしたことで具合が悪くなって、そのまま死んでしまったのです（もちろん、誰にでも起こり得ることですけれども）。私の葬列が家を出ていくときに、猫が柩《ひつぎ》の上に*飛び乗ったのです。お針子としてはまあ評判がよい方で、それなりに繁盛していたのに死んでしまった可哀想な娘にはあまりにも不運なできごとでした。そんなときでも義理の姉が猫に対して莫迦げた愛情を示すような、いわゆる思いやりのある人でさえなかったら、最悪の事態は避けられたでしょう。そんなわけで、誰も猫を殺したりせず、私はもちろん吸血鬼になったわけです」

「なるほど、避けられない運命だったと分かりました。それでも、正当なことだとはいい難い。可哀想に」そういって、ジャーゲンは溜息をついた。

「私に対してそんなに親しく話し掛けたりなどなさらない方がいいと思います。まだ正式に紹介されていないのですから。共通の知り合いがいませんから、適切な手順でお近づきになれそうにありませんが」

「お忍びで旅をしているので、公式な使者がいないのですよ。私はジャーゲンといって、つい先頃、ヌーマリア皇帝、ユーボニア王、コカイン国皇子、ログレウス公爵となりました。間違いなく、私のことを聞いたことがあると思いますがね」

「まあ、そうなんですの」そういって、髪を撫でて整えようとした。「こんなところで殿下にお会いできるなんて誰が予想したでしょう！」

「皇帝に対しては「陛下」と呼びかけるものですよ。細かいことですが。こういう地位にいると、そういうことも要求されるもので」

「もちろん分かります、陛下。その美しい衣装から陛下の身分を察知したところでした。意図せず礼儀を欠いてしまったことを大目に見てくださいますようお願い致します。厚かましくもこれに付け加えますなら、私の悲惨な来歴に興味を抱いてくださいましたことで、陛下の優しいお心の輝かしさを思い知った次第でございます」

「なるほど確かに、こんな流暢《りゅうちょう》な言葉を聞くと、怒ったときに父がどんな考えを抱いていたか分かるような気がする」ジャーゲンはそんなことを思った。

フロリメルは、墓場で目覚めたときの怖さ、そこで手や足に起きたこと、最初に親族から、次に隣人たちから、自分の意志に反して嫌々ながらも栄養を摂取したことをジャーゲンに話した。そのあと、本当の安らぎをいつまで経っても得られそうにない墓場と永遠に決別することにしたのだという。

「あの猫がまだ生きていたのが気にかかっていました。この苛だちに終止符を打つと、私は教会の鐘楼に上りました。独りではありませんでしたが、その人のことは話さないでおくことにします。

真夜中になって私が鐘を鳴らすとそれを聞いた人は皆ことごとく病気になって死にました。その間ずっと私は泣いていました。なぜなら、肉体のある最初の命を持っていた頃に知っていたものが何もかも滅んでしまったときは、新たな地を求めざるを得ないからです。私の栄養になる唯一の食べ物を探すためです。でも、我が家に対する気持ちはいつも強かったのです。私はすっかり針仕事を諦めることにして、危険を招く美しい存在として生きていくことになりました。素早く相手を滅ぼす、夜中に襲いかかる悪になりました。時間の不規則な生活が大嫌いだというのに。自分のすることが嫌でたまらないのです。吸血鬼であるというのは悲しい運命だから。そのうえなお犠牲者に、とくに哀れな母親たちに同情するのは悲しい運命だから」

ジャーゲンはフロリメルを慰め、彼女に腕をまわした。

「さあ、休暇を楽しく過ごそうじゃないか。不当な扱いはしないつもりだ」

そういって横目で自分の影を見て囁き、フロリメルの嘆きを促した。

「私の運命における条件では、猫に九つの命があるあいだは拒否できないことになっています。それでも、あなたがヌーマリア皇帝であることや、優しい心の持ち主であることが、私にとっての慰めでしょうか」

「慰めなら他にもいろいろある。それに、もう一度念を押しておくが、不当な扱いはしないつもりだ」

フロリメルはバラサムの常に変わらぬ灰色の冬の午後のような黄昏の中を案内して、ジャーゲンを〈血の海〉のそばにある静かな裂け目に連れていった。娘時代の自分の部屋をそっくり真似た居心地のよいところだった。そこへジャーゲンを招き入れた。ジャーゲンがまさに中へ入ろうとしたとき、自分の影が一緒に吸血鬼の部屋へ入ろうとしているのが見えた。

「この蠟燭は消しておこう！　今日はもう焰を見すぎてうんざりしているからな」

そこでフロリメルは蠟燭を消した。ジャーゲンを喜ばせようという気持ちによるものだった。二人は完全な暗闇の中にいて、何が起こっているのか誰にも分からなかった。このときにはもうフロリメルは、ジャーゲン自身のことも、彼がヌーマリア人として要求することもすっかり信用していた。それは、彼女が最初にいった言葉で明らかだった。

「最初のうち、陛下のことを疑っていました。だって、皇帝というものは皆、立派な笏を持っていると聞いていたからです。そんなものを全然見せて下さらなかったでしょう。でも、もう少しも疑ってはいません。陛下はどうお考えですか」

「私が考えていたのは、自分の父親の想像は実に満足のいくものだということだ」

第三十八章　拍手喝采された判例について

　このあとジャーゲンは地獄に住んで、この国の慣習に従って暮らした。フロリメルに会ってから七日か十日した頃に、ジャーゲンは彼女と結婚した。他に妻が三人いたことは、何の障害にもならなかった。悪魔たちは、一夫多妻制を高く評価していて、それは身を焦がすよりも結婚する方がましという諺*を文字どおり解釈した結果、地獄に堕ちた亡者たちをたんに拷問にかけるよりも優れた技法だとしていたからだった。

　悪魔たちはジャーゲンにこう説明した。「以前は「天国で結ばれた」という保証のついていない結婚を見ることは滅多になかった。だが、天国と戦争をしているわけだから、顧客をすばやく奪ってやったというわけだ。だから、ここでは好きなだけ結婚していい」

「なるほど、そういうことなら私は、結婚はせっかちに、再婚はゆっくりとでも*しようか。でも、ここでは離婚はできるのかな」

「いや、だめだ。しばらくは密かに認めていたのだが、離婚した奴らが皆、こっちが勤勉に働いたおかげで離婚できたくせに、気がついたらようやく解放されたといって天国に感謝していたからだ。

そんな恩知らずたちのことを考えると、もう無駄な仕事はやめることにした。今は、古い法制度に基づいた工場があって、男ものの服とゴム製品を専門に作っているんだ」悪魔たちがいった。「でも、そんな一時凌《しの》ぎのやり方では満足できない。もう妻には我慢できないとなったときに地獄ではどうするのか、こっそり教えてほしいんだ」

悪魔たちはみな顔を赤くした。「いわないでおきたいね。あいつらの耳に入るかも知れないじゃないか」

「地獄も他のところと大して変わらないんだということが分かったよ」

ジャーゲンと美しい吸血鬼は正式に結婚した。最初にジャーゲンは爪を切って、その爪をフロリメルに渡した。箒《ほうき》の柄をその前に置いて、二人でそれを跨《また》いだ。フロリメルが「テモン！」と三回唱え、ジャーゲンは「アリギゼイター！」と九回応えた。その後、皇帝ジャーゲンと花嫁にマンドレイクとルッコラを入れたミルク酒を与えると、悪魔たちはそっと姿を消した。

それからジャーゲンは地獄に住み、その国の慣習に従って暮らした。しばらくはそれなりに満足していた。フロリメルが幼かった頃の部屋を模して整えられた裂け目にジャーゲンも一緒に住むことになった。二人の住まいはバラサム郊外にあって、海岸の近くで上品な暮らしをしていた。もちろん、地獄には水がなかった。水を持ち込むことさえ禁じられて、違反すれば厳しい罰が待っていた。洗礼に使われる怖れがあったからである。地獄の海というのは、血の海だった。〈平和の君〉の王国を広げるための信仰心によって流された血であり、存在する最も大きい大洋だという評判だった。そしてこれが、ジャーゲンが何度も聞いたことのある莫迦げた言葉を説明するものだった。すなわち、「地獄への道は善意で敷き詰められている」のことである。

「ロードス島のエピゲネス*が、誤植ではないかといっていたのは結局のところ正しかったんだ。「地獄の岸は善意で洗われている」だったんだ」ジャーゲンがいった。

「仰るとおりです。でも、陛下はその学識のみならず、類稀な洞察力もお持ちだと私はつねづね申し上げていました」とフロリメルがいった。

こんなふうにおだててくれるのがフロリメルのやり方だった。それでも、吸血鬼には皆ちょっとした欠点があって、それは愛する者の活力と若さを糧とすることだった。ある朝、フロリメルは気分がすぐれないとこぼして、消化不良のせいではないかといった。

ジャーゲンは物思いに耽《ふけ》るようにフロリメルの頭を撫でた。それから、きらきら光る羽織りものを開き、そこにあるものがはっきり見えるようにした。

「私は活力に満ちている。そして、若さにもだ。だが、私の活力と若さは特殊なもので、健康に良いものではないんだ。だから、お前はその手を使うのをもうやめた方がいい。そうでないと、休暇が病気で台無しになってしまう」

「皇帝はみんな人間だと思っていたのに！」フロリメルが後悔で顔を赤らめると、その姿は見ていて実に美しいものだった。

「そうだとしても、皇帝が皆ジャーゲンだというわけではない」重々しい声でいった。「だから、皇帝だからといって皆が国民の父という称号で呼ばれるわけでもなく、生まれながらにしてヌーマリアの王笏を振るう資格があるわけでもない。教訓としてはこれで十分だろう」

「十分です」というフロリメルは顔を顰《しか》めていた。

この後は、このことが問題になることはもうなかった。ジャーゲンの胸にあった傷もすぐに癒えた。

　ジャーゲンは地獄に堕ちた亡者たちにはもちろん近寄らないようにしていた。ジャーゲンとフロリメルは上品な生活を送っていたからである。でも、二人は結婚してすぐにジャーゲンの父親のところを訪問した。そうすべきだったからだ。コスにしては無作法なこともせず、フロリメルがジャーゲンによい影響を与えてくれればいいと思うと口ではいったが、楽観するような振りをするわけでもなかった。この訪問のお返しにコスが訪ねてくることがなかったのは、自分の悪い行いは重く、責め苦を一瞬たりとも免れてはならないと考えていて、焔から離れようとしなかったからである。

「陛下のご親族のことをとやかくいおうとは本当に一瞬たりとも思いませんが、陛下の父君が私たちのところをせめて一回だけでも訪ねてきていただけたらと思うのです。いつでもいらしていただけるように、坐っていられる焔を用意しておいたらどうでしょう。陛下の父君は他の人より特に邪悪だったという確たる証拠もないのに少し大袈裟なのではないかと思います。いつも子供のように正直な心の持ち主であることが美点だといわれてきたのですが、そのせいで自分の意見を隠しておけないのです」

「ああ、それは父の良心の問題なんだ」

「良心というものは然るべき場所にあるならば実によいものです。私としては、良心が何もかも義理の姉のせいだと請け合ってくれなかったら、立派な若い人たちを誘惑し殺すという終ることのない勤めに耐えられなかったと思います。そうだとしても、陛下を良心の奴隷にしておくのは意味のないことです。それに、良心が陛下の父君を一般的な礼儀という決まりを無視して蠟燭の芯のようなことをさせておくのなら、それはいくら何でもやり過ぎに決まっています」

「そのとおりだ。しかし、私たちに仲間がいないわけではない。だから、こっちに来て機嫌を直して、憂鬱な気持ちを振るい落しなさい。今晩は、アスモデウス*と一緒に過ごすことになっているのだから」

「それでまた陛下は政治の話をなさるのですか」

「たぶん、そうするだろうと思う。あいつらは気に入っているようだから」

「私も気に入ることができたらと思います」フロリメルは先のことを考えて欠伸《あくび》をした。

ジャーゲンが悪魔たちとながながと話し続けるからだった。地獄の宗教は愛国心であり、その政府はじゅうぶんな理解に基づいた民主主義である*。これに悪魔たちは満足していた。この二つの慣例のどちらとも決して対立しないにこしたことはないとずいぶん前に学んでいた。悪魔たちがよくいっていたように、それがなかったら、地獄が今のようになることはなかっただろう。


悪魔たちはお人よしで、面倒臭い死者たちのせいで過酷な労働を強いられるがままになっている可哀想な存在だとジャーゲンにも分かってきた。悪魔たちは亡者たちのせいで休む暇もなかった。亡者たちは良心を持っていたので、果てしない責め苦を悪魔に求め続けるのである。ジャーゲンが地獄へやって来たのは、彼らの政治情勢が悪化していた頃で、それは、責め苦を求める良心のある死者たちが絶え間なく流入してくるので、苦役を軽減するために長年続く天国との戦争をどんな対価を払ってでも示談にする道を探る若い悪魔たちがいたからだった。サタンを鎖で縛りつけてしまえば、もう死者はやって来なくなり、煩わしい移民の流入も止まることが知られていたのである。若い悪魔たちはそう指摘して、祖父たるサタンは大衆の福祉のために自らが犠牲になるべきだと考えた。

さらに、サタンは地獄にやって来たときに力ずくで元首の地位に就いたままで、それは戦時に統治者を代えるのは得策ではないというだけの理由だったとも、彼らは指摘した。だから、サタンは任期が終るたびに必ず再任されなくてはならない。もちろん、サタンは万事に対して絶対的な権力を持っているとみなされていた。それもまた戦時の慣例だった。最初の数千年が過ぎる頃には、若い悪魔たちがこんな政府は理想的な民主主義ではないと囁き始めた。

しかし、もっと保守的な高齢層が、そんな退廃的で過激な新しい考え方に怒り、若者に厳しく対処し、彼らを引き裂いて完全に壊滅した。そして、老悪魔たちはさらに驚くような罰を加えるようになった。

・・・・・

それで、祖父たるサタンは困り果てた。法律が至るところで破られたからである。ジャーゲン到着の一日か二日前に臣下に対して、地獄の規則をもっと尊重しなくてはならないという要請を公示した。しかし、民主政府のもとでは、高齢で力強い悪魔がジャーゲンに対して指摘したように、人々は法と秩序にいつまでも煩わされるのを嫌がるのだった。

ジャーゲンは深刻な面持ちで顎を撫でた。「だがね、全土で突発的に現れる平和擁護や天国支配への服従、その他の親天上派プロパガンダといった大衆心理を嘆いたり、そんな暴動の発生から守らなければならない忠実な市民たちに警告したりするときには、祖父たるサタンは、政府が悪に対する矯正手段を自らの手に確保しておくべきだということを心に留めておかなくてはな」ジャーゲンはサタンの方を厳しい目で睨《にら》んだ。

「おいおい」プレゲトンが頷きながらいった。その頭は、毛が生えていない長くて赤い耳を除いてまるで熊のようで、両耳の中ではアルコールランプの火のような焔が燃えていた。「この立派な羽織りものを着た若い皇帝はずいぶんよく喋る人だな」

「〈伏魔殿〉で一緒に話したことがある。〈伏魔殿〉が建てられたばかりで、俺たちがみんな小鬼だった素晴らしい時代だった」ベリアルが残念そうな声を出した。

「ああ、保守派の発言とはいえ、なかなかあれ以上のことはいえまい。だから、ジャーゲン皇帝、もっと続けてくれ。俺たちに何を話しているのかよく理解させてくれ」すこし年配の悪魔たちがいった。

「ああ、ただこれだけのことなんだが」ジャーゲンはふたたびサタンの方を睨みつけた。「戦時という条件下で必要だった法が破られたときに、感情的な弱さで罪を訴えるかぎり、あからさまな親天上派の振舞いに対する罰を受けて当然と抑圧するかぎり、そして、弱腰な温情で不誠実な考えが疑われることさえ許しているかぎり、ときとして多少の心得違いをするとしても正当な怒りを抱いた愛国心が自ら犯罪者に復讐するだろう」

「だが、それでも――」祖父たるサタンがいった。

しっかりした声でジャーゲンが続けた。「法を非効率に使って統治すると、そういった暴動を守ってやることになってしまう。大衆の暴力行為よりも遥かに嘆かわしいのは、彼らに機会を与えるような黙認政策である。地獄にいる愛国心のある人々は、今は戦争の最中《さなか》なのだから、冗談をいうような気分ではない。国家に対する罪を犯した者への有罪判決を、洗練されすぎた平時の法体系を、専門用語を駆使することで妨げてはならない。この話題に対してリヴォニウスの不滅の言葉が口から出かかっていない者は、諸君の中に誰一人いないと確信している。だから、私はその言葉を繰り返すつもりはない。だが、リヴォニウスがいうことに答えはないといえば諸君も同意してくれると思う」

　そんなふうにジャーゲンは勢いよく話し続け、その間も祖父サタンを厳しい目で睨んでいた。

「そうだ、そうだ！」サタンが不愉快そうに身悶えしながら、しかし、ジャーゲンのことなど考えもせずにいった。「そうだ、じつに見事な演説じゃないか。私は一瞬たりともリヴォニウスの権威にけちをつけたりはしないが。お前の引用は実に適切で、まあ全部そのとおりだろう。だが、どうして私を告発しているんだ？」

「感傷的な弱さですかね。天国の天候の方がここよりもいいという理由で、若い悪魔たちがあなたの前に連れて来られたのは昨日だけのことではないでしょう。それに地獄の最高執政官であるあなたは、この悪魔に、こんな不忠な言葉を口にしたことが前にもあったのかと訊《たず》ねましたから」

「ところで、私が他にどんなことに関係したというのかね」サタンがいらいらしたようにいって、大きなもじゃもじゃの尾をひゅっと音をたてて振り回すと角に当たった。その心の中で考えていたのは太古のことだった。

「思い出していただかなくてはなりません。愛国心が疑われる悪魔こそ、罰せられるべき悪魔だということを。そいつが有罪か無罪かなどというどうでもいいことを詮索する時間はないことも忘れないでください。そうでなければ、地獄で本当の民主主義がなされることはきっとなくなるでしょう」

　今やジャーゲンは畏敬の念を抱かせる姿で、悪魔たちは皆ことごとくジャーゲンに喝采を送った。

「だから、うんざりしている聴衆がこんなつまらない質問手続きが嫌になって、あなたの手からそいつを引き離して、細切れになるまで引き裂いてしまったのですよ。ここで警告しておきます。民主的な統治者としてそんな罪人に真っ先に対処して、自分の愚かな質問など後回しにするのがあなたの務めです。ルディゲルヌスはこの問題についてどう明言したでしょうか。ザンティファー・マグヌスはどうだったでしょうか。お訊ねしたいことはただ、国際法の歴史を通して、この二人に匹敵するほど明確に表現された言葉を見出せるでしょうかということです」

「見出せるぞ」サタンは冷え冷えとした微笑みを浮かべた。「お前は立派な権威の言葉を引用しているが、お前の非難を私は腹を立てずに受け止めよう。今後はこれまでより厳しい態度をとるように務めよう。お前も私の甘い部分を厳しく責めすぎてはいけない。戦時下でものごとをどう運営すればいいか指導しに地獄へ人間がやって来てからずいぶん長いことになるのだからな。疑うべくもなく、まさにお前のいうとおり、われわれはもう少し厳しい態度をとる必要がある。人間の作法をもっと取り入れるようにしよう。ルディゲルヌスだったかな、そうだ、ルディゲルヌスのいうことに反論する余地はない。それは素直に認めよう。そういうことで、私の家に来て一緒に夕食はどうかね。この件について、もっと話そうではないか」

するとジャーゲンは祖父サタンと腕を組んで歩き去った。ジャーゲンの博識としっかりした良識は、地獄にいる古くしっかりした集団においても永遠に揺るがない評価を確立したのであった。ジャーゲンの助言に従って不満分子を細切れになるまで引き裂くことで、サタンは叛乱《はんらん》の芽をうまく摘むことができた。その後、サタンの家臣たちがいつも顔いっぱいに笑みを浮かべて歩き回っていたのは、もしがっかりしているように見えたらどんな目に遭うか分からないと思っていたからである。そういうわけで、地獄はジャーゲンが来たおかげで楽しそうに見える場所になった。

第三十九章　地獄での妥協について

祖父たるサタンの妻はフィリスという名前だった。蝙蝠《こうもり》のような翼を持っていたが、それを別にすれば、ジャーゲンが会った中でもっとも美しい悪魔族の若い娘だった。ジャーゲンはその夜をバラサムの〈黒の館〉で過ごした。そして、さらに二夜を。結局、三晩になったわけである。ジャーゲンが夕食後どのように過ごしていたかという詳細はこの話には必要のないことだろうが、〈黒の館庭園〉で、巧みに彩色された鋳鉄製の花や低木のあいだを独り歩いていると、格子が嵌《は》まったフィリスの部屋の窓の前を通りかかったので、ジャーゲンはそこに立って暗闇の中で彼女と冗談を交わしたりしていたのだった。

サタンは妻に対してははなはだ嫉妬深かった。翼の片方を羽切りして部屋に閉じ込め鍵をかけた。まるで財宝であるかのように。窓の鉄格子は見た目には恐ろしかったが、それもフィリス夫人との密会の刺激を高めるだけだったとジャーゲンは後によく話した。女王ほど機知に富んだ女性は他にいないとすぐに分かったとも言っていた。

フロリメルは、この言葉の意味がはっきりしないと思った。皇帝は何をいおうとしていたのか。

JURGEN spent this night at the Black House of Barathum.

「どんなときでもフィリス夫人は冗談を受け取って、上手く返すやり方を知っている」

「それは前にも陛下から伺いました。きっと鉄格子越しに冗談を交わしたんでしょ――」

「そうだ、そういおうとしたんだ。フィリス夫人はいつも淀《よど》みなく流れ出る私のユーモアに感心しているようだった。祖父サタンは冷たく気紛れな性格だと教えてくれた。ユーモアのセンスもないらしい。だから、もう何箇月も楽しい冗談など交わしていないというんだ。ほら、私はどんな飲み物でも一度は試してみることにしているからね。それから、館の主人には巨大で恐ろしい角があることを思い出したから、一生懸命、彼女には礼儀正しく振舞った。サタンの奥方と冗談を交わしたことこそ他の何より彼女との関係における名誉と栄光を高めたわけだが、そうすることが、皇帝ジャーゲンにふさわしいと思ったんだ」

「陛下が嘆かわしいろくでなしになるのではと心配です。ですが、私たちは皆、皇帝の笏《しゃく》はどこであろうと敬われるものだと存じていますから」

「まったくそのとおりだ。ヌーマリアを出るときに宝石を鏤《ちりば》めた王笏を持ってこなかったのを悔やむことがよくある」

　彼女は何か口に出せない思いに身を震わせた。それからしばらくたって、ガルソーの少々頭の弱いスルタンが持っていた王笏にまつわる屈辱的で不運な失敗を初めてジャーゲンに話した。そして宝石は派手すぎてここでは場違いではないかとだけ彼女はいった。

　ジャーゲンはこの分かりきったことに同意した。もちろん、二人が穏やかに暮らしていたからでもあるし、きらきらした羽織りものをまとっているジャーゲンは申し分のない夫で、分別のある妻ならそのどんな求めにも応じられるからである。

そんなふうにジャーゲンはフロリメルと楽しく暮らしていた。しかし、グィネヴィアやアナイティスと同じくらい、あるいはクローリスの十分の一もフロリメルのことが好きにはならなかった。そもそも、フロリメルが自分の父親によって創られたということも疑っていた。コスとジャーゲンの好みが一致したことなど一度もなかったのだから。そしてもう一つ、フロリメルは、ジャーゲンが皇帝であることを重要視しているように思えてならなかったのである。

「彼女が愛しているのは私の称号だ。その愛は私の一部をなしているものに対してというよりも、皇帝の宝珠や王笏といった表面的な飾りに対するものだ」そう考えると悲しくなってきた。

ジャーゲンはすっかり元気をなくしてフロリメルの住まいから出てくると、血の海の岸辺に独り坐って、皇帝という称号のせいで正直で誠実な心が閉ざされてしまうなんて、何とひどいことだろうと思いに耽《ふけ》った。

「国王だとか皇帝だとかの称号で呼ばれるわれわれも他の男たちと変わらないんだ。本物の愛という慰めを受ける権利がある人間だ。でも、実際は果てしない孤独の中で生きている。女たちはすべてを与えてくれるが心だけは別だ。われわれは寂しさの民なのだ。いや、フロリメルが私そのものだけをただ愛してくれているとは信じられない。私の称号に目が眩《くら》んでいるのだ。ヌーマリアの皇帝を名乗ったりしなければよかった。皇帝なんてものはどこへ行くにも豪華な衣装を纏って、神話にあるような厳かな雰囲気を当然のように漂わせれば誰も逆らえない。だが、こんな見掛け倒しの皇帝らしさが、フロリメルが本当のジャーゲンについて考えることを邪魔してしまう。だから、彼女が本当のジャーゲンを理解することは決してないんだ。こんなことがあっていいはずがない」

フロリメルが若い男たちを誘惑したり殺したりするときの過ごし方にジャーゲンは僻《ひが》むような気

持ちを抱いていた。もちろん、実際に吸血鬼娘を責めたりするはずもなかったが。彼女は時の運の犠牲者に過ぎないのだ。猫が柩《ひつぎ》の上に飛び乗ったせいで、否応なく吸血鬼にならざるを得なかっただけである。それでも、ジャーゲンは男の非論理的な考え方で、彼女の職業はあまりいいものではないと思っていた。一方で男の非論理的な考え方のせいで、吸血鬼としての業務について聞かせてほしいと繰り返し求めたが、それでも心の奥で妻には他の仕事に就いてもらいたいものだと思っていた。陽気なフロリメルはそう求められると、喜んでジャーゲンに調子を合わせて、紫の目を輝かせながら、鮮やかな唇を可愛らしく巻き上げるようにして鋭く小さな白い牙を静かに見せるのだった。

そんなふうに話しているときの彼女は本当に可愛らしかった。コペンハーゲンで若いオズモンド伯爵が盲目の乞食女のいる地下室へ降りていったときに何があったか、伯爵の躰《からだ》の切れ端を彼らがどう扱ったか、そして、夜中に然るべき儀式とともにその名を大声で唱えると、秘密の名前を得たある種の蛇が実に楽しい出来事をどのようにもたらしてくれるのか、洗礼されていない子供たちにその潤みを帯びた躊躇《ためら》いがちな小さな唇で口付けをされなければ（それはまずあり得ないからなのだが）子供たちをどう扱えるか、若いサー・ガヌロン*が自分の頭骨に用がなくなり、彼女がサー・ガヌロンを必要としなくなったとき、彼の頭骨をどのように使ったか、そして若い神官ウルフノスが最期を迎えるとき鰐《わに》に向かって何といったのかという話をした。

「ああ、私の人生にも面白い面があるのです。もちろん、誰しも日常の些事と完全に無関係ではいられないし、微力ながら、愚かなことを抑制するのに役立っていると信じるのが好きなのです。しかし、たとえそうでも、そのときになされた要求といったら！　身体的精神的な堕落の代償として若者に期待されたこととは！　そして、彼らの親族にいろいろいわれることも！　それから何より、絶え間ない緊張と、不規則な時間、自分の立場に見合った生き方をするための休む間もない努力！　肺病質のお針子として、自分の縢《かが》ったボタン穴に誇りを持っていた頃の方がずっと幸せでした。でも、教会の仕事では名が知れていて、義務としてときおりお茶に呼んでくれるだけの義理の姉には、もちろん何も期待はできません。それで思い出したのですけど、干草置き場で大修道院長が服を脱いだすぐ後に起きたことを陛下に話しておかなければ――」

こうして彼女は喋り続けたのだが、その間ずっとジャーゲンは耳を傾け、優しく微笑んでいた。このフロリメルが本当に美しかったからである。そんなふうに地獄の家で二人はフロリメルの休暇が終るまで満ち足りた生活を続けた。そして、二人は別れた。涙もなく、友情でいっぱいの気持ちで。

ジャーゲンにとってフロリメルほどいつでも楽しく思い出せる相手は他にいなかった。でも、それは実際に親しい関係を続けてきた妻としてではなかった。

美しい吸血鬼がジャーゲンのもとからいなくなってしまうと、評判もよく、政治観に対して支持を集めていたにもかかわらず、すっかり地獄がつまらなくなってしまった。

「いずれにせよ、民主主義政府の理論が誰から始まったのかを知るのは慰めにはなる。考え得るどんな問題に対しても賢明な決定を一般大衆の投票に委ねるというこの概念は誰がいい始めたのか、ずっと不思議に思っていた。それがいま分かった。まあ、悪魔たちの主義はそれはそれで正しいのかも知れない。彼らが間違っているとまではいえないのは確かだ。だが、それと同時に――」

例えば、民主主義を採用できる世界を維持する果てしない努力、専制君主制にしがみついている天国との終ることのない戦争、どちらも筋が通っていて気高く聞こえるし、実際のところ、民主主義の全面勝利を保証できる唯一の方法なのだろう。それでも、ジャーゲンにはずいぶん無駄に思えた。天上のシステムの方が軍事的な面で効率がよくて、そのせいでいつも天国が勝利を得ているということを知っていたからである。さらに、地獄はそもそもコシチェイが彼の先祖とともにたまたま思いついたにすぎないという事実をジャーゲンは克服できていなかった。時代遅れな発想に我慢がならなかったからだ。とくに、誰かがそういった考えを実行に移してしまったときには。まさにコシチェイがやったように。

「ここが紛れもない時代錯誤《アナクロニズム》の地に見える」ジャーゲンはコラズマの焔に覆いかぶさるようにしていた。「それに、良心のある人々に責め苦を与える方法はあまりにも雑だとしか思えない。このこつこつ働く悪魔たちは勤勉だし、善意でやっていることを否定しようなんて誰もが夢にも思うまい。だが、素直であることは技法としてはほとんど意味がない。私が見出した限り、ここで必要なのは本当の才能と、幅広い創造性のある人間だ。上手い具合に嫌な感じのする奴が——」

そのとき頭に浮かんだのはもちろんリーサ夫人だった。そして、ジャーゲンの考えはふたたび男らしいことをする方へ向かったのだった。溜息をついて、悪魔たちのあいだに入って行くと躊躇いがちに、リーサ夫人を連れ去った黒紳士の姿をした怖れを知らぬ悪魔について知らないかと訊《たず》ねてまわった。しかし、奇妙なことに、どこへいってもあの黒紳士について聞きだすことはできず、黒紳士について何か知っている悪魔すらいなかった。

「ジャーゲン皇帝が話してくれたことからすると、奥方はずいぶん口やかましい女で、自分がすることに間違いはないという信念を持っている類の女のようだな」悪魔たちは揃ってそういった。

「信念というわけでもなく、哀れな妻の嗜癖といったところか」とジャーゲンがいった。

「そのことからも、奥方は永遠に地獄に入ることは許されないと分かるな」

「それは初耳だが、そんなことが知られたら、夫たちが堕落した生活を送るようになってしまう」

ジャーゲンがいった。

「だが、人間が信念に救われることは周知の事実だ。気難しい女の、自らの無謬《むびゅう》性に対する信念ほど強いものはない。はっきりいうと、天使を別にすれば誰もが耐え難い類の女のようだ。われわれの推定では、皇后は天国にいるに違いないということになる」

「それはもっともらしく聞こえる。それなら天国へ行くことにしよう。そこで正義を見つけられるだろう」

「これは知っておいてもらわなければならないが、地獄にはあらゆる種類の正義がある。それはわれわれの政府が、文明の進んだ民主主義に基づいているからだ」悪魔たちが剛毛を逆立てて叫んだ。

「そのとおりだ。文明の進んだ民主主義には、あらゆる種類の正義がある。それを否定しようなどとは夢にも思ったことがない。だが、あの小さな厄介者の我が妻がお前たちのところにはいないことも分かるだろう。私が探し続けなくてはならないのは、その妻だ」

「なら、好きにすればいい。戦時の難局に文句をいいさえしなければ。だが、善悪の区別もつかない者どもが、正式にはその地位に選ばれてもいない、欺瞞と腐敗に似つかわしい専制君主を我慢している国になんか へ行くのを見送るなんて本当に残念だ。地獄にいる方が快適に暮らしていけるのに、奥方を探し続ける必要があるのだろうか」

ジャーゲンは肩を竦《すく》めた。「誰でも時には男らしいことをしなくてはならないんだ」

悪魔たちは哀れむような目でジャーゲンを見ながら、天国との国境へ行く道を教えてくれた。

「だが、国境を越えるのは自分で何とかしなくてはな」

「呪文があるんだ。それに、地獄にいるあいだにそれぞれの使い方も分かった」

ジャーゲンは自分の考えに従ってメリディ*まで行き、鎖蛇《くさりへび》と蟾蜍《ひきがえる》が飼われている大きな水溜まりのところまで来ると左へ曲がり、激しい稲妻に気をつけながらタルタロス*の霧の中を通ってもう一度左へ曲がった。「天国を探すときにはつねに自分の心に導かれるようにせよ」というのが悪魔たちに助言されたことだったからだ。そして、ジェムラの住むところを避けながら、〈底なしの淵*〉や寂しいところにある那落迦《ならか》に架かる橋を渡った。橋の関門を守っていたブラッコス*は悪魔たちがあらかじめジャーゲンに警告していたとおりのことをしたが、これについてはもちろん、仕方のないことだった。

第四十章　教皇ジャーゲンの昇天

伝えられている話によると、〈お告げの祝日〉*にジャーゲンは天国を取り囲んでいる白く高い壁の前にやって来た。地獄は天国に隣接していて、それはもちろん、祝福された者が責め苦を受けている亡者たちの様子を見下ろせば幸福感が高まるものとジャーゲンの先祖が思っていたからである。このとき、少年天使が一人、天国の胸壁から下を見ていた。

「そこの若い方、何を熱心に考えているのかな」ジャーゲンがいった。何年も前に金持ちがしたように、*人間の声が地獄と天国のあいだを越えて届くことを今度はジャーゲンが確認したのである。

「僕は可哀想な亡者を憐れんでいたのです」少年が答えた。

「それなら、君はオリゲネスに違いないね」ジャーゲンが笑いながらいった。

「いいえ、僕の名前はジャーゲンです」

「おやおや。吾輩ジャーゲンもこの生涯でずいぶんいろいろな人物になったのだな。ならば、ことによると君は本当のことをいっているのかも知れないな」

「僕は、コスとアズラの息子のジャーゲンです」

「ああ！　ジャーゲンは皆そうだった」

「それなら、僕はスタインヴォアの孫のジャーゲンです。他の孫よりも愛された孫です。それで、スタインヴォアの他の幻影と一緒に天国で永遠に暮らしているのです。でも、そんな綺麗な羽織りものを着て、地獄で焼かれることもなく歩き回っているあなたはどなたなのですか」

ジャーゲンは少し考え込んだ。本当の名前を名乗ることで、ジャーゲンは天国にいるのか地獄にいるのかという問題を発生させては決してうまくいくまい。そのとき、〈文献学匠〉の呪文を思い出した。これまでに二度使ってうまくいかなかった呪文である。ジャーゲンが咳払いをしたのは、呪文の正しい使い方が分かったと確信したからだった。

「おそらく、自分が誰だかいってはいけないのだろうと思う。でも、お互いに信頼できない人生なんて何になるというんだ。それに、君は特に分別のある少年のようだ。だから、信用して打ち明けることにしよう。私は教皇ヨハネス二十世だ。地上に遣わされた天国の摂政だ。今は天上界の仕事でこの地を訪ねたところなんだ。仕事の内容はこれ以上詳しく話せないのだが。君のような並外れて賢い若者にはすぐに分かってしまうからな」

「ああ、でもからかっていらっしゃるんでしょう。ちょっと待ってください」少年天使は大きな声をあげた。

茶色の巻き毛をさっと一振りして、その輝く顔が消えた。ジャーゲンは胸壁の前で注意深く〈文献学匠〉の呪文を読み直した。「ああ、分かったと思う。魔法の使い方が」

しばらくして、若い天使が胸壁の上にまた姿を現した。「名簿を見てきましたよ——教皇はみんな死んだ瞬間にそれまでの個人の行いを調べられることなくここに入ることが認められているんです。不運な醜聞《スキャンダル》を避けるためですね。それで、教皇ヨハネスはたくさん載っていました。でも、確かに、ヨハネス二十世のための住まいは空室になっています。どうやら、天国に来ていないたった一人の教皇のようです」

「そりゃあ、いないだろう」ジャーゲンが不満そうにいった。「君の目の前にいるんだから。かつてはローマ教会の司教、神の召使いの召使いだった私はこの燃え殻の山の上に立っているじゃないか」

「そうですね。でも、仲間たちの誰一人としてあなたを見分けられる人はいないようなんですが。ヨハネス十九世もそんなのは聞いたことがないといっています。竪琴のレッスン中に邪魔をするなといわれていましてーー」

「私が即位する前に死んだんだから当然だろう」

「ーーそれに、ヨハネス二十一世は、理由は分からないが数え損なったせいでヨハネス二十世という教皇は存在しないはずだといっています。そいつは詐欺師だともいっています」

「ああ、職業的な嫉妬だな。いやはや、実に悲しいことに、これは人間性に対する貧弱な評価でもある。はっきり指摘しておきたいが、二十番目がなくて二十一番目があるなんてことがあるかね。初歩的な算数に間違いがあったと教皇が認めてしまったら、教皇不謬性という大原則は一体どうなるんだ。しかし、これは実に危険な異端審問の案件だ、教皇枢密会議の問題だ。それでも幸運にも、彼自身の主張に基づけば、このペドロ・ジュリアーニはーー」

「そういうお名前だということも話してくださいました。このことをよくご存じなんですね」若い天使が感銘を受けているのは明らかだった。

「当然だ。よく知っている。もう一度いうが、その男自身の論拠に立脚すればその男は存在していない。だから、その男が何といおうとそれは無に等しい。つまり、教皇ヨハネス二十世などいなかったといったそうだが、そうするとそいつは嘘をついていたか、本当のことをいっていたかのどちらかということだ。もし嘘をついていたら、もちろんそんな奴のことを信用してはならない。もし本当のことをいっていたのなら、教皇ヨハネス二十世などいなかったということはすなわち教皇ヨハネス二十一世もいなかったということになり、そいつは自己が存在していないと断言していることになる。結局、意味を成していないのだし、君も意味を成さないことなんか信じてはいけないのだよ。彼が何者でもないという気が狂ったような論拠を認めたとしても、君が真っ当に育てられてきたのは間違いないようだから、天国では誰も嘘をつかないということに異議を唱えたりはしないだろう。だから当然、私が真実を語っているということになるし、君は私を信じる他にないということにもなるわけだ」

「確かにそのとおりだと思います。ただ、説明が速すぎてついていくのが少し難しかったのですが」若いジャーゲンが認めた。

「ああ、だがそれ以上に、私のいうことが細部に至るまで紛れもない真実である証拠として、もし君が天国の屋根裏部屋を覗き見れば、ここへ降りてくるのに私が使ったものと同じ梯子《はしご》が見つかるだろう。私がまた登って上がるときまでどこかへ片づけておくように頼んだ梯子だ。実際に私のここでの仕事がすっかり終って満足したところだから、その梯子を持ってきてもらうようにお願いしようとしていたところだ」

少年は、地獄だろうと天国だろうと、教皇などいないことになるという言葉は梯子のように確たる証拠であることを認め、ふたたび姿を消した。ジャーゲンは、大丈夫だろうと思って待った。それはロジックの問題だった。ヤコブの梯子*は誰の話でもベテルで一晩使っただけで、それで捨ててしまうにはもったいない。〈審判の日〉には大いに役立つはずだから。ジャーゲンはリーサで心得ていたから、いつの日か役立つようになるかも知れないとしまい込まれているものなら何であろうと、必ず屋根裏部屋にあると推察できた。女たちが想像しうるどんな住居にあってもそうだ。「天国は老女の妄想の産物だというのは周知の事実だからな。数学的にも確かなことだ」ジャーゲンはそういった。

その後に起きたできごとがジャーゲンの論理が正しかったことを証明した。しばらくして若いジャーゲンがヤコブの梯子を持って戻ってきたからである。長いあいだ放置されていて蜘蛛の巣だらけになった古臭い梯子だった。

「何もかも話してくださったとおりでした」若いジャーゲンは、ヤコブの梯子を地獄へ降ろしながらいった。「ヨハネス閣下、急いでください。悪口をいっていた奴らと決着をつけてください」

こうしてジャーゲンは、時の試練を経た純金の梯子を登って地獄から天国へとまんまと這入り込んだ。梯子を登るときネッソスの羽織りものが天国から降りてくる光を受けて綺麗な輝きを放った。頭上から降り注ぐ大いなる光によってできるジャーゲンの影は、ジャーゲンが登るにつれて天国の白い壁の上を信じられないほど長く伸びて、それはあたかも地獄から離れるのを嫌がって必死にしがみついているかのようでもあった。それでも、一段一段、ジャーゲンが壁面を跳ぶように登っていくと、影もやはり跳び上がり、影もまたジャーゲンとともに天国へと入って、その足元に元気なく丸くなった。

THUS it came about that JURGEN clambered merrily
from HELL to HEAVEN.

「さて、さて。利用法を間違えなかったときの〈文献学匠〉の魔法に疑いを挟む余地がないのは確かだな。そのおかげでこうやって天国へ生きて入れたのだから。私の前にそんなことができたのはエノクとエリヤ*だけだ。それだけではない。この少年を信じるなら、天国の数知れぬ邸宅の中で最も美しいものの一つが私が住むのを待っているんだ。ああ、リーサが今の私を見てくれたらな」

これがジャーゲンの最初に考えたことだった。それからジャーゲンは呪文の紙を破いて、紙切れをばらまいてしまった。〈文献学匠〉にいわれたとおりにしたわけである。ジャーゲンは自分が天国に入るのを助けてくれた少年の方を向いた。

「さあ、お若いの。その顔をよく見せてくれ」

ジャーゲンは、かつては自分がそうだった少年のジャーゲンと話をした。何もかもかつての自分だが、もはやそうではなくなってしまった相手と向かい合って顔を突き合わせて。このときにジャーゲンに起きたことを、この話の著者は書く気がない。

ジャーゲンは、かつての自分である少年のもとを去った。最初にジャーゲンが知ったことは、この地では祖母のスタインヴォア（スモイト王が愛した相手である）が暮らしていて、自分の考えた天国という概念に満足しているということだった。彼女は周りに自分の子供たちや孫たちがいることを望んだが、天国に夫やスモイト王がいることなど考えもしなかった。

「この状況は、ここなら正義が見つかる希望があると我が心を鼓舞してくれる。とはいっても、祖母には近づかないでおこう。私が愛していた祖母スタインヴォアであり、また私を盲目的に愛してくれた祖母だとよく分かっている。だが、ここにいるあの少年が祖母にとっての私という存在なんだ。そうだ、祖母のために近寄らずにいるのが正しい作法というものだろう」

だから、ジャーゲンは天国の中で祖母の幻影のある領域を避けることにした。それがジャーゲンにとっての正しい行いだったからだ。天国のその領域には、木犀草《もくせいそう》の香りが漂い、椋鳥《むくどり》の歌う声が聞こえていた。

第四十一章　天国での妥協について

ジャーゲンは誰にも妨げられることなく、祖母が崇拝する神が坐る玉座のあるところへ行った。水晶の海のそばにあった。虹が高く細く、玉座にうまく合うように作られていて、ちょうどそのアーチの下に神が坐るようになっていた。神の足許には七つのランプに火が灯っていて、素晴らしい翼を持つ生き物が四人、横になって静かに歌を歌っていた。「永久《とこしえ》に生きる神に栄光と栄誉と感謝を」神は片手に笏を持ち、反対の手には七つの赤い水玉模様のある大きな本を持っていた。

もう少し小さい玉座が十二あった。虹はついておらず、ジャーゲンの祖母の神の両脇に半円状になって並んでいた。この下位の玉座には、慈悲深い表情の老天使たちが坐っていて、皆その髪は白く長く、王冠を戴き、白い長衣《ローブ》を纏い、片手に竪琴を、もう片方の手に黄金の小さな瓶を持っていた。そこかしこを熾天使《セラフィム》や智天使《ケルビム》が色とりどりの翼でぱたぱたと羽ばたき、きらきら輝いている様子は鸚哥《いんこ》が大きくなった姿にも似ていて、天国をぼんやり包む黄金の霞と絶えることなく聞こえてくる静かなオルガン曲と遠くから微かに聞こえる歌声の中を軽やかに明るく飛び回っていた。

そのとき、神の目がジャーゲンの視線と合った。ジャーゲンはしばらくのあいだそのまま待っていた。それはジャーゲンが思っていたよりもずっと長い時間だった。

ジャーゲンがやっといった。「神様、あなたが恐ろしいのです。そして、愛しています。それでも、信じることができないのです。信じている者がこんなにもたくさんいるところで、なぜ私を信じさせてくださらないのでしょうか。あるいは、他の者たちがうるさく嘲ったように、私を嘲させることができないのでしょうか。ああ、神よ、なぜ私に信仰を与えてくださらないのですか。何に対しても信仰をもつことができず、無に対しても信仰を持つことができません。ひどいではありませんか」

天国の最も高い法廷で、天使たちの目の前で、ジャーゲンは泣きだした。

「ジャーゲン、私はお前の神ではなかったのだ」

「昔はあなたに信仰心を抱いていたこともありました」

「いや、その少年ならここで私と一緒にいる。お前も見たとおりだ。ジャーゲンである男の中に、今ではそれらしいものは何も残っていないではないか」

「祖母の神よ！　少年だった頃に愛した神よ！　なぜ私は神に拒まれるのですか。私は探したのです。そして、どこにも正義を見つけられず、どこにも崇拝できるものを見つけられませんでした」

「お前は正義を求めて天国のあらゆるところを探したのか」

「いいえ、そんなことは思い浮かびませんでした。そうしていたなら、あなたは独りでここにいるはずです」

「かてて加えて、お前は自分の神を外に探してしまったのだ。本当に崇拝できるものをジャーゲンの思考の中に求めるのではなく。もし、そうしていたら、今見ているのと同じように、お前が崇拝できるものだけがいとも簡単に見えただろう。お前の神は傷つけられている。お前の旅の埃が厚く積もっている。お前の虚栄心が神の目の上にナプキンのように被さっている。そして、その心には愛も憎しみもない。その唯一の崇拝者に対しても」

「私の神を嘲笑するのはやめてください。多くの崇拝者がいる神よ！　少なくとも、とてつもなく賢い神ですよ」とジャーゲンが大胆にも、天国の最高法廷で、ジャーゲンの祖母の神の憂い顔の前でいい放った。

「ああ、おそらくそうなのだろう。私は賢い人間に会うことがあまりないのだ。私の崇拝者については、一人の老女の妄想だと何度も立証したことを自分で忘れてしまってはいないか」

「私の論理に欠陥があったことなどありましたか」

「お前のいうことをよく聴いていたわけではないのだ。われわれは論理をあまり気にしていないということをお前も知っておかなくてはなるまい。この辺りでは論理的なことはまったくないのだからな」

　このとき、四人の翼ある生き物が歌をやめた。そして、オルガン曲が遥か彼方《かなた》の囁き声のようになった。天国に静寂が訪れたのである。ジャーゲンの祖母の神もまた、しばらく沈黙を保っていた。神の頭上の虹から七つの色が抜け落ち、青みがかった耐え難いほどの白い光を発して燃え上がった。その間、神は昔のことを考えていた。そして、その静寂のなかで神が口を開いた。

　数年前のこと（ジャーゲンの祖母の神がそう話し始めた）、宇宙に懐疑論が広まっていて、その宇宙にすっかり満足している者が一人いるのだが、合理的な説明ができないという報告を受けたコシチェイは、「その懐疑家を連れて来い」といった。すると虚空にいる彼の許に、古い灰色のショールを纏っている腰の曲がった小柄で灰色の女が連れてこられた。コシチェイがいった。「さあ、なぜ今あるものの存在を信じようとしないのか」

すると腰の曲がった小柄で灰色の上品そうな婦人は礼儀正しく答えた。「どちら様か存じ上げませんが、お訊《たず》ねになるのでお答えすれば、愛する者たちと天国で永遠の命を獲得するためには、万物は一時的な苦痛と見なさなくてはならない、そして、当然合格すべき運命の審理と見なさなくてはならないと誰もが知っているからです」

「ああ、そうだ」万物を今あるように創ったコシチェイがいった。「そうだ、そのとおりだ！　どうやってそんなことを学んだのかね」

「毎週日曜日には教会へ行って司祭さまの説教で天国についていろいろ聞きました。それから、死んだ後、天国でどんなに幸せになれるかという話も」

「ということは、この女は死んでいるのか」とコシチェイが訊《き》いた。

「はい、そうです」彼らが答えた。「つい最近です。われわれが何を説明しても信じようとしません。そのくせ、天国に連れていけと要求しています」

「いらいらする話だな。もちろん、私はそういう懐疑論には我慢がならない。我慢できるはずがない。この女が信じている天国とやらにさっさと運んでしまったらどうか。そうすれば、決着がつくだろう。まともな助手はいないのかね。いちいちくだらないことで私の指示を求めに来るな」

「しかし、そんな場所はありません」と彼らがいった。

するとコシチェイが考えてからいった。「存在しない場所が別の場所では公衆の知るところとなっているのは実に奇妙ではないか。その女はどこから来たのか」

「地球からです」

「それはどこにあるんだ」とコシチェイがいうと、彼らはできるだけの説明をした。

「ああ、そうか、あっちの方か」コシチェイが遮っていった。「思い出したぞ。天国へ行きたいというお前の名前は何という？」

「スタインヴァアでございます。申し訳ありませんが、私は急いで子供たちに会いたいのです。もう長いこと子供たちに会っておりませんので」

「だが、待て。この女が子供たちのことを話すときに、その目に浮かんでくるものは何だ」彼らはそれは愛だと答えた。

「その愛は私が創ったものかね」万物を今あるように創ったコシチェイがいった。すると、彼らが違いますと答えた。そして、愛にはいろいろ種類があるということ、しかし、これは特別なもので女たちが自分たちのために作り上げた幻影であること、そして子供たちを扱うときにいつも表すものであることを話した。コシチェイは溜息をついた。

「お前の子供たちのことを話しなさい。話すときには私の目をよく見ること。私にもお前の目が見えるように」コシチェイがスタインヴァアにいった。

スタインヴァアは自分の子供たちのことを話した。万物を創ったコシチェイは熱心に耳を傾けた。コスのことを話した。彼女の一人息子である。コスはかつて生きていた者の中でも最も立派な少年であるといった。「最初は小さな手に負えない子でしたが、その後の男の子がどんなものかご存じでしょう」事業を有能に大胆に動かして成功し、市会議員にまで昇り詰めた話をした。万物を創造したコシチェイはなかなか感銘を受けているようだった。次に、娘たちのことを話した。インペリア、リンダミラ、クリスティーヌのことを。インペリアの美しさについて、リンダミラの不幸な結婚における不幸な災難に対する勇気について、クリスティーヌの完璧な家事について。「素晴らしい女たちです。三人とも、自分の子供を産んでいるのに、私にはまだほんの子供に思えるのです」この礼儀正しく腰の曲がった小柄で灰色の女が笑った。「私は子供には恵まれたんです。そして、孫にも。ジャーゲンというのが孫です。コスの男の子ですよ。信じていただけないかも知れませんが、ジャーゲンのことでお話ししておかなくてはならないことがありまして——」彼女は幸せそうに誇らしげに話し続けた。その間、万物を創造したコシチェイは、耳を傾け、スタインヴォアの瞳を見つめていた。

それから、コシチェイは近くの者にこっそり訊いた。「スタインヴォアの子供たちや孫たちは、確かに彼女がいうとおりなのか」

「いいえ」彼らはこっそり答えた。

そこで、スタインヴォアが話しているあいだに、コシチェイは彼女が話すとおりの子供たちと孫たちを創った。コシチェイが創った男たちと女たちをスタインヴォアの背後に立たせた。彼らは皆ことごとく美しく穢《けが》れがなかった。そして、コシチェイがこの幻影たちに命を与えた。

そして、コシチェイはスタインヴォアに後ろを向くようにいった。彼女は従い、コシチェイのことを忘れた。

コシチェイは虚空に独り坐っていた。あまり幸せそうな様子ではなく、戸惑ったような顔で自分の膝を叩きながら、腰の曲がった小柄で灰色の女を見つめていた。彼女は子供たちや孫たちの相手に忙しく、コシチェイのことは完全に忘れていた。「でもね、リンダミラ、まだ私たちは天国にいるわけではないのよ」――「ええ、お母さん、天国ではまた一緒にいられるのでしょう。つまり、天国ってこういうところですよね」とリンダミラの幻影がいった。「そういってくれるのがあなたの優しさだし、如何にもあなたらしいけれども、天国というのは聖書の黙示録に詳しく書かれているように、輝くばかりに美しいところなのですよ。でも、自分で見回してみれば分かるように、周りには何もないでしょう。人だって、私と話していた丁寧な紳士の他には誰一人いない。あの方だって、ここだけの話だけど、普通なら当然知っているようなこともあまりよくご存じないようだしね」

「地球をここに持ってこい」コシチェイがいった。そのようになった。コシチェイは惑星を見回し、聖書を見つけた。聖書を開き、ヨハネ黙示録を読んだ。その間、スタインヴォアは幻影たちと話をしていた。「なるほど分かった。この発想はいささか派手すぎるとは思うが――」コシチェイは聖書を元の場所に置き、地球を本来のところに返すように命じた。コシチェイは何事も無駄にするのを嫌っていたからである。そして、コシチェイは微笑み、さきほどの本に記されているような場所として天国を創った。

「そういうわけで、この天国ができたのだ、ジャーゲン」ジャーゲンの祖母の神が語り終えた。「この私もまたそのときコシチェイによって創られたわけだ。熾天使《セラフイム》や聖人たち、あらゆる福者たちもまた。今、お前に見えているように。もちろん、コシチェイは私たちをここに、時の始まりから常にいるようにした。そう聖書に書かれているからだ」

「どうやってそんなことができたんでしょう。コシチェイはどんなふうに時間を手玉に取ったのでしょう」ジャーゲンが眉間に皺を寄せていった。

「私に分かるわけがない。私は老婦人の幻影に過ぎないのだからな。お前が論理によって何度も証明しただろう。コシチェイが意図することなら何であろうと、ただ起こるだけではなく、人類最古の記憶よりも前に、すでに起こっているのだといえば十分だろう。そうでなかったらコシチェイじゃないだろう？」

「それは、夫に不実だった女にも当てはまるのですか」とジャーゲンが高潔ぶったことをいった。

「ああ、おそらくそうだろう。何れにせよ、人を愛した女のためになされたことだ。コシチェイは愛のいいなりになって何でもする。愛は、コシチェイにとって二つのできないことの一つだからだ」

「コシチェイは自尊心を抱くこともできないと聞いたことがありますが」

ジャーゲンの祖母の神が、白い眉をあげた。「自尊心とは何かね。今までに聞いたことのないもののような気がするが。確かに、ここには入ってきていないようだな」

「でも、どうしてコシチェイは愛することができないのですか」

「なぜなら、コシチェイが万物を今あるように創ったからだ。万物を昼も夜も今あるように見つめているからだ。それで、どうしてコシチェイが何かを愛したりできるかね」

しかし、ジャーゲンは艶やかな黒髪の頭を振った。「まったく理解できませんね。もし、私が牢獄に入れられて、そこに自分の詩の他に何もなかったら、嬉しく思うことはないでしょうし、自尊心を抱くこともきっと難しいでしょう。でも、たとえそうでも、自分の詩を愛するでしょう。祖父サタンの発想の方がずっと簡単に納得できるといわざるを得ません。反論したいわけではありませんが、本当のことをお話しくださっているのかどうか疑ってしまいますね」

「自分が話していることが真実かどうか、どうしてそんなことが私に分かろうか。私は老婦人の幻影に過ぎないのだから。お前が何度も論理で証明したように」

「なるほど、あらゆることについてあなたが正しいのかも知れません、間違っていると指摘できることがないのは確かでしょう。でも同時に、今もなおあなたを完全に信じることができないのです」

「老婦人の幻影を通してものが見極められるような、そんなにも賢いジャーゲンの信仰に何を期待できるというのか。どんな幸福がその信仰によって生まれるというのか」

しかし、ジャーゲンは静かに答えた。「我が祖母の神よ、私はまったくあなたを信じられませんし、記録されたあなたの行いは支離滅裂でふざけているようにしか見えません。それでも、あなたを信じ、崇拝し、愛している、勇敢で優しい人々にとって常に実在しているのは喜ばしいことだと思います。彼らを失望させるのは、正しいことではないでしょう。彼らの抱く信仰の前では、万物を創造したコシチェイですら常に理に適った存在ともいえますまい。

我が祖母の神よ、私はあなたをまったく信じられませんが、あなたに与えられた愛と信仰の総量を思い起こせば、身が震えます。あなたを信仰しているから、生活が自信と喜びに満ちている人々のことを考えます。彼らのことを考えると、盲目的な悔恨、思慕、嫉妬、優雅な楽しみがすべてを染めていることに、心が戸惑います。あなたほど崇拝されてきた神は他にはいません。彼らのことを誇りに思うべきでしょう。

我が祖母の神よ、私はまったくあなたを信じられませんが、あなたのことを当然のように覗きにやって来るような者とは違います。私、ジャーゲンは、涙の霧を通してあなたを見ています。ずっと以前に私が心から愛した人たちがあなたを愛しているのだから。あなたを見て思い出すのは、あなたの崇拝者たちであり、昔懐かしいあなたの信者たちです。日付、原稿、学のある人たちの意見といったものは、私には些細なことにしか思えません。私が覚えていることや、羨ましいと思っていることに比べれば」

「お前のようにとてつもなく賢い男が、老婦人の幻影を羨ましく思うなど誰が予想し得ただろうか」ジャーゲンの祖母の神がいった。そのときの神の輝く顔は、親しみを感じないものではなかった。

「ええ、でも、我が祖母は正しかったわけです——ある意味——天国について、そしてあなたについても。確かに、あなたは存在していて、彼女が述べた地所を治めているようですから。それでも、あなたの最新の黙示録に従えば、私もまた——ある意味——老婦人の妄想であるこれらの事物については正しかったということになりましょう。ですから、今、不思議に思っていることを話さなければならないのですが」

「何かね、ジャーゲン」

「あらゆることが何らかの意味で正しいといえるのではないかということです。それがあらゆることの大きな秘密ではないでしょうか。そんなに悪い答えではないと思うのですが」ジャーゲンは考え込むようにいった。

神は微笑んだ。突然、天国のジャーゲンの周辺が、たった独り佇むジャーゲンを残して虚無になった。ジャーゲンの目の前には消えた神の玉座と神の笏があった。大きな本にある七つの水玉は、赤い封蠟だと見て取れた。

ジャーゲンは怖かった。しかし、特に怯《ひる》むこともない自分の意識に最も怖れを感じた。「お前は公爵であり、皇子であり、王であり、皇帝であり、教皇だったではないか。これほどの位で満足するのか。いや、するわけがない」ジャーゲンがいった。

そうして、ジャーゲンは天国の玉座に上り、驚異の虹の下で玉座に坐った。膝の上には本があった。手には笏を持っていた。ジャーゲンの祖母の神の持ち物だった。

ジャーゲンはそうやって坐り、長いあいだ天国の輝く空虚な地を眺めていた。「これから何をしようか」ジャーゲンは大きな声をあげた。「ああ、落ち着かないちっぽけなジャーゲンよ、お前は望むものがないのが不満だといったが、今や地球と地上の人間に対して全能の力を持っている。お前の望みは何か」怯えながら玉座に坐っているジャーゲンの心臓は鉛のように感じられ、自分が年老いて疲れ切ったように思えた。「私には分からない。ああ、私を助けてくれるものは何もない。自分の望みが何なのか分からないんだから。この本もこの笏もこの玉座も私には何の役にも立たない。私の役に立つものなんて何もないんだ。何しろ私はジャーゲンで、自分でも知らないものを探しているのだから」

ジャーゲンは肩を竦《すく》めて神の玉座から降り、あてもなくふらふら歩いていると、四人の大天使に出くわした。彼らは白くふわふわした雲の上に坐っていて、黄金の浅いボウルから牛乳と蜂蜜を飲んでいた。この輝かしい天使たちに、天国からできるだけ早く出て行く道を訊ねた。

「この辺りには私の幻影はまったく見当たらないからです。もう私にふさわしい幻影のところへ戻らなくてはならないのです。誰でも、何かを信じなくてはなりません。天国で見たものにはことごとく感嘆し、羨望の念を覚えました。でも、信じられるものは何もありませんでした。満足できるものは何もありませんでした。そのことを考えていたら、今度はあなた方に会ったので、もしかしたら私の妻であったリーサのことを何かご存じなんじゃないかと思ったわけです」

そして、リーサのことを彼らに話した。大天使たちはジャーゲンに同情したようだった。しかし、この大天使たちはリーサのことを何も知らないと分かった。天国にそんな人物はいないと請け合った。スタインヴォアはジャーゲンが子供だった頃に死んだので、リーサには一度も会ったことがなかったのだ。だから、スタインヴォアが自分の思いつきを万物を創造したコシチェイに示すときに、当然のことながらリーサが頭に浮かぶことはなかった。

最初に祖母の神と目が合ったとき、その祖母の神が愛なのだということ以外何もかも忘れて、自分がまったく見動きもせず三十七日間じっとしていたことにジャーゲンは気がついた。

「こんなに早く自らここより背を向けた者は他にいない」ザカリエル*がいった。「その感受性の低さは、お前が着ている輝く羽織りものに備わった何らかの悪徳のせいではないかと我らは考えている。そんな羽織りものを天国では一度も見たことがない」

「私はただ正義を探していただけです。あなた方の神の目の中には見出せませんでした。見出せたのは、愛と、罪の赦《ゆる》しに悩まされたということだけでした」

「それなら喜ぶべきだろう」と四人の大天使がいった。「命あるものは皆ことごとく喜ぶべきなのだ。それ以上に、天国に住み、正義を顧みない神を永遠に讃える我らは特に喜ばなくてはならない。我らはそのためにここに入ったのだから」

第四十二章　絶えずいらいらしている十二使徒

愛を得ることも失うこともなく、ジャーゲンが急いで天国から出たのはワルプルギスの夜だった。何が起こっても不思議はなさそうな夜だった。聖ペトロ*がジャーゲンのために閂《かんぬき》を外してくれた。正面の入口ではなく、無数の小さな魚の浅浮き彫りがある、裏戸の小さな扉からだった。それは、この扉が誰でも自分の想像する場所に向かって開くからである。

「こうすれば、自分の幻影のあるところへ、時間を無駄にすることなく戻れるのだ」聖ペトロがいった。

「十字架がありましてね」ジャーゲンが沈んだ表情でいった。「以前は首から十字架をかけていたのです。感傷的な理由で身につけていたのですが、それはつまり亡くなった母が持っていた十字架だからです。母のアズラ以外に私を愛してくれた女性はいなかったから――」

「お母さんはそういってくれたのかね」何かを思い出しているような顔で聖ペトロがいった。「私の母は何度もいってくれた。ときどき不思議に思ったのは――知っていると思うが、私は結婚していたんだ。しかし妻は私のことをまったく理解してくれなかった」聖ペトロが溜息をついた。

「いや、そのとおり。私の場合もそう違いはなくて、結婚の回数が増えるにつれて、理解が難しくなっていきます。スモイト王にもっと思いやりを示すべきでした。あれはきっと私の祖父なんです。お分かりだと思いますが、他の女たちが私を信用したのは、多かれ少なかれ、ジャーゲンという幻影を愛していたからですよ。でも、アズラはまったく私を信用しませんでした。それは私をしっかり自分の目で見て愛してくれたからです。ジャーゲンを理解して、それでもなお愛したのです。それに対して私ときたら、いくら賢いといっても、そのどちらもできませんでした。それでも、男らしいことをするために、女を喜ばせるためだけに――それが結婚している女であっても！――私はたった一つの母の思い出である小さな黄金の十字架を投げ捨ててしまいました。それ以来、そういった感情を与える幻影が私から悲しいほど離れていってしまったのです。だから、私は天国を後にすることにしました。十字架を求めて」

「それはすでにやったことがある。*そのようなことをしてどれほどいいことがあるかは疑わしいと思うがね」

「おやおや、そのおかげであなたは教皇の中でも最初で最高の教皇*として永遠の救いへと導かれたのではありませんか。記憶も感謝の念もほとんどないように見えますよ。あなたの目の前で鶏のように鳴いて時*をつくってみたい気になっています」

「何だか智天使《ケルビム》みたいな話し方をするんだな。もう少しマナーというものを身につけるべきだろう。われわれキリストの十二使徒が教会に関する冗談を聴いて楽しいと思っているのかね」

「いや、聖ペトロ殿が教会を設立したことは事実で――」

「おや、またそんなことをいうのか。あの恩着せがましい熾天使《セラフイム》たちや腕白智天使《ケルビム》たちにいつもいわれていることだ。私たち十二使徒は天国でともにそれぞれの白い玉座に坐っている。地上で起きていることは全部見ているんだ。私たち十二使徒としての立場から、君たちが漠然とキリスト教と呼んでいるものの成長や振舞いを無視してきたわけではない。ときとして、きわめて不愉快な気持ちになったこともあった。特に、智天使か何かが近くを飛び回って、にやにや笑ったり含み笑いをしながら、「でも、あなたがたが始めたんですよね！」などというときだ。そうだ、私たちが始めたんだ。それは否定できない。ある意味、私たちが始めたんだから。だが、こんなことになるとは実は予期していなかった。このことでいつまでも私たちをからかうのはひどいんじゃないかね」

「確かに考えてみれば、教会の尖塔の影でいわれたりなされたりしてきたことに、あなた方の責任はほとんどありませんね。私が覚えているところでは、十二使徒はイエスの教えで世界を変えようとした。その善なる意図には敬意を払うべきでしょう。どんなおかしなものに変わってしまったとしても」

この同情的な言葉は老聖人にとって気持ちのよいものであったようだ。言葉遣いが前より打ち解けたものになった。瞑想に耽《ふけ》りながら白く長い髭に手を滑らせ、憤慨するようにこういった。

「彼らが、我らの親類縁者であるなどといい張ったりしなければ、まだ耐えられただろう。だが、そうではなかったから、何世紀ものあいだ、自分たちが間抜けに感じられてならなかった。門を守っている私にはとくに厄介だ。挙句の果てに、奴らは死ぬとずうずうしくも雀のように天国へ飛んでくるんだ。私が中に入れてくれるものと思い込んで。拷問をしたり、火刑にしたり、虐殺したり、愛国的な説教をしたり、聖戦を始めたり、ありとあらゆる忌まわしい行為をしておきながら、私のところへきて馴れ馴れしく笑う。何百万人とやって来るんだ。どのような冷酷な者だろうと愚かな者だろうと、ことごとく私を讃えにきた。どのような愚かな罪人も私の仲間になりたいとやって来た。使徒であり、紳士であるこの私にだ。信じられないかも知れないが、有名な司祭がつい先週やって来たのだが、私が通すと思っていたんだ。だが、私の手元には奴が禁酒のためにやった仕事の記録が全部あったんだからな」

今度はジャーゲンが吃驚していった。「でも、それって道徳的な生き方じゃありませんか！」

「ああ、だがあいつの禁酒の概念がな！　汚い戯言《たわごと》を投げつけられたんだ。どこかの教会か何かで話しているように。おべっかをいって、神を冒瀆する。主の最初の奇蹟に対して、そして十二使徒が受けた最後の命令に対して、主が聖別した葡萄酒を発酵していない葡萄果汁だなどと騒ぎながら批判した。私に向かってそんなことをいったんだ。カナの地で*あの貴い葡萄酒を飲み、さらに、審判のときが近づき、主が私たちを最高の状態にしようとしてくださったとき、あのエルサレムの二階の小さな部屋で*命を支える葡萄酒を飲んだこの私に向かって！　主が私たちに〈王国〉の到来を約束してくださったときの、あの想像を超える葡萄酒を飲んだ私と、お節介な恥知らずは議論しようとしたんだ。私は何もかも記憶しているというのに。人間の中の人間である我が主が、私を苦しめるために、取るに足りない悪口をわめきたてる司教の下男にこそふさわしい薄い安酒で私を育んできたなどと私をいいくるめようとしたんだ！」

「ええ、でも葡萄酒がときとして誤用されてきたということを否定できないのも確かではありませんか」

「あいつもそんなことをいっていた。そんな議論をしていると、司教たちの成功を邪魔することになるといってやった。理由は鏡を見なければ分からないだろうが。あいつはキリストの磔刑のことを思い出して、釘屋と材木商を一人残らず牢屋に入れてしまおうとした。それで、ここに連れて来られたのだが、まだ戯言を垂れ流していた」聖ペトロがうんざりしたような声でいった。「この前会ったときは、私の役割に誰か別の者が選ばれることになると脅そうとしたんだ。だが、そんなのは昔からの癖で威張り散らしているだけだったのだな。地上では偉そうに大口を叩いていたから」

「ですが、下の方でそんな司教には会わなかったような気がしますね」

「お前の父祖たちの地獄のことかね。ああ、いなかっただろう。お前の父祖たちはうまくやったと思っただろうが、認識に限界があったのだ。神を冒瀆する者たちのためにまったく異なる永遠の住まいを我らが用意してやった。ああいう熱心な聖職者のために場所を用意する必要が高まってきたときに備えてだな」

「誰がその場所を考え出したのですか」

「特別の厚意で、そのような忌まわしい行為を始め奨励した罪を着せられた我ら十二使徒が、その場所を設計し設置することを許された。もちろん、それを以前の仲間のユダに任せることにした。適任者だと思えたからだった。同時にこれももちろんだが、特別な屋根をその上に作った。うまく考案して〈戦いの屋根〉を完全に模したものだ。だから、あのにやにや笑いの智天使《ケルビム》どもには、キリスト教を始めた十二使徒があの瀆神者たちのために考案したものがどれほど長い期間におよぶ報いとなったか分からなかった」

「それが賢明だったのは疑いようもありませんね」

「そしてもし我ら十二使徒が思うようにできたら、もう一つ地球を覆う屋根を置いていただろう。あのおべっか使いの狂人が、我らを十二使徒と名付けた教会や、我らを十二使徒と名付けた教会の説教壇の周りで騒ぎ立て怒りを吐くからだ。まったく厄介だ。奴らが早口に叫んでいるのはムハンマドの教義だ。我らが伝え、耳にした教義ではない。使徒であり紳士である我らを誹謗する代わりに、公正にものごとをいうべきだった。だが、あの悪党どもは我らの名前を勝手に使った。智天使《ケルビム》どもはその悪ふざけの様子をずっと追っていて、我らをからかうのだ。だから、かつて我ら十二使徒は十分幸せだったのだが、天国の聖なる使徒でいることが今はまったく楽しくない」そういって聖ペトロは溜息をついた。

「一つ分からないことがあるのですが、たった今、〈戦いの屋根〉の話をなさったことです」

「石でできた屋根だ。シナイ半島で伝えられてきた二枚の石板でできている屋根で、人間が戦争を始めると神が地球の上にぴったり蓋をするのだ。神は慈悲深いからだ。そして、我らの多くが覚えているように、かつて我らは人間の男と女だったということだ。男たちが戦争に行くと、我らの永遠の父は彼らの振舞いが見えないように視界を遮ってしまう。神が我らに対して慈悲深くあろうと願うからだ」

「しかし、それではあらゆる祈りが、戦争が始まると天に昇れなくなってしまうに違いありませんね」

「もちろん、それが屋根の第二の目的だ。主の教えが嘲笑われているときに、他に何を期待するというのかね。それでも噂というものはなぜか広まるものだ。恐ろしいほど出鱈目《でたらめ》な噂が。例えば実際に聞いたことのあるものでは、戦争中には、寵児を援護して人殺しに加担してくれという祈りが主なる神の許へ届くというのがある」ここで聖者は慌てて続けた。「キリスト教会の司祭でさえ神に対する冒瀆になるそんなことをすると信じているわけではないがね。ただ、如何に狂ったような話が出回るのかを示したかっただけだ。だが、覚えているのは、かつてカッパドキア*で――」ここで聖ペトロは腿《もも》を叩いた。「だが、いつまでもここで噂話をしているわけにもいくまい。糖蜜に群がる蟻のように正面玄関の前では魂たちが列をなしているというのに！　さあ、ジャーゲン、天国から出て行きなさい。自分の正しい幻影を取り戻せるような、どこであろうと自分の想像する場所へ行きなさい。そうすれば、私も本来の義務に戻れる」

「それでは、私はアムネラン荒地を思い描きます。そこで私は母の最後の贈り物を投げ捨ててしまったからです」

「アムネラン荒地はそこにある」聖ペトロがいいながら、ジャーゲンを小さな石の扉に押し込んだ。扉には、紅玉髄《サーディン・ストーン》に対するスタインヴォアの認識と調和するように、小さな魚の姿がそこら中に彫刻されていた。

　そしてジャーゲンは、聖者は本当のことをいったのだと知った。

第四十三章　影の前に立つ姿勢《ポーズ》

　こうしてジャーゲンはふたたびアムネラン荒地に立った。そしてふたたびワルプルギスの夜になっていた。何が起こっても不思議ではない夜である。月が低く輝き、ジャーゲンの影が細く長く伸びていた。ジャーゲンは以前身につけていた金の十字架を感傷的な気持ちに駆られて探し回ったが、見つけることも取り戻すこともできず、虚しく探し回るあいだに見つけたものといえば、バーベリーの茂みとバーベリーの茂みの棘ばかりであった。ジャーゲンが探しているあいだずっと、ネッソスの羽織りものが月の光に輝いていた。ジャーゲンの影は長く細く伸びて、ジャーゲンの動きをことごとく真似ていた。いつものように、頭をタオルで巻いた、痩せた女の影だった。

　この影の姿を見ていたら、ジャーゲンに嫌悪感が湧き上がってきた。

「ああ、マザー・セリーダ、この一年間ずっとあなたの影に後をつけられてきました。私たちは多くの国を訪れ、さまざまなものを目にしてきました。私たちがしてきたことは全部、物語として伝えられています。大した物語ではありませんが。だから、私の失敗に終った旅が始まった場所に今こうして立っているわけです。あなたからいただいた贈り物は何の役にも立ちませんでした。自分

Every movement that was made by JURGEN the shadow parodied.

が若いか年老いているかなどどうでもよくなりました。私に残されていた母や母の愛をすべて失ってしまいました。私の中にある母のプライドも裏切ってしまいました。もう疲れました」

そのとき、小さな囁き声が地面から上がってきた。枯れ葉が動いているようだった。囁き声は大きくなり（何しろ何が起こっても不思議ではないワルプルギスの夜だったのだから）、声の残響くらいになった。

「お前にはずいぶんうまいことおだてられたものだ。何しろ、お前はとてつもなく賢いからね」その声がそっけなくいった。

「そのいずれも本当だと同意する人は、今となっては少なくないだろう。それでも、誰が話しているのかは分かっているが」ジャーゲンは考え、声に出してこういった。

「おだてたとはいっても、あの日グラシオンでは冗談をいっただけでしたからね。実際、きちんと説明するように気をつけたはずですが。あなたの影が私のくだらない見解に興味を持って、ノートへ書き留めていることに気づいたときにです。いや、誠実な取引をしてきたし、どこでも公平な対処をしてきたのは間違いありません。それ以外のことでは、私は本当に賢いし、それを否定するのは愚かに思えますね」

「ひとりよがりの愚か者め」マザー・セリーダの声がいった。

「ひとりよがりではあるかも知れません。でも、私が賢いのは確かです。それより確かなのは、私がすっかり疲れていることです。借り物の若さというぴかぴかしたものを纏って、世界を旅して女たちを口説いてきました。他の男が訪れたことのない地へ分け入り、女たちとジャックストローで遊び、王国の繁栄を操ってきました。そして、地獄へ堕ち、天国へ昇り、主なる神の場所まで上がってみました。求めるものはどこにも見つけることができませんでした。自分が何を求めているかも分かりませんでした。それは今でもそうです。しかし、他人にどんなふうに見えようとも、もういちど若さを取り戻すことはできないのだと分かりました」

「確かに、お前の若さは心から出ていってしまったのだ。レシーの届かないところへね。若さを取り戻すのにいちばん手っ取り早いのは子供っぽく振舞うことだね」

「自分の衝動といったようなものに身を任せ、私ともっと包み隠さず話をしてください。あなたは若い頃に美しい胸のマーヤと呼ばれていたと知られています」

「そんなことが本当に知られているのかね」

「さあ、私たちのあいだで秘密を作るのはやめましょう。レウケーでは私が呼んでいたようにキュベレであり、偉大なるレス・デア*であり、実体あるものすべての女王でした。コカイン国ではイースリドという姿でした。あなたにそっくりの絵の話を皆がしていました。もちろん、その快活さと身のこなしの重々しさは正しく表現できていませんでしたが。キャメラードでは、マーリンがあなたのことをアデレス、小さな神の黒い母と呼んでいました。しかし、私が初めて面識を得たあの森の中の家で、自分はセリーダだと教えてくださり、ものの色を抜いて、あらゆる水曜日を支配していると仰いました。あのアナグラムには困惑しました。あなたが一体何者なのか、ありのままを教えていただきたいのです」

「そういったもの全部なのかも知れないね。それはそれとして、私は漂白しているんだよ。遅かれ早かれあらゆるものを漂白することになるだろう。いつの日か、愚か者が自分自身について考えていることからも色を抜いてしまうだろうね」

「そうです！　でも、ここだけの話ですが、あなたの影こそが、私が適切な感情、いうなれば、その時にふさわしい心を抱くのをことごとく邪魔し、他の人たちが日々の生活から得ている喜びというものを私の人生から奪っているのではないでしょうか。まあ、それはご存じでしょう。私としては、この世の誰よりも冗談が好きですが、意味の分かる話の方がむしろ好きなんですよ」

「それなら、はっきりと話してやろうか」マザー・セリーダは目に見えない咽喉で咳払いをすると、やや怒ったような声で話し始めた。

・・・・

「率直にいってよければ、そんなことを話すのはいいことではないと思いますね。そこまで素直に話すべきではないと思いますよ。このデリケートな話題はおしまいにして、最初の疑問に戻りましょう。私に若さと、若さに付随しているものを何もかも与えてくださった。それとともに、冗談めいたやり方で――私ほど心からよく理解している者は他にいないと思いますが――すべてを満足できなくしてしまい、心から信用できなくしてしまい、そして正直に人と接することができなくしてしまうような影を私に与えましたね。さて――もうご理解いただいていると願いますが――その冗談についてはもう認めざるを得ません。ユーモアの見事な腕前を一瞬たりとも否定はできません。でも、結局のところ、その話の落ちは正確にいうと何だったのでしょうか。どういう意味だったのでしょう」

「意味なんてどこにもないのかも知れない。この解釈を直視できるかね」

「いいえ、私は神も悪魔も直視して相手にしてきました。しかし、それは無理です」

「名前をたくさん持っている私でもそれは同じだ。お前も私をからかった。だから、私もお前にそうしたんだ。多分、コシチェイは私たち皆をからかったのだろう。そして、コシチェイは間違いなく――万物を創ったコシチェイでさえも――そのせいでもっと大きな冗談の的になっているんだ」

「確かにそうかも知れません。それでも、一方で――」

「そんなことは私には分からない。どうして、私に分かるはずがあるのかね。私たちは皆、コシチェイが創ったものを動かしたり移したり筋道立てて使ったりするのに貢献しているんだ。自分たちが理解していないものを使ったり、理解するのにふさわしくないものを使ったりしながら」

「それはあるかも知れません。しかし、それでも――」

「さまざまな動きをする駒の乗ったチェス盤のようなものだ。ナイトは横っ跳びでビショップは斜めに飛んで、ルークは真っすぐ突進し、ポーンは目から目へちまちま苦労して進む。それぞれがプレイヤーの意志に従って。規則が見分けられなければ、ただ眺めている方からは混乱しているようにしか見えない。しかし、プレイヤーにとっては、何もかも計画どおりに動いている。一手ごとに、犠牲の駒一つごとに」

「それは私も否定しません。それでも、これは認めていただけると思うのですが――」

「それにたとえポーンでさえも、個々の駒はそれぞれに自分自身のチェス盤を持っていて、駒が動かされるときにはその駒の盤も動いて、盤の上の駒を自らの意志で動かしているように思っているまさにその瞬間も、実は自分もまたいきあたりばったりに動かされているんだ」

「それも正しいのかも知れませんが、たとえそうであっても――」

「そして数え切れない操り人形の動きを指示しているコシチェイでさえ、何かもっと大きなゲームの中では取るに足りないキングでしかなく、途方に暮れているのかも知れない」

「ええ、確かにそれに反対しようなどとは思いませんが、同時にまた――」

「だから、考えの及ぶ限りこの数知れぬ交錯した動きは続いていく。そして、それを越えて動いていく。何もかもが動いていく。何もかも、よく分からないまま動いていく。笑い声の方へ向かって。すべてが、あらゆる動きの意味を理解している大きな力と調和して動くからだ。そして、それぞれの目の前で駒はそれぞれ自らの好みと調和して動くからだ。だから、ゲームは果てしなく無慈悲に行われる。頭上にはお祭り騒ぎもあるが、遥か彼方《かなた》の話だ」

「それが美しい幻想だと私ほど進んで認める者はいませんね。でも、そんな幻想は頭が痛くなります。それに、チェスをやるには二人必要でしょう。あなたの仮説には対戦相手が出てきません。そして何より、その大袈裟な幻想に真実の言葉があるとどうして私に分かるでしょうか」

「私たちに何かが分かるなんてことがあるのかね。ジャーゲンに何が分かっていて何が分かっていないかなんてことが誰かにとって意味があるのかね」

ジャーゲンは両手を打ち鳴らした。「はっ！　マザー・セリーダ！　私の勝ちですね。それはまさに、あなたの影が一緒になって以来ずっと私に囁きかけてきた忌まわしい質問ですよ。私たちの関係ももう終りです。もうあの贈り物は要りません。あなたの影の囁きを聞くという代価を払ってきましたからね。これからは、他の人々と同じようになって、自分自身の重要性を絶対的に信頼していこうと心に決めたんです」

「だが、私を責める理由が何かあるのかね。私は若さを取り戻してやった。それに――ちょうどあの水曜日が過ぎたとき――正しい観察に基づく意見としてお前がお転婆娘ドロシーを叱っていたとき、私は慎み深い若者を見つけて喜んだんだ。だから、私はお前の願いを聞き入れて――」

「ああ、そうでした。それでだったのですね。あなたは喜んだのですか。私を誘惑したあの女を高潔ぶって叱ったまさにあのとき。ええ、そうでしょう。結構です。いや、本当に楽しい話ですね」

「それにもかかわらず、お前の貞操が如何に例外的だったとしても、徳に欠けていることがよく分かった。若返った一年を何のために使ったのかね。四十男だったら誰でも普通抱いているような後悔を一つ一つ繰り返しただけじゃないか。ただ、前よりも早く、四半世紀分を一年に圧縮して。お前は肉体的な快楽を求めた。お前は冗談をいった。お前はくだらない質問をした。そして、あらゆることを疑った。お前自身をも。前の記憶があるにもかかわらず、男たちが後悔と呼ぶ失敗を活かすこともなく、二度目の青春を無駄にしたんだ。四十男なら誰でも後悔していることを一つ一つ繰り返したわけだ」

「ええ、再婚したことは否定しません。確かに、今考えてみれば、アナイティスとクローリスとフロリメルとですから、一年に三回結婚したわけです。でも、私は遺伝的形質の犠牲者といっていいことは忘れないでください。私に相談もなく、グラシオンのスモイト王がその性格を子孫に伝えたのですから」

「お前の結婚に文句をいうつもりはない。どれも、その国の慣習に従っていたからね。法はいつだって尊重すべきだ。夫婦という関係は立派な身分といってよいし、どんなところでも生活が堅実になる影響を与えてくれる。私の影がそれとは別の関係を報告してきたのもまた事実だが――」

「ああ、何ていうことを仰るのですか」

「ヨランダとかグィネヴィアとかいうのがいたね」マザー・セリーダの声はメモを読み上げているような感じだった。「それにシルヴィアとかいうのも。お前の義祖母だった。それから、ステラだ。

ヨーガ行者か何かだったかな。フィリスとドロレスは地獄とペリシテの女王だった。さらに、シュードポリスの女王の許を、夫から好ましくないと見られても仕方がない状況で訪れた。ああ、そうだ、何人もの女たちと愚かなことをしてきたな」

「愚かなこと、そうかも知れません。でも、罪悪ではありません。不品行ですらない。あなたの影がこの一年間に、私の不義の例を一件でも報告しましたか」ジャーゲンが厳めしい声でいった。

「ないね、それは喜んで認めよう。最悪の報告は、たまたまお前が明かりを消すと事態が疑わしくなる傾向があるということくらいかね。もちろん、影は完全な暗闇の中では存在できないから」

「慎重になるというのはどういうことかよく考えてみてください。つまり、不道徳に見えるのを避けるのにも慎重になるということですよ。そこまで自制心のある二十一歳の若い男なんてどこにいるんですか。それでもまだ不満があるのですか」

「お前が慎みのある生き方をしてきたから文句をいっているんじゃないよ。そのことは喜ばしいことだし、それがお前をこんなに長いあいだ大目に見てやっているたった一つの理由だよ」

「ああ、何てことをいうんですか」

「いや、そうさ、私が与えてやった若さを使って、一度でも女と過ちを犯していたら、直ちに恐ろしい罰を受けていただろうね。私はいつだって貞操の信奉者だったんだ――男に対してはね――その昔、これなら信頼できるという唯一の方法を見つけて自分の神官たちの貞操を確実にしたこともある」

「実は、レウケーを通ったときにそんな感じのことに気づきましたよ」

「何度も何度も影の報告に腹を立てて、お前を罰してやろうとしたことがあった。そのとき、放埒な男にしては類稀な道徳的生き方を守っていること、女たちと過ちを犯していないことを影が報告していたのを思い出したんだ。そこは気に入っていたから、認めることにしたよ。もうしばらく好きにさせようってね。そうはいっても、能のないやり方だった。取り戻してやった若さを無駄にしただけだったんだから。千回生き返ってもつまらないことに使い尽くして、結局は同じことだろう」

「それでも私は、とてつもなく賢いんですよ」ジャーゲンはここで含み笑いをした。

「それどころか、いい加減なことをいって誤魔化しているだけじゃないか。お前の人生はまったくの無駄だ。私のことを歌ったあの立派な歌は別だがね」

「ああ、その話でしたら、ドルイドの森で去年の六月に実に奇妙な光景を見せてくれた褐色の肌の男がいました。あなたが何といおうと、私があの男に何といったにしても、見せられたものを忘れることはなさそうですね」

「それもそうだし、他の奇妙な光景をたくさん見てきたのに、私が与えてやった偽の青年時代を何に役立てることもなかった。だから、私の影は、無駄にしているところばかり見せつけられているのに、与えてやった若さを取り返さないのを怒っていた。警告しておくが、今でさえも、そうしてやろうという気になりかけているんだ。もう本当に我慢できないところまで来ているからね。だが、まだ許してやっているのは、影がお前の自制心について報告するのを嫌がっていてね。それこそが、私たちレシーが特に大事だと思っている美徳だからさ」

ジャーゲンは少し考え込んだ。「え？　ということは、私をまた年寄りに、というより、四十過ぎのまま、いや暦の上では三十九歳だったか、しかし全然そうは見えないようにできるということですか。そんな脅しを簡単に口にするなんて。でも、それが本当だとどうやって私に分かるんでしょうかね」

「私たちに何かが分かるなんてことがあるのかね。ジャーゲンに何が分かっていて何が分かっていないかなんてことが誰かにとって意味があるのかね」

「ああ、まだそんなことをもごもごいっているんですか。さあ、自分が女だということを忘れて、理性的になりましょう。私にひどいことをいって親族としての古い特権を行使していますが、こんな簡単な事実があることを考えてみてください。私があなたからいただいたものは、かつてどんな人間も得たことがないものだったというわけです。私はとてつもなく賢い人間なんです。あなたが何といおうと。あなたをうまくおだてて、すでに一年間の青年時代をいただいたんですから。その一年で、教会を建てることもなく、盗みに入ることもなく、おおむね実に楽しい時を過ごしました。陳腐な決まり文句や脅しの言葉、格言、その他たまたま気に入ったことを呟いているようですが、欲しかったものを私が手に入れたという事実は変わりませんよ。ええ、きわめて巧みにおだて上げて永遠の若さをいただいたのです。もちろん、あなたは今や無力で、それを取り返せません。だから、あなたに関係なく、私はもっとも欲しかったものを生涯失わずにいられるでしょうね」

「お前の慎み深さのために望むものを与えてやったんだ。男性にしては褒めるに足る特徴だからね。お前にもそれがあったわけで――」

「私の慎み深さが注目に値することは私も認めます。それでも、私の方が賢かったから、それを本当に与えてくださったわけです」

「――私は与えたものを、そうしようと思えば取り消すこともできるんだ」

「いや、いや、そういうことはできないとよくご存じでしょう。セヴィウス・ニカノルを参照するといいでしょう。若さという貴重な贈り物を取り返せるレシーはいません。それはセヴィウス・ニカノルがはっきりと証明しています。補遺のなかでね」

「ジャーゲン、だんだん腹が立ってきたよ」

「それどころか、本当に残念に思うのが、あなたがだんだん莫迦みたいになってきていることですね。セヴィウス・ニカノルの妥当性に疑いを挟《さしはさ》もうとしているのですから」

「見せてやろうじゃないか——ああ、見せてやろうじゃないか、この生意気な若造め」

「さあ、落ち着いてください。ある程度の学識があれば、あなたが脅そうとしているようなことはできないのだと知っていますよ。一番弱い車輪が一番うるさくきいきい鳴るものですからね。ですから、分別を持って口をつぐむ能力を育むのがいいと思います。だって、あなたのような年齢の、醜く、歯もないような女性の話をいらいらしながら我慢して聞こうという者はいないでしょうからね。あなたのためにいうのですが」

　お前のためを思ってといわれることほど、人を苛だたせる話はないのが常である。だから、以下のことはあっという間に起こった。綿雲が流れてきて月を隠した。ほんの一回、心臓が鼓動する間、夜が身を切るように冷たく感じられた。そして、何もかもが心地よくなった。月の光がまた煌々《こうこう》と辺りを照らした。ジャーゲンの前にある影はまたジャーゲン本来のものになっていた。呆然として手を見ると、年配の人間の手だった。脹脛《ふくらはぎ》を触ってみると、萎《しな》びていた。躰《からだ》を叩いてみると、ネッソスの羽織りものの下で、ジャーゲンの腹は堂々とした大きさになっていたが、他のところは小さくなっていた。

「それに、急に、何かを忘れてしまったな。何か忘れたかったことなんだが。ああ、そうだった！だが、忘れたかったこととは何だったのだろう。ええと、褐色の肌の男がいて――その男の足には変わったところがあって――ドルイドの森で何だか変な話をしたり莫迦みたいなことをしたり――きっと気が狂っていたんだ。いや、何を忘れたか思い出せないが、心の奥底で私を嘖《さいな》んでいたに違いない。何もかも台無しにする蛆虫のようにね。結局のところ、大事なことではなかったとはいえ」

ジャーゲンは大きな声で叫んだ。哀れを誘うような声の調子だった。「ああ、マザー・セリーダ、あなたを本気で怒らせようとしたわけではありませんでした。いきなり思いやりのない言葉で厳しいことをいうのはひどいじゃありませんか。憐れんでください。あなたがそんなに虚栄心の強い方だと知っていたら、あんなに年寄りだとか見た目が悪いとかいったりしませんでしたよ！」

しかし、マザー・セリーダはジャーゲンの嘆願の表現に心を緩めているようすはなかった。何も起こらなかったからである。

「ということは、やれやれ、何もかも終ったんだな」ジャーゲンは独り言のようにいった。「もちろん、まだ彼女に聞かれているかも知れないが。レシーをからかうのは危険だ。だが、あまり賢そうにも見えない。賢いのであれば、とりとめのないことをいって人をいらいらさせる奴でも、他のことはさておき、若さという重荷に私が心底うんざりしていることくらい気づいてもよさそうなものじゃないか。でも、何もかも変わった。もう、悪いことをしているという疑いを避けるために、暗闇の中で哲学研究に勤しむ必要もない。もはや、ランプや蠟燭の光、あるいは太陽の光のもとで不信感を抱かなくていい。この老体は、くたびれた男にとっては古いスリッパのように快適だ。二度目もまた、マザー・セリーダをうまいこと騙したのだから。リーサのおかげで、ずいぶん苦労して身につけた知識が、女性というものを相手にするときに、素晴らしい強みになった」

そして、ジャーゲンは暗い洞窟をじっと見つめた。「これを見ると、リーサを取り戻す旅を続けることが今でも男らしい振舞いだと思い出す。怖いのは、この洞窟に三度《みたび》入れば、リーサを取り戻せるのがほぼ確実だろうということだ。伝統的に、三度目の試みは決まって成功するものだからな。私はリーサを取り戻したくなったんだろうか」

ジャーゲンは考え込み、そして灰色の髪の頭を振っていった。「はっきりとは分からない。リーサは料理が得意だった。思い出すといつも優しい気持ちになれるパイがあった。相手のことを思ってものをいう奴だった。だが、もし去年の五月に切り落とした首が本当にリーサのものだったとしたら——あるいは、もしリーサの機嫌がよくなっていなかったとしたら——それでも、自分の使った皿を洗うのは果てしなく面倒臭いし、縫い物や繕い物の才能は私にはまったくないようだ。だが一方で、リーサは小言がうるさいし、私を理解していない——」

ジャーゲンは肩を竦《すく》めた。「どっちなんだ。どっちなのかという議論はいつまで経っても決着はつかないだろう。本当はどちらがいいというわけでもないのだから、男らしいことをやって偏見に対処してみることにしよう。それが正しいことのように思えるからな。それに、それさえも失敗するかも知れないのだし」

そして、ジャーゲンは三度、洞窟に入った。

第四十四章　支配人の執務室で

伝えられている話によると、洞窟の中は真っ暗だった。だから、ジャーゲンには誰も見えなかった。しかし、洞窟は真っすぐ前に下っていくように伸びて、遥か先の方にある行き止まりに明かりが輝いていた。ジャーゲンがどんどん先へ進んで行くと、前にネッソスが横になってジャーゲンを待っていたところへ出た。また身を屈めて、洞窟の壁面に空いた口を這って抜けると、高い鉄の台の上でランプの火が燃えていた。そのとき、ランプの火は一つ一つ消えていったが、今度はそこに女たちの姿はなかった。その代わり、細かい白い灰が一インチほど積もっていて、ジャーゲンが踏むと足跡が残った。

ジャーゲンは先へ伸びる洞窟を進んでいった。洞窟の急角度の曲がり角に来たとき、消えかけているランプの光を背にして、影がぼんやりと、しかし疑いの余地なくジャーゲンの正面に向かい合っていた。それは平凡な中年質屋の、本来の影だった。ジャーゲンは、それでよいという感じで影を見つめた。

ジャーゲンは地下室のようなところへと入った。天井から吊り下げられた釜の中で赤い焔が揺れていた。正面に玉座があり、その背後に椅子が何列も並んでいた。しかし、そこにも誰もいなかった。その誰もいない玉座の上に、白い三角形の楯が立て掛けてあった。近寄ってみると、そこに何やら文字が書かれているのが分かった。ジャーゲンはその楯を持ち上げて、釜の近くへ持っていった。視力が衰えていたからである。釜の焔が弱くなっていたためでもあった。黒と赤の字で書かれた、楯のメッセージを何とか判読してみた。

「重要な用事で留守にする。一時間後には戻る」と書いてあり、スラグナル・Rと署名されていた。

「スラグナル王は誰のためにこれを残したのだろう。私でないことは確かだ。それに、これを書き残したのが一年前なのか今夜なのかも分からない。私が黒と銀の屋敷で切り落としたのはスラグナルの首だったのか。まあ、この途方もない洞窟には妙な感じのすることが多いな。光が消え掛かっているところで、少し嫌な気持ちを抱いて観察しているせいだろうか。空気も冷たくなってきているんじゃないか」

右手を見ると、グィネヴィアと二人で上っていった階段があった。ジャーゲンは首を振りながらいった。「グラシオンは堅気の質屋が行くようなところではないな。騎士道は若者のためにあるんだ。ログレウス公のような。でも、私はここを出なくてはならない。ここの空気には死のような冷たさがあるのは間違いない」

ジャーゲンは椅子の列のあいだの通路を歩いていった。この前、洞窟のこの辺りに来たときには、スラグナルの戦士たちがジャーゲンをその椅子の列から睨《にら》みつけていた。通路の端には、白のペンキを塗った木のドアがあった。そのドアには黒の字で大きく「支配人室――立入り禁止」と書かれていた。そこで、ジャーゲンはそのドアを開けた。

六つの篝火《かがりび》で照らされた少し驚くような部屋だった。その光は、バビロン*、ニネベ、エジプト、ローマ、アテナイ、ビザンティウムの力だった。さらに六つの篝火の用意があったが、まだ火は付けられていなかった。その後ろに、大きな黒板があって、赤いチョークで数字がたくさん書いてあった。そこには、一年前に、闇の力について丁寧に話して、ジャーゲンを祝福してくれた黒の紳士がいた。この夜、黒の紳士は十二宮図の刺繍のある黒い部屋着《ドレッシングガウン》を着て、表面に不思議な銀の象眼模様を施したテーブルに向かって坐っていた。そして、大きな本から別の大きな本に何やら書き写していたが、まるでジャーゲンが来ると分かっていたかのように楽しそうな書き物から目を上げた。

「今、『星の風説』で忙しいのは分かるだろう。これが、恐ろしいほど支離滅裂でね。それで、まだ何か用かね。万物に対して思いやりのあるジャーゲンに何かしてやれるかな。また、なぜ私が悪を創ったのかまあまあ妥当な説明を一つ二つしてくれたジャーゲンに」

「考えていたのです――王子《プリンス》」質屋が話し始めた。

「なぜ私をプリンスと呼ぶのかね」

「分かりません。ですが、私の探索の旅はどうやら終り、そしてあなたは〈不死のコシチェイ〉ではないかと思っているのです」

　黒の紳士は頷いた。「そんなところだろう。コシチェイか、アルドナリ*か、プタハ*か、ヤルダバオート*か、それともアブラクサス*か。どれもこれも、私がこの辺りで呼ばれている名前はみな同じなのかも知れないな。私の本当の名前は誰も聞いたことがない。だから、そんなことに深入りする必要もないだろう」

「まったくそのとおりです。しかし、万物を創ったあなたのところへ到達するのにずいぶん遠回りして旅してきました。あなたがなぜ万物を創ったのかということだけはどうしても知りたいのです」

黒の紳士の眉が上がって、完璧なゴシック様式のアーチのようになった。「なぜ万物を創ったのか、私が説明すると本気で思っているのかね」

「どうして私の放浪がもっと別の公正なクライマックスに至らなかったのか分かりかねるのです」

「だが、私は正義と何の関係もない。それどころか、私は万物を創ったコシチェイなのだから」

ジャーゲンはその核心を理解した。「その論証過程に争う余地はありませんね。降参です。むしろ、あらかじめそれくらい分かっていなくてはなりませんでした。それでは、私の求めるものが何で、人の知る領域、想像しうる領域ではどこにも見つけられなかったものは何なのか、教えていただけるでしょうか」

コシチェイは辛抱強かった。「白状すると、私は宇宙のこの辺りで起きていることをそんなに熟知しているわけではないのだ。そうあるべきだと思われているほどにはな。もちろん、私のところにはいろいろなできごとの報告が上がってくる。しばらく前から、これらの星の管理を私の部下にさせていたのだ。だが、どうやら彼らは星座の運用が下手だったらしい。それでも最近は、いろいろな計画をしていて、この辺りの太陽を何とか役立つようにするのを諦めたわけではないんだ。もちろん、重要な星座とはいえないけれども。だが、私は倹約家で、無駄が嫌いなんだ」

それからしばらく黙りこんだ。その問題を深く憂慮しているわけでないのはジャーゲンにも見て分かった。解決策がすぐに思いつかなかったので、少々いらいらしていたのである。ようやくコシチェイがいった。

「一方で私は、お前の質問にとっさの思いつきで答えてしまうわけにはいかないと思っている。つまり、おびただしい数の人類――そう呼んでいたかな――がいるようじゃないか――ああ、そうだった、地球上にな。私はそのおおよその数を知っているが、そんなことにはあまり関心がないだろう。この人類の一人ひとりの望みは数知れず、それに変わりやすいように見える。それでも、近くの権力者に頼んでみてもいいかも知れない。魅力的な老婦人の依頼で、何人か任命してやったのを覚えているんだ」

「結局、私の望みが何かお分かりではないのですね」ジャーゲンが吃驚していった。

「それはそうだ。まったく見当もつかない。ただ、もしそれを手に入れたら、不当に苦しみをもたらすものだと文句をいうんじゃないかと疑っているのだ。どうしてそんなことをいつまでも気にしているのかね」

ジャーゲンは怒ったように問い返した。「でも、あなたはあのとき、この一年間の私の旅を導いてくれるつもりだったんじゃないんですか」

「いや、確かに私たちの楽しかったささやかな出会いのことは覚えている。それに、お前の差し迫った苛だちの種を除こうと努めはしたんだ。だが、白状すると、その頃から他にも一つ二つ懸案事項があってな。この宇宙は大きくて、こいつを運営するのはかなりの重荷だ。友人たちと会ったときに嬉しいと思う気持ちと同じくらいの熱意で、友人に関することを見守るのは、どうやりくりしても難しい。だから、あれこれあって、脇目も振らず一年中お前に注意を向けているわけにもいかなかった――一瞬もそんな暇がなかったというわけではないがね」

「ああ、王子よ、私の感情を気遣ってくださるのですね。優しいことだ。でも、結局のところ、私が何をしていたか知らなかったし、私が何をしているか気にもしていなかったというわけだ。これはまた、私の自尊心からすると悲しいまでの失望ですよ」

「ああ、だが考えてみてくれ。お前のような自尊心を持っていることが如何に素晴らしいことか、その自尊心に私が如何に感嘆しているか、そして私が如何に羨ましく思っているか。虚しいことに――自分の作品の他に観賞するものがどこにもないこの私が。この自分の宇宙のどこかに、お前が自分を重要だと思っている半分ほども、私にもそう思わせてくれるものを見つけられたら、私が何を差し出していいと思っているか考えてみてくれ」コシチェイはそういって、溜息をついた。

しかし、ジャーゲンはそんなことは考えず、コシチェイが自分の旅を監視していなかったという屈辱的な事実のことを考えていた。不意に、この〈不死のコシチェイ〉は特別聡明なわけではないのだと気がついた。そして、どうして自分はコシチェイを聡明だと思い込んだのだろうかと思った。コシチェイは、人間が万能だと思うような意味で万能だった。しかし、どういう推論の成り行きで、人間が賢いと評価するような意味で、コシチェイが賢いと人々は思い込むようになったのだろうか。それどころか事実は、コシチェイに悪意はないが、表面的な理解も遅くて、不必要なことにもやかましいと考えると、それまでたびたび困惑してきたさまざまな問題を説明するのに大いに役立ったのである。賢さとは、もちろん、あらゆる特徴の中でもっとも賞讃されるべきものである。しかし、賢さは万物の中で最高のものではないし、そうだったこともかつてない。

「なるほど結構です」ジャーゲンが肩を竦《すく》めていった。「私の三つ目の要望と、私が探す三つ目のものの話に移りましょう。でも、今度は隠し事はなしでお願いしますよ。もしかしたら我が妻の人間関係もあなたにとってつまらない厄介事になってきているのと思ったのですが」

「ああ、私だって女に不慣れだというわけではない。本当のことをいってよければ、私が女たちを見い出したのだから、私が好きに連れて行っていいんだ。私は叛逆の仲間の願いを叶えてやろうと思っている」

「しかし、私がいちどだって叛逆行為をしたなんて思いませんでしたよ。それどころか、私はどこでもその国の慣習に従ってきたのですから」

「口では従っていても、その間ずっと心は詩を作っていた。そして、詩は、自分が何者であるかということに対する叛逆だ」

「——それに加えて、私を叛逆の仲間だという。万物を創ったコシチェイがどうして叛逆者になどなれるというのですか。コシチェイの上に立つ者は誰もいないのに。このことを説明していただきたいのですよ」

「確かにそうだ。しかし、そうだとして、どうして私がお前に説明しなくてはならないんだ」

「まあ、それはそれでいいことにしましょう。しかし、少し話を戻して、私に分からないのは、あなたが私の願いを叶えて妻を連れ去ってくださったことなんですよ。もちろん、最初の妻のことですがね」

「何ということだ、ジャーゲン」黒の紳士は吃驚したようにいった。「本気で、妻という悩みの種を取り戻したいといっているのかね」

「私にもよく分からないんです。確かに一緒に暮らすのは大変でした。一方で、ひどく気に入り始めたところだったのです。また歳をとった身になってみると、むしろ、いなくなって寂しいくらいです。いや、ずっと寂しく思っていたのですよ」

　黒の紳士は考え込んだ。そして、ようやく口を開いた。「なるほど、お前は優れた詩人だった。適切な環境で正しく育めば成功が約束された才能があった。そこで繰り返すが、私は倹約家なんだ。無駄遣いが嫌いなんだ。お前には詩人以外にふさわしいものなんかなかった。問題はだ」ここでコシチェイは声を低くして強調するように囁いた。「問題は、妻がお前を理解しなかったことだ。妻がお前の才能を邪魔したんだ。そうだ、それが積み重なって、お前の精神の発達と、自己表現という本能的な欲求、そういったことをことごとく妨げた。そんな女から解放されたのは結構なことじゃないか。詩人を質屋に変えてしまった女だ。だが一方で、どこでもいわれていることだが、人が独りでいるのはよくない。*友よ、お前のために妻を用意しているのだ」

「なるほど、私はどんな飲み物でも一度は味わってみることにしているんです」ジャーゲンがいった。

　するとコシチェイが腕を振った。瞬きする間もなく、そこにはジャーゲンが想像したこともないような美しい婦人がいた。

第四十五章　グィネヴィアの信頼

この女性はまことに見目麗しく、グレイの瞳は輝き、小さな唇には微笑みを湛えていた。これより美しい人に会ったことがあると自慢できる男はいないだろう。ジャーゲンを淑《しと》やかに見つめる彼女の頰が赤くなる様子は見ていてうっとりするほどであった。炎のような色のローブを纏い、首の回りには赤金色の襟が輝いていた。そして彼女は、見ず知らずの相手に話すように、自分はグィネヴィア女王だといった。

「でも、ランスロットはグラストンベリー*で修道士になってしまいましたの。アーサーはアヴァロンへ行ってしまって。もしよろしかったら、あなたの妻になりましょう」

そのときジャーゲンは、グィネヴィアが自分のことをぜんぜん知らないのだと気がついた。ジャーゲンという名前さえ、彼女には何の意味も持っていない。解釈としてはいろいろなことが考えられた。しかし、たんにグィネヴィア王女がジャーゲンのことをすっかり忘れてしまっただけだという不愉快な解釈を受け入れようとはせず、グラシオンで密やかな会話を幾度となく交わしたのが二十一歳のろくでなしだったせいなのだという考え方を選んだ。このとき彼女が話しているジャーゲンは、落ち着きと分別のある質屋なのだから。

ジャーゲンはかつて、ゴギアヴァン・ゴウアの娘グィネヴィアの他には誰も心から愛さなかったと思っていたので、これには大いに戸惑った。

「今一度、あなたのおかげで自分を神だと思えるでしょう。男が自分を地上における神の代理人だと気付いたときに、生涯を捧げ、仕え、崇め、守る対象は、あなたとその燦然《さんぜん》たる姉妹たちに他ならないのです。あなたは美しく、そして儚《はかな》かった。あなたは半ば女神であり、半ば骨董品でした。騎士道の呼ぶ声が聞こえ、我が心の琴線が鳴り響いています。それでも、数え切れないほどの理由で、あなたを妻にするのを躊躇《ためら》っています。そして、自らを運命によって定められてあなたの守護者と為し、天に対する責任のようなものを負うのを躊躇っています。一つには、自分がこの地上において神の代理人であることに確信が得られないのです。確かに、天国の神はそのことについて私に何もいいませんでした。神はもっと有能な代理人を選んだはずだと考えざるを得ません」

「確かにそうでしょうね、ジャーゲン殿」

ジャーゲンは肩を竦《すく》めた。「仕事の合間に私もその美しさについてはずいぶん書きました。私の詩があまりに美しいので、不確かな情報だとしても、作者が本当のことをいっていると分かるのであれば、それと交換するために、この世のどんなものでも差し出してしまいたいと思うことがしょっちゅうありました。いいえ、欲望と知識に押し潰されて、あなたを愛する勇気がないのです。私にはどうしようもないのです」

そしてジャーゲンは両手を握りしめるような仕草をした。その微笑みも楽しいものではなかった。グィネヴィアが思い出してくれないのを悲しんでいるように見えた。

「もう昔のことになりますが、一人の若者があらゆる女性を崇拝していました。彼にとっては、皆が皆、神聖で、すばらしく圧倒されるような美女だったのです。彼は女性の神秘と尊厳を讃える音調豊かな詩を作りました。彼が愛した亜麻色の髪の伯爵の娘が、彼の前にありのままの姿で現れたのでした。その愛はいま考えると戸惑うようなものでしたが。それは憎むに値するほどでもありませんでした。女神はヴェールをとって姿を露《あらわ》にし、彼が自分の中に見つけて思い悩んでいるような凡庸さをあらゆるところから見せつけたのです。これは不幸なことでした。女というものは両親に似るもので、彼女たちをもうけた父親以上に賢くもなく、鋭くもなく、清くもないのではないかと彼は疑い始めてしまったからです。こんな疑いを抱くのは、どんな若い男にとってもよいことではありません」

「確かにそれは騎士道をわきまえた方の振舞いではありませんね。本物の詩人の振舞いでもありません。それでも、あなたの目には涙が溢れそうです」女王グィネヴィアがいった。

「ああ、奥方。しかしながら、かつてはその若者のものだった目で、死んだ若者のために涙を流すのはおかしなものですね。あれも、若さを自慢し心の傷を鎧にして世界を暴れ回る前は、いい奴だったのですから。王を喜ばせるために創った詩が、男たちを喜ばせるために見せた剣術が、女たちを喜ばせるために囁いた言葉が、世に名高い地で、彼が大胆に歩き回った国で、人々に楽しみを与えていたのが、あの素晴らしい日々なのですよ。しかし、笑ってはいても、彼は仲間たちのことが理解できず、愛することもできず、彼らが話したり行ったりしたことは、みんな愚か極まりないということのほかに何一つ見出せなかったのでした」

「まあ、男の愚かさは本当にひどいものですよ。この世でなされることは、説明のつかないことが多いものです。だからこそ、人が救われるのは信頼によってのみということが分かるのです」

「ああ、でもこの若者は仲間たちと共有していた偽りのない信頼を失ってしまいました。何十分も何箇月も何年もかけて築いてきた重要なものだったのに。それは、浮気娘が彼の目を開いてしまい、そのせいで多くを見すぎて、自らの振舞いの意義さえ信頼できなくなったからでした。それほど時間が経たないうちに、耐え難いことになりました。暗闇が思いがけず大きく口を開けていたのです。どこを見ても確かなものはそれだけでした。それでも、さまざまな発想を弄ぶ頭脳と、洗練された快楽を味わう躰《からだ》を借りていたのです。そういうわけですから、彼はあなたの伴侶だったとは決していえません。彼は何事に対しても、自分自身のやむを得ない判断に対しても、十分な信頼を抱くことがなかったからです」

　するとグィネヴィア女王がいった。「さようなら、ジャーゲン。永遠のお別れです。私に仕えてくれた者たちにとって、私は特別美しく優れた神の名作だったのです。カーリオン*やノースガリス*で、ジョワユーズ・ガルド*で、男たちは喜びをもって私を見つめました。私を見ることはすなわち創造主の力強さと優しさを理解することだからだといっていました。イズーはとても美しく、リネッドの顔は動く宝石のように輝いていました。モルガン*、イーニッド*、ヴィヴィアン*、抜け目のないニミュエ*は可愛らしかった。見目麗しいエタード*は見る者の心を堂々とした音楽のように刺激しました。こういったものが、アーサーの広間を厳かに行き交い、女王が輝く星々の中の満月のように自らの席にやって来るまで、それが天国における最高の名匠が創り上げたもののように思われていたのです。男たちはそのとき、グィネヴィアこそ神がその両手を使って創り上げたものなのだと確信しました。それが、あなたから永遠に去っていこうとしている私なのです。私の美しさは、健康的な桃色の肌などではなく、天国の力のありのままの徴《しるし》だと彼らはいっていました。私に近づくとき、男たちは神の存在を考えるのですが、それは私の中に神の輝きが具現化しているからだというのです。私の意志は、善でも悪でもありませんでした。それは聖なるものだったのです。騎士たちが私の中に見たものもこれでした。彼らの偉大な父の力強さと優しさが確かだということを、騎士たちは私を見たときに意識し、そして彼らにとって私はその源にふさわしい存在だったのです。これが、あなたから永遠に去っていこうとしている私なのです」

ジャーゲンがいった。「私には、あなたの中にそういったものが何ひとつ見出せませんでした。それは私についてきていた影のせいです。今となってはもう遅すぎます。今まさに起きていることに、心を痛めています。私は舵のない小舟のように波から波に運ばれています。私は不毛の埃になり、旋風に巻き上げられているあいだに塊となっていつか落ちてくるでしょう。ですから、お別れです、グィネヴィア女王。いま起きていることは悲しく、正しくないことなのですから」

こうしてゴギアヴァン・ゴウアの娘にジャーゲンが別れの言葉を大きな声で告げると、グィネヴィアは吹き消された祭壇の蠟燭の炎のようにたちまち消えてしまった。

第四十六章　アナイティスの欲望

コシチェイがふたたび手を振った。すると、ジャーゲンの前には、変に才能があり、つむじ曲がりな女が現れた。黒い瞳が輝き、頭には網状の赤い珊瑚が載っていて、そこから枝がいくつも放射状に下がっていた。彼女の着ているチュニックは二色で、黒と深紅が奇妙に混ざり合っていた。

アナイティスもまたジャーゲンのことを忘れていた。あるいは、四十歳を過ぎたこの男が誰だか分からなかったのだろうか。アナイティスが語る実に驚くべきできごとに耳を傾けていると、ジャーゲンの心のうちに、この女性こそ自分が本当に愛した唯一の相手なのだという気持ちが甦ってきた。

彼女はタイース*の言い伝えについて、サッフォー*の教育について、ロドペ*の秘密について、ランプサクス*の様式について、コレオス・コレロス*の権力について、アドニス*の嘆きについて語った。アナイティスの話はどれも繰り返しで、何も変わっていなかった。「私たちはほんの束の間の命を生きているだけ。その先の運命は誰にも分からない。だから、人には短いあいだだけの借り物である躰《からだ》の他に確かな所有物などありません。それでも、人の躰はさまざまな変わった楽しみを享受できるものですから。それから――」と彼女はいう。顔を輝かせ物思いに沈む女性が昔のように率直に語っている様子に、もはや二十一歳の厄介者ではなくなっているジャーゲンは、気がつくと困り果てていたのである。

「やれやれ。まるで自分が田舎者みたいじゃないか。実際に、顔が赤くなっているに違いないからな」

そこでジャーゲンは声に出していった。「おや、まだ三十分も経っていない。そんなふうに圧倒的に喋りたてる熱狂状態をひたすら追い求めていた若者がいたんです。しかし、隠さずいえば、触れられると狂気を呼び起こすような肉体を見出すことは叶いませんでした。その若者にも機会はあったのですが。いっておきますけどね。ああ、あの瞳や髪の輝きを思い出すと穏やかな気持ちになります。陽気な笑い声、愚かな女たちの柔らかな声は今でも思い出せます。しかし、彼は唇から唇へ、半ば偽りの情熱を抱き、ロマンスか何かの名残であることは意識しているといい張って、渡り歩いたのでした。そういういたずらっぽい冒険もまた楽しいものでしたが、結局は大して真剣なものではありませんでした。それはどれも肉体にかかわることでしかなかったからです。私は歯で噛んで摂取したもので組み立てられた構築物ではありません。自分の肉体がなすことや、耐えることが重要だと装うのも、今ではむしろ莫迦なことのように感じられます。必要だが、それなりの出費や手間をかけて維持運搬する動物のようなものだと考えたいくらいです。ですから、もうそんなことで大騒ぎするのもやめようと思います」

しかし、ここでまたアナイティス女王は自分にとって驚くようなできごとの話を始めた。ジャーゲンは偏見のない気持ちで耳を傾けた。今、彼女は二人が分かち合うべきだと思うことを話しているのだから。

「あなたがコカイン国に名高い住まいを持っていることはもう聞いたことがありますよ」とジャーゲンがいった。

「でも、あれはほんの小さな田舎の屋敷なんですよ。夏のあいだに田舎暮らしで躰を休めるためにときどき訪れるだけです。いいえ、私の本当の宮殿を見ていただかなくては。バビロンにある宮殿では、多くの人たちが自分に降りかかるできごとを待っているあいだ、香としてふすまを炊き、躰を紐で縛りつけているのです。アルメニアには大きな庭に囲まれた宮殿があって、そこには他国の人しか入れません。入れた人たちは恋人以上の歓待を受けるのです。パポス*にある宮殿には、中に白い石でできた小さなピラミッドがあって、それは不思議な眺めですよ。でも、もっと不思議なのがアマトス*にある宮殿の像です。髯を生やした女性像で、他にも女性にはない特徴を備えています。それから、アレクサンドリアに持っている宮殿は、三十六人の極めて賢い聖人たちが管理をしてくださっているのですが、そこは陽の光が差すことは決してなく、人々が途方もない快楽を探し求める永遠の黄昏なのです。たとえその対価がすみやかな死であったとしても、快楽と死の両方を素早く勝ち取ろうとします。私の宮殿はどれも、海の近くの高台に建っています。ですから、私の愛しい人たち、美しく逞しい胸の水夫たちは、遠くからでもちゃんと見えるのですよ。私のことを彼らは怖れていないし、私の宮殿にくれば仕事があることも分かっていますしね。私の宮殿の中で出会うもののことや、私たちがどんなに楽しく過ごしているかもお話ししておかなくては」そして、その話をした。

　ジャーゲンは前にも増して熱心に耳を傾けた。目は細くなり、唇は緩み、静止して呆けた表情になっていた。深い関心を抱いて聞いていたのである。アナイティスは、二人が前に会ったとき以来、新しい気晴らしをいくつも思いついていた。四十を過ぎたジャーゲンにも、この女王の声は恐ろしく奇妙で美しい魔力があった。「彼女は本当にうまく誘惑するものだ」と考えながら、何となくアナイティスが誇らしく思えたのだった。

そのとき、ジャーゲンが唸り声を上げ、半ば怒りながら首を振った。そして、アナイティス女王の耳を引っぱった。

「愛しい人よ。あなたは輝かしい光景を描き出しますね。だが、経験もしていない白昼夢から色彩を借りてくるとは何と抜け目がないのだろう。あなたがぺちゃくちゃ喋ることは、あなたがいったことの実体とはまったく違います。経験豊かな既婚者に話をしていることをお忘れなのでしょうが。それに、リーサがいきなりここに入ってきたらどうなるだろうと思うと、身が震えますよ。他にも、いいようもない喜びや口に出せない愛撫とか、詳細を伏せなければならない狂態など、そんなことで大騒ぎするのは、無邪気すぎるように思うわけです。あなたの他愛もない絵空事に比べるとずっと卑近な世界で、口の達者な年寄りたちの口八丁に悩まされているのが、私にはふさわしいのです。ですから、もう話はやめてください」

それを聞いてアナイティス女王は残酷な微笑みを浮かべ、いった。「さようなら、ジャーゲン。あなたのもとから永遠に去っていくのはこの私。これからあなたは、果てしのない悩み事から逃げ、どうでもいいような楽しみに耽《ふけ》って、陽の光にいらいらして過ごさなくてはならないの。私が、私だけが、男を使い尽くし、だから逃れようのない欲望を目覚めさせられる。それで、気に入った男が永遠に陽光の下で白い灰のようになってしまったとしても。あなたのことはもうどうでもいい。

もはや陽の光もない冷たい世界に永遠にあなたを置いていくのはこの私なのです。さあ、白髪男たちの仲間になりなさい。そうして、澄みきった健全な陽の光に立ち向かうのを助けてやりなさい。組合を作って、法律を作って、重々しい言い回しで私のいない世界にしなさい。笑ってあげましょう。私の心は陽の光の中で波になるでしょう。私のような力は他になく、私の力に逆らえる生き物もいないのだから。私を嘲笑う者は、私が太陽の光のなかで収穫しているときに風でかさかさ音をたてる、枯れて乾いた価値のない穀物の殻でしかないのだと私には分かっているのだから。あらゆる男たちを使い尽くす欲望がこの私だから。そして、あなたから永遠に去っていこうとしているのがこの私なのよ」

ジャーゲンがいった。「ついてきた影のせいで、そういうことは何一つあなたに見出せなかったのですよ。今となってはもう遅すぎるし、この悲しむべきことはすでに起きているわけです。私は声が大きくて血色の良い人たちが行うことをこっそり観察する、途方に暮れた幽霊になるでしょう。私はもう疲労と不安に満ちています。もはや、ジャーゲンの人生がどうやって終るのか、自分の欲望が何なのかも分からなくなっているからです。自分がもう死んでいるのではないかと怖れているくらいですから。さらば、アナイティス女王。これは悲しむべきことであり、また実に公正さに欠けることですよ」

そうしてジャーゲンは太陽の娘に別れの言葉を声高く告げた。すると、彼女の美しい色が揺らめき、細く高い炎のように一体となると、高く燃え上がった。そして、炎は消えてしまったのである。

第四十七章　ヘレネの幻影

三度《みたび》コシチェイが手を振った。今度はジャーゲンの前に金髪の婦人が現れた。全身白い服を着ていた。背が高く、美しく、優しそうな雰囲気だった。美貌で名高い世の女性たちが健康的な肌の色の美しさだとすれば、彼女はむしろ象牙の輝きだった。鼻は大きく高く鼻筋が通っていた。柔らかな口は小さすぎるということはなかった。ジャーゲンにとって、この女性の顔はすべてにおいて完璧だった。そして、彼女を見つめながら跪《ひざまず》いた。

ジャーゲンは自分の顔を彼女のローブに隠した。そして、何もいわずしばらくのあいだじっと動かなかった。

「我が幻の方」ジャーゲンの声が不意に止まった。「あなたの中には古い記憶を呼び起こすものがありますね。今ではあなたの父君がドム・マニュエルではなく、レダの胸に身を預けた、あの情熱的な鳥*だったと確信しています。トロイアの息子たちは皆、薄暗く静かな国でハデスが預かっていています。トロイアの壁は炎が焼き尽くしました。年月が彼女の背の高い征服者を忘れました。しかし、あなたは、人類に苦悩を一つまた一つと与えています」

And so farewell to you, Queen Helen!

ふたたびジャーゲンの声が途絶えた。世界から喜びが消え、長いあいだ誰も住む者がなかった家のように感じられたからだった。

ヘレネ女王は神々と人間たちの喜びだったが、何一つ答えなかった。なぜなら必要がなかったからである。彼女の美しさを一度でも垣間見た者が救われることはなく、救われたいという望みを抱くこともないからである。

ジャーゲンが続けた。「かつてはポベトルの灰色の魔法によって、今度はコシチェイの意志によって、今夜、あなたは私の手の届くところに立っているようです。ああ、そんなことがあるでしょうか。私はありえないことだとよく知っているのです。私の五感が何といおうと。完璧なあなたに私はふさわしくありません。心の底では、もう私は完璧を望んではいないのです。納税者であると同時に不死の魂でもある私たちは、衣類を駄目にしてしまう衣蛾《いが》のように、命をすり減らす政治的な口実や決まり文句、標語などを利用して生き延びなくてはならないからです。私たちが気づかないうちに陥ってしまう常識というのは薬にも似ています。私たちの内にある、叛逆的で、鋭く、不合理なものを鈍らせ殺してしまうのです。ですから、私たちの年代で、生活が時間を自発的にすり減らす装置になっていない者を見出すことはないでしょうね。この時において、私も慣習に従う人間に戻ってしまったからです。用心と妥協の下僕なんです。自分の夢を割り引いてしまったのです。それでも今もなお、あなたを愛しています。読書よりも、怠惰よりも、お世辞よりも。私を騙して自分に都合のいい考えを吹き込む気前のよい葡萄酒よりも。老詩人にこれ以上何がいえるでしょうか。だからこそ、もう立ち去ってくださいとお願いするのです。その美しさが私を耐え難いほど嘲っていると分かったからです」

しかし、その声には憧れの響きがあった。神々と人間たちの喜びであるヘレネ女王が、ジャーゲンを重々しく優しい目で見つめていたからだった。広げたカーペットの模様を見極めているように、ジャーゲンの人生における振舞いを一つ一つ見ているようだった。そしてまた、男たちが如何に愚かになり得るか、如何に自ら薄汚くなれるか、非難することなく、まったく戸惑うことなく、ただ怪訝《けげん》に思っているようだった。

「幻影《ヴィジョン》が消えてしまったのです。衰えてしまったのです。どんな男でも衰えるものだということはよく知っています。だからといって、恥が軽くなるわけでもありません。私は時の手で変わってしまったのです。明けても暮れても自分の幻影と暮らしていくと考えると身が震えます。だから、あなたを妻にしたいとは思いません」

そして、震えながら、ジャーゲンは世界に愛された彼女の手を自分の唇へと持ち上げた。

「さらば、ヘレネ女王！　昔、あなたの美しさが浮気娘の顔に映っていると気づいたことがあります。女の顔に、あなたに似た特徴を見出したことは何度もあります。そのため、その女たちにぺらぺらと嘘をつきました。そして、私の詩はどれもこれも、ぼんやりとした噂で知っただけの、隠れた美しさを引きだそうとする虚しい魔法だったのです。ああ、私の生涯はあなたを求めて失敗に終った旅でした。そして、満たすことのできない飢えでした。しばらくのあいだ幻影に仕え、清廉潔白な振舞いであなたを讃えました。そうです、私の墓にはきっとこう刻みましょう。「ヘレネ女王は、この地上が女王にふさわしいところだったとき、この地を治めた」しかし、それはもう遠い昔のことです。

さらば、ヘレネ女王！　あなたの美しさは泥棒のように私の生涯から喜びと悲しみを奪いました。

もうあなたの美しさを夢見ようという気持ちはありません。もう誰も愛することができないのですから。マダム・ドロシーの顔にあなたの美しさを初めて見出したと思われた非運の瞬間以来、私が人を愛することを妨げてきたのはまさにあなたなのだと分かったのです。浮気娘の顔に映っているのを見たときの、あなたの美しさの記憶が、世の男たちが女を愛するような正直な愛を消していったのです。そんな男たちが羨ましい。ジャーゲンは何も愛さなかったのですから。あなたさえも。ジャーゲン自身さえも。本当に心から愛することがなかったのです。

さらば、ヘレネ女王！　これからは、もう何かを求めてさまようことはしません。その代わり、炉端の安らぎを得てくつろぎます。自らを癒やし、老いた骨をいたわるように努めますよ。男が気紛れに思いつくようなことには、温めた葡萄酒一杯ほどの価値もありません。心の底から退屈だと感じる日常であっても、そんな莫迦げた思いつきで危うくするようなことはもう終りです。私は時の手で変わってしまったのですから。用心と妥協の下僕になったのです。正しいことではありませんが、どうしようもありません。ですから、いま必要なのはあなたに別れの言葉を叫ぶことなのです。自分の幻影に仕えることに失敗したから、あなたをきっぱり拒否するのです」

こうして、ジャーゲンが声高に別れの言葉を白鳥の娘に告げると、ヘレネ女王は輝く霧が流れていくように消えた。しかし、グィネヴィア女王やアナイティス女王のように素早くは消えていかなかった。ジャーゲンは黒の紳士と二人きりになった。ジャーゲンには、世界から喜びが消え、長いあいだ誰も住む者がなかった館のように感じられた。

第四十八章　リーサ夫人の率直な意見

「それでいいのか！　でも、私たちの中には、確かに気難しい奴もいる」と不死のコシチェイがいった。ジャーゲンには、コシチェイが戸惑い、がっかりしているように見えた。

しかし、ジャーゲンはもはや、コシチェイが今さらこんな感情を見せてくることを、肩を竦《すく》めて無視しようという気分になっていた。「妻を選ぶときには、考慮すべきことがたくさんありますね――」と、おとなしく従ってみせた。

そのとき、不意に激しい困惑に襲われた。あの三人の女性と関係があったことをコシチェイは明らかに分かっていないのだという考えが頭に浮かんだからである。万物を創ったコシチェイが、他ならぬコシチェイが、今はジャーゲンのために精一杯のことをしてくれている。そして、ジャーゲンのためにしようとしているその精一杯というのが、すでにジャーゲンが若さと図々しさで自らしたことと結局変わらないのだ。面倒極まりない厄介ごととして打ち捨ててきたばかりの若さや厚かましさ、そして何にでも首を突っ込む詮索癖によってなし遂げた以上のことは、このときコシチェイにすらジャーゲンのためにできなかった。こういう結論に達し、ジャーゲンは肩を竦《すく》めた。明らかに賢さがいちばん大事というわけではなかった。しかしながら、コシチェイにわざわざ教えてやる必要もないし、分別があればそんなことをしようともしないだろう。

「――これは理解しておいていただかなくてはならないと思いますが」とジャーゲンは淀みなく話を続けた。「最初の瞬間的な衝動が何であろうと、思慮深い人間なら、これらの婦人方の過去に、生まれながらにして家庭生活には不向きであることを仄めかす事実がたくさんあったと考えるのは明白でしょう。私は平和を愛する人間です。道徳的な堕落にも共感しません。もう私も四十を過ぎて、もちろん、それが会話の中で相手との距離を縮めるのに役立つときとか、慣習的な修飾と見做されるような詩を作るときなどは別ですがね。それでも、私は機会を逃してしまったのです。夫婦関係のことをいっているのではありませんよ。お分かりでしょうが。しかし、あの名高い美女たちが私のところから永遠に去ってしまったという事態に直面して、一体どんな情熱的な言葉で話せばいいというのですか！　隠喩、比喩《メタファー》、アジアの文体の深遠な引喩の驚くべき階《きざはし》を高みに向かって昇るべきだったのでしょうか！　その代わりに、私は教師のような戯言《たわごと》ばかりいっていました。疑いなく、リーサが正しかったのです。私は、まったくの役立たずです。しかしながら」ここでジャーゲンは希望に満ちた声で付け加えた。「前にリーサを見たとき、一年前のこの晩ですが、リーサは普段よりもいくらか遠慮がちでした」

「えっ、そうかね。しかし、彼女は強力な呪文の影響下にあったんだ。この辺りの法と秩序のために必要だとわかったからだ。万物を創った私は、情け容赦なく自分の仲間たちの振舞いを改めさせようということばかり考えている現実的な人間の乱暴なやり方に慣れていないのだ。私の立場の利点の一つは、そんな人間たちがものごとを今あるように受け入れず、その結果として私に面倒をかけることもないことだ」そういって今度は黒の紳士が肩を竦めた。「許してもらいたいのだが、実は今夜、今年のアネモネの色を染めるとはっきり約束してしまっていることに気がついたんだ。それから、十時半に運行を止めなくてはならない太陽系もあった。だから、このささやかなお喋りが楽しいことは分かっているのだが、時間が押し迫っているんだ」

「時間は容赦がありませんからね。お話はごもっともですが、それはまさにあまりにも分かりきっていることをあなたが見過ごしていたのだと思います。私の想像力に猛襲をかけようと最高に美しい女性たちを創りだしましたが、四十を過ぎた男に見せていることを忘れていますね」

「それが何か大きな違いをもたらすのかね」

「ええ、嘆かわしい違いですよ。男は出世していくにつれていろいろと変わっていくものなのです。剣や槍をうまく扱えないようになり、重い王笏を元気だった頃のように振るえなくなります。会話に関心がなくなってきて、ユーモアも淀みなく流れ出てこなくなります。かつてのような疲れを知らない数学者でもなくなっているのは、ただ、自分の天賦の才能に対する自信が避けられないほど失われたからです。自分の限界を認めるようになり、その結果として自分の意見などどうでもいいものだと認めるようになります。さらに、あらゆる身体的な問題もどうでもよくなってきます。ものごとを解釈しようとするのを諦めるようになり、王笏も蠟燭も似たようなものに思えてきます。哲学的な試みを諦めがちになり、ものごとをよく調べずにすませるようになります。ええ、そうです、ちゃんと違いがあるのです」

「それでも、お前は女の花園をよくよく見てきたのだから、口うるさい妻の方を選ぶとは信じ難いのだがな」

「率直にいって、いつものことですが、私もまた決めかねているのです。あなたが熱心に勧めてくださったことは正しかったのかも知れません。間違っていたとはとてもいえませんね。それでも、同様に——そろそろ私の最初の妻に少しだけでも会わせていただけませんか」

それは頼んだ瞬間すぐに認められた。もうそこにリーサ夫人がいたからである。しかし、この威勢の良い悪魔の娘は、もはや静かにさせておくためのいかなる強力な魔法の制限も受けていなかった。美しいあの女性たちと出会ったあとのジャーゲンには、どこから見ても魅力のない姿に思えた。

「ああ、このひとでなし!」とリーサ夫人が始めた。「私を厄介払いしようとしていたんだね。何てお気楽な奴なんだろう。私の倹《つま》しい暮らしのやりくりにお礼をいってもらおうじゃないの」彼女の小言が始まった。

しかし、ドロシー夫人よりもジャーゲンの方がずっとろくでなしだといいだしたときには、いささか驚いた。そのとき気がついたのだが、書記の妻である義妹から外の世界にいるリーサ夫人に関する最後の情報を聞いたきり十二箇月も経ってしまったことは、破滅的な非運というわけでもなかったわけだ。

むしろ奇妙なことに、ジャーゲンは、他の女たちに捧げた不思議な一年の方が、ジャーゲンとリーサが二人で文句をいい合いながら過ごしたありふれた年月よりも、中身のない時間だったように感じられたのである。リーサは結婚前は上品で陽気な娘だった。ジャーゲンの食べ物の好き嫌いや、さまざまな些細な好みを如何に熟知していたか。滅多にないことだが彼女をいらいらさせることが何もない日には、如何に器用に調子を合わせてくれたか。ボタンを付け替えてくれたこと。靴下を繕ってくれたこと。無礼にもジャーゲンのことをとやかくいう者がいたときには、どれほど怒り狂ったか。あれこれ考え合わせてみれば、彼女のいない生活は、一緒にいる生活に比べてはるかに楽しくないのだ。リーサの見た目は本当に不器量で、そのことは可哀想だと思わずにはいられない。ジャーゲンは、半分思慕、半分懺悔の気持ちで満たされた。

「彼女を連れて帰りたいのです。もう、私も四十を越えていますし。私のように、彼女だって辛いのだと分からないわけがありません」

「友よ、お前は詩人になるかも知れなかったのを忘れたのか。分別のある人間なら、リーサ夫人の人付き合いや愛想のいいお喋りがないと困るなどと主張したりしないはず――」

しかし、リーサ夫人はいつものような長科白《ながぜりふ》で憤慨した。「お黙り、黒い顔で人を嘲笑って。人様の前でそんなみっともないことを当てこするんじゃないよ。私は真っ当なクリスチャンなんだからね。それは分かっておいてもらわないと。でも、みんなあんたの評判は知っているよ。今まで何をしてきたかってこともね。このふんぞり返った、太鼓腹の莫迦にまさにお似合いの仲間だよ。これ以上何をいっても、あんたたちには何にもならないだろうけど」

こんなふうに、思いのほか比較的手加減した感じで、リーサ夫人は万物を創造したコシチェイを片づけてしまった。彼女はコシチェイのことをただの悪魔だと思ったからだった。夫に対しては、さらに細かく言葉を続けた。

「ジャーゲン、いつもこんなふうになるんじゃないかって話してきたけど、もうこれで満足したでしょう。そんなところに、吃驚した魚みたいな口を開けて突っ立ってないで。私が丁寧に質問しているんだから。話しかけられたら、返事をするものでしょう。ええ、そんな莫迦みたいな顔で無実を装う必要はありませんよ。だって、もうあなたにはうんざりしているんだから。夫がそばに立っているっていうのに、あなたにお似合いの友人が私のことをなんていったかすっかり聞いたでしょうよ。いいえ、お願いだから、この人がなんていったかなんて私に訊《き》いたりしないでよね。あなたの良心に任せることにするから。もうその話はしたくないから。私は一度でもがっかりした相手とは手を切ることを知っているでしょう。だから、幸運なことに、自分が臆病だということを誤魔化す嘘を重ねる必要もありませんよ。私の夫が人としての感情を持たなかったら、そして、侮辱の言葉や下品な仲間から私を守れないのなら、家に帰って夕食の用意でもした方がいい。家は豚小屋みたいになっているでしょうね。またベッドで本を読んで目を悪くしているのが、あなたの様子を見ているとすぐに分かる。それに、人前に出るというのに、仲間たちの中に行くときでさえ、羽織りもののボタンを留めないなんてね」

彼女は一瞬黙り込んだあと、凍りつくような絶望の声をあげた。

「それから、その羽織りものを見たらはっきり訊いておきたくなったのだけど、あなたの歳で着て歩くのにそんな服がふさわしいとでも思っているのかしら。誰だって――そんな身なりで――ちょっと私にはそんな身なりは――ああ、とにかくそんな羽織りものは見たことがないね。誰だって見たことがないだろうけど。それを着ている自分がどんな姿なのか想像できないんでしょう。あなたのことはずいぶん我慢してきた。他の女なら怒りだすようなところでも何もいわずに耐えてきた。あなたが自分で服を選んで、商売を目茶苦茶にして、私たちが食べるものにも事欠くようになるなんて許せませんからね。簡単にいえば、とにかくあなたは人を怒らせるってことよ。警告しておきますけど、あなたとはもう永久に手を切りますからね」

リーサ夫人はもったいぶってコシチェイの執務室のドアまで歩いていった。

「あなたが私と一緒に来ても来なくても、好きなようにすればいいのよ。私にはどっちでも同じこと。あなたに残酷なことをいわれたり、怒鳴りつけられたり、私がここで繰り返したら唇を汚してしまうような言葉でその悪名高い黒い奴に私を侮辱するよう唆《そそのか》された今となってはね。そんなのは全部、とても知的で面白いと思っているのは間違いないでしょうけど、私がどう思っているかもう分かったでしょう。いろいろ考えてみれば少し努力したって死んだりしないと思っているなら、家まではるばる戻って、途中で妹のところへ寄ってバターを半ポンド分けてもらうように頼んだってよさそうなものだけど。あなたのことはよく知っているから、今までバターを攪拌していたなんて思えるわけがない」

リーサ夫人は、独り者には想像もできないような威厳のある笑い声をあげた。

「私がいないあいだ、バターを混ぜるなんて！——いえ、まさかあなたがね！　きっと家の中には卵一つないでしょう。だって、私の夫だという紳士はフライにする他の魚を獲っていたんだから。言い寄るための新しい服を着てね。そんな歳で、ビール樽みたいな腹をして、パイプ軸みたいな細い手足で！　ええ、そのひどい羽織りものだけでも、あなた自身の安らぎのために家まではるばる帰った方がいい理由になるでしょうね。いっておきますけど、あなたがそんな変な格好をしているのを見て、はっきり心を決めたのよ。高貴で権力もあるあなたのマダム・ドロシーのところへ寄って、一言二言話しておこうってね。だから、一緒に来ない方がいいでしょうね。もう私の目を誤魔化すなんてことはできないのだし。もう二人のあいだでやってきたことを隠す必要はないのだから。いいえ、私は騙せないのよ。だって、あなたのことは本を読むように読み取れるのだからね。その歳でそんな振舞いをしたって、私はぜんぜん驚きませんよ。私が予想しているとおりのことしかしないんだから」

リーサ夫人はそういってドアを抜けて出ていくときもまだものをいっていた。そのときジャーゲンの妻が話していたのは、ハイトマン・ミカエルの妻のことだった。個人的な特徴、過去の行い、姿や顔立ちについて、マダム・ドロシーを論評しながら。見抜く力がありさえすれば、どれもこれも忌み嫌うべきものであり、率直な言葉で評価すべきことだからだ。

その主要なテーマは——読者諸兄にもお分かりだと思うが——まともな躾《しつ》けを受けて育った人間、自尊心のある人間、それはリーサの親族たちがそうありたいと思っていた姿だったが、そういった人間たちのことであり、もう一分だけ長く話したとしても、奴隷や文明の利器、あるいはジャーゲンの足許の汚れといったことを話す見込みはまったくなかったのである。そして、リーサ夫人は、焔になるでも霧になるでもなく、皮肉に満ちた非難の声として去っていった。

第四十九章　コシチェイとの妥協について

「やれやれ」長いこと黙り込んだあとで、コシチェイがいった。「何れにせよ、今晩はここで過ごした方がいいだろう。この静かな洞窟にいれば少なくとも今は快適にしていられるだろう」

しかし、ジャーゲンは帽子を手に取っていった。「いいえ、私ももう行った方がいいと思います。いろいろ親切にしてくださって本当にありがとうございました。でも、今のままにしておかないほうがいいと分かりました。あとは何か」ジャーゲンはそっと咳払いをした。「何かお支払いしなくてはいけないようなこととかあるでしょうか」

「いや、ちょっとしたことだけだが、まずはリーサ夫人の面倒を一年間見たな。ああ、お前が着ているその綺麗な万能の羽織りものだが、そいつが気に入っているんだ。さっきいわれていたことからすれば、その服はお前に似合っていなかったようだな。家庭の事情に鑑みて、その羽織りものをリーサ夫人の身請け金にするというのはどうかね」

「ええ、いいでしょう」そういってジャーゲンはネッソスの羽織りものを脱いだ。

「結構な期間、着ていたようだな」とコシチェイが感慨深そうにいった。「これを着ていて、何か都合の悪いことに気づいたりしたかね」

「いいえ、何もなかったと思いますね。私にぴったりで、皆にいい印象を与えたようです」

「そうか、私がいつもいっていたとおりじゃないかね。強い男や、健康で現実的な人間には、致命的な刺激を与えてしまう。ところが、お前のような人間は、ネッソスの羽織りものを着て、いつまでも快適に過ごせるんだ。多くの場合、褒められもする。結局それをお前は妻の社交なんかと交換してしまうわけだがね。だが、今はまずお前自身の問題が先だ。おそらく気づいていただろうが、ここのドアにあった表示には「立入り禁止」と書いてある。何にせよ、規則というものが必要だ。たいていは厄介なものだが、それでも規則は規則だ。だから、私の部屋に無断で入った者は、躰《からだ》を傷つけることなく出て行くことは許されないのだといっておかなければならない。実際に死ぬことはないにしても。規則ってものが必要なんだよ」

「私の腕を一本切り落とそうとでもいうのですか。それとも手を？　あるいは指を一本？　いやいや、冗談ですよね」

不死のコシチェイは深刻な顔をして椅子に坐っていた。三十の銀の不思議な模様が表面に嵌め込まれたテーブルの上を、長い真っ黒の指でこつこつと打ちながら。ランプの光の許で、その鋭い爪が炎の先端のように煌《きら》めいた。コシチェイの目から不意に色が消え、まるで小さな白い卵のようになった。

「しかし、お前も変わっているな！」しばらく経ってコシチェイがいうと、その目に命が戻ってきて、ジャーゲンもやっと息ができるようになった。「心の中の問題だ、もちろん。もうほとんど残っていないのだがね。さて、規則は規則なんだ、もちろん。だが、お前には詩人の面影が残っているから、いつ出て行こうと構わないし、お前から何かを受け取ろうとも思っていない。実際のところ、どこかで線を引く必要はあるわけでね」

ジャーゲンはこの寛大な措置についてしばらく考え込んだ。悲観しながらも、理解したように見えた。「ええ、それがおそらく真実なのでしょう。私は信頼を失わずにいるのだから。あるいは、欲望も、空想も。ええ、それはおそらく真実でしょう。とにかく、あなたが親切に引き合わせてくださった女性たちをひとりひとり心から賞讃しましたし、彼女たちの申し出を大いに喜びました。何と気前のよい女性たちだと思っていました。今になってあの誰か一人と付き合うのは決してしてはならないことでしょう。だって、リーサが私の妻なのですから。私たちのあいだにもいろいろありました。もう七年ですよ。いろいろなことで、悲しい落胆を味わってきました。いつもそんな感じでしてね――」

ジャーゲンはつくづく思い出して、羨望と憐憫《れんびん》の入り混じった眼差しで黒の紳士を見つめた。「ああ、あなたにはおそらく分からないでしょうね。結婚なさっていらっしゃらないようですから。でも、結婚というものはたいていそんな感じのものなのですよ」

「その金言に対して議論するための論拠が私にはほとんどないが、私の運命に結婚生活というものが確かに入り込んで来なかったのだからそれは仕方がない。それでも傍観者にとっては、お前たちの振舞いには驚きを禁じ得ない。例えば理解できなかったのは、お前の妻がお前のことを永遠に見えないところへ厄介払いしてしまおうかと提案しながら、今夜一緒に夕食をとろうかという話をしていたことだな。ついでにいえば、どうして彼女はそもそもこんな好き勝手に憎しみを露《あらわ》にする自堕落な男と夕食を共にしなければならないんだ?」

「ああ、また同じことですが、結婚というものはいつもそんな感じなんですがね。真実というものは、大いなる象徴なのです。その真実として、私たちは長く一緒に暮らしすぎて、妻はばかばかしいほど私のことが好きになってしまいましてね。ですから、あいつは私のこととなると、思慮分別をすっかりなくしてしまうとよくいわれるんです。いいえ、自ら進んで苦労している相手のためなら礼儀もかなぐり捨ててしまうというのが、女たちのやり方なんです。前例に従って、女たちは愛し、女たちは相手を罰するのです」

「だが、彼女の話し方にはどこにも前例なんかないだろう。耳を塞ぎ、驚かせ、揚げ足取りの荒波の中へと引き摺り込む。ハリケーンに逆らおうとしているようなものだともいえる。それでも、彼女を連れ戻したいのか。お前の賢さを高く評価することはできないが、その勇気には感嘆している」

「それは私が、あらゆる女性は詩人であると理解できるからです。発表の場が必ずしもインクを使うところとは限りませんがね。だから、リーサが解放された瞬間、浅はかな人間なら、そこを彼らの軽率なもののいい方で闇社会の恐怖と呼ぶでしょうが、それが皆に本当の利益をもたらし、職員たちに多大な信用を与えるようなシステムに従って管理されていることを私は一瞬たりとも疑いませんね、率直ないい方を許していただけるなら」ジャーゲンは媚びるような笑みを浮かべた。「ええ、その瞬間、リーサの思考はエレミヤやアモスのような極めて威嚇的なスタイルになるのです。二人とも特に優れた詩人でしたがね。ドロシーに関する最終的な見解は特に、それを裏付けるような激しい悪口だったと思うのです。この退廃した時代には滅多にお目にかかれないようなものですよ。あいつの次の創作活動は、私の夕飯ですね。それも同じように勢いのある即興作品でしょう。

明日は繕い物をして、私に叙事詩を縫ってくれるはずです。それに続くデザートは叙情性豊かなものです。それが、危うくただの女王たちと遊んで暮らすところだった私に宛てられたリーサの詩というわけです！」

「何と、お前が良心の呵責を感じているのか」コシチェイがいった。

「しかし、その献身ぶりの深さと強さをよくよく考えてみれば、こんなにも長いあいだ、私の世話をし、誰より退屈で苛だたしい仲間たちとの交際にも耐えてきたのだから、そんな奇蹟を前にして呆然と立ち尽くすほかありません。いや、女神に違いないと叫んでもいい。その一方で、これほど賞讃に値する女王はいないと思えます。ああ、詩人というものは愛のことをやたらに書きますが、この言葉が男を我慢させるほど強い女の情熱を意味するとつくづく思い知るまで、完全に理解できる者はいません」

「たとえそうでも、絶対的な信頼をもたらすものとは思えないが。数十から百ほどの兆候があって、妻がいないあいだにお前が他の女を追いかけるのではないかとリーサ夫人が明らかに疑っているのを見て、嘆かわしく思った」

「今ごろそんなことを考えているんですか。でもそれで、最高に綺麗な女性でも如何に私を誘惑し難いかお分かりになったでしょう。それでも、私はリーサの不合理な認識を理解できるし、許すこともできるのです。もう一度いいますが、おそらく、どうして私がそういうことを見過ごすのかは理解できないでしょう。あなたが結婚していないからなのですが。とはいっても、私の赦《ゆる》しは大いなるシンボルでもあります」

そういってジャーゲンは溜息をつくと、万物を創ったコシチェイと慎重に握手をした。そして、執務室を出て行こうとした。

「途中まで一緒に行こう」とコシチェイがいった。

コシチェイは部屋着を脱いで、三つの異なる金属でできた三本足の不思議な椅子の背に掛けてあった、美しい刺繍の上着を着た。しかし、ネッソスの羽織りものを、コシチェイは畳んで横に置いた。いつか、何かのときに着るかも知れないといいながら。それから、黒板の前で立ち止まって、考え込むように頭を掻いた。黒板にはまだ計算の終っていない数字がほぼ一面に記されているのが見えた。ジャーゲンには、この黒板が今までに見た何より恐ろしいものに思えた。

コシチェイはジャーゲンとともに洞窟を出て、ジャーゲンとともにアムネラン荒地を越え、夜が更けたころ、モルヴェンを通り抜けた。歩きながらコシチェイが話をした。ジャーゲンは妙なことに気がついた。月が東の空に沈んでいくのである。まるで、時間が過去へと進んでいくようだった。しかしジャーゲンはもちろん、その奇妙なことを、万物を創ったコシチェイのいる前であえて指摘するつもりはなかった。

「私は精一杯うまく切り回そうとしているんだ。だが、ときどきひどく混乱してしまうことがあってね。まあ、有能なアシスタントがいないっていうのもある。何もかも見張っていなくてはいけないんだ。本当に何もかもだ！　もちろん、ある程度は信頼できるといっていいが、理論上は正しい計画でも実行するときになると、ときどき間違いも起こってしまう。だから、誰かが物事について親切な言葉をかけてくれるのを耳にすると本当に嬉しいね。ここだけの話だが、不満に感じることはたくさんある。たった今も、私は正直に喜んだ。お前があのろくでもない修道僧の眼前で、私を弁護してくれたときのことだ。お前の親切な言葉にだ」

「たった今だって！」ジャーゲンは心の中で驚いた。そのとき、二人がシトー修道院を通りすぎて、ベルガルドにさしかかったところだと気がついた。ジャーゲンは、自分が話しているのが夢の中のできごとのように感じた。「あなたはいったいどなたで、どうして私に感謝するのですか」

「私の名前などどうでもいい。だが、お前は何と優しい心の持ち主なんだ。苦労のない人生を過ごすように願おう」

「私たちがともに苦悩や苦痛を免れますように。しかし、私はもう結婚して――」そのとき、ジャーゲンは自分を包み込んでいる魔法をきっぱりと払いのけた。「いや、また最初からやり直そうっていうんですか。あなたの情け深さにはもう耐えられそうにないのですがね」

コシチェイは微笑んだ。「いやいや、もういちどやり直すつもりはないよ。私は一度だって始めたことはなかったのだから。それに、お前が覚えているこの一年のできごとで、本当にあったといえることは何一つないのだ。何一つ、起こらなかったのだ」

「でも、どうしてそんなことがあり得るのですか」

「どうして、そんなことを教えなくてはならないんだ？　私がしようとすることは、ただ起きるだけでなく、人類最古の記憶を越えてすでに起きていることだといえばじゅうぶんであろう。そうでなければ、私がコシチェイであり得ようか。これでさらばだ、ジャーゲン。お前には何一つ特別なことは起きていないのだ。私が与えたものは正義ではなく、何かもっと、お前や仲間たちに計り知れないほどもっと受け入れやすいものだ」

「確かに。どこの誰も正義のことなど気にしないように思います。では、さようなら、王子。この別れに際して、もう何も質問はいたしませんよ。万物を創ったコシチェイに何を質問しても、満足できるほどの慰めは得られないと知りましたから。ただ不思議なのは、あなたはどんな楽しみを得たのだろうかということです」

「そりゃあ、私はこの見ものをふさわしい感情を抱いて観賞するのさ」コシチェイは最も素直な微笑みとはいいがたい笑みを湛えた。

　そういいながら、コシチェイはジャーゲンのもとから永遠に立ち去った。

「それでも、あの黒の紳士が本当のコシチェイだと確信できるだろうか。彼は自分でそうだといっただろうか。ああ、そうだった。実際のところは、ホルヴェンディルが私に、コシチェイだといったのだ。ホルヴェンディルが。他にもホルヴェンディルは何かいっていたな。「これがロマンス作家の実践するもっとも尊敬すべき策略だ」だったか。だが、グラシオンのスモイトもいたじゃないか。だから、私は夢を見ているだけなんだという説明で騙されたのは三回ということになるか。何れにせよ、証拠も残っていないが」

　ジャーゲンは憤慨したが、すぐに笑い声をあげた。「いや、もちろんだ。私は万物を創ったコシチェイと面と向かって話をしたのかも知れないし、話していないのかも知れない。そこが肝心なところだ。夢想の秘密*という人もいるかも知れない。確かなことは私には何ともつかないが。さて」といってジャーゲンは肩を竦《すく》めた。「私はどうすると期待されているのだろうかね」

第五十章　この瞬間は重要なものでもなく

　この物語もいよいよジャーゲンが家に帰る瞬間を残すだけになった。コシチェイは（あれが本当にコシチェイだったとすればだが）二人がベルガルドに差しかかったときに去ってしまったので、質屋は独りで気持ちのよい四月の晩を歩いた。すると、どこかのテラスからジャーゲンを呼ぶ声が聞こえた。夕闇の中でも、それがドロシー夫人だとすぐに分かった。

「ちょっとお話しできるかしら」

「喜んでお話ししますとも」ジャーゲンは道からテラスの方へ降りていった。

「もうすぐ晩ご飯の時間だと思って、ここで通りかかるのを待っていたのですよ。お店まで会いに行くのはちょっとどうかと思いまして」

「とんでもない。それは偏見というものです」ジャーゲンが真面目な顔で答え、次の言葉を待った。

　マダム・ドロシーは完璧に平静を装ってはいるが、さっさと話を済ませたくて仕方がない様子をジャーゲンは見て取った。「あなたもご存じでしょうけど、主人の誕生日が近づいてきていて、何か吃驚させるようなプレゼントをしたいと思っているんです。だから、主人を煩わせることなく少しばかりのお金を用意する必要があって。いかほど——高利貸しみたいな嫌な言葉！——このネックレスで用意してくださるんでしょう」

ジャーゲンはネックレスをひっくり返してよく見てみた。宝石は美しく、ジャーゲンにも馴染みのあるものだった。一部はラクル・カイ奪取のときのギーヴリックの戦利品で、少し前までハイトマン・ミカエルの母親の遺産だった。ジャーゲンは金額をいった。

「でもそれではネックレスの価値のほんの数分の一にしかならない」夫人がいった。

「厳しい時代なんです、マダム。もちろん、すぐに売っていただけるのなら、もっとお支払いできますが」

「そんなことできるわけがないでしょう。それじゃ、まずいことになりますから」そこで少し躊躇《ためら》った。「私のネックレスがなくなったことを説明することになってしまう」

「そういうことでしたら、誰にも気づかれないような模造品を人工宝石で作ることもできますよ。愛情からなされた犠牲をご主人から隠そうとするお気持ちは私にもよく分かります」

「これは私の主人に対する愛情ですよ」夫人が素早くいった。

「ご主人に対する愛情のつもりで——当然です」ジャーゲンがいった。

ドロシー夫人がネックレスの金額をいった。「どうしてもそれだけ必要なんです。それより下げられません」ジャーゲンは曖昧に首を振って、ご婦人というものは法外な値をつける交渉相手だときっぱりいった。それでもジャーゲンは、彼女の求める額で同意した。そのネックレスにはほぼその二倍の価値があったからだった。それからジャーゲンは、秘密の使者を通せば取引も都合よく締めくくれると仄めかした。

「例えばもし、ド・ネラック殿にこの件を説明して、明日の朝にでも私のところへ来ていただけるように手配できれば、ハイトマン・ミカエルを煩らわせることなく、きっとこの可愛らしい取引を隠し通せると思いますよ」

「ネラックがうかがいます」伯爵夫人がいった。「彼にお金を渡してください。ネラックのお金のような振りをして」

「確かに、マダム。彼は尊敬すべき若い貴族ですね。借金が大きいというのは可哀想です。先月、ダイスでかなり損をなさったと聞きまして、私の心も痛みました」

「この借金がうまく清算できたらもう二度とやらないと約束してくれましたから——でも、何で私はこんなことをいっているのかしら。詮索されているみたい。つまり、私はド・ネラック殿の幸福に少なからぬ関心を抱いていて、だから、ときどき、思慮に欠けた振舞いをたしなめて差し上げているだけですよ。それ以上のことはありませんから」

ジャーゲンは言葉を止めた。月が昇ってきていた。二人は欄干近くの彫刻を施した石のベンチに坐っていた。二人の前には、街道の向こう側に、輝く谷間と木々の梢が見えた。ジャーゲンは、この場所にかつて坐って、それからしようとしていた輝かしいこと、そして二人で過ごす幸せな人生についていろいろ話し合った若者と娘を儚《はかな》く思い出していた。ジャーゲンは、隣にいる気の静まった美しい女性を眺めて、彼女が新しい愛人の借金を肩代わりするための金を体裁よく保証したことを考えていた。

「まあ、それにしてもこれは暦を無視する美しさじゃないか。それでも、三十八歳というのは否定できないし、どことなく秋を感じる数字ではあるが、若いネラックは年上の愛人から絞り取ろうとしているんじゃないだろうか。いや、あの年齢なら良心なんか持っていないのが普通だろう。マダム・ドロシーは今でも美しいし、私の脈がまだ妙な悪ふざけをしているのも彼女がすぐそばにいるからだし、私の言葉の調子が何だか思うようになっていないのも彼女がすぐそばにいるからだ。今でも、四分の三くらいは彼女に恋をしているんだ。私が今なお取り憑かれているそんないまいましい愚かさから見ても、年齢という弱さを取り戻したことを喜ぶじゅうぶんな理由が私にはある。それでも、私には人生というものが無駄で不公正なプロセスのように思える。これが、私の覚えている若者と娘の末路なんだからな。この末路が心の重荷になって泣きそうだし、ロマンティックな会話を始めてしまいそうだ、今でもな」

しかし、ジャーゲンはそうしなかった。実際、泣くことはいま必要なことではなかったからだ。ジャーゲンは伯爵夫人の愚かさから正当な利益を得た。ここで心配しなくてはならないのは、結局のところ、このささやかな商取引を騒ぎを起こすことなく片づけることなのだから。

「では、これ以上申し上げることはありませんね」ジャーゲンは月明かりの許で立ち上がりながらいった。「後はただ、いつでも喜んでお役にたちたいということくらいでしょうか。それから、公平な取引で評価を得ていることは少しばかり自慢に思っているのです」

そして、こんなことを考えた。「実際には、彼女は歳を重ねるにつれて愛人たちのためにもっと金が必要になるのは間違いないのだから、彼女に客を取り持ってもらっているようなものだな」

そうしてジャーゲンはドロシー夫人のもとを去った。読者諸兄はすでにお聞き及びにように、この質屋が若い頃、〈心の望み〉と呼んで愛した相手である。そしてまた、マザー・セリーダから借りた若さで若返ったときに、神々や人間たちの喜びであるヘレネ女王として愛した相手でもあった。

今のジャーゲンにとって、簡単な商取引の後でマダム・ドロシーのもとを去るのは、ほんの一瞬のできごとでしかなかったし、この昔なじみの娘の情欲を利用して、近い将来にささやかな現金を得たことは別にして、重要なことは何もなかったのかも知れない。

この重要ではない瞬間の後、質屋は旅を再開し、ほどなく家に着いた。窓から中を覗き込んでみた。居心地よさそうな部屋に夕食が用意されていて、坐って繕い物か何かをしているリーサ夫人の様子は、明らかに機嫌がよさそうだった。

その瞬間、魔法使いや神々、悪魔たちと果敢に渡り合ってきたジャーゲンが恐怖に襲われたのである。「バターのことをすっかり忘れていた！」

しかし、すぐに思い出した。今となっては、リーサが洞窟の中でいったことは本当に起きたことではなくなっているのだ。ジャーゲンもリーサも洞窟には行っていない。もしかすると、そんな場所はもう存在しないかも知れない。かつてそんな場所が存在したことだってなかったのかも知れない。だんだん混乱してきた。

「ああ、だが、思い出すときにはよくよく注意しなくてはな。今朝の朝食のとき以来、リーサには会っていないんだ。何も起こらなかったんだ。結局、男らしいことをするように要求されてもいない。妻は今いるようなままでいい。家もこのままでいい。店も正直な商売のやり方もこのままでいい。そうだ、コシチェイは——あれが本当にコシチェイだったとしたら——私を公平に扱ってくれた。おそらく、コシチェイのやり方こそ、誰もがすべきやり方なんだろう。確かにそれが間違っているとはいえない。だが、それでも、同時に——」

ジャーゲンは溜息をついて、自分の居心地のよい家に入った。それは、昔のことであった。

訳註

頁

一〇　**＊ポアテム**　本作品を含む《マニュエル伝》の舞台となるJ・B・キャベルが創造した国。ヨーロッパのどこかにあるという設定で、ドム・マニュエルが伯爵となって統治した。『土の人形《ひとがた》』（本シリーズ近刊）参照。

一〇　**＊フィリップ・ボーズデイル／E・ノエル・コドマン／ジョン・フレデリック・ルイスタム**　この三人は実在の人物ではなく、キャベルの創作である。フィリップ・ボーズデイルは「コリンナについて」の主要登場人物の一人でもある。それぞれポアテムに関する著作があることになっていて、ボーズデイルは *Pathologica Demonica*、コドマンは *Handbook of Literary Pioneers*、ルイスタムは *Key to the Popular Tales of Poictesme* となっている。

一三　**＊リーサ夫人**　《マニュエル伝》に属する『夢想の秘密』（国書刊行会）における「ライザ夫人」と同一人物。同書所収の家系図に「ライザ夫人はイエアのニンジアンとして知られる魔神サークラグの女《むすめ》と専ら考えられている」と記されている。ただし、『夢想の秘密』の訳者あとがき、杉山洋子「J・B・キャベルの世界劇場《テアトルム・ムンディ》」ではリーサ夫人となっている。

一三　**＊オリゲネス**　［一八五～二五四？］アレクサンドリア生まれの神学者。ギリシャ哲学とキリスト教を統合した聖書理解を試みた。その救済論では悪魔でさえ救われる可能性があるとして激しい論争を起こし、死後三百年経って異端宣告を受けた。

一六　**＊モルヴェン**　マクファーソンが、古代の盲目の詩人オシアンによるゲール語詩の英訳として発表した作品に登場する、フィンガルが治める伝説の王国名。Mor-earrann、すなわち大きな部分・区画という語が由来といわれる。

一七　**＊ドロシー**　ドロシー・ラ・デジレーはドム・マニュエルの三番目の子。
一七　**＊ワルプルギスの夜**　聖ワルプルギス（ヴァルプルギス）の祝日前夜。四月三十日の夜。ドイツでは魔女がブロッケン山上で魔王と宴を張るという。
二〇　**＊ヘラス**　ギリシャの古名。
二一　**＊コシチェイ**　ロシアの民話に出てくる痩せた不死身の老人 Кощей から。名前のみの借用で特別深い関係はないようである。
二二　**＊ネッソス**　ギリシャ神話に出てくる、ケンタウロス族の一人で、自分の死後長らく経ってからヘラクレスに死をもたらした。ヘラクレスの妻デイアネイラを犯そうとしてヘラクレスの毒矢で射られたが、ヘラクレスの衣に自分の血を塗り、これが後にヘラクレスの愛を取り戻すといってデイアネイラを騙した。
二七　**＊ダナエ**　ギリシャ神話に出てくるアルゴスの王アクリシオスとエウリュディケの娘。ダナエを見初めたゼウスが黄金の雨となって彼女の上に降り注ぎ、その結果ダナエが産んだのがゼウスの息子ペルセウスである。
二八　**＊ストーリセンド**　キャベルの創造したポアテムにある都市。『夢想の秘密』で初めて登場し、それ以降たびたび言及される。Story's End から作られたと推定されている。
二八　**＊エメリック伯爵**　ドム・マニュエルの一人息子。ポアテム伯となる。『夢想の秘密』第一部に登場する。
二八　**＊ルドルフ／アン**　この二人は、《マニュエル伝》に属する *The Rivet in Grandfather's Neck*（1915）の登場人物 Rudolph Musgrave と Anne Willoughby である。
二九　**＊マスタード壜**　この二人は《マニュエル伝》に属する *The Cords of Vanity*（1909）に登場する Stella Musgrave と Robert Townsend で、Stella と Lizzie Musgrave の会話に赤と青のマスタード壜の話が出てくる。
三四　**＊ハイトマン・ミカエル**　ドム・マニュエルに仕えた男爵であるペルディゴンのギーヴリック（《マニュエル伝》に属する *The Silver Stallionn*［1926］に登場する）の息子。
三六　**＊ポアテムの救世主**　ドム・マニュエルのこと。『土の人形《ひとがた》』の終盤に少年ジャーゲンがこの世から立ち去るドム・マニュエルを目撃する場面がある。

三八　**＊ソワクールの司教代理**　ソワクールは《マニュエル伝》に出てくるガティネ公の家系。『夢想の秘密』ではルイ・ソワクールが断頭台で処刑される。司教代理は武力を持たない教会領主に代わって司教管区の防衛に当たり、裁判も行った。

三八　**＊ガティネ**　フランスのパリ盆地ロワン川沿いの地方。

三八　**＊メトセラ**　旧約聖書の中で最も長生きした人物。九百六十九歳まで生きた。「創世記」第四章第十八節他。

四八　**＊犬頭人《シノセファルス》**　エジプトで崇められた犬頭を持つ人間。

四八　**＊ワルキューレ**　ヴァルキュリヤとも。北欧神話でオーディン神に仕え、空中に馬を走らせて戦場で生きる者と死ぬ者を定める女性。英雄たちの霊をヴァルハラに導き、そこに侍する。

四八　**＊ヤガー婆さん**　ロシア民話に出てくる妖婆 Баба-яга。子供を攫《さら》って焼いて喰う。

四八　**＊モルフェイ**　ロシア民話。どんな要求にも応じてあらゆる料理を魔法の力で出すバーバヤガーの料理人。

四八　**＊オー**　ロシア民話。その名を口にされるとどこへでも姿を現わす魔法使い。

四八　**＊レプラコーン**　アイルランド民話。レプラホーンとも。アイルランド語 Leith bhrogan、すなわち片足靴屋の意味から。

四八　**＊空腹人《ファー・ゴルタ》**　アイルランド民話で、飢饉のときに物乞いをしながら歩き回り、恵んでくれた人に幸運をもたらす妖精。

四八　**＊クロブヘア**　アイルランド民話の妖精の名。

四八　**＊ケイロン**　ケンタウロス族の一人。他のケンタウロスと違いクロノスとピリュラの子。

四八　**＊スフィンクス**　ギリシャ神話。女の頭とライオンの体で、翼を持つ怪物。

四八　**＊キマイラ**　キメラとも。ギリシャ神話。首から上はライオン、胴は山羊、尾は蛇という怪物。口から火を吐く。

四八　**＊ケルベロス**　ギリシャ神話。地獄の番犬で、通常は三つの頭を持つ姿で描かれる。蛇の尾を持ち背中には蛇の頭が多数生えている。

四九　**＊テッサリア**　ギリシャ中東部の一地方。

四九　**＊アレクシオス**　アクレシオス二世。ビザンティン帝国皇帝［一一八〇～一一八三］マヌエル二世の後を継いだとき十二歳だった。その母マリアが摂政となったが、アンドロニコス一世がマリアを殺害し共同皇帝となる。一一八三年、アレクシオスは弓の弦で首を絞められて殺された。

四九　**＊ヴァリャーギ親衛隊**　十一～十二世紀のロシア人・北欧人からなるビザンティン帝国皇帝の親衛隊。

四九　**＊パライオロゴス**　ビザンティン帝国最後の王朝［一二五九～一四五三］。初期の版では、ここの名前はアンドロニコス［在位一一八一～一一八五］だったが、そのときジャーゲンはまだ生まれていないので、パライオロゴスと変えられた。ミカエル八世パライオロゴス［在位一二六一～一二八二］だと思われる。

五〇　**＊アウドウムラ**　アウズフムラとも。北欧神話に登場する、氷塊を覆う霧から滴り落ちる滴から生まれ、巨人イミルに乳を与えた牝牛。この牝牛が氷の塩を舐めると最初の神ブーリが現れた。

五四　**＊セリーダ**　ロシア語の水曜日（真ん中）という意味の среда から。《マニュエル伝》に属する「月蔭から聞こえる音楽」（『幻想と怪奇』第二号［一九七二年七月号］所収）に「豊饒な胸のマーヤ」として登場する。『イヴのことを少し』（本シリーズ近刊）にも登場し、重要な役割を演じる。

五六　**＊マーヤ**　ヒンドゥー教では幻想の世界を動かす原動力を象徴する女神の名前であり、仏教ではブッダの母の名である。

五六　**＊レシー**　ロシア民話。леший 森の妖精から。ロシア民話では若い娘をかどわかすサテュロス（本書四六五頁サテュロスの項を参照）のような生き物だが、キャベルはポアテムにいる女神たちのような存在として描いた。この後の本文に出てくる、曜日を支配しているレシーたちの名前は何れもロシア語が由来で、チェトヴェルクは木曜日 четверг、ウトルニクは火曜日 вторник、スポータは土曜日 суббота、ピャティンカは金曜日 пятница からとったと思われる。ネデルカの由来は неделя で、これは現在は「週」という意味で用いられる語だが、昔は日曜日だった。

五六　**＊クロト**　ギリシャ神話。三人の運命の女神の一人で「紡ぐ女」を意味し、その糸車から生命の糸を紡ぎ出す。

五六　**＊ラケシス**　ギリシャ神話。三人の運命の女神の一人で「運命の図柄を描く者」。

五七　**＊パンデリス**　ロシア語の月曜日 **понедельник** から。

六一　**＊サベリウス**　三世紀のローマのキリスト教神学者で、様態的一位説を主唱した。本書四五五頁サベリウス主義の項を参照。

六一　**＊小アールテミドーラス**　シェイクスピアの史劇『ジュリアス・シーザー』に登場する修辞学の教師。

六一　**＊ニカノル**　セヴィウス・ニカノル。ローマの歴史家・伝記作者スエトニウスが、最初の文法学者として名前を挙げているとされる。

六四　**＊コス**　ジャーゲンの父コスは、ドム・マニュエルの銀馬騎士団の一員だった。

六六　**＊ド・モントール**　アイラール・ド・モントール。ドム・マニュエルの異父姉マチエットの息子。

六六　**＊ニアフェル**　ドム・マニュエルの妃。『土の人形《ひとがた》』参照。

六六　**＊ピュイサンジュ子爵**　子爵がフェリーズと結婚して生まれたフロリアン（実はジャーゲンの子）とペリオンの孫シルヴィ・ド・ノアンテルが結婚することになる。

六六　**＊ペリオン・ド・ラ・フォレ**　メリサンの夫となるのだが、それまでの波瀾に満ちた経緯が《マニュエル伝》に属する *Dommei* で語られる。本書第二十九章も参照のこと。

六六　**＊メリサン**　ドム・マニュエルの長子。魔術師スルアゴルの息子デメトリオスと結婚する。後に、ペリオンと再婚。

六六　**＊フェリーズ・ド・ソワクール**　後のフェリーズ・ド・ピュイサンジュ。ジャーゲンとの子供については本書第八章を参照のこと。

六七　**＊エッタール**　ドム・マニュエルの末娘。『夢想の秘密』や「月蔭から聞こえる音楽」に登場する。

六七　**＊ギロン・ド・ロック**　『夢想の秘密』で少なくともある期間はエッタールの愛を勝ち取る。

六七　**＊モーギ・デグルモン**　フランスの騎士物語やロマンスの登場人物。『夢想の秘密』に登場し、エッタールを巡ってギロン・デ・ロックと争う。

六八　**＊硬貨削り《コインクリッピング》**　金貨や銀貨からごく少量を削り取り貴金属を集めた。

七一　**＊ノクス**　ローマ神話。ギリシャ神話のニュクスに当たる。夜の女神。

七一　**＊エレボス**　ギリシャ・ローマ神話。暗黒の神で、カオスの息子。姉妹ニュクスとの間に息子アイテル（大気の神）、娘ヘメラ（昼の女神）、冥府の川の渡し守である息子カロンが生まれた。

八〇　**＊ア・アブ・フル・フス**　トマス・ミドルトン『魔女』に出てくる魔女の言葉。

八一　**＊スクラウグ**　*The Silver Stallion* で、黄色の紳士の姿をした吸血鬼。すべての書物を収める図書館の番人。

八二　**＊燭台を持ったキット**　**Kit with the canstick**（本書では **Kit**）レジナルド・スコット *Discovery of Witchcraft*（1584）に出てくるお化け。

八二　**＊エマン・ヘタン**　ピレネザトランティク地方の魔女の呪文。

八二　**＊トム・タンブラー**　レジナルド・スコット *Discovery of Witchcraft* に出てくる子供を怯えさせるお化けの一つ。

八二　**＊スタドリン**　トマス・ミドルトン『魔女』に登場する魔女。

八二　**＊ティブ**　トマス・ポット *Discovery of Witches*（1613）に記録されているマザー・デムダイク（エリザベス・サザン）の告白に Tibb という名の霊が出てくる。本書では Tib。

八三　**＊フェリーズ・ド・ピュイサンジュ**　本書四四九頁フェリーズ・ド・ソワクールの項を参照。

八八　**＊グィネヴィア**　アーサー王伝説では、アーサーの妃であり、ランスロットの恋人であり、ロデグランス王の娘である。ウェールズ語ではグウェンフィヴァールすなわち白い幽霊という意味で、その名には妖術、欺瞞、悪しき力という概念が結びついており、非運を持ち込む存在とされる。

九三　**＊ゴギアヴァン**　ゴギアヴァン・ゴウア。古いウェールズの伝説では、アーサー王には三人の妃がいて、名前は何れも Gwenhwyvar だった。一人目は Gwythyr ap Greidiol の娘、二人目は Gwryd Gwent の娘、三番目は Gogyrvan Gawr の娘である。Gawr は巨人という意味である。

九三 ＊**ログレウス** 古代のロマンスではアーサー王の王国を Logres すなわちログレス（ローグル）という特別な名称で呼んだ。

九三 ＊**トロル** 北欧伝説。洞穴などの隠れ処に住む巨人。

九三 ＊**カリバーン** アーサー王伝説で有名な魔剣。エクスカリバーという名前でも知られる。アーサー王伝説でアーサーは〈湖の貴婦人〉から剣を受け取る。

九四 ＊**ミラモン・スルアゴル** 『土の人形《ひとがた》』にも登場する強い魔力を持つ魔法使い。*The Silver Stallion* では、銀馬騎士団の一員でゴンタロンの総督にもなる。シャーロット・ゲストは『マビノギオン』の註釈で、「ロブナイの夢」に出てくる騎士カラダウクの馬の名前がスルアゴルと記録されていると記している。ミラモンの息子はメリサンと結婚した。なお、『夢想の秘密』ではルアゴールという表記だったが、ウェールズ語風の綴りなので、本書ではスルアゴルを採用した。

九六 ＊**ギホン** エデンの園を流れる川、あるいはエルサレム近くの泉の名。

九八 ＊**クリム・タタール** クリミアの古い呼び名。

一〇二 ＊**キャメラード** アーサー王伝説でグィネヴィアの父ロデグランス王が治める国の名前。

一〇三 ＊**アーサー** 六世紀に活躍したとされるブリトン人の神話上の王。ユーサー・ペンドラゴンの息子。サクソン人の地からブリテン島へ来襲したゲルマン系の種族を撃退したとされるケルトの英雄。

一〇五 ＊**ソルナティウス** 大プリニウス［二三～七九］の著作で引用されているが、本人の著作は現存していない。

一〇五 ＊**マーリン・アンブロシウス** メルランあるいはメルリヌスとも。ウェールズ人の神話上の予言者。一一三五年頃にアーサー王伝説に統合された。予言の他に変身能力もあった。ユーサー・ペンドラゴンをコーンウォール公爵夫人の夫の姿に変えることでアーサー王誕生のお膳立てをした。マーリンとニミュエの話が『イヴのことを少し』三十一章にも出てくる。

一〇七 ＊**預言者ナタン** 預言者ナタンはダビデ王に助言者として信頼されていた。旧約聖書「サムエル記　下」第十二章で、ダビデ王がバト・シェバを娶《めと》るために夫のヒッタイト人ウリヤを戦場で死なせ、その罪を隠そうとしたとき、ナタンは喩え話をしてその卑劣な行いを諌《いさ》めた。

一〇八　**＊ヨランダの破滅**　この章はアーサー王伝説の一挿話に基づいている。例えばトマス・マロリー『アーサー王物語Ⅰ』（筑摩書房）ならば第四巻第二十二章「ガーウェイン卿とエタード」である。

一〇八　**＊ノースガリス**　北ウェールズのこと。

一〇八　**＊ライエンス**　マロリー『アーサー王の死』（『アーサー王物語』［筑摩書房］他）に、アーサー王に敵対する北ウェールズのライエンス（リエンスとも）王が出てくる。アーサー王の騎士ベイリンとその弟ベイランに捕えられる。

一〇九　**＊グレマゴグ**　イングランドにいたという伝説の巨人の名前がゴグマゴク（あるいはゴエマゴット等）だった。スペンサー『妖精の女王』にはゴエマゴットおよびゴエマットの名で登場する。

一一〇　**＊蠟燭の光を灯して見るほどの価値もありません**　骨折り損のくたびれもうけの謂。

一一六　**＊カロエーズ**　アーサー王伝説でキャメラードの都の名前。

一三一　**＊エヴラウク王子**　『マビノギオン』の「エヴラウクの息子ペルドゥルの物語」に出てくる伯爵の名前。

一三二　**＊それを救ったのは鵞鳥**　紀元前三九二年、ガリア人がローマを包囲したとき、鵞鳥の群れの鳴き声でカピトリウムの丘へ忍び込むガリア人に気づいてマルクス・マンリウスがガリア人を撃退したという言い伝えがある。

一三三　**＊オペリオン**　紀元前三六〇年頃、アテネにいた喜劇詩人。

一三三　**＊ファビアヌス・パピリウス**　ティベリウス・カリグラ帝時代のローマの修辞学者、哲学者。

一三三　**＊セクスティウス・ニゲル**　共和制末期からアウグストゥス帝時代にローマにいた哲学者。ストア学派・ピタゴラス学派の規範の向上に貢献した。

一三九　**＊アナイティス夫人**　アナイティス Anaïtis すなわちアナーヒター Anāhitā はイスラム以前のペルシャで崇拝された女神の名。ササン王朝時代は王室がアナーヒター女神に仕えるイスタフルの拝火神官だったので特別な崇拝の対象となった。原義は「束縛されていない」とされるが、中世ゾロアスター教の神話では金星を指すと解釈された。キャベルは同時に「湖の貴婦人」の呼称を与えているが、これはアーサー王伝説に登場する水の妖精である。アーサー王にエクスカリバー（カリバーン）を手渡す役目も担った。

一四〇　**＊サー・ドディナス・ル・ソヴァージュ**　『アーサー王の死』に登場する騎士の名。

一四〇　**＊サー・エピノグリス**　『アーサー王の死』にエピノグラス卿という騎士が出てくる。ノーサンバーランド王の息子。

一四〇　**＊サー・エクター・ド・マリス**　『アーサー王の死』に登場する騎士の名。

一四〇　**＊ダマス伯爵**　『アーサー王の死』に登場するサー・ダマスは「逆心にあふれる並ぶ者とてない臆病者で、誰よりも不実な騎士」と記され、モルガン・ル・フェイとともにアーサ王を陥れて殺そうとした。

一四二　**＊スモイト王**　『マビノギオン』にスモイトの息子セリフという名前がある。

一四二　**＊ウリエン**　初期の版ではオルウェンだった。『マビノギオン』の「ウリエンの息子オウァインの物語、あるいは泉の貴婦人」からか。

一四二　**＊ペンウェイド・ギア**　ウェールズ神話でペンウェイドは「地の果て」という意味である。

一四八　**＊ウルスラ**　ヤコブス・デ・ウォラギネ『黄金伝説』によれば、ブリタニアの王女ウルスラがイングランド王子との結婚の前に千百万の乙女と共にローマを訪れた後、ケルンでの反キリスト教勢力の企みで、フン族に全員虐殺されたという。

一四八　**＊ロクライン**　スペンサー『妖精の女王』第二巻第十篇に、ブリテンの長ロクラインの名前がある。押し寄せるフン族に対して砦を築いて国を守った。

一四八　**＊コリネウス公爵**　コラインアスとも。『妖精の女王』第二巻第十篇に、ブルート麾下《きか》の将軍コリネウスが巨人ゴエモットを倒し、その支配地イングランド南西部を与えられ、その地をコーンウォールと名付けたと記されている。

一四九　**＊ティルノグ**　Tyrnog と綴るがこれはおそらくティル・ナ・ノグ Tir Na nÓg すなわちアイルランド神話の

〈常若の国〉に由来する。

一四九 ＊**ディオクレティアヌス**　ローマ皇帝［二八四〜三一六］。キリスト教大迫害を行った。

一四九 ＊**聖ウィトゥス**　四世紀初頭のキリスト教少年殉教者。

一五〇 ＊**ペンピンゴン・フライチフラス・アプ・ミルワルド・グラサニーフ**　『マビノギオン』の「エルビンの息子ゲライント」の物語」にアルスル（アーサー）の七人の家臣の一人として「ペンピンギオン」の名前が見られる。

一六二 ＊**小さな鏡／白い鳩**　《マニュエル伝》では、小さな鏡と白い鳩が魔術的な意味合いをもって繰り返し登場する。ここでジャーゲンが思い出している場面や、『夢想の秘密』第二部第七章、第三部第三章でも見られる。

一六三 ＊**誰の子供か**　マーリンは夢魔（インキュバス）と交わった母から生まれたといわれている。高僧に匿われた母親から生まれるとすぐに洗礼を与えられ悪魔の仲間に堕ちることを免れ、人間を超えた能力を持つことになったという。

一六五 ＊**アデレス**　Aderes は Sereda の逆綴り。

一六五 ＊**ユーサー・ペンドラゴン**　アーサー王の父。アーサー王伝説では、グィネヴィアとの婚礼の祝いとして円卓をアーサーに与えたのはロデグランス王だが元の所有者はユーサー・ペンドラゴンだといわれている。

一六七 ＊**アポロニオス・ミュロニデス**　紀元前一世紀の医師。しばしばアポロニオス・ヘロフィリスと同一人物だといわれる。

一六七 ＊**ミュロシス**　プリニウスによってアポロニオス作とされた本。

一六七 ＊**アポロニオス・ヘロフィロス**　紀元前一世紀前後の医師。薬学に関する著作がある。

一六七 ＊**長阿含経**　仏教経典の中では最も古いものの漢訳『阿含経』の一つ。中でも比較的長いものが含まれているので、『長阿含経』と呼ばれる。

一七〇 ＊**褐色の男**　古代ギリシャの森林、牧羊の神パンに似ている。パンは上半身は人間、脚は山羊で葦笛を吹く。

一七一　アーサー・マッケン「パンの大神」との関係を指摘されることもある。『イヴのことを少し』の三十四章に登場する茶色男と同一。《マニュエル伝》に属する *The High Place* にも。

一七六　**＊ウェノフレ**　エジプト宗教のオシリスの別名。冥界の王で、死者を裁く神。

一七六　**＊ピラト**　イエスの時代にローマ帝国からパレスチナに派遣されていた行政長官。最初イエスを釈放しようと試みるが、結局十字架刑を宣告した。

一七六　**＊メルキゼデク**　旧約聖書において王であり司祭であると書かれたメルキゼデクについて「詩篇」第百十一章四節で「あなたは、メルキゼデクに連なるとこしえの祭司」という約束の成就がイエスであることが新約聖書「ヘブライ人への手紙」で示唆されている。

一七六　**＊セム**　ノアの三人の息子の一人。

一七六　**＊ロゴス**　キリスト教では神のことばであり、三位一体の第二位であるイエスを意味する。

一七六　**＊アリウス派**　父なる神と子なる神（イエス）は異なる存在として三位一体を否定したともいわれた。

一七六　**＊サベリウス主義**　父と子と聖霊は唯一の神の異なる顕現形態であるといい、三位一体を否定するものとして異端とされた。本書四四九頁サベリウスの項を参照。

一七七　**＊ザグレウス**　通常ディオニュソスと同一視され、オルペウス秘教を実践した一派の信仰において重要な役割を果たしたクレタ島の神。

一七七　**＊ヴァレンティノス**　エジプト出身で二世紀半ばに活動したキリスト教思想家。その説では、下位の神的存在であるソフィアすなわち智恵が至高神を直接に知ろうとして失敗し、超越的な光の世界プレーローマから転落するということが決定的な役割を演じる。

一七七　**＊ソフィア**　グノーシス主義においては、智恵＝ソフィアはプレーローマの最下位に位置する女性神である。

一七七　**＊アカモート**　ヴァレンティノスが「不完全な智恵」に対して与えた名。

一七七　**＊パンテラ**　イエスの実の父親であるといわれることがあるローマの兵士の名。二世紀ケルソスの説。三世紀のオリゲネスの反論文が残っている。

一七七　**＊バシレイデス**　二世紀アレクサンドリアの哲学者。

一七七　**＊カラカウ**　バシレイデス派によれば、全能の救い主は「カラカウ」と呼ばれるとされ、イエスはカラカウだったかも知れないとキャベルが仄めかしている。

一七七　**＊ケリントス派**　ケリントスは紀元一世紀頃の小アジアのユダヤ人グノーシス主義者。キリスト養子論を唱えた。本文ではMerinthiansと綴っており、ギリシャ語由来の「輪縄」とかけた軽蔑の気持ちを込めていると思われる。

一七九　**＊ランスロット**　アーサー王伝説に登場する騎士の一人。ランスロットが王妃グィネヴィアに対して抱いた道ならぬ恋は、アーサー王騎士団の崩壊と王国没落の原因となった。

一七九　**＊コカイン国**　Cockaigneと綴れば（本作品ではCocaigneである）中世ヨーロッパの物語に登場する逸楽の国である。美食や怠惰な暮らしに明け暮れる楽園として描かれ、中世ヨーロッパのユートピア像の一つである。

一八二　**＊アニスターとカルムーラ**　『イヴのことを少し』でジェラルド・マスグレイヴが異世界へ行っているあいだにサイランがジェラルド・マスグレイヴの名前で書いた本に『アニスターとカルムーラの神話』というものがある。

一八四　**＊ミノス王**　ギリシャ神話。クレタ島の王。ゼウスとエウロペの子。ポセイドンから授けられた牡牛が美しかったので生贄として捧げる約束を破り別の牡牛を捧げてポセイドンの怒りを買う。

一八四　**＊プロクリス**　ギリシャ神話。アテナイ王エレクテウスの娘。ケパロスと結婚。ミノスの病気を治した後に彼女自身が愛人になったが、パシパエが嫉妬したのでアテナイのケパロスのもとへ帰ったという話がある。

一八四　**＊パシパエ**　ミノス王の妻。ポセイドンの怒りのために、贈られた牡牛と交わりミノタウロスを産む。

一八七　**＊ケペラ**　エジプト神話。昇る朝日の太陽神の名前。黄金虫（スカラベ）を頭に戴いた姿で表される。*The Silver Stallion* にもKhyperaという名前で登場する。

一八八　**＊ジクチェー**　チベット仏教でドルジェ・ジクチェー（rdo rje 'jig-byed）は畏怖すべき金剛の謂でヤマーン

タカ（大威徳明王）の一形態。九面三十四臂十六足像として描かれることが多い。妃であるドルジェ・ロランマ（ヴァジュラフェーターリー）を抱く像もある。

一八八 *タンガロ・ロロクオン　マレーシア神話。愚者の神。何も知らず、愚者のように振舞う。

一八八 *レグバ　西アフリカのダホメ王国（現ベナン）の神話。世界を創造したナナブルクから生まれた双子マウとリサの末子。マウが月、リサが太陽で、月蝕や日蝕に天のまぐわいがなされているとされる。レグバは地上の特定の領域を与えられず、神々と人間たちのあいだのメッセンジャーの役を果たすトリックスター的性質を持つ。

一八九 *ヴェールを破る儀式　この章の儀式はアレイスター・クロウリー『第十五の書　グノーシスのミサ』の第Ⅳ章「〈ヴェール〉を開ける儀式について」記載の儀式に基づく。『魔術　理論と実践』（国書刊行会）の附録Ⅵ「O・T・O」の項に収録されている。

一八九 *聖コスモ／聖ダミアヌス　三～四世紀に生きた兄弟。ディオクレティアヌス帝［在位二八四～三〇五］の「最後のキリスト教大迫害」［三〇三］で、激しい拷問の末に殺された。

一八九 *聖ギニョル　フランスのブルターニュ地方にあるランデヴェネック修道院の設立者。

一九二 *アレクトとティシポネ　第二十四章を参照。

一九二 *エウメニデス　ギリシャ神話。「善意の人々」の謂。単数形はエウメニス。通常エリニュエスたちを婉曲に指す名として使われる。正義と復讐の女神たち。

一九三 *汝に善となることを［…］　アレイスター・クロウリーの言葉「汝の意志するところを行え。これこそ法のすべてとならん」に対応している。その言葉はフランソワ・ラブレー『ガルガンチュワ』にまで遡る。

一九六 *バプテスマのヨハネ生誕日　洗礼者ヨハネの誕生日とされる六月二十四日。イエスの半年前に生まれたとされるので、クリスマスの半年前となっている。生誕日前夜には魔女や精霊が現れるといわれる。

二〇〇 *シャクティ・サダナ　シャクティはヒンドゥー教で女性原理、生殖能力、性力《しょうりき》を意味し、サダナは苦行・修行という意味である。

二〇四 **＊プリアポス**　ギリシャ神話。庭園の神。アプロディテとディオニュソスあるいはヘルメスとのあいだに生まれ、あまりにも醜く母親に捨てられた。グロテスクで小さく瘤だらけの身体に巨大な男根がついていた。

二〇四 **＊バッカス**　ディオニュソスの別名。

二〇四 **＊テュルソス**　葡萄の蔓《つる》あるいは蔦《つた》の茎を巻いた杖に松毬《まつぼつくり》をのせたもの。

二〇五 **＊アピス**　アルゴスの建国者ポロネウスとニンフのテレディケとの息子。アイトロスにアザンの葬礼競技で戦車に轢《ひ》き殺される。

二〇五 **＊メンデスのバー**　メンデスは古代エジプトの都市。Djedet のギリシャ名。メンデスの神は Banebdjedet といい、メンデスの王バー（霊魂）という意味だった。山羊あるいは羊の頭を持つ姿で描かれた。

二〇五 **＊サーカ族**　紀元前二世紀イラン東部やインドに移住した、おそらくスキタイ人と思われる古代人。

二〇五 **＊オルタネスとか〔…〕とかだ**　バアル・ペオルはペオルのバアルの謂。バアルはシリア、パレスチナ、エジプトで豊饒の神として崇められていた。旧約聖書では厳しくこれを抑圧している。*Ancien Symbol Worship*（1875）によれば、シリアで男根を口に銜えた姿で表されたという。同様の男根崇拝が、チュートン人・スカンジナビア人のフリッコ、スペイン人のオルタネス、アッシリアのヴルで見られるとしている。

二〇六 **＊アシェラ**　フェニキア人・カナーン人に崇拝された女神アシェラを象徴する神聖な棒の呼び名。

二〇六 **＊コーム**　櫛、宝貝を意味するギリシャ語 κτείς は女陰を象徴していた。

二〇六 **＊ファルス**　ディオニュソスやバッカスの祭りで使われた自然界の生成力を象徴する男根像。

二〇六 **＊リンガム**　ヒンドゥー教のシバ神の表象として礼拝する男根像。

二〇六 **＊ヨーニ**　ヒンドゥー教で女神シャクティの表象として崇拝する女陰像。

二〇六 **＊アルガ**　船体がヨーニ、マストがリンガムの船の像。

二〇六 **＊プレイアール**　シヴァ神信者の一部に崇められた男性器・女性器両方を併せ持つ像。

二〇六 **＊タリー**　インドではタリーと呼ぶ宝石をお守りとして首から掛けた。結婚の印でリンガムやプレイアールの形を彫った。

二〇六　**＊セクメト**　エジプト神話。創造神プタハの配偶神でライオンの頭をもつ。太陽熱の破壊力を表し、冥界の悪人の魂を懲らしめる。

二〇六　**＊イオ**　ギリシャ神話。ゼウスに愛されたためにその妻ヘラの嫉《ねた》みを買った巫女。ゼウスにより白い若牝牛に変えられたがそれを怪しんだヘラに追及され世界中を放浪し最後にエジプトに逃れて人間に戻った。エジプト人はイシスと同一視する。

二〇六　**＊ヘクト**　蛙の頭を持つエジプトの女神。繁栄の象徴。「出エジプト記」第八章等。

二〇六　**＊デルセト**　シリアの魚の女神。

二〇六　**＊タウレト**　エジプト神話。セトの妻である女神。妊婦の守り神で出産を司る。河馬の頭と胴体、ライオンの足、鰐《わに》の尾を持つ。

二〇六　**＊エフェソス**　小アジア西部イオニアの古都。エペソとも。アルテミス崇拝で知られたギリシャ人の都だった。

二〇七　**＊タンムーズ**　シュメール神話・アッカド神話の神。農耕・牧畜の神で、冬は地下の冥府で過ごし、春に地上に戻って妻イシュタルと過ごす。

二〇七　**＊アルメニア**　アジア西部の古代国家。

二一四　**＊柱頭行者**　高い柱の上に住み、孤独な修行を続ける苦行者。

二一四　**＊テーベ地方**　古代エジプトのThebes周辺地域。

二一四　**＊アステュアナッサ**　ムーサイオスと、ヘレネーの召使いあるいは奴隷の娘といわれている。淫らな詩を書いたとされる。

二一四　**＊エレファンティス**　一世紀後半のギリシャの詩人。エロティックな詩を書いた。体位論 *Varia concubitus genera* を書いたとも伝えられる。

二一四　**＊ソタデス**　紀元前三世紀のギリシャの詩人。トラキア出身。プトレマイオス二世ピラデルポスが実の姉と結婚したことを揶揄する詩を書いて捕えられ、一度は逃げたものの処刑される。回文詩を発明したともいわれる。Cinaedica（男色の相手の少年の謂）という詩を書いた。

二一四　**＊スピントリエ論文集**　ローマ帝国第二代皇帝ティベリウス・ユリウス・カエサルはカプリ島に引き籠もって、庭園に集めた男女に性的倒錯行為を仕込み、彼らをスピントリエと呼んだ。スピントリエは元来腕輪の意味である（spinter）が、数珠繋ぎの形からそう呼ばれた。後に、男娼を spintria と呼ぶようになる。

二一四　**＊キレネ**　北アフリカの古代ギリシャの植民都市。キレナイカの首都。

二一四　**＊アサン**　リチャード・バートンが『千夜一夜物語』の巻末論文で、アサンを性交体位を示す絵として用いている。

二一四　**＊イースリド**　Æsred は Sereda のアナグラムとなっている。

二一六　**＊アケローン**　ギリシャ北西部を流れる川の名前であり、冥界を流れる川でもあり、その川の神の名前でもある。

二一六　**＊復讐の女神《エリニュエス》**　単数形はエリニュス。正義と復讐の女神たち。アレクト、メガイラ、ティシポネの三人姉妹。

二一七　**＊エクバタナ**　古代メディアの首都。

二一七　**＊レスボス島**　エーゲ海北東部に位置する島。

二二〇　**＊エリコ**　エリコの戦いを指す。旧約聖書「ヨシュア記」に書かれた預言者ヨシュアがイスラエルの民を率いて城砦都市エリコを包囲し神の言葉に従い角笛を吹き鳴らすとその城壁が崩れ、エリコは滅ぼされた。

二二三　**＊ハドリアヌス五世**　ローマ教皇［一二七六］。教皇に選出されて五週間後に死去した。

二二三　**＊ヨハネス二十一世**　ローマ教皇［一二七六〜一二七七］。

二二七　**＊アトランティス**　プラトンが最初に言及した、ジブラルタル海峡西方の大西洋上にあって、地震と洪水で一日にして海底に沈んだ伝説の島。

二二七　**＊ブリアレオース**　ギリシャ神話。ヘカトンケイレス、すなわちウラヌスとガイアの三人の息子の一人。それぞれが五十の頭と百の手を持つ。

二二八　**＊イニシュロハ**　アイルランド神話。湖の島の意味で世界の四つの楽園の一つ。南にイニシュ・ダレブ、北にイニシュ・エルカンドラ、東にアダムの楽園がある。

二三八　*アンガス・オーグ　アイルランド神話。愛と美の神。

二三八　*ヴァイクンタ　ヒンドゥー教の神ヴィシュヌが支配する、七重の城壁を備えた光り輝く世界。

二三八　*オギュギア　ギリシャ神話。女神カリュプソが住んでいた島。流れ着いたオデュッセウスが七年引き留められていた島でもある。

二三八　*スダルサーナ　インドの叙事詩神話『マハーバーラタ』に出てくる国の名前。

二三八　*幸運の島々　ギリシャ・ローマ神話。世界の西の果てにあって、英雄や善人が死後永遠に幸福に暮らせる島。『夢想の秘密』でケナストンも夢に見た（第三十四章）。

二三八　*アイアイエ　ギリシャ神話。魔女キルケの住んでいた島。

二三八　*カイール・イス　ブルターニュ地方の伝説。沈んでしまった、世界で最も美しい都。

二三八　*インヴァリス　プリニウスによると、〈幸運の島々〉の一つ。『夢想の秘密』でフェリックス・ケナストンも寓意風の謎の夢に見た（第三十四章）。

二三八　*ヘスペリデス　大地の神ガイアがゼウスとの結婚の祝いとしてヘラに贈った金の林檎が植えられている園。

二三八　*メロピス　ギリシャ人が西方の楽園の島に名付けた名前の一つ。オギュギア、アトランティス、ヘスペリデスの園などと同様であるとベアリング・グールドは *Curious Myths*（1868）に記している。

二三八　*プラネシア　プリニウスは、プラネシアを〈幸運の島々〉の一つで、滑らかな表面からそう名付けられたとしている。『夢想の秘密』でケナストンも夢に見た（第三十四章）。

二三八　*ウッタラー　インドの神話。ウッタラー・クルスの治める楽園では、木々に果物だけでなく、ミルクや食べ物、服もまた実る。そこで人々は一万年の一万倍の年月を生きた。

二三八　*アヴァロン　ケルト伝説。致命傷を負ったアーサー王が運ばれ、その遺体が眠るという島。

二三八　*ティル・ナンベオ　アイルランド神話で、〈命の国〉という意味。半神トゥアハ・デ・ダナンが永遠の命をもって生きる国の一つ。

二二八　**＊テレーム**　フランソワ・ラブレー『ガルガンチュワ物語』に出てくる修道院。この世の修道院とは何もかも正反対でテレームの僧院の唯一の規則は「欲することをなせ」だった。

二二九　**＊レウケー**　ギリシャ神話。アキレウスとパトロクロスの亡霊は、偉大な英雄たちを祀《まつ》るレウケー（白い島の謂）に移り住んだという。そして、そこでヘレネーと結婚したともいわれている。

二三〇　**＊カルプルニウス・バッソス**　プリニウスの著作にその名前が出てくる歴史家。

二三一　**＊コルマクの娘のアレ**　アイルランド伝説に登場するアイルランドの上王コルマク・マク・アルトの娘にAillbeという名前がある。

二三四　**＊シュードポリス**　Pseudo（にせの）＋Polis（［古代ギリシャの］都市国家）の意味。

二三四　**＊ハマドリュアス**　ギリシャ神話の木々のニンフ。長命ではあったが不死ではない。特定の木の中に住み、その木が枯れると同時に死ぬと信じられるようになった。

二三四　**＊アキレウス**　『イリアス』に出てくるギリシャの英雄たちの中心的存在。テッサリアのプティアの王ペレウスと、ネレウスの娘である海の女神テティスとの一人息子。トロイアの英雄ヘクトルを倒しトロイアを陥落させたが、後にアポロンに導かれたパリスの矢を受けて死ぬ。

二三四　**＊白鳥の娘ヘレネ**　ゼウスとレダの娘。また別にネメシスとの娘という話もある。ゼウスに追われたネメシスはさまざまに姿を変えて逃れるが、鵞鳥《がちょう》になったところを白鳥になったゼウスに捕まり交わった。ネメシスはスパルタの森で密かに卵を産んだが、それを羊飼いが見つけてレダに渡した。卵からヘレネが生まれるとレダは自分の娘として育てた。白鳥に姿を変えたゼウスが交わったのはレダだという話もある。

二三五　**＊ハデス**　死者の神であり、地下の王国、すなわちティタン神族や怪物や人間の亡霊たちが閉じ込められている冥界の支配者である。ハデスの妻であり、冥界の女王であるのはペルセポネである。後に、冥界のこともハデスと呼ぶようになった。

二三六　**＊テルシテス**　『イリアス』中、ただ一人素姓の卑しい人物として描かれている醜く口汚い復讐心の強い男。後のギリシャ文学では、アマゾン族の女王ペンテシレイアの死体に恋をしたといってアキレウスを嘲笑ったためアキレウスに打ち殺されたことになっている。

二三七 **＊クローリス** ギリシャ神話。ローマにおける花と豊饒の女神フロラと同一視されている女神の名前。野原で遊んでいたクローリスは西風ゼピュロスに見初められ、攫《さら》われて結婚した。

二三七 **＊ユーボニア** マン島の古名。

二三八 **＊ユグドラジル** 北欧神話。梣《とねりこ》の大樹で、全世界を垂直の軸として支え、その三本の根は神々の宮居（アスガルド）、人間界（ミッドガルド）、暗黒と死者の国（ウトガルド）を連結するといわれる。全宇宙の運命はこの木にかかっているとされる。

二三八 **＊ウルダルの泉** 北欧神話。ユグドラジルの第一の根の下にある命の泉。

二三八 **＊ノルン** 北欧神話。運命の三女神、Urdr（過去の女神）、Verdandi（現在の女神）、Skuld（未来の女神）のことをいう。

二三九 **＊アイオリス地方** 小アジア北西部にあった古代ギリシャの植民地。詩人がアイオリス地方の言い回しを使うときはエロティックな題材のことが多かった。

二四〇 **＊プシュケ** 美しかったプシュケを、アプロディーテ（ウェヌス）は嫉妬心から最も醜い者に恋をするよう仕向けようと息子のクピードーに命じたが、クピードーはプシュケに恋してしまった。プシュケを深い谷へ連れていったクピードーは、決して自らの姿をプシュケに見せず、夜になると人間の姿になってプシュケのもとを訪れた。

二四四 **＊ユガティヌス** ローマ神話。結婚を司る神。

二四五 **＊ラレス** ラル神の複数形。ティベリス川の河神の娘ララの子。ローマ人の家政の神。

二四五 **＊ペナテス** ローマ人の家庭の食料入れ戸棚・貯蔵室の神。

二四七 **＊ヴィルゴ** 若い娘の服をヴィルゴに捧げる習慣があった。ラテン語の乙女座を意味する virgo から。

二四七 **＊ムティヌス** ローマの結婚の神、男根崇拝の神。mutinus はラテン語で「男根の」という形容詞。

二四七 **＊ドミドゥクス** 婚礼に際し新婦を新郎の家に連れていく精霊。ラテン語で家を意味する domus から。

二四七　***スビゴ**　ローマの婚礼の神。新婦を寝台へと連れていく役割を担う。ラテン語でsubigoは「強いる、服従させる」を意味する。
二四七　***プレーマ**　ローマの婚礼の女神で、新婦の腕を開かせ、耳元で甘い言葉を囁く。ここの婚礼の儀式の流れは概ね、アンドルー・トゥックの*Pantheon*（1787）に記載されているとおりである。
二四八　***ルンキナ**　ローマの草取りの女神。ラテン語のruncinaすなわち「鉋《かんな》」から。
二四八　***セイア**　蒔《ま》かれた種の世話をするローマの女神。
二四八　***ノドサ**　ローマの農作物の茎の節・瘤《こぶ》を整える神。ラテン語nodosusすなわち「結び目・瘤・節が多い」から。
二四八　***ヴォルーシア**　穀草の葉の折れ具合を管理するローマの女神。ラテン語でvolucraは幼虫が葡萄の葉を巻く「葉巻蛾」という意味となる。
二四八　***オッカトル**　馬鍬《まぐわ》で耕すときに祈るローマの神。ラテン語occatorは「馬鍬でならす人」という意味になる。
二四八　***サトール**　ローマの種蒔きの女神。ラテン語でsatorは「種を蒔く人」という意味。
二四八　***サリトール**　熊手でかくローマの神。ラテン語sarrioは「鍬を入れる／除草する」という意味。
二四八　***ステルクティウス**　古代ローマのサトゥルヌスと同じ農耕の神。ラテン語でstercusは肥やしの意味。
二四八　***ヒッポナ**　ギリシャ神話のネレイスと同じく馬や厩舎を統べるローマの神。
二四八　***ブボナ**　ローマ神話の牛を護る女神。ルンキナからブボナまでのローマの農耕に関する神々についても、概ね、アンドルー・トゥックの*Pantheon*（1787）に記載されているとおりである。
二四九　***アリスタイオス**　アポロンとキレネとの息子で、農牧の神の名前。
二四九　***フォルナクス**　古代ローマのパン焼きの女神。
二五〇　***テルミヌス**　古代ローマの境界・境界標の神。
二五〇　***微笑む若い男**　ハルポクラテスのこと。ギリシャ・ローマ神話。指を唇にあてた子供として表されるエジプトの太陽神Horusのギリシャ名。昇ったばかりの太陽の象徴で、ギリシャ・ローマでは沈黙の神とみなされた。

二五一　**＊サテュロス**　ギリシャ神話で、ディオニュソスの酒宴においてマイナスに同伴する山野の精。姉妹はオレイアスたち。好色でいたずら好き。

二五一　**＊オレイアス**　ギリシャ神話の山の精。特定の自然現象の中に宿るニンフの一種。

二五二　**＊シレノス**　単数形はシレニ。ディオニュソスの酒宴においてはマイナスたちの年寄り仲間で、パン神またはヘルメスとニンフの子。猪鼻で馬の尾と耳を持ち禿頭で太鼓腹をしていた。プリュギアのミダス王に捕えられたとき、王に伝えた人生の奥義が、人間にとって最善は決してこの世に生まれないこと、そして次善はできるだけ早く死ぬことであった。

二五三　**＊ペリシテ人**　ペリシテは古代パレスチナの国の名前だが、ここにその国があるわけではなく、むしろアメリカ合衆国を仄めかしているとジュリアス・ロレンス・ロスマンは *A Glossarial Index to the "Biography of the Life of Manuel"*（1954）で指摘している。『土の人形《ひとがた》』にも登場する。現代の英語でもPhilistineという語は、「俗物、凡俗の人、実利主義者、教養がなく知的な興味、美的感覚に欠ける」という意味で使われていて、本書のペリシテ人もそれが誇張されて描かれている。

二五四　**＊プロトゴノス**　オルフェウス教（オルフェウスを祖とあがめる古代ギリシャの密教的救済信仰）においてエロスがとる一形態。宇宙の始祖。

二五五　**＊マザー・セリーダ**　ここのマザー・セリーダは、名前は明示されていないが明らかにキュベレである。キュベレは元来プリュギア（フリギア、小アジアの中部から北西部にわたっていた古代国家）の穀物の実りと多産を象徴する大地の女神だったが、ギリシャ神話に組み入れられた。もとは大地から生まれ、両性具有だったが神々が男性器を切除し女神となったという。切除された部分から生じたアーモンドより生まれたアッティスをキュベレは愛し、結婚しようとしたアッティスと花嫁の父を嫉妬心から狂気に陥れ、彼らは自ら去勢し死んだ。キュベレの神官団コリュバンテスは宦官であるとされる。また異説では、アッティスはある王から同性愛の関係を求められ、それに応じるのを嫌がったために去勢されたという。キュベレは彼を神として祀《まつ》り、去勢された男子のみが彼の神官となるように定めた。異説は他にもいくつかあるが、何れもアッティスは去勢の後に死んでいる。女神は櫓《ろ》を象《かたど》った冠を戴き、ライオンが曳く戦車に乗った姿で描かれることが多い。アッティスの死に絶望して太鼓を打ち鳴らし、その死を嘆きながら国中を走り回ったという逸話、幼い頃、山中に捨てられたキュベレはライオンと豹から乳を与えられて育ち、やがて競技と踊りを始めると従者であるコリュバンテスたちにシンバルや太鼓を与えて祭儀の伴奏をさせたという話もある。

二五九 **＊ホルヴェンディル** 《マニュエル伝》の至るところに顔を出し、ロマンスの登場人物であることを意識した解説などをしていく。『土の人形《ひとがた》』や『イヴのことを少し』にももちろん登場する。『夢想の秘密』でそういう側面が目立たないのは、ホルヴェンディル自身がフェリックス・ケナストンの分身として主人公を演ずるからであろう。

二五九 **＊アルキュオネ** 英語でハルシオン **halcyon**。ギリシャ神話。難破して死んだ夫のケユクスと共に翡翠《かわせみ》に変えられた。この二羽が巣を作る冬至の前後は海が凪になると伝えられる。

二六一 **＊ラクル・カイ** 《マニュエル伝》でときおり言及される都。*Straws and Prayer-books*（1924）によると十三世紀の歴史があるという。

二六一 **＊テオドレ王** 《マニュエル伝》に属する *Domnei*（1920）や『土の人形《ひとがた》』にも出てくる王で、ペリオン・ド・ラ・フォレは将軍として仕えた。ドム・マニュエルは、テオドレ王が東方人の攻撃を受けたときに彼を助けた。

二六二 **＊ラ・ベアル・エッタール** ホルヴェンディルのラ・ベアル・エッタールへの愛は『夢想の秘密』の中心となる話題である。

二七〇 **＊ポベトル** ギリシャ神話。夢の擬人神オネイロイの一人。獣の形をとり、悪夢を生む。ポベトルは怖れさせる者という意味。

二七〇　**＊サラミス**　ギリシャ沿岸の島。

二七〇　**＊アイアス**　サラミスの王テラモンの息子。『イリアス』ではアキレウスに次いで二番目に偉大な武将。

二七一　**＊ピロクテテス**　弓の名手で、トロイア戦争ではピロクテテスが放った矢でパリスが死に、トロイア攻略の端緒となった。

二七一　**＊オデュッセウス**　ギリシャ神話。『イリアス』の主要人物の一人で、『オデュッセイア』の主人公。トロイア戦争ではギリシャ軍の最も明敏な指導者だった。ラテン名はユリシーズ。

二七一　**＊アガメムノン**　ギリシャ神話。ミュケナイの王。『イリアス』では、ギリシャの諸公が忠誠を誓うトロイア戦争における総大将として描かれている。

二七七　**＊エイジアス**　Usage のアナグラムになっている。

二七七　**＊ヴェル＝ティノ**　Novelty のアナグラムになっている。ペリシテ人の信仰する三神の残りはセスフラ Sesphra で Phrases のアナグラムである。これらは、アメリカ俗物主義の三要素を暗示しているともいわれる。

二七八　**＊リブナ**　旧約聖書に出てくるリブニか。ゲルションの子孫であるレビ人であるリブニは、ダビデ王に天幕聖所に奉仕するように命じられた。「出エジプト記」第六章十七節他。

二七八　**＊ゴリアテ**　ゴリアトとも。ダビデに殺されたペリシテ人の巨人戦士。羊飼いの少年ダビデの石投げ器で倒される。「サムエル記　上」第十七章四十三節他。

二七八　**＊ゲルション**　ゲルショムとも。レビの三人の息子の長子。ペリシテ人とは特に関係ない。「出エジプト記」第六章十六節他。

二七八　**＊ペレイデス**　アキレウスのこと。

二八四　**＊プラクサゴラス**　古代ギリシャの医師。紀元前三四〇年頃、コス島で生まれる。著作は現存していない。ヒポクラテスが紀元前三七五年に設立した教義学校で教えていたらしい。

二八六　**＊ゼウス**　ギリシャ神話の最高神。

二八六　**＊ポセイドン**　ギリシャ神話。海神で地震を起こす力を持つ。

二八七　**＊八福の教え**　「山頂の説教」と呼ばれているイエスの教えの冒頭の部分を指す。「マタイによる福音書」第五章三節から。

二八七　**＊ムーサ**　ギリシャ神話。ゼウスとムネモシュネのあいだに生まれた、学問・芸術を司る九人の女神の一人。

二八七　**＊仕立屋が一人前といえる人数**　英語には"Nine tailors make a man."という諺がある。

二九〇　**＊セスフラ**　ペリシテ人の崇める三神の一人。Sesphra は Phrases のアナグラムになっている。この神の誕生については『土の人形《ひとがた》』第十四章を参照。

二九〇　**＊フンコロガシ**　いささか唐突に登場するこのフンコロガシは初期の版には存在せず、一九二一年のイギリス版から挿入された。これは一九二〇年の『ジャーゲン』発禁裁判を当てこすって書かれたものである。一九二〇年には独立した冊子 *The Judging of Jurgen* というタイトルでシカゴの The Bookfellows 社から刊行されたものでもある。裁判で本書が猥褻図書として告発されたときの根拠となった法律が一般的にコムストック法と呼ばれていて、この名は同法の設立にかかわったアンソニー・コムストックに由来する。このフンコロガシが聖アントニウス（St. Anthony）の名を挙げているのはそのためである。

二九〇　**＊聖アントニウス**　修道士生活の始祖といわれるキリスト教の聖人。二五〇年頃、エジプトで生まれたといわれている。さまざまな誘惑を象徴する怪物に囲まれ苦闘する聖アントニウスの姿は美術作品の題材として好まれた。

二九一　**＊エドガー**　エドガー・アラン・ポーを暗に指す。

二九一　**＊ウォルト**　ウォルト（ウォルター）・ホイットマンを暗に指す。

二九一　**＊マーク**　マーク・トウェインを暗に指す。

二九四　**＊*Historia de Bello Veneris* 他**　ここから次々に挙げられる書名の中にはいくつか実在が推定されるものがあるが、すべてが実在したかどうかは不明である。タイトルは、*Historia de Bello Veneris* が「よき性愛の歴史」、*Liber de immortalitate Mentulæ* が「不滅の男根の書」というような意味で、最後の *quem sine horrore nemo potest legere* ——は、「誰も恐怖なしには読めないもの——」というような意味であろう。リチャード・バートンが『千夜一夜物語』（大場正史訳・河出書房）の巻末論文で、*Cinaedica* はソタデスの「男色」という意味の作品として、また、*Epipedesis* は「肉体的攻撃」という意味の書名として紹介している。*De modo coeundi* は、サベルスの「体位論」としてあげられている。*Erotopægnion* はラエヴィウスの「恋愛歌」として登場する。

二九五　＊**ザンキウス**　ザンキウス以下の五人は何れも、ロバート・バートンの *The Anatomy of Melancholy*（1896）に登場する名前である。

二九七　＊**レテ**　黄泉の国を流れる忘却の川。その水を飲んだ者は一切の過去を忘れることになる。

三〇三　＊**ディティカヌス**　『ファウスト博士』に出てくる悪魔。「一尺ほどの大きさで、うずらのような姿をしていたが、色は緑のまだらだった」と記されている。（『ドイツ民衆本の世界Ⅲ　ファウスト博士』松浦純訳・国書刊行会）

三〇四　＊**アマイモン**　伝説の王で、大悪魔の一人。中世の悪魔学では宇宙を支配する四悪魔の一人で、東方を受け持つとされている。

三〇五　＊**バラサム**　『フォースタス博士』に出てくる十の地獄の地域の一つに Barathrum というのがある。

三〇五　＊**ベルゼブブ**　悪霊の首領。「マタイによる福音書」第十二章二十四節に「悪霊の頭ベルゼブルの力によらなければ、この者は悪霊を追い出せはしない」などと出てくる。『ファウスト博士』に出てくるベルゼブブは「肌色の毛をして、頭は恐ろしい耳をした牛。やはり毛むくじゃらで、大きな翼が二つあるが、野原のアザミのようにトゲだらけ。半分みどり、半分きいろで、翼の上には炎が噴き上がる。しっぽは牛である」とある。

三〇五　＊**ベリアル**　悪魔。「コリントの信徒への手紙　二（コリント人への第二の手紙）」第六章十五節に「キリストとベリアルとにどんな調和がありますか」などと出てくる。『ファウスト博士』に出てくるベリアルは、「毛むくじゃらで炭のように真っ黒な熊の姿」「耳は上に高く立ち、その耳も鼻も燃えるように赤い。長い歯は雪のように白く、しっぽは三尺ほどもある。肩には翼が三つついていた」と描写されている。

三〇六　**＊アシェロト**　アシュタロテ／アシタロテ／アシェラとも。『ファウスト博士』に出てくる悪魔。「地べたを這う獣の姿。しっぽの上に立ち上がるようにしてやってきた。足はない。しっぽはアシナシトカゲのような色で、腹はひどく太く、上のほうには小さな足が二つ。これはまっ黄色。腹は少し白く黄色っぽい。背中のほうは栗色で、ハリネズミのように、指くらいの長さの尖ったハリや剛毛が生えている」と記されている。元来カナンの豊饒の女神。聖書では異教の偶像神として敵視される。

三〇六　**＊プレゲトン**　フレゲトンとも。ギリシャ神話の冥界の火の川の名前だが、『ファウスト博士』では悪魔の王の一人になっていて、地獄の十の領域の一つ「幽窟《アケロン》」を司っている。

三〇六　**＊カナゴスタ**　『フォースタス博士』で、「全身白と黄色で毛むくじゃら、頭はロバだがしっぽは猫で、鉤のような爪は一尺も伸びている」と書かれている悪魔。カナゴスタの代わりにここにサタンが入っている版もある。

三〇六　**＊コラズマ**　『フォースタス博士』にカズマという地獄の領域が出てくる。ここからキャベルは名前をとったのではないかと指摘されている。

三一一　**＊ブレシャウ**　ヌーマリアとその都ブレシャウは《マニュエル伝》に属する*Gallantry*（1907）に出てくる。

三一二　**＊セト**　エジプト神話。オシリスの兄弟で、その殺害者である悪神。頭が驢馬《ろば》、身体が人間で、手にはアンサタ十字を持つ姿で表される。

三一二　**＊バスト**　ブバスティスという古代エジプトの都市の地方神で、猫頭の女神。

三一七　**＊ポルーツァ**　ポルーツァでのコスの冒険は*The Silver Stallion*の第四部のできごとと関係がある。そこでポルーツァはトルテカ族の都だった。

三二六　**＊カルキ**　ヒンドゥー教。ヴィシュヌ神の、十番目で最後の化身（アヴァターラ）。未来の世に現れて悪を滅ぼしダルマを回復させるという。そのとき白い馬、あるいは白い馬に乗った姿で現れるといわれている。キャベルの他の作品において、アンタンの救世主が乗る馬の名前として登場する（『土の人形《ひとがた》』、『イヴのことを少し』）。キャベルは、馬の紋章が押されている《マニュエル伝》全集版を「カルキ版」と呼んでいたらしい。

三二七　**＊フロリメル**　スペンサー『妖精の女王』第三巻・第四巻に、貞淑・女性らしさの典型として登場する美女の名前。

三二七　**＊猫が柩の上に**　東欧地方に古くからあった吸血鬼の伝説などでは「死者が葬られる前に、その死体を猫がまたぐと、死者は吸血鬼になる」という信仰が強かったという。「そして吸血鬼がその状態を保つためには、つまり朽ち果ててしまわないためには、常に生きている人間の血を補給しつづけなくてはならない」とされていた。（那谷敏郎『「魔」の世界』講談社学術文庫）

三三二　**＊身を焦がすよりも結婚する方がましという諺**　「コリント人への手紙　一（コリント人への第一の手紙）」第七章九節の「（情欲に）身を焦がすよりは、結婚した方がましだからです」（新共同訳）という言葉に由来する。

三三二　**＊結婚はせっかちに、再婚はゆっくりと**　原文はMarry in haste, and repeat at leisure。ウィリアム・コングリーヴの *The Old Batchelour*（1963）由来の Marry in haste, and repent at leisure「急いで結婚、ゆっくり後悔」という言葉がある。

三三四　**＊ロードス島のエピゲネス**　ギリシャの喜劇詩人。*The Bacchic Women* を著した。

三三六　**＊アスモデウス**　タルムード文献に見られる悪霊・悪魔の王。

三三六　**＊地獄の宗教は〔…〕民主主義である**　本章で描写されている以降の地獄の政府は、第一次大戦下のトーマス・ウッドロウ・ウィルソン大統領とアメリカ合衆国政府を仄めかしている。

三四六　**＊サー・ガヌロン**　十一世紀の武勲詩「ロランの歌」の登場人物。シャルルマーニュの十二勇士の一人だが、ロランを裏切り死に至らしめたため、「裏切り者」「叛逆者」の代名詞となる。最後は四肢を引き裂かれて処刑された。

三五〇　**＊メリディ**　『ファウスト博士』で、ベリアルが治める地域とされている。

三五〇　**＊タルタロス**　ギリシャ神話の神の名であり、冥府の底なし淵のことでもある。『ファウスト博士』では、地獄の十の領域の一つとして挙げられている。

三五〇 ＊**底なしの淵**　「ヨハネの黙示録」第九章に「この星には、底なしの淵に通じる穴を開く鍵が与えられた」（聖書協会共同訳）などと出てくる。

三五〇 ＊**ブラッコス**　『ファウスト博士』に出てくる悪魔 Drachus（ドラフス）の綴り間違いか。『ファウスト博士』では「四つ足は短く黄色と緑、背のほうは茶色、腹は炎のような青、しっぽは赤っぽい」と記されている。

三五一 ＊**お告げの祝日**　天使ガブリエルが処女マリアにキリストの受胎を告げた日。三月二十五日。

三五一 ＊**何年も前に金持ちがしたように**　「ルカによる福音書」第十六章第十九〜三十一節。金持ちとラザロの話。地獄へ堕ちた金持ちが天国のラザロとアブラハムに向かって救済を訴えた。

三五五 ＊**ヤコブの梯子**　「創世記」第二十八章十〜二十二節でヤコブは夢の中で天にまで届く梯子を見て、その梯子を神の使いたちが昇り降りしていたところから、神が共にいて保護していることを確信した。ヤコブは「ここはまさに神の家ではないか。ここは神の門だ」といって、頭の下に置いて枕にしていた石を取り、その場所をベテルと名付けた。

三五七 ＊**エノクとエリヤ**　エノクは「創世記」第五章二十四節で「エノクは神と共に歩み、神が取られたのでいなくなった」とこの章で一人だけ「死んだ」と書かれておらず、死ぬことなく天国へ行ったと読める。エリヤは「列王記　下」第二章十一節で「火の戦車と火の馬が二人の間を隔て、エリヤはつむじ風の中を天に上って行った」（聖書協会共同訳）と記されている。この二人を死なずに神によって天に召された者として挙げている。

三七一 ＊**ザカリエル**　教皇グレゴリウス一世時代のカトリック教会における七大天使の一人。

三七二 ＊**ペトロ**　イエスが特に選んだ十二人の弟子たちの一人。ペトロはその中でも常に指導者的な役割を果たしていた。ペトロとその兄弟アンデレも漁師だった。イエスに「私に付いて来なさい。人間をとる漁師にしよう」といわれ弟子になる。また、「イエス・キリスト、神の子救い主」をギリシャ語で書いたときの頭

文字をとると ἰχθύς となって魚という意味になり、イエスやその弟子たちを示すシンボルとして魚が用いられた。

三七三　**＊それはすでにやったことがある**　ペトロがローマから逃げたとき、イエスに会い「主よどこに行かれるのですか」と問うと、「もう一度十字架にかけられるためにローマへ」と答えた。ペトロはそれをきいてローマに戻り、十字架にかけられることになった（「ペトロ行伝」）。

三七三　**＊最初で最高の教皇**　カトリック教会ではペトロを最初の教皇としている。天国の鍵をイエスから受け取ったとされているからである。「私はあなたに天の国の鍵を授ける」（「マタイによる福音書」第十六章十九節）。

三七三　**＊鶏のように鳴いて**　「マタイによる福音書」第二十六章等で「今夜、鶏が鳴く前に、あなたは三度、私を知らないというだろう」とイエスにいわれ、そのときは強く否定するものの、三度知らないといってしまう。

三七五　**＊カナの地で**　イエスの最初の奇蹟である「カナの婚礼」のこと。婚礼で葡萄酒がなくなってしまったとき、水甕《みずがめ》に満たした水が葡萄酒になった。「ヨハネによる福音書」第二章。

三七五　**＊エルサレムの二階の小さな部屋**　イエスが過越の食事をする場所を探す弟子たちに、都で水甕を運ぶ男に頼めば席の整った二階の広間を見せてくれると指示した部屋のこと。いわゆる、最後の晩餐の場所である。「ルカによる福音書」第二十二章七節以降他。

三七八　**＊カッパドキア**　小アジア東部の古代の国。十七年にローマ領となった。「ペトロの手紙　一」の宛先の一つ。

三八三　**＊レス・デア**　Res Dea は Sereda のアナグラムになっている。

三九六　**＊バビロン**　古代バビロニアの首都。

三九六　**＊アルドナリ**　アルダナーリーシュヴァラとも。ヒンドゥー教。シヴァとパールヴァティーが合体した両性具有の神。

三九六　**＊プタハ**　本書ではPthaと綴られているが、Ptahのことか。古代エジプトの神で、宇宙の創造者。

三九六　**＊ヤルダバオート**　グノーシス主義の一派では、七人の天使あるいは創造神の最高者である。ユダヤ教のヤハウェと同一視される。

三九六　**＊アブラクサス**　ギリシャ文字で書かれた古代の魔除けの言葉。二世紀以後はグノーシス派によって神からの発散霊気として神格化された。フローベール『聖アントワヌの誘惑』では「無限に発露する力を備えた至上なる存在は、アブラクサスと呼ばれ」と記されている。

四〇一　**＊人が独りでいるのはよくない**　「創世記」第二章十八節「また、神である主は言われた。「人が独りでいるのは良くない。彼にふさわしい助け手を造ろう」」（聖書協会共同訳）。

四〇三　**＊グラストンベリー**　アーサー王伝説において、アーサー王が死に、グィネヴィアが尼僧になったあと、ランスロットが修道僧になった地。

四〇六　**＊カーリオン**　アーサー王の宮廷があったという言い伝えのある地。

四〇六　**＊ジョワユーズ・ガルド**　喜びの城の意。アーサー王伝説でランスロットの城館があったという地。

四〇六　**＊モルガン**　モルガン・ル・フェ。モルガーヌとも。アーサー王の異父妹で、王に悪意をいだき、王妃グィネヴィアと騎士ランスロットとの恋を密告する。

四〇六　**＊イーニッド**　アーサー王の円卓の騎士の一人ジェレイントの妻。貞女の鑑《かがみ》。

四〇六　**＊ヴィヴィアン**　女魔法使いでマーリンの愛人。〈湖の貴婦人〉とも呼ばれる。

四〇六　**＊ニミュエ**　ニミュエもまた〈湖の貴婦人〉である。

四〇六　**＊エタード**　ガーウェインはペレアスが恋い焦がれるエタードのところへ行って、エタードが嫌っているペレアスを殺してきたと欺いて同衾《どうきん》する。嘘がペレアスにばれるが、ペレアスは湖の乙女しか愛さなくなった。

四〇八　**＊タイース**　紀元前四世紀後期のアテナイの娼婦。アレクサンドロス大王の愛妾であり、その死後はプトレマイオス一世の愛人になった。

四〇八　**＊サッフォー**　サッポーとも。レスボス島に生まれた紀元前六〇〇年頃のギリシャの女流詩人。女性に対する恋愛歌などがある。
四〇八　**＊ロドペ**　ギリシャ神話。女神アルテミスに処女の誓いを立てたが、アプロディーテはこれが気に入らず彼女を狩人と交わらせ、アルテミスによって泉に変えられた。
四〇八　**＊ランプサクス**　小アジアにあった古代ギリシャの植民市。ギリシャ神話のプリアポス、すなわち生殖の神で、男根をもって表された神の像があったことで知られる。
四〇八　**＊コレオス・コレロス**　ジェラルド・マスグレイヴが最初に訪れた国の支配者（『イヴのことを少し』参照）。
四〇八　**＊アドニス**　ギリシャ神話。女神アプロディーテの愛を受けた美青年。
四一〇　**＊パポス**　キプロス南西部の古代都市。アプロディーテ神殿があり、アプロディーテ崇拝の中心地だった。
四一〇　**＊アマトス**　紀元前三〇〇年頃までキプロスにあった古代都市。
四一四　**＊レダの胸に身を預けた、あの情熱的な鳥**　本書四六二頁白鳥の娘ヘレネの項参照。
四三六　**＊夢想の秘密**　原文では the cream of jest で「冗談の神髄」というような意味だが、《マニュエル伝》の一冊で『夢想の秘密』という邦題で刊行されている作品のタイトルなので、ここでもそれに合わせた。

訳者あとがき

ジェイムズ・ブランチ・キャベル（一八七九〜一九五八年）の名前をご存じだろうか。という書き出しでキャベルを紹介する文章は必ずこのあとに、すっかり忘れられている作家だけれども……と続くようである。何をいっているのか、そんなことはない、私は忘れていない、読んだことがなくても『ジャーゲン』なんて誰でも知っているではないかというようなことをTwitterで呟いたら、「訳すつもりなのか」「《マニュエル伝》は少なくとも三巻くらいは訳せ」などといった訳せ訳せの大合唱というか三名ほどの応援の言葉をいただいたくらいだから、決して忘れ去られているわけではないだろう。

ジェイムズ・ブランチ・キャベルと《マニュエル伝》について知っていたとすると、国書刊行会《世界幻想文学大系》の一冊として刊行された杉山洋子訳『夢想の秘密』（一九七九年）を読んだ人（あるいは買ったけれど読んでいない人かも知れない）だろうか。内容はもちろん面白いが本書は《マニュエル伝》の完結篇である。どうして最初の話から訳されないのかと思ったかも知れない。あるいは、荒俣宏『別世界通信』（一九七七年に月刊ペン社から妖精文庫別巻として刊行され、二〇〇二年に〈新編〉がイースト・プレスから刊行された。ちくま文庫からも一九八七年に出ている）でその名を知ったのだろうか。荒俣宏はこの本の中でおよそ二十ページを費やして《マニュエル伝》を紹介している。キャベルを「遍歴と冒険と、それから探索の悲しみとを、まったく古典的な枠組みのなかで再構成することに成功した」とし、「ファンタジーの分野においておそらく最も巨大な足跡を残した人物」と位置づけている。あるいは、リン・カーター『ファンタジーの歴史』（中村融訳・東京創元社・二〇〇四年）で読んだ人なのか。リン・カーターは《マニュエル伝》の紹介におよそ十ページを使っている。そこでは「（キャベルは）ジャンルを代表する英国の巨匠たちとくらべても遜色ない。彼が著した五十余冊のなかには、これまでに書かれたうちでもっとも機知に富み、もっとも独創的で、純粋な想像力の産物というべきファンタジーがふくまれており、それらはだれにも引けをとらないほど洗練された散文文体《スタイル》を見せている」と記されている。あるいは、アーシュラ・K・ル＝グウィンが『夜の言葉』（山田和子訳・サンリオSF文庫・一九八五年、改訂版が岩波書店同時代ライブラリーから一九九二年に、岩波現代文庫版が二〇〇六年に刊行されている）所収の「エルフランドからポキープシへ」の中でファンタジイにおけるユーモアという話題についてキャベルを挙げたのを読んだ人かもしれない。ル＝グウィンはこう書いている。「ファンタジーにおけるユーモアは模倣者たちにとって餌であると同時に落とし穴でもあるのです。ダンセイニはアイロニックになることは多いものの、荘重な英雄世界に単純なユーモアを混ぜこんだりすることはありません。エディスンはときどきそれをやってみせますが、勇壮にして滑稽な、いわゆる英雄喜劇《コミック・ヒロイック》の第一人者といえば、モリスとジェイムズ・ブランチ・キャベルではなかろうかとわたしは思います。彼らの作品を読んで、ある人は大笑いし、ある人は苦笑さえしない。モリスとキャベルがそのコメディを構築しえたのは、本質的に文体によって——雄弁さによってであり、表現の豊かさ、巧妙さにはただただ圧倒されるばかりです。彼らは並はずれた存在であり、自分たちが為していることを正しく把握しています」そして、ファンタジイにおいてユーモアが自虐的、自己破壊的になっていく例を示したあと、「キャベルはけっしてこんなことはしません。彼はありとあらゆるものを揶揄しますし自身のファンタジーばかりか、われわれのこの現実までも。キャベルは自らの夢の世界を信じていませんが、同時にわれわれをも信じていない。彼の態度《トーン》は完璧に一貫して、優雅で傲慢でアイロニックです。読んでいて、ときには楽しく、ときには絶叫したい気持ちに襲われますが、賞賛すべきものであることに間違いはありません。キャベルは自分のやりたいことをはっきり認識し、それを実行しました。商品市場などくそくらえというわけです」と記している。それとも、一九五二年に六興出版社から刊行された『ジャーゲン』（寺沢芳隆訳）を読んだという人か。

あるいは知らないうちに出会っているかも知れない。例えばウィリアム・フォークナーの『兵士の報酬』（加島祥造訳・新潮社・一九七一年／文遊社・二〇一三年）の中で「ジョーンズの元気はたちまちふくれあがった。「ぼくはどんな酒の飲み方も一度は試すんです」と彼は言った——ジャーゲンのように」。それとも、ジーン・ウルフ『ピース』（西崎憲・館野浩美訳・国書刊行会・二〇一四年）の「でもあなたはきっと剣をお持ちじゃないかしら——いいえ、『ジャーゲン』のことではないの。チェスタトンをお読みになったことは？」という箇所で。

私たちはあちこちでジェイムズ・ブランチ・キャベルと《マニュエル伝》、あるいは『ジャーゲン』のことを聞かされてきた。少なくとも私はキャベルのことを忘れたことはなかった。

本書は、一九二〇年代、全米にその名を轟かせたジェイムズ・ブランチ・キャベルの『ジャーゲン』（Jurgen, 1919）である。四十歳の元詩人の質屋が若返って夢のような世界を旅する恋と冒険の物語なのだが、その名が有名になったきっかけは、ニューヨーク悪徳撲滅協会（New York Society for the Suppression of Vice）のジョン・S・サムナーが本書を猥褻文書として発禁とするように訴えたからである。実際、一九二〇年一月に発禁処分となっている。結局、キャベルと出版社は裁判に勝ち、発禁は解かれ、本は爆発的に売れた。発禁処分を受けるなんて一体どんな卑猥な本なのだろうと好奇心がかき立てられたのだろう。

この発禁処分については、本書の第三十二章の裁判の場面がまさにそのときのことを揶揄しているわけだし、また『夢想の秘密』の第十二章「出版のこと、及び予想外の付録」に記されている『ストーリセンド裁判』すなわち『アリソンを恋う男たち』にまつわる顚末もまた『ジャーゲン』発禁騒動をなぞっている。

その後、キャベルは一連の作品を書き続け、発表済みの作品まで加筆して関連付けていって、とうとう全十八巻の全集が刊行されることになる。その作品群は《マニュエル伝》と呼ばれ、もちろん『ジャーゲン』もその一冊である。だが、売れ行きは『ジャーゲン』を越えることはなく、次第に人々の記憶から消えていくことになってしまった。

主人公のジャーゲンにはリーサという名の妻がいる。子供はいない。妻は口うるさく、ジャーゲンは自分が正当に評価されていないと常々不満を抱いていた。ある晩、悪魔を擁護する発言をしたのをきっかけに、謎の黒紳士の力で妻が行方不明になり、それを探しに行くジャーゲンは不思議な一年間の旅を経験することになる。二十歳まで若返り、なぜか若々しいかつての初恋の人に再会したあと、さまざまな美女と出会い、次々に結婚しては別れる日々を一年間過ごすことになる。その美女との日々の描写がけしからんと訴えられたわけだが、それが如何なるものかは本書を読んでいただければ分かるとはいえ、現代の読者の目からみれば、どこが卑猥なのかというのが大方の感想ではないだろうか。実際、当時の読者にとってもそれほどではなかっただろう。だから、キャベルを何か当世風の性を解放する作家か何かだと勘違いした人たちのおかげで本は売れたが、次第にその勘違いに気がついて本の売れ行きにも反映されてしまったのだろう。現代の読者にとっても面白いのはそこではないだろうし、後の世代に評価されたのももちろんそこではない。

あとがきの冒頭であれほど引用していた《マニュエル伝》讃はファンタジイの歴史における重要性だったように思えるが、『ジャーゲン』のどこが「ファンタジーの分野においておそらく最も巨大な足跡を残した人物」なのかと訝《いぶか》しく思われるかも知れない。確かにこれまでの評価はそういうものだったし、『ジャーゲン』は《マニュエル伝》の中でも少し異質（主人公ジャーゲンがドム・マニュエルの子孫ではない）であるのだが、古今東西の神話伝説が巧みに織り込まれていて、ファンタジイ界が大好きなアーサー王物語もふんだんに盛り込まれている。かといって、ひと頃流行った大河ファンタジイのようなものを予想してページを捲《めく》ると吃驚するだろう。もっと大人っぽいというか、実際もっと大人向きの小説である。異世界ファンタジイといえば、主人公が冒険を重ねながら成長して世界を救う話が延々と続くような印象があるが、ジャーゲンはそんな人物にはほど遠い。行方不明になった妻を探しに行くのも、周りの人たちに「男らしい振舞い」をするように強くいわれたからで、嫌々出発する。そんな英雄はいない。何度も自分で男らしい振舞いがどうとかいうくせに、実に卑劣な方法で恋敵を倒したり、若い女性を陥れたりする。『土の人形《ひとがた》』（本シリーズ第三回配本として刊行予定）のドム・マニュエルでさえ、英雄的な行動とはとてもいえないようなことをする。『イヴのことを少し』（本シリーズ第二回配本として刊行予定）のジェラルド・マスグレイヴも。中世風の騎士物語的な枠組みの中で異世界ファンタジイの英雄的な振舞いをことごとく裏切る作品が、三部作、五部作、あるいは数十巻というシリーズ作品で世に氾濫したあとの時代に、そういう世界の約束事を裏切る作品が書かれるのなら分かる。ジーン・ウルフが二〇〇四年に《ウィザード・ナイト》を書いたことは理解できる。しかし、ジェイムズ・ブランチ・キャベルは異世界ファンタジイというジャンルが生まれ流行る何十年も前に、それを裏切る作品を書いてしまったのだ。『夢想の秘密』の訳者解説では「今世紀初頭に異分子だったキャベルは、あるいは実は予言者だったのかも知れないのだ」と書かれている。百年早かったのかも知れない。いや、だからこそ、いま私たちはキャベルを読むべきなのだ。《マニュエル伝》を読むべきなのだ。まさに現代の私たちのための小説群である。

すでにキャベルについては『夢想の秘密』の訳者解説「J・B・キャベルの世界劇場《テアトルム・ムンディ》」でも紹介されているから、ここで繰り返す必要はないと思うが、これから『夢想の秘密』や荒俣宏『別世界通信』を読む人だって世には少なくないだろう。ジェイムズ・ブランチ・キャベルは一八七九年、リッチモンドの由緒正しいヴァージニア旧家に生まれた。大学でフランス語やギリシャ語を教えたり、新聞記者として働いたり、叔父の炭鉱で働いたこともあった。また、系図調査を請け負う仕事に就き、これは《マニュエル伝》に付されている詳細な系図「リッチフィールド家系図」（『夢想の秘密』所収）にその影響をみることができる。一九〇二年から短篇が雑誌等に掲載されるようになり、一九〇四年に最初の長篇 *Eagle's Shadow* を出版した。この作品に当初マニュエルは登場しないが、後に加筆され《マニュエル伝》に組み込まれることになる。それから十三年後に『夢想の秘密』が刊行される。この作品は九世紀に及ぶ長大な二十三代の転生の末に《マニュエル伝》を締めくくる位置づけだが、それが早い段階で書かれてしまっている。一九二〇年から一九二三年にかけて《マニュエル伝》へ組み込んだり、連携を強化されたりした作品の一つでもある。その三年後、一九一九年に『ジャーゲン』が刊行されて大きな転機となったのはすでに記したとおりである。そして、一九二一年に『土の人形』（*Figures of Earth*）を発表する。ドム・マニュエルの出発点となる作品である。やがて勘違いによって生まれたキャベル人気は次第に落ち着いていく、というより急速に世間の関心を失っていく。一九二八年に『イヴのことを少し』（*Something About Eve*）を発表して、《マニュエル伝》はほぼ終わることとなった。これらの作品群をまとめて、一九二七年から一九三〇年にかけて〈ストーリセンド版〉として一五九〇部限定で刊行された十八巻本となった。《マニュエル伝》を作品の年代順に並べ直して全体像が分かるようになっている。『ジャーゲン』を含めて今回の本シリーズで翻訳される三作品はこのストーリセンド版を底本としている。『夢想の秘密』がそうであったように。といっても、もともと《マニュエル伝》ではなかった作品もあることから想像できるように、それぞれ独立した作品として楽しむこともちろんできる。同時に、複雑に絡み合った各作品を繋ぎ合わせて楽しむことも可能である。

忘れられたといっても決して忘れられていなかったことは、『ジャーゲン』が新刊書として買えなくなったことはないことからも分かる。一九七〇年代には、さきほどの『ファンタジーの歴史』の著者リン・カーターが監修したバランタイン・アダルト・ファンタジイ叢書に一九六九年から一九七二年にかけて《マニュエル伝》から五巻が刊行された。この中に『ジャーゲン』は入っていない。おそらく他では読めないファンタジイの古典を甦らせるという方針と一致しなかったからだろう。各巻の序文でリン・カーターは詳細な紹介をしている。一九八〇年代にはドイツのバスタイ・リュッベ文庫から六巻刊行されている。この中にも『ジャーゲン』は入っていない。一九八一年にハイネ社の古典ファンタジイ叢書の一冊としてすでに刊行されていたからだろう（最初のドイツ語版は一九二八年に出ているからかなり早い）。二十一世紀に入ってからも、ロシア語、イタリア語、スペイン語、中国語等で刊行されているのだから、忘れられるどころかいよいよこれから《マニュエル伝》そして『ジャーゲン』が読まれる時代になってきたといっていいのかも知れない。

『ジャーゲン』が刊行された一九一九年、キャベルは四十歳だった。ジャーゲンと同い年である。ジャーゲンを書き始めたのは一九一八年三月で、同年十月に書き終えたらしい。*Beyond Life* を書き始めたのが一九一七年で、それを一九一九年一月に書き終えている。このエッセイ集に記されているようなキャベルの考えがもっともよく反映されているのは間違いないだろう。続けて一九一九年の夏から『土の人形《ひとがた》』を書き始め、翌年に完成させている。キャベルにとっても《マニュエル伝》にとっても充実した時期だったのだろう。

ところでジャーゲン Jurgen の日本語表記について少し見ておきたい。本書の中で、ジャーゲンはジャーゴンに由来して……という箇所があるので、ジャーゲンだろうなと思ったし、日本では昔からジャーゲンと表記されることが多かった。一九三〇年に新居格が「ユールゲン」と記しているのが例外的である。登場人物や地名の発音の参考にしようと YouTube 上にある朗読を聴いてみたら、「ユルゲン」というような感じで発音していた。ドイツでは Jürgen と綴るのだが、これはドイツに実在の名や姓として Jürgen とか Jürgens というのがあるからだろう。発音はユルゲン（ス）である。ロシア語版は Юрген という表記なので、ユルゲン派だと分かる。中国語版では「朱根」となっているから、ジューゲンのような感じだろうか。本書では、先に記したようにジャーゴンとの繋がりが分かりやすいということと、長年親しまれているということから、ジャーゲンを採用したが、各国語でどう発音するのだろうと想像するのは面白いと思う。スペインではフルヘンだろうかとか……

日本での紹介を確認しておこう。『ジャーゲン』刊行から十一年後、「東京堂月報」に加藤朝鳥「ナンセンス文学に就いて」という文章が掲載された。そこで、「現代においてのナンセンス文学の世界的大家は米国のゼムス・ブランチ・カベルだと思ふ。彼のもつとも重きを置くところは奇想にある。しかもその奇想は何処までも現実を超絶したものだ。此の意味で彼も矢張ラブレイ式だと思ふ」という言葉で始まり、かなり詳しくキャベルの“Romantic instinct”について紹介している。また、同年の『文学時代』(新潮社)八月号の新居格「アメリカ文学と日本文壇」において、「シンクレアはジエームス・ブランチ・キヤベルを魅力盗人の小説を書くものとして排撃した。キヤベルの千九百十九年に書いた「ヨールゲン」物語はその頃の青年に一種のセンセーションを与へたと云ふことである。ヨールゲンのもつ公式「何でも一度はやつてみることだ」いかなる女とも一度は性的関係を結んでみることだと云ふことを暗示し、肉交に関する煽情を敢てしてゐると云ふ。わたしはそれ故に、キヤベルの「ヨールゲン物語」の如きを、今のわが国の一部では、却つて喜び迎へることになるのではないかと思ふのである」と記している。一九三三年には日本英文学会が発行する『英文学研究』十三巻三号に鍋島能弘「J. B. Cabell に就いて」という論文が掲載された。「既に余程以前のことであるが Mark Twain が Cabell の作品 *Chivalry* や *Gallantry* の物語を読んで賞讃の辞を呈し、*Chivalry* を自分のベッドの傍に常に置いたと言はれ、又 Cabell の人気が余りに高いので Theodore Roosevelt も亦 Cabell の小説の一篇を繙《ひもと》いたといふ」という文章で始まり、「Cabell は本来一人の romanticist であつた、恐らくこれが彼の存在の全面を定義することが出来る言葉であると思ふ」とキャベルの本質を示し、さまざまな視点から『ジャーゲン』その他のキャベル作品とキャベル本人を考察している。

一九三六年に刊行された辻潤『孑孑《ぼうふら》以前』にはキャベルに関係するものが二篇収録されていた。一つは「“Epper Si Muove”」で、これは『夢想の秘密』の第二十六章であった。辻潤は付記において「“The Cream of the Jest”を最初から訳出しようと企てたのであるが、到底自分の手におへぬのでおもひ切ることにした」と記している。もう一篇は「James Branch Cabell」というタイトルで、これはベンジャミン・ドゥ・カッセールによるキャベル論の翻訳である。

一九五二年に六興出版社から寺沢芳隆訳で『ジャーゲン』が刊行された。当時の評判はよく分からないが、古書店で見かけることも滅多になく、版を重ねたということはなさそうである。しかし、本書のようなおびただしい引用借用に満ち溢れた作品を当時の状況で翻訳するのはかなりの難事だったのではないかと想像する。今でこそネット上の検索で、自分が持っていない本の中身も探せる時代だからこそようやく調べがついたこともたくさんある。

一九七〇年代になると幻想文学としての紹介が始まる。『SFマガジン』（早川書房）一九七二年七月号で団精二（荒俣宏）が「SFスキャナー」という海外作品を紹介する欄で「女に憑かれた道」と題してキャベルの『イヴのことを少し』（*Something About Eve*）について詳しく記し、アーサー・マッケンの『夢の丘』との類似性についても仄めかしている。一九七三年には『幻想と怪奇』（歳月社）七月号に「月蔭から聞こえる音楽」が山田修訳で掲載された。これは《マニュエル伝》を成す作品の一つである。一九七九年になると『夢想の秘密』が国書刊行会の《世界幻想文学大系》の一冊として刊行された。訳者による解説に加えて月報では池澤夏樹、山田修の両氏がキャベルを紹介した。先に記したキャベルの作品、特に『ジャーゲン』について詳しく紹介した荒俣宏『別世界通信』が刊行されたのもこの頃であった。

その後、キャベルの作品が邦訳されることはしばらくなかったが、二〇一三年に久しぶりに、『幽』（メディアファクトリー・第十九巻）に「コリンナについて」が南條竹則訳で掲載された。

これらの文章を私たちは読んで育ってきたのだ。ジェイムズ・ブランチ・キャベルの名前を忘れたことはないはずだ。

古今東西の神話伝説から神々や人物あるいは土地の名前を貪欲に取り込んでいるキャベルはよほどたくさんの本を読んでその知識を増やしていたのだろうが、さきほどネット検索で調べられる時代だからこそ分かることがあると書いたように、そうやって調べながらよくよくその名前を眺めているとどんな本を参考にしたのか想像がついてしまうこともある。例えば、本書の八〇〜八二ページにはレジナルド・スコットの *Discovery of Witchcraft*（1584）に出てくる、ア・アブ・フル・フス、スタドリン、トム・タンブラーなどがまとまって出てくるし、二一四ページ付近ではリチャード・バートンが書いた『千夜一夜物語』の巻末論文（『バートン版千夜一夜物語7』大場正史訳・河出書房・一九六七年所収）に記されている名前が頻出するが、この箇所に限らず、バートンの巻末論文をかなり参照したようである。三〇三〜三〇六ページでは『ドイツ民衆本の世界Ⅲ　ファウスト博士』（松浦純訳・国書刊行会・一九八八年）に登場する怪物の名前や地獄の領域の名前を見てとることができる。キャベルも此の本を読んでいたのかと思いながらページを捲るとキャベルに対する親しみも増すかも知れないではないか。

これらを含めておびただしい数の神話伝説の登場人物をキャベルは作品になぜ取り込まなければならなかったのだろう。それはおそらく写実的な描写を重視したリアリズム文学へ対抗する勢力として、神話伝説の登場人物の力を借りて立ち向かったからなのではないだろうか。詩人としての活動をやめて質屋としての生活を受け入れているジャーゲンが、想像力と創造力を取り戻しながら理想の美女を追い求める旅を続けるにしたがって、読者もまた想像する目を恢復させるに違いない。キャベルのやりたいことは、徹底した反リアリズム、そしてロマンス擁護であったのだから。

一九二〇年のクリスマス頃、キャベルは『ジャーゲン』にサインをしてF・スコット・フィッツジェラルドに送り、フィッツジェラルドはお礼の手紙とともに自分の新著『美しく呪われた人たち』を送っている。数日後に『ジャーゲン』を読み終え、アナトール・フランスの『天使の反逆』よりも優れた作品だと褒める手紙を再度送った（A. Hook. F. Scott Fitzgerald: *A Literary Life*, 2002.）。一九二五年に発表された『グレート・ギャッツビー』にキャベルの影響が指摘されることもある。例えば日本語で読めるものとして、「自分の頭の中で崇拝の対象にまで高められたデイジーを手に入れようとする〔…〕ギャッツビーは現実を自分のフィクションと合致させようと苦闘するのだが、出会ったころのデイジーを取り戻すために、時間を過去に戻そうと苦闘して必然的に破綻する」と指摘する山下直人「エチケットからロマンスへ」（Metropolitan 四十六巻・一三五－一四七・東京都立大学英文学会・二〇〇二年）がある。

小説への影響が極めてあからさまな例として、SF作家ロバート・A・ハインラインが一九八四年に発表した『ヨブ』（早川書房・一九八六年）は、原題を *Job, A Comedy of Justice* といい、*Jurgen, A Comedy of Justice* とそっくりである。主人公の牧師アレックスが突然さまざまな世界へとつぎつぎ転移させられてしまう様子が面白く描かれていて、ジャーゲンのように天国にまで行くのであるが、繰り返される世界転移の面白さが結末へ至るまでうまく活かされているのはどう見ても『ジャーゲン』だと思う。読者諸兄の軍配はどちらに上がるだろうか。ハインラインには、一九三八年に書いたまま死ぬまで刊行されず二〇〇三年になって原稿が発見されてようやく本になった作品があるのだが、そのタイトルが *For Us, The Living: A Comedy of Customs* だった。

ファンタジイでは、森瀬繚が「墨東ブログ」で二〇一一年に「『ジャーゲン』を読んだかもしれないスミス」と題して、クラーク・アシュトン・スミスのアヴェロワーニュに対するキャベルの影響を推定している（https://molice.hatenadiary.org/entry/20110128/1296232018）。

妻を探しに行く話というと頭に浮かぶのはオルフェウス（オルペウス）だろうか。あるいは、黄泉国へ降りていく伊邪那岐だろうか。作中でコシチェイは詩人を高く評価していて、リーサを連れ去ったのはジャーゲンに詩の心や創造性を取り戻させるためかも知れない。リーサのことを、ジャーゲンを詩人から質屋に変えてしまった妻という言い方をしている。オルフェウスは竪琴の音色で冥界の人々や怪物や神をも魅了したわけだが、ジャーゲンもまた詩や歌、あるいは調子のよい言葉で異界の人々や神々の中を渡っていく。ジャーゲンが最後にコシチェイと対峙して要求したのは初恋の人だったのか、この世でいちばん美しい人だったのか。それは読めば分かることだが、その結論はこの《マニュエル伝》で繰り返し示される主題でもある。ときに「ねたばれ」といって作品全体の構成に言及することを嫌う人も多い昨今なのでここでは追究しないが、このあと他の《マニュエル伝》を読んでいくうちに明らかになっていくであろう。

家系図について触れずに本稿を終えることはできない。家系図の専門家となったキャベルは、《マニュエル伝》についての詳細な家系図を記している。『夢想の秘密』に「リッチフィールド家系図」として訳出されているが、これが《マニュエル伝》を貫く幹となっているといえよう。J・R・R・トールキンには中つ国の地図と言語が必要だった。トールキンの言語に相当するものが、キャベルの家系図なのかも知れない。十三世紀から二十世紀初頭まで、二十三世代にも及ぶ英雄たちの夢と恋と冒険を辿る家系図を指でなぞりながら、《マニュエル伝》を読み進めるのは如何に楽しいことか。残念ながら、《マニュエル伝》全巻が日本語になることはないだろう。古書を海外の古本屋から取り寄せて、あるいはそれが難しかったらオンラインで公開されている古い本をそのまま撮影して作成されたファイルをダウンロードして家系図の入り組んだ迷路とともに読んでみるのも、二十一世紀の《マニュエル伝》の楽しみ方であるのかも知れない。

その家系図を眺め、ジャーゲンは？　ジャーゲンはどこ？　と思うかも知れない。先にも記したがジャーゲンはドム・マニュエルの子孫ではないのだ。しかし、「リッチフィールド家系図」にちゃんとジャーゲンの名前は出てくる。どうしてジャーゲンがこの家系図に組み込まれているのかも、作品をよくよく読めば、その理由が納得できるので家系図と併せて楽しんでいただきたい。

何でも効率を追求し、無駄なことを冷笑する新自由主義的な雰囲気に満ちた今の世の中に辟易している日本の読者こそ、現実主義者のリアリズム讃に背を向けてキャベルのロマンスを読むべきではないか。今こそようやく世界がキャベルに追いついたのだ。

引用文献は引用箇所に記してきたが、特に引用ではなく全体を参照した資料をここに記しておく。

Notes on Jurgen by James P. Cover, Robert M. McBride & co., 1928.

これは『ジャーゲン』に登場するさまざまな人物や地名などの出典を解説したもの。この本がなかったら訳せなかったかも知れない。その内容にさらに補足したオンライン版があったが、今はなくなってしまったようである。一九二九年には *Notes on Figures of Earth* も刊行されている。

A Glossarial Index to the "Biography of the Life of Manuel" by Julius Lawrence Rothman, Columbia University, 1954.

これも人物や地名等の註釈集だが、対象が《マニュエル伝》全体である。この本も翻訳になくてはならない資料であった。

アーサー王関係については、主にトマス・マロリー『アーサー王物語 I〜V』（井村君江訳・筑摩書房・二〇〇四〜二〇〇七年）の表記におおむね従った。フィリップ・ヴァルテール『アーサー王神話大事典』（渡邉浩司・渡邉裕美子訳・原書房・二〇一八年）も適宜参照した。

聖書からの引用等は聖書協会共同訳（二〇一八年）におおむね従ったが、語調等の関係で他の版から引用したものもある。その他、ジョアン・コメイ『旧約聖書人名事典』（関谷定夫監訳・東洋書林・一九九六年）、『新聖書辞典』（いのちのことば社・二〇一四年新装版）、『岩波 キリスト教辞典』（岩波書店・二〇〇二年）も適宜参照した。

ギリシャ・ローマ神話関係では、マイケル・グラント&ジョン・ヘイゼル『ギリシア・ローマ神話事典』（大修館書店・一九八八年）の表記におおむね従ったが、異なる表記が一般的に馴染みがあることもあるので必ずしも完全に一致しているわけではない。

その他、さまざまな神話伝説に関して篠田知和基・丸山顯德『世界神話伝説大事典』（勉誠出版・二〇一六年）に助けられたところは多かった。また、ネット上の多数の資料を参考にしているが、枚挙に暇がないのでここでは省略する。

日本の古いキャベル紹介、加藤朝鳥と新居格の記事については、藤元直樹氏にご教示いただいた。

キャベルの作品、生涯等については、
James Branch Cabell, The Dream and the Reality by Desmond Tarrant, University of Oklahoma Press, 1967.
James Branch Cabell and Richmond-in-Virginia by Edgar MacDonald, University Press of Mississippi, 1993.
What Can Be Saved from the Wreckage? James Branch Cabell in the Twenty-first Century by Michael Swanwick, Temporary Culture, 2007.
を参考にした。

本当の最後に一九二七〜一九三〇年にかけて刊行されたストーリセンド版《マニュエル伝》全巻と邦訳作品の対応を掲げておく。

1. *Beyond Life, Dizain des Demiurges*, 1919.（エッセイ集）
2. *Figures of Earth, A Comedy of Appearances*, 1921.（本シリーズ第三回配本として国書刊行会から刊行予定）
3. *The Silver Stallion, A Comedy of Redemption*, 1926.
4. *Domnei: A Comedy of Woman-Worship*（一九一三年に *The Soul of Melicent* として発表され、一九二〇年に改稿および改題）/ *The Music From Behind the Moon*, 1926.（「月蔭から聞こえる音楽」山田修訳・『幻想と怪奇』一九七三年七月号）
5. *Chivalry, Dizain des Reines*, 1909.（一九二一年に改訂版）
6. *Jurgen, A Comedy of Justice*, 1919.（本書）
7. *The Line of Love, Dizain des Mariages, 1905*.（一九二一年に改訂版）

8. *The High Place, A Comedy of Disenchantment*, 1923.

9. *Gallantry, Dizain des Fêtes Galantes*, 1907.（一九二二年に改訂版）

10. *Something About Eve, A Comedy of Fig-Leaves*, 1927.（本シリーズ第二回配本として国書刊行会から刊行予定）

11. *The Certain Hour, Dizain des Poëtes*, 1916.（短篇集。収録作 Concerning Corinna が「コリンナについて」として『幽』第十九巻・二〇一三年に南條竹則訳で掲載された）

12. *The Cords of Vanity, A Comedy of Shirking*, 1909.（一九二〇年に改訂版）

13. *From the Hidden Way*, 1916.（一九二四年に改訂版）/ *The Jewel Merchants, A Comedy in One Act*, 1921.

14. *The Rivet in Grandfather's Neck, A Comedy of Limitations*, 1915.

15. *The Eagle's Shadow, A Comedy of Purse-Strings*, 1904.（一九二三年に改訂版）

16. *The Cream of the Jest, A Comedy of Evasions*, 1917.（一九二二年に改訂版・『夢想の秘密』杉山洋子訳・国書刊行会・一九七九年・《世界幻想文学大系》第二十九巻）/ *The Lineage of Lichfield, An Essay in Eugenics*, 1922.（「リッチフィールド家系図」『夢想の秘密』所収）

17. *Straws and Prayer-Books, Dizain des Diversions*, 1924.

18. *Townsend of Lichfield, Dizain des Adieux*, 1930/ *Taboo* 1921/ *Sonnets from Antan*, 1929.

著者　ジェイムズ・ブランチ・キャベル　James Branch Cabell

アメリカの作家、系図作製者。一八七九年ヴァージニア州リッチモンドの名家に生まれる。幼少時から神話・伝説・聖書を耽読し、大学卒業後、新聞記者を経て作家となる。一九〇四年に長篇第一作 *Eagle's Shadow* を発表、本書は架空の王国ポアテムを舞台に二十三代九世紀にわたる一大ファンタジイ・シリーズ《マニュエル伝》全十八巻に発展した。その一冊『ジャーゲン』（一九一九）は「不道徳な内容」のため発禁事件を引き起こし、それが話題を呼んで大ベストセラーとなった。他の代表作に『夢想の秘密』（一九一七。邦訳国書刊行会）、『土の人形《ひとがた》』（一九二一。邦訳国書刊行会近刊）、『イヴのことを少し』（一九二七。邦訳国書刊行会近刊）など。一九二〇年代は「キャベル時代」とも呼ばれるほど批評界から高い評価を獲得、同時代アメリカ文学を代表する作家と目された。一九五八年に死去。その後一時忘れられた作家となったが、一九七〇年代にはリン・カーターやアーシュラ・K・ル＝グウィンらの再評価もあり、SF・ファンタジイ作家への広範な影響が指摘されている。

訳者　中野善夫　なかの・よしお

一九六三年アメリカ合衆国テキサス州生まれ。立教大学理学研究科博士課程修了（理学博士）。英米幻想小説およびファンタジイ研究翻訳家。主な訳書に、ヨナス・リー『漁師とドラウグ』（国書刊行会）、シャロン・シン『魔法使いとリリス』（ハヤカワ文庫）、ヴァーノン・リー『教皇ヒュアキントス　ヴァーノン・リー幻想小説集』（国書刊行会）、ロード・ダンセイニ『ウィスキー＆ジョーキンズ　ダンセイニの幻想法螺話』（国書刊行会）、フィオナ・マクラウド／ウィリアム・シャープ『夢のウラド　F・マクラウド／W・シャープ幻想小説集』（国書刊行会）の他、共訳書として、ロード・ダンセイニ『世界の涯の物語』（河出文庫）、『インクリングズ』（河出書房新社）などがある。

JURGEN

by
James Branch Cabell
1919
Illustrations by Frank C. Papé

ジャーゲン　《マニュエル伝》

二〇一九年十月二十一日初版第一刷印刷
二〇一九年十月二十五日初版第一刷発行

著者　ジェイムズ・ブランチ・キャベル
訳者　中野善夫
発行者　佐藤今朝夫
装幀　山田英春
装画　木原未沙紀
発行所　株式会社国書刊行会
東京都板橋区志村一―一三―一五　〒一七四―〇〇五六
電話〇三―五九七〇―七四二一
ファクシミリ〇三―五九七〇―七四二七
URL：https://www.kokusho.co.jp
E-mail：info@kokusho.co.jp
印刷・製本所　三松堂株式会社
ISBN978-4-336-06540-7 C0097

ジェイムズ・ブランチ・キャベル 著
《マニュエル伝》以下続刊（全３巻）

イヴのことを少し

垂野創一郎 訳

赤毛の青年ジェラルドが先祖ドム・マニュエルのロマンスの執筆に没頭していたところに、悪霊が現われ、お前の肉体に乗り移ってお前の現世を引き受けてやろうと言う。又従妹イヴリンとの不義の関係に手を焼いていたジェラルドは申し出をうべなう。さらに以前の魔術仲間から銀の馬カルキを贈られ、彼は勇んで彼方の都アンタンに向かう。あらゆる神の終着地であるかの地を統べる文献学匠になり代わり、その王座に座るつもりなのだ。その途上、不思議な鏡の魔力によって、プロメテウス、ソロモン、オデュッセウス、ネロ、タンホイザーと、ボルヘス「不死の人」のカルタフィルスにも見まごう転生を体験したジェラルドは、あらゆる神の上に立つ至上神としての己の運命をますます深く確信するのだが――『黄金の驢馬』『ガルガンチュアとパンタグリュエル』『ファウスト』『ドン・キホーテ』などの自在な変奏により展開される〈造物主／詩人への悲歌《ラメント・フォア・ア・メイカー》〉。

土の人形《ひとがた》

安野玲 訳

豚飼いマニュエルは金髪碧眼の美丈夫、母の教えに従って己の理想の姿を土の人形に映すべく、日々黙々と土をこねては人形作りに精を出す。そこへ怪しき老人が現われて、「邪悪な魔法使いに拐かされた姫君を救って妻となせ」と、マニュエルに一振りの魔剣を与えた。いざ魔法使いを打ち倒さんと旅立ったマニュエルだが、途中で出会った男装の乙女に恋をして、魔法使い成敗はそっちのけ、肝心の姫君には目もくれず、乙女と手に手を取って意気揚々と帰還する。めでたしめでたし――と思いきや、死神が現われて愛しい乙女を冥府へと連れ去った。かくして若きマニュエルの真の旅が始まる。相も変わらず土の人形を作りながら「自分の考えと自分の望みに従う」をモットーに進むマニュエルの前に広がる世界は迷宮のごとく怪異と魔法に充ち満ちて、想像を裏切る途方もない出来事が数々待ち受けていた……。時空を超えて連綿と続く英雄一族の始祖ドム・マニュエルがいかにして生まれたかが語られる、これは始まりの物語。